Lentegroen

Jackie van Laren bij Boekerij:

De *Q*-serie:
Zin
Lief
Ziel

Vallen
Opstaan

De *Eilandliefde*-serie:
Duingras
Stormwind
Springvloed
Tegenstroom
Hoogtij

De meisjesmagneet
Thuiskomen

De *Onder de bomen*-serie
Lentegroen

boekerij.nl

Jackie van Laren

Lentegroen

Deel 1 van de *Onder de bomen*-serie

BOEKERIJ

ISBN 978-90-225-9144-4
ISBN 978-94-023-1582-0 (e-book)
ISBN 978-90-528-6357-3 (audio)
NUR 301

Omslagontwerp: Johannes Wiebel | punchdesign, München
Omslagbeeld: © Shutterstock
Zetwerk: CeevanWee, Amsterdam

Deze uitgave kwam tot stand door bemiddeling van Marianne Schönbach Literary Agency bv

My love is a pine tree
’cause that’s the only tree that’s true
– Johnny Cash

Sylvie

I

'Kom, Ties, help me nou even, anders moet ik alles helemaal alleen uitpakken.'

Sylvie keek op uit de verhuisdoos met spulletjes van haar dochter. Echte meisjesdingen, voor in een meisjeskamer, en allemaal van voor Ties' recent begonnen zwarte periode. Gelukkig leek ze zelf nog niet afkerig van haar oude speelgoed, waar Sylvie maar blij om was: haar dochter werd al zo snel groot. Een knuffel in de vorm van een hysterische eenhoorn met glitter en regenboogkleuren, allemaal roze prullaria voor op een bureau, een oude barbie met een zak kleertjes waar Ties nooit meer iets mee deed, maar waarvan ze toch nog geen afscheid leek te kunnen nemen.

'Hier ben ik, mam,' zei Ties, een stuk vrolijker klinkend dan hoe Sylvie zich voelde. 'Cool huis, mooie tuin. Volgens mij is mijn kamer hier groter dan in Olterloo.'

'Dat weet ik wel zeker. Hier, als jij nou even deze doos voor je rekening neemt en alles zo neerzet als je het wilt hebben?'

Sylvie strekte haar rug en keek toe hoe haar dochter in de doos dook en door de kamer wervelde om haar spullen een plaatsje te geven. Ze wilde dat ze er zelf net zo enthousiast over was. Een nieuwe kans, een schone lei; het was eigenlijk ongelooflijk gemakkelijk gegaan. Het enige wat ze had hoeven doen was intern solliciteren op een functie binnen een andere boswachterij; ze was ervaren, ze had alle papieren, en bovenal, ze was een vrouw. Veel vrouwelijke boswachters waren er niet, Staatsbosbeheer was doordrongen van het feit dat daar iets aan zou moeten gebeuren, dus de weinige vrouwen die in het bos rondliepen werden gekoesterd. Sylvie had de baan gekregen, zonder enig probleem. Er zat zelfs, in ieder geval voor het eerste halfjaar, woonruimte bij. Een pandje van Staatsbosbeheer zelf, dat op de nominatie stond om tot bezoekerscentrum te worden omgetoverd, maar dat tot de geplande verbouwing bewoond mocht worden door de boswachter.

Het was inderdaad best een cool huis. Ouderwets was het ook, een lieflijk, sfeervol Goois stulpje, met een rieten dak en met luiken, en het lag aan het eind van een rustig bomenlaantje mooi te wezen in door jonge, lichtgroene lentebladeren gefilterd zonlicht, omringd door heerlijk, harsig geurend bos. Lagerweijde was nog geen vijf minuten fietsen en had een behoorlijke AH, een bakker en een ruim gesorteerde drogist; Hogerweijde – iets groter – lag een kwartiertje de andere kant op en bezat een grotere supermarkt, wat luxe winkels en zelfs een Hema. En een school, waar Ties intussen was ingeschreven. Ze zou moeten fietsen, dwars door het bos want er ging geen bus. Sylvie had even wat tijd besteed aan de criminaliteitscijfers in de regio – ze was aanhoudingsbevoegd en had toegang tot alle gegevens – en had geconcludeerd dat het wel kon. Er gebeurde hier eigenlijk niets. Geen inbraak, geen diefstal; alleen heel af en toe (het was twee keer voorgekomen in tien jaar tijd) een automobilist die met een slok op in het halfduister tegen een boom knalde. Er woonden in de omgeving verhoudingsgewijs veel mensen met een hoog inkomen, en die zaten dan in villa's en landhuizen met een hek eromheen en beveiligingscamera's overal. De politie was verrassend goed vertegenwoordigd in Hoger- en Lagerweijde, maar had minder te doen dan de boswachterij: Sylvies voorganger, nu met pensioen en met zijn hulpbehoevende echtgenote verhuisd naar een zorgflat in Hilversum, had op goede voet gestaan met de lokale politie en had regelmatig hulp gekregen bij bijvoorbeeld grote zaag- en opruimklussen na een storm. Ze zou zo snel mogelijk langsgaan op het politiebureau om zich voor te stellen, nam ze zich voor, in de hoop dat die goede relatie voortgezet kon worden.

'Mam,' zei Ties, die midden in de kamer stond met de oude barbie in de lucht, 'vind jij het eigenlijk wel leuk hier? Je kijkt dus behoorlijk sip.'

Haar dochter was zo opmerkzaam; als Sylvie dat niet af en toe nogal lastig zou vinden, zou ze gloeien van trots.

'Ik sta even na te denken over wat ik nog allemaal moet doen,' zei ze snel. 'Ik bedacht me dat ik morgen even langs het politiebureau moet om me voor te stellen; meneer Ter Haar, de vorige boswachter, was volgens de dossiers goeie vrienden met alle agenten. Ze kwamen vaak helpen. Dat wil ik natuurlijk ook wel, dat snap je. Gratis spierkracht.'

Ties grinnikte ondeugend. 'Wie weet zit er wel een enorm knappe agent tussen. Zo'n heel brede met een lekker kontje in zijn uniform!'

'Ties!' riep Sylvie uit, niet echt geschokt.

Haar dochter moest nu echt lachen. 'Nou, je moet toch een nieuw vriendje? Ik help zoeken. Of in ieder geval help ik met adviseren. Als je nou toch naar het politiebureau moet...'

'Ik wil helemaal geen nieuw vriendje,' zei Sylvie. Opmerkzaam, haar dochter; zonder enige aarzeling zo de vinger op de zere plek.

Het was de afgelopen weken niet meegevallen om met een strak gezicht, een vrolijk gezicht zelfs, alles te regelen. De nieuwe baan, de verhuizing, de miljoenen instanties waar je allemaal moet opgeven dat je een ander adres krijgt, het inschrijven bij een nieuwe huisarts, en tandarts, en school. Als ik nou maar eenmaal dáár zit, had Sylvie zichzelf voorgehouden, dan zakt het wel. Maar nu zat ze er, of liever, stond ze er, omringd door de nog onuitgepakte dozen; nu legde haar met vlijmscherp observatievermogen uitgeruste dochter van elf één vinger op die bewuste zere plek, en moest ze toegeven dat er nog helemaal niets was gezakt.

Ja, zijzelf zakte, ze zakte neer op het bed van haar dochter. En haar hoofd zakte in haar handen.

Ze zuchtte.

Ties verscheen naast haar, een hand op haar schouder. 'Je mag best even huilen, hoor, mam. Ik heb heus wel gehoord dat je dat stiekem probeert te doen, als ik al in bed lig. Ik ben toch niet gek? Het mag ook gewoon als ik erbij ben. Dan kan ik jou ook eens troosten, in plaats van jij altijd mij.'

'Ik hoef geloof ik op dit moment niet per se te huilen, lieverd, maar de eerstvolgende keer dat er wat komt zal ik je roepen, goed?' Sylvie sprak tussen haar vingers door. 'Ik ben gewoon moe. En een beetje moedeloos; het is allemaal heel snel gegaan en ik heb nog wat tijd nodig om te wennen aan de nieuwe situatie. Dat is alles.'

'Ik heb ook tijd nodig om te wennen, maar daarnaast is Marcus een piemel, en kan je maar beter van hem af zijn. Zo. Daar. Lekker puh.'

'Ties, ik moet me bijna voor je schamen.'

'Bijna, mam, maar nog net niet helemaal. Misschien moet ik die barbie toch maar weggooien, trouwens. Ik ga er toch niks meer mee doen. In welke doos zit mijn computer?'

Sylvie stond langzaam op en nam de half opgeruimde verhuisravage om haar heen in ogenschouw. 'Ik weet het niet precies,' zei ze, 'ik kan het even niet meer bijhouden. Ik ben al blij dat we alle Ikea-meubels in elkaar hebben gezet; we kunnen eten, slapen en zitten, en alle dozen met keukenspullen hebben we uitgepakt. Wat zeg je ervan als we dit allemaal nou eens even laten voor wat het is en naar Hogerweijde fietsen? Ik heb begrepen dat er een ijssalon is. En ik moet nog boodschappen halen voor het avondeten, dus dan slaan we twee vliegen in één klap. Kunnen we ook nog meteen even kijken hoe je moet fietsen naar je nieuwe school.'

'Bam, drie vliegen; mam, *you're the best*,' zei Ties, en ze danste naar buiten om haar fiets uit de schuur te gaan halen.

'Heel ander bos, hè?' zei Sylvie, al fietsend en om zich heen kijkend. 'Meer gemengd, en er groeien veel minder struiken en jonge aanwas onder.'

'En minder heuvels,' zei Ties. 'Ik vind het altijd zo irritant om omhoog te moeten fietsen. Naar beneden is dan wel weer leuk, maar dan moet er niet net een bocht in de weg zitten, want anders moet je alles wat je hebt opgebouwd met het omhoog fietsen meteen weer uitgeven aan het remmen.'

Sylvie grinnikte. Typisch iets voor haar dochter om het zo te zien; Ties had vaak een bijna wetmatige kijk op de wereld. Ze wist niet zeker of dat kwam doordat Ties zo goed was met computers – haar dochter vertoonde alle kenmerken van een gamer – of doordat ze gewoon zo was, en dat ze daardoor zo goed was met computers.

'Weet je wat ik pas vervelend vind?' zei Sylvie. 'Als je moet fietsen met tegenwind.'

'O ja, vreselijk!' riep Ties meteen doorvoeld uit. 'Dan moet je ik-weet-niet-hoeveel extra energie uitgeven en dan wéét je dus gewoon al dat je er niks voor terug gaat krijgen. Ik zíé dan zo'n beetje mijn levens teruglopen, weet je wel, alsof ik zo'n status rechtsboven in beeld heb. Zó irritant!'

Sylvie grinnikte. 'Je kunt natuurlijk altijd wat eten als je eenmaal uitgefietst bent, dan vul je je levens wel weer aan.'

'Maar alleen als het iets heel lekkers is; van spruitjes of zo krijg je geen extra levens.'

'En van ijsjes?'

'Die tellen dubbel. Maar ik geef nu bijna niks uit, het is hier bijna vlak vergeleken met Olterloo.'

'Niet helemaal; Hogerweijde ligt op een soort bult in het landschap. Je merkt het denk ik niet, maar we zijn stiekem aan het klimmen.'

Het was een prachtige dag, een heerlijk fietstochtje door het bos, een mooi huisje waar ze in zouden wonen. Twee leuke dorpen op een steenworp afstand. Misschien moest ze maar gewoon stellen dat het leven haar weer toelachte.

Het bos was goed onderhouden, zo op het eerste gezicht: boswachter Ter Haar had alle brandgangen schoon weten te houden, de schelpenpaadjes lagen er netjes bij en op iedere hoek stond een keurige wegwijspaddenstoel. Niet dat hij dat allemaal zelf had geregeld, maar een boswachter had de eerste signaleringsfunctie en het kon een hoop gedoe opleveren als je dan iets had gesignaleerd, en het had aangemeld bij de betreffende instantie, en er gebeurde vervolgens niets. Ze had daar ruimschoots ervaring mee opgedaan in Olterloo en ze vond dat achter ambtenaren aan bellen het minst aantrekkelijke onderdeel van haar baan. Het kon soms zo'n lang slepend traject worden om één stom stuk bewegwijzering geregeld te krijgen dat ze het liefst de koe bij de hoorns had gevat en zelf een bord de grond in had getimmerd.

Ze zou de ronde doen, natuurlijk, zodra ze was begonnen,

om het terrein goed in de vingers te krijgen, en misschien viel er bij een van de wandelpaden nog wel iets te zagen. Dat vond ze eigenlijk het leukste: met een kettingzaag, en dan zo door zo'n dikke, afgebroken tak heen. De geur van houtsnippers, het gevoel van macht, maar ook het gevoel bezig te zijn met noodzakelijk opruimwerk.

'Wat zit je te smilen, mam,' zei Ties, 'fiets je lekker?'

'O, ja; ik vind het ook een prachtig bos. Ik zit me te verheugen op mijn eerste werkdag, morgen, en je kent me, ik hoop natuurlijk dat ik ergens iets vind wat in de weg ligt, dus dat ik een beetje moet zagen. Hoewel het er hier wel heel netjes uitziet.'

'Misschien vind je wel niks te zagen.'

'Lieverd, het is een bos. Er is altijd iets te zagen.'

'Ik weet niet hoe je het doet, mam, maar jij bent echt de enige die ik ken die tegelijk lief en stoer kan zijn.'

Sylvie moest lachen en begon te zingen. '*Almost heaven, West Virginia, Blue Ridge Mountains, Shenandoah River...*' Ties zong meteen mee, met de tweede stem in het refrein, totdat ze lachend en een beetje buiten adem voorbij het bord met HOGERWEIJDE kwamen.

De ijssalon was niet al te groot, en hoewel de temperatuur misschien nog wel een beetje aan de lage kant was, stond er een bescheiden rij voor de deur. Op het terrasje met drie piepkleine tafeltjes en zo'n tien stoeltjes zaten mensen met hun jas aan in de lentezon van hun ijs te genieten.

'Hallo,' zei Sylvie, een beetje in het algemeen tegen iedereen die stond of zat.

'Hoi,' zei Ties.

Voor haar stond een meneer in de rij die zich omdraaide en haar een enigszins vorsende blik gaf. Hij was, schatte ze, iets over de vijftig. 'U bent toch de nieuwe boswachter?' vroeg hij.

'Dat klopt,' zei Sylvie met een glimlach. Ze stak haar hand uit. 'Sylvie van Foreeste, hoe maakt u het.'

'Reindert den Dekker, gemeenteraadslid voor Ondernemend Hogerweijde,' zei de man. Hij had nogal een gecultiveerde toon en Sylvie kreeg direct de indruk dat hij zichzelf graag hoorde praten.

'Ik had al vernomen dat Staatsbosbeheer ons een vrouwelijke boswachter had toebedeeld, maar nu ik u zo zie heb ik wel wat moeite me voor te stellen hoe u, met uw postuur, en uw, ahum, uiterlijk, vergeef me de vrijpostigheid, een zo uitgestrekt gebied aan boslandschap goed kan beheren. Boswachter Ter Haar was aan het eind van zijn werkzame carrière en het werd hoog tijd dat hij met zijn welverdiende pensioen kon, maar...' Reindert den Dekker liet in de lucht hangen dat hij vond dat ze er niet per se op vooruit waren gegaan met Sylvie als vervanger.

'Mijn moeder is niet toebedeeld, ze heeft gesolliciteerd. En ze is een enorm goeie boswachter,' zei Ties meteen strijdbaar. 'Hiervoor woonden we in Olterloo, en het bos daar is een stuk groter dan hier. En heuveliger. En dat kon ze ook. Dus dit bos kan ze met twee vingers in haar neus, let maar op.'

'Ties...' zei Sylvie zachtjes en waarschuwend.

Vanaf een stoel op het terras mengde een grote, blonde man in een blauwe overall zich in het gesprek. 'Den Dekker, jij had natuurlijk gehoopt op net zo'n kakker als jij als boswachter, en dat je dan een dealtje zou kunnen sluiten om alsnog een of andere horecatent midden in het bos neer te mogen zetten.' De man schudde zijn hoofd en maakte een wegwerpgebaar. 'Luistert u maar niet naar die man, dame;

hij heeft een heel eigen agenda, en dat is niet per definitie ook de agenda van de rest van het dorp. Ik ben Johan de Boer, van ecoboerderij Huis De Toecomst. Ja, je kunt om mijn naam lachen,' zei hij vrolijk tegen Ties, 'ik doe wat ik heet. Ik had dat ook niet gedacht, hoor, ik heb eigenlijk voor automonteur geleerd. Maar de boerderij van het landgoed stond te koop, zo'n twaalf jaar geleden, en ik dacht: dit is mijn kans. Nou, en nu heb ik een biologische boerderij, met een paar kippetjes, en schaapjes, een paar koeien, twee varkens en een kampeerveldje. Je mag een keer langskomen, dan kan je leren hoe je kaas maakt.' Hij knikte haar vriendelijk toe. 'En je moeder mag ook langskomen; we stonden ook op goede voet met boswachter Ter Haar.'

'Trouwens een idiote opmerking, Den Dekker,' zei de jonge vrouw die bij Johan aan tafel zat, 'om tegen haar te zeggen dat ze geen goeie boswachter zou kunnen zijn om hoe ze eruitziet.'

'Dat zei ik niet,' zei Den Dekker, op geen enkele manier getemperd in zijn patriarchale houding. 'Ik verbaasde me alleen over het feit dat zo'n mooie jonge vrouw zulk zwaar fysiek werk doet. Je zou verwachten dat er wel een man met een behoorlijk inkomen moet zijn die zich over haar zou willen ontfermen.'

'Ja hallo, ik sta hier,' zei Sylvie grinnikend. 'We kennen elkaar allemaal nog niet, maar laat me jullie vertellen dat mijn favoriete taken van het boswachterschap natuurbeheer en wildbeheer zijn. Dus ik ben vrij handig met een kettingzaag en een dubbelloops. Er zijn nogal wat mannen die dat iets minder motiverend vinden om zich over me te ontfermen. En daarnaast: we redden het wel, hoor, Ties en ik. Ook zonder ontfermende man.'

Het hele terras, en het rijtje dat nog voor de ijssalon stond te wachten, lachte. Sylvie lachte ook, in ieder geval aan de buitenkant; het was vanbinnen nog iets te rauw om de humor van de situatie sterker te voelen dan het verdriet om hoe het was gelopen met Marcus. Ze voelde hoe haar dochter haar bekeek terwijl ze meelachte, en ze vreesde dat Ties maar al te goed aan haar kon zien dat ze nog net niet helemaal vrolijk was.

'Kom,' zei Johan de Boer, die net de laatste hap van zijn ijshoorntje had doorgeslikt, 'ik zal jullie trakteren. Ik lever de melk aan, hier; zo vers van de boerderij. Biologischer ijs kun je niet krijgen, hoor!' Hij stond op, schoof zijwaarts langs de rij wachtenden en smoesde even met de mollige vrouw die achter de balie van de ijssalon stond. Even later kwam hij weer naar buiten met in iedere hand een hoorntje met drie bolletjes; een met fruitsmaken en een met chocolade, hazelnoot en stracciatella.

'Mag ik die bruine?' vroeg Ties meteen.

'Natuurlijk, meid,' zei Johan hartelijk. En tegen Sylvie zei hij, zacht genoeg om alleen voor haar hoorbaar te zijn: 'Laat je niet gek maken door kerels als Den Dekker, hoor. We hebben wel meer van die importkakfiguren hier in de buurt. Die wonen allemaal in die dikke villa's in het bos, en ze rijden in dikke SUV's, en ze willen zich altijd overal mee bemoeien omdat ze denken dat ze overal recht op hebben. Echte Hogerweijders, en Lagerweijders ook, die zijn niet zo.'

'En jij bent een echte Hogerweijder?' vroeg Sylvie.

Hij knikte.

Johans vrouw was intussen ook uitgegeten; ze stond op, voegde zich bij haar man en stak haar hand uit naar Sylvie. 'Hoi, ik ben Ramona,' zei ze vriendelijk, 'waarom komen jullie niet een keertje bij ons eten? Onze dochter is volgens mij ongeveer van jouw leeftijd,' zei ze tegen Ties. 'Ze is nu bij haar opa en oma, anders was ze wel meegegaan een ijsje halen. Ze is net zo dol op ijs als jij.' En tegen Sylvie: 'Ik ben import, hoor; ik kom eigenlijk uit Amsterdam.'

'Ik ook,' zei Sylvie, vanbinnen verwarmd door de onbevangen hartelijkheid.

'Ik ben hier geboren,' zei Johan. 'Ik vond de boerderij vroeger als kind al zo'n mooie plek, maar ik had nooit durven dromen dat ik er ooit zelf in zou kunnen wonen. En nu heet ik niet alleen boer, nu ben ik het ook. We hebben het niet heel breed, maar we kunnen er prima van leven, en we hebben het naar ons zin, hè, Ramoon?' Hij sloeg zijn arm om de schouders van zijn vrouw en trok haar even tegen zich aan, en ze lachte instemmend.

'Ik vind het heerlijk om zo bijna midden in het bos te wonen. Had ik niet gedacht, hoor, als stadse meid, dat ik er zo van zou genieten. Maar het is hier ook zo mooi, de natuur is echt prachtig. Vooral nu, hè, nu de zomer eraan komt en het bos weer helemaal lekker begint te ruiken.'

'Dat heb ik nou precies zo,' zei Sylvie, en daarna draaide ze met haar ogen van puur genot omdat het eerste hapje van haar ijs haar smaakpapillen bedwelmde.

'Goed, hè?' zei Johan tevreden. 'Komt door de melk. Nou, tot gauw, dames!'

'Tot gauw,' zei Sylvie, 'en bedankt!'

Ties was te zeer in beslag genomen door haar ijsje om nog een woord uit te kunnen brengen, maar ze knikte even.

Al etend slenterden Sylvie en Ties door het dorp. Ze hadden hun fietsen bij de ijssalon laten staan en bekeken op hun gemak de paar winkels in de hoofdstraat. Het was een licht vervreemdende mix van drie bizar dure kledingzaken (waarvan eentje zich duidelijk focuste op een soort droom van het Engelse landleven, met veel ruiten, tweed en laarzen die aan paardrijden en jagen deden denken) en vrij eenvoudige, heerlijk ouderwets aandoende dorpswinkeltjes: een slager, een bakker, een bloemenwinkel die ergens tussen zinloze maar prijzige woonornamenten en gezellige bossen in zat, en een snackbar die De Halte heette, waarschijnlijk omdat hij zich pal achter de bushalte bevond.

'Waar is die school nou precies, mam?' zei Ties. 'Ik zie al dat ik hier niks ga vinden om te kopen. Ik dacht dat ze ook een Hema hadden?'

'Die is er ook, maar niet in deze straat; ik denk dat het hier te deftig is. Hier om de hoek zit-ie. En de school is daar, die zijstraat in en dan loop je er zo tegenaan.' Sylvie gaf Ties een liefdevol duwtje. 'Gelukkig bezorgt de Large ook gewoon hier in het hele gebied van De Grote Weijde. En je mag ook best iets anders aan dan zwart.'

'Mam...' verzuchtte Ties.

Ze liepen het aangeduide straatje in; het verwijdde zich tot een pleintje met een bescheiden parkeerplaats en een schoolplein waarop een klas jonge kinderen rondrende. Ze klommen in het klimrek, voetbalden, hockeyden. In een rustig hoekje sloegen twee meisjes met rackets een tennisbal over en weer.

Even bleven Sylvie en Ties aan de rand van het plein staan kijken, totdat Ties zei: 'Laten we maar weer gaan. Ziet er echt helemaal niet hetzelfde uit als in Olterloo; niemand hockeyde daar. En ze hebben bijna allemaal blauwe kleren, zie je dat?'

Ties had wel een klein beetje gelijk; het gehalte donkerblauwe wollen houtje-touwtjejassen met geruite voering lag een stuk hoger dan in Olterloo, waar in ieder geval de jongens als het even kon in een rood-zwart geblokt houthakkershemd met teddyvoering rondliepen, net als hun vaders. Ties, met haar aparte kledingsmaak en haar lange, golvende, witblonde elfenhaar, had er niet echt tussen gepast, maar dat had haar nooit veel kunnen schelen. Ze had altijd goed contact met haar klasgenoten gehad, maar ze was nu eenmaal kieskeurig; er had voor haar niet echt een hartsvriendin tussen gezeten.

Sylvie had zich daar wel eens zorgen om gemaakt: Ties leek zo'n einzelgänger. Ze kon zich prima vermaken met haar laptop, haar games; ze chatte met gamers van over de hele wereld en haar Engels was uitstekend, maar in haar directe omgeving had ze weinig leeftijdgenoten met wie ze regelmatig optrok. En de meeste kinderen hadden ook andere interesses; die renden rond bij boerderijen, bouwden hutten, ragden door de natuur. Ties hield wel van de natuur, maar op een andere manier. Ze was geen enthousiaste buitenspeler. Ze zei altijd dat dat kwam doordat ze niet zo veel vrienden had met wie ze kon buitenspelen, maar Sylvie wist zeker dat haar voorliefde voor gamen er ook iets mee te maken moest hebben.

Op haar school in Olterloo was ze, geïnspireerd door alle jongeren die bezig waren met milieu en klimaat en actief waren op social media, een actie gestart om bomen te adopteren. Het idee was dat je een boom moest uitkiezen, in het bos, en beloven dat je de rest van je leven voor hem zou zorgen. Als het erg droog was in de zomer moest je hem water geven, als er vuilnis onder de boom lag moest je dat opruimen, als er een storm was geweest moest je gaan kijken of het nog wel goed ging met hem, en als hij stormschade had dan moest je dat melden bij de boswachter. Bij Sylvie, dus.

Zeker de helft van Ties' klasgenootjes had meegedaan, en

toen ze gingen verhuizen had ze verschrikkelijk haar best gedaan om haar boom bij een ander kind onder te brengen. Hij had zelfs een naam gehad – Bladerus – en Ties had met betraand gezicht afscheid van Bladerus genomen vlak voordat ze voor het laatst waren weggereden uit Olterloo.

Zo was haar dochter.

'Je kunt natuurlijk altijd je bomenadoptieplan weer opstarten, hier,' zei Sylvie aanmoedigend. 'Wel een manier om iedereen snel te leren kennen.'

Ties keek nog even nadenkend naar de spelende kinderen. 'Neh,' zei ze toen. 'Deze kinderen vinden zoiets stom. Ze staan veel te ver van de natuur af om het te begrijpen. Kijk, mam, in Olterloo waren het allemaal boeren, maar ze hielden wel van de natuur. Dit zijn... Ik weet er eigenlijk geen woord voor.'

'Kakkers?' souffleerde Sylvie grinnikend. 'Dat zei die Johan de Boer toch net? Maar het zijn vast niet allemaal kakkers; dat kan ik me tenminste niet voorstellen.'

'Misschien niet, maar ze zijn wel echt heel anders,' bromde Ties, een beetje weerspannig. 'En ze willen geen bomen adopteren.'

'We zullen zien,' zei Sylvie, 'maak je nou maar niet druk. Misschien valt het allemaal reuze mee. Kom, dan gaan we nog even langs de Hema, en de supermarkt, en dan weer naar huis.'

Ze draaiden zich om, maar precies op dat moment klonk er een stem over het schoolplein: 'Mevrouw Van Foreeste?'

Sylvie keek over haar schouder en zag het hoofd van de school op haar af lopen, een rijzige vrouw in een stijlvol donkerblauw broekpak en een crèmekleurige zijden blouse. Ze had haar kort gesproken toen ze naar Hogerweijde was gereden vanuit Olterloo om Ties' inschrijving op de school te regelen; ze had dat niet willen doen zonder de school eerst even met eigen ogen te zien.

'Wacht even,' zei ze tegen Ties, en toen het schoolhoofd hen had bereikt zei ze tegen haar: 'Hallo, mevrouw Altena Lankester, dit is mijn dochter Ties.'

'Dag Ties, wat een aparte voornaam,' zei het schoolhoofd. 'Wij noemen elkaar allemaal bij de voornaam, hoor, op deze school; ik heet Béatrice. Juf Béatrice.'

'Hallo,' zei Ties met hoorbare aarzeling, maar ze stak gelukkig wel netjes haar hand uit. 'Dag juf Béatrice, ik heet eigenlijk Laetitia. Maar dat is dus Ties geworden.'

'Laetitia is een prachtige naam,' zei juf Béatrice warm. 'Je zult het vast naar je zin hebben bij ons, er zijn nog twee meisje die Laetitia heten hier op school.'

Sylvie en juf Béatrice praatten nog een klein beetje heen en weer over vrijwel niets. Toen keek juf Béatrice op haar horloge en nam vrij abrupt afscheid met de woorden: 'Ik moet weer naar binnen, zo dadelijk is het buitenspelen afgelopen voor deze groepen. Nou, tot morgen, Laetitia; ik verheug me op je komst!'

'Ties,' zei Ties, maar juf Béatrice glimlachte alleen maar en liep toen met ferme tred terug naar de ingang van de school.

Zonder iets te zeggen liep Sylvie naast haar dochter richting de Hema. Ze voelde wel dat deze ontmoeting niet helemaal perfect was gegaan, maar ze wachtte totdat Ties er zelf over zou beginnen.

'Als ze maar niet denkt dat ik tegen iedereen ga zeggen dat ik Laetitia heet. Ik ben ook zo'n stomme koe, ik had het haar nooit moeten vertellen,' kwam eruit, mopperig, na een klein stukje lopen.

‘Hier, de Hema,’ zei Sylvie blij, bijna alsof ze hem zelf uit het niets tevoorschijn had getoverd. ‘Kom, we gaan even naar binnen. Hema’s maken heel vaak vervelende dingen weer goed, weet je dat? In Olterloo hadden we geen Hema.’

‘Ik weet niet of onzin kopen nou weer goedmaakt dat dat mens wil dat ik mezelf Laetitia noem,’ mopperde Ties.

‘Dat heeft ze toch helemaal niet gezegd?’

Ties hield halt voor de make-up en bestudeerde de inhoud van de display. ‘Nee, ze zei het niet, maar ze dingeste het wel. Wat is dat woord ook weer, dat je het niet zegt maar eigenlijk toch wel?’

‘Impliceren?’

‘Ja, dat.’ Ties koos een lippenstift die zo donkerrood was dat hij bijna bruin leek.

‘Die kan je alleen binnenshuis op,’ zei Sylvie waarschuwend, ‘en dan nog denk ik dat je eruitziet als een zombie. Je bent veel te bleek voor zo’n donkere kleur, en met dat bijna witte haar van je...’

‘Een vampier bedoel je, geen zombie. Voor een zombie zou ik groen moeten nemen. Wat weet jij er nou van, jij draagt nooit make-up.’

‘Tuurlijk niet; voor wie moet ik me nou opmaken? De bomen?’

Ties giechelde. ‘Alleen als je een boom als nieuw vriendje wil, mam. Wat voor een zou het moeten zijn?’

Sylvie grinnikte ook, een echte grinnik deze keer, die de bodem van haar ziel bereikte, dwars door de pijn die daar nog zat. ‘In ieder geval geen spar,’ zei ze, ‘die zijn me echt te stekelig, al ruiken ze wel heel lekker.’

‘Eikenboom? Lindeboom? Berk? Iep? Els? Wilg?’

‘Treur, schiet of knot?’ vroeg Sylvie, terwijl ze met de donkerrode lippenstift op weg gingen naar de kassa.

‘Doe maar treur,’ zei Ties.

‘Dan kunnen we lekker samen janken?’ Sylvie was best goed in zelfspot, vond ze.

‘Nee, mam,’ deed Ties komisch-verontwaardigd, ‘onder een treurwilg kun je tenminste schuilen. Wat heb je nou aan een knotwilg? En wat is trouwens een schietwilg?’

‘Een criminele wilg.’

‘Serieus!’ Ties keek haar moeder aan met grote, ronde ogen.

‘Nee, natuurlijk ben ik niet serieus. Dat is een wilg die heel snel de grond uit schiet, en die enorm hoog kan worden. Wilgen staan graag bij het water, en als zo’n boom dan in zijn eentje midden in een weiland staat, bij een slootje, dan kun je maar beter zijn kop eraf zagen, anders wordt hij omvergeblazen bij een storm.’

‘En dan wordt hij dus knot,’ zei Ties begrijpend. ‘Hup, zaag, al zijn *criminal intentions* eraf.’

Sylvie proestte het uit. ‘Waar jij aan je woordenschat komt, ik heb geen idee. Criminal intentions?’

‘O, dat is een game, die heet zo, dan moet je – whoa!’

Ties werd bijna omvergelopen door een grote vent die nogal onbehouwen uit het gangpad schoot. Hij droeg kleren die legerdump schreeuwden, had loshangend blond haar tot op zijn rug, een flinke baard en een dikke bril op zijn neus. Onder zijn arm hield hij een toetsenbord, een muis, een muismat en een blocnote geklemd, en zo te zien had hij een handvol pennen haastig meegegrist; op zijn rug zat een soort kamelenbult van een rugzak, een enorm ding van zwart vrachtwagenzeil. De rugzak was de boosdoener geweest die Ties bijna tegen de grond had gekegeld terwijl de man vlak voor hen uit naar de kassa beende. Hij gooide zijn spullen op de balie bij de kassamedewerkster en leek niet eens in de gaten te hebben wat hij had gedaan.

Sylvie was niet van plan het erbij te laten zitten. Wat een onbeleefde hork, om zomaar zo ongeveer over Ties heen te walsen! Zoiets verwachtte je in de Randstad, maar niet op een plek als Hogerweijde. 'Meneer,' zei ze dus streng, 'kunt u even oppassen? U loopt bijna mijn dochter omver.'

De kassadame was druk met afrekenen, maar keek toch even op van haar handelingen.

De man reageerde niet.

'Meneer!'

Nu keek hij over zijn schouder. Ze kreeg een stekende blik van zijn enigszins woest kijkende donkere ogen, omkranst door de zwarte bril. 'Wat is er?' zei hij.

'Je liep zowat over me heen, gast!' zei Ties nu dapper. 'Die bril die je ophebt helpt blijkbaar niet echt.'

De man greep haastig naar zijn bril en haalde hem van zijn gezicht. 'Mijn excuses, ik zag je niet,' zei hij toen, met hoorbare tegenzin, terwijl hij de bril even bestudeerde alsof hij hem voor het eerst zag.

'Vijftig euro vijftig, meneer De Graaf,' zei de kassajuffrouw netjes.

De man zwaaide zijn enorme rugzak af, waarbij hij nu Sylvie bijna omvermaaide, zei daar niets over, rukte het voorvak open en griste daar een stapel briefjes uit. Hij smeet ze op de balie, opende het hoofdvak van de rugzak en veegde min of meer zijn vers aangekochte spullen zo de tas in. Het zag er allemaal bijzonder ongenuanceerd en verschrikkelijk haastig uit; binnen ongeveer een halve minuut zat de rugtas opnieuw op zijn rug.

'U krijgt nog geld terug, meneer De Graaf,' zei de kassadame, maar de man maakte een soort wegwerpgebaar. 'Zet maar op de rekening, Seetha, doe er iets mee,' bromde hij, 'ik heb haast, ik ben te paard.' En tegen Sylvie zei hij kortaf: 'Mijn excuses. Maar zorg dan ook dat je kind niet voor andermans voeten loopt.' En toen beende hij de zaak uit.

Sylvie, Ties en de kassadame bleven enigszins verbouwereerd achter, hem nakijkend. Door de glazen deur heen zagen ze hoe hij de teugels van een paard losmaakte van de lantaarnpaal die aan de stoeprand stond, met een geoefende zwaai opsteeg en de straat uit galoppeerde.

'Nou ja, zeg,' was het enige wat Sylvie verontwaardigd uit kon brengen.

'Hij is echt op een paard. Die stond er nog niet toen we binnenkwamen,' zei Ties, een beetje verwonderd. 'Net *the Wild West* hier, zeg.'

'O, dat doet hij wel vaker, we zijn het gewend,' zei de kassamevrouw. 'Zijn jeep zal wel weer bij de garage staan, dat oude ding. Hij woont midden in het bos, hè, dan krijg je dat.'

'Doet die man altijd zo ongezellig?' vroeg Sylvie, nog steeds boos, terwijl ze haar portemonnee tevoorschijn haalde.

De kassamevrouw telde het wisselgeld dat de man niet had meegenomen nog een keer na, deed het in een envelop en schreef er iets op. 'Meneer De Graaf is soms een beetje vreemd, maar daar zijn we wel aan gewend, hoor. Hij bedoelt het altijd wel goed; als je hem op het juiste moment treft kan hij erg vriendelijk zijn. Hij doet al zijn boodschappen hier bij de lokale winkels, hij rijdt niet naar Hilversum en hij laat het ook niet langsbrengen. Daar waarderen we hem toch om, weet u? Hij weet ook precies hoe ik heet. Hij schijnt enorm slim te zijn, hij doet iets ingewikkelds met computers; hij zal wel een of ander probleem hebben gehad, dat hij kortaf was en zo veel haast had.'

'Ik doe ook ingewikkelde dingen met computers,' zei Ties.

‘Ik ben zelf een app aan het bouwen. En ik ben een gamer.’

‘Die van vampierenlippenstift houdt,’ voegde Sylvie toe, met een liefdevolle blik op de kruin van haar dochter.

‘Alleen voor binnen, mam,’ zei Ties, met twinkelende ogen. ‘En misschien dat ik een YouTube-filmpje maak als ik hem op heb gedaan, maar dan zit ik nog steeds binnen.’

De kassamevrouw lachte. ‘O, wacht, u bent toch onze nieuwe boswachter?’ vroeg ze toen aan Sylvie. ‘Ik had al van Bé Altena Lankester gehoord dat u twee weken geleden een keertje was langsgekomen, en dat uw dochter hier op school zou komen. Is er...’ ze boog zich een beetje voorover en haar toon werd samenzweerderiger ‘... is er ook een vader in beeld?’

‘Nee,’ zei Sylvie gedecideerd. ‘Ties en ik zijn samen.’

‘Mijn moeder had een vriend, maar dat was zo’n eikel, dan kan je nog beter geen vriend hebben,’ zei Ties, ineens vurig. ‘Ik wil in ieder geval echt niet zo’n vaderfiguur in mijn leven, hoor.’

‘Rustig aan,’ maande Sylvie haar zachtjes. En tegen de kassamevrouw zei ze, haar toon zorgvuldig neutraal: ‘Het gaat soms zo, in het leven, nietwaar? Wij redden het prima met z’n tweetjes; ik hoop alleen dat dit niet het soort omgeving is waarin iedereen daar iets van vindt.’

‘Och welnee,’ zei de kassamevrouw zonder enige gêne, ‘ik ben alleen zelf zo nieuwsgierig. We zitten hier aan de rand van de Gooise matras, daar rollen wel ergere dingen vanaf dan alleenstaande moeders.’

‘Nou,’ zei Sylvie zachtjes tegen Ties, terwijl ze de winkel uit liepen, ‘ik hoop maar dat ik niet al te veel met die meneer De Graaf te maken krijg, als hij midden in het bos woont. Zal je zien, heb je zo’n vage kluizenaar in een of ander wrakkig hutje die iedere keer dat ik in de buurt wat te zagen heb, naar buiten komt rennen en begint te schreeuwen.'

'Bomenmoord!' riep Ties doorvoeld.

'Precies. Kom, we gaan nog even naar de supermarkt, en dan de fietsen halen en terug naar huis; we hebben nog veel te doen.'

Freek

2

Eindelijk was hij erdoor. Het had hem twee maanden van proberen gekost, hij had een generator van e-mailadressen met de meest voorkomende Koreaanse namen gebouwd – het domein @hone-hq.kr had hij zo gevonden – en hij had de Hone-site constant gemonitord op vacatures, in de hoop dat hij achter de naam van iemand wat hogerop in de hiërarchie zou kunnen komen, hij die persoon zou kunnen spearphishen en vervolgens via diens account een DNS-hijack zou kunnen uitvoeren. Dat had allemaal erg veel tijd gekost en bitter weinig opgeleverd: toen hij het technische bijltje erbij had neergegooid had hij nog geen enkele inlog weten te bemachtigen, en in Zoetermeer begonnen ze ongeduldig te worden.

Hij had wel zijn weerzin tegen social media en de inzet van desinformatie moeten overwinnen. In een puur technische aanval kon hij schoonheid ontdekken: dat was gewoon een kwestie van kennis en kunde, en aan de kant van de aangevallen partij was het een kwestie van wel of geen krachtige beveiliging. Maar het willens en wetens misleiden van mensen om via hun zwaktes een netwerk binnen te dringen stuitte hem tegen de borst. Social hacking voelde als valsspelen, niet als een uiting van zijn intellect.

Het was uiteindelijk gelukt via Instagram; hij had een flauw raadspelletje bedacht waarbij iemand aan de componenten van een uit elkaar gesloopt stuk technologie moest kunnen zien wat het was. Natuurlijk waren het allemaal Hone-apparaten; een paar modellen mobiele telefoon, een wifi-router, een robotstofzuiger, een smart deurbel, wat huishoudelijke spullen. Doorklikken naar een webpagina, een rijtje velden invullen om kans te maken op een niet-bestaande prijs, hoe gemakkelijk was het; het verbaasde hem iedere keer opnieuw hoeveel mensen het wachtwoord waarmee ze op hun werk inlogden zonder enige aarzeling recycleden voor allerlei onzinsites die om een inlog vroegen. Alsof ze maar één wachtwoord konden onthouden, terwijl er tegenwoordig meer dan genoeg slimme software bestond die vrijwel onkraakbare wachtwoorden voor je kon genereren, en die ze nog voor je bewaarde ook. Van de grofweg zestig Hone-medewerkers die hij had binnengehengeld had ongeveer een derde een inlog achtergelaten waarmee hij probleemloos het interne netwerk van Hone op kon.

Alle andere adressen en onzin die hij had binnengekregen had hij netjes gedeletet; hij was tenslotte een ethisch hacker. De werkende inloggegevens van de Hone-medewerkers had hij zorgvuldig geïsoleerd en doorgespeeld aan het offensieve hackteam bij de AIVD. Die mochten ermee verder, wat hem betrof; hij was niet geïnteresseerd in de uitkomsten van de aanval. Hij kreeg een opdracht, voerde die zo goed mogelijk uit en liet dan ogenblikkelijk weer los waar hij wekenlang obsessief mee bezig was geweest.

Even was er dan een vreemde leegte; hij kon soms wel een half uur verdwaasd voor zich uit zitten kijken met het gevoel dat hij nog van alles moest, zoekend in zijn hoofd naar wat er dan precies voor dringends moest gebeuren. Heel langzaam zakte die urgentie; het hielp vaak om in de tuin te werken, de rozen te verzorgen – de vroegbloeiende soorten stonden er al prachtig bij – of iets te maken van een oude boomstam. Hij was in de loop der tijd behoorlijk handig geworden in het uitzagen van vormen uit boomstammen; hij had speciaal daarvoor verschillende formaten motorzagen en frezen in zijn schuur liggen. Hij vond het nog wat te vroeg om zichzelf motorzaagkunstenaar te noemen, maar zijn tuin herbergde intussen toch een paar best aardig gelukte houten beelden.

Geld had hij op het moment wel genoeg. Het werk voor de AIVD betaalde uitstekend, en nu hij het grote huis had verhuurd en betrekkelijk comfortabel in het koetshuis woonde, had hij ook niet meer zo het gevoel dat hij als een mislukkeling eenzaam door de nog narokende puinhopen van zijn familiehistorie dwaalde. Het huis had dringend onderhoud nodig, dat wist hij ook wel, maar zolang de huurders niet klaagden, netjes de huur afdroegen en hem verder met rust lieten, parkeerde hij dat probleem zonder al te veel gêne in een donker hoekje van zijn hersenen.

Eén huurder hoefde hem niet altijd met rust te laten. Nu de klus geklaard was en hij langzaam weer op aarde terugkeerde, realiseerde hij – of eigenlijk zijn lichaam – zich dat hij de afgelopen weken geen seks had gehad. Het zou wel prettig zijn om daar iets aan te doen; misschien moest hij maar weer eens iets van zich laten horen.

Ze heette Eufemia. Hij had daar allerlei associaties bij: goede vrouw, mooi verwoord, een mooie term voor wat ze daadwerkelijk was; de officiële versie van het verhaal verhulde de waarheid maar ternauwernood. Een model uit Rusland was ze, en ze woonde permanent in het grote huis met de drie snelle jongens die het van hem huurden en die bezig waren met god weet wat voor zaken. Dat ze uit Rusland kwam klopte waarschijnlijk wel; haar Engels was er slecht genoeg voor. Het interesseerde hem allemaal niets, zolang hij maar met rust werd gelaten en de huur werd betaald. Dat ook hij van Eufemia's diensten gebruik mocht maken – hij vermoedde dat dat bedoeld was als zoethoudertje, zodat hij zich verder niet zou verdiepen in de handel en wandel van zijn onderhuurders – ervoer hij als een per ongeluk ontstane, maar voor zijn situatie betrekkelijk elegante oplossing.

Hij was niet geschikt voor relaties. Eén serieuze poging had hij ondernomen, tegen het eind van zijn studietijd, toen hij zich nog mengde onder mensen met een ongeveer gelijkluidende herkomst als de zijne. Het had desastreus uitgepakt, en hij had vervolgens als een kruidje-roer-me-niet zijn volledige, zwaargewonde emotionele leven opgerold en diep in zichzelf verborgen. Zijn bijbehorende fysieke behoeften kon hij een flinke tijd negeren maar niet helemaal uitschakelen; Eufemia kwam precies vaak genoeg langs in het koetshuis om het aangenaam te houden.

De eerste vroege rozen toonden hun schoonheid al; hun geur was broos en teder, zo roze als de zich ontvouwende bloemblaadjes. De lieveheersbeestjes deden hun werk. Hij had een aantal jaar geleden, toen hij de door zijn moeder zo geliefde rozentuin voor zijn ogen achteruit zag gaan, het lumineuze idee gehad om aan biologische bestrijding te gaan doen. Van een stukje boomstam had hij een hotel gemaakt voor de lieveheersbeestjes en dat gevuld met larven. Tot zijn verrassing kon je die gewoon online bestellen – hij dacht vaak op zo'n academisch niveau na over computers, netwerken en onlinetechnologie dat hij de praktische toepassingen ervan bijna uit het oog verloor. De larven kwamen per post, in een zakje dat door de brievenbus kon. Ze gedijden uitstekend met zo'n immense bladluiskolonie om van te eten en op dit moment waren de rozen in betere conditie dan toen zijn moeder nog leefde. Altijd was ze met haar rozentuin in de weer geweest; ze had, naar zijn idee, meer aandacht gehad voor de planten dan voor haar enige zoon.

Voor de sherryfles had ze ook veel aandacht gehad, hoewel witte wijn een mooie derde was geweest; achteraf gezien was het de vraag waarom ze ooit de moeite had genomen zich voort te planten. Ongetwijfeld had *peer pressure* een rol gespeeld, of misschien een poging een wankel huwelijk meer bestaansrecht te geven. Hij wist in ieder geval zeker dat hijzelf een onmetelijke teleurstelling moest hebben betekend voor zijn ouders; niet alleen had hij niet voor meer cohesie in het huwelijk gezorgd, hij was ook nog raar en afwijkend geweest. Tijdens zijn gehele jeugd had er een bepaald soort onuitgesproken, maar daarom niet minder vlijmende, schaamte geheerst wanneer hij onhandig als altijd een kamer vol volwassenen betrad en de ene na de andere faux pas maakte; hij hoefde niet erg diep in zijn geheugen te graven om dat gevoel opnieuw boven tafel te krijgen.

Hij was raar.

En afwijkend.

De pater familias was uiteindelijk zo consequent afwezig geweest in het gezin dat Freek zich nauwelijks nog iets van hem kon herinneren. Hij wist nog dat zijn vader bevriend was geweest met 'de prins'; zijn moeder voerde dat steevast aan als excuus als zijn vader ontbrak in het gezelschap. Voor hem als kind had dat geklonken als iets uit een ridderverhaal, maar in de realiteit, wist hij nu, kwam het neer op geldverslindende tripjes naar Monte Carlo of Saint-Tropez met verveelde royalty en een reeks mooie dames met dubieuze mores. Dat alles had er uiteindelijk toe geleid dat Freeks vader na zijn onverwachte overlijden door een ongeluk met een raceboot zijn vrouw en toen vijftienjarige zoon had achtergelaten met een lekkend landhuis en een indrukwekkende schuld. Zijn moeder was de klap nooit helemaal te boven gekomen en haar band met de fles was zo mogelijk nog veel inniger geworden. Ze had het laatste personeel moeten ontslaan: Mathilde de huishoudster, die altijd had geprobeerd een beetje over Freek te moederen toen hij nog klein was en die met tranen in haar ogen vertrok, en haar man Henk, die de tuinen bestierde. Zijn moeder had niet veel keus gehad; ze had stukje bij beetje bijna alles moeten verkopen. Meubels, schilderijen, kunst en prullaria; sommige stukken hadden gelukkig flink wat opgeleverd, zodat hij in ieder geval had kunnen studeren. Ze was uiteindelijk plotseling, ze was nog geen vijfenzestig, overleden in haar slaap; misschien was de combinatie van sherry, witte wijn en de volharding waarmee ze oxazepam slikte om de scherpte van haar bestaan niet te hoeven voelen, haar fataal geworden. Of het was een hartstilstand, zoals de arts had verklaard.

Hij dronk zelf maar zelden, maar de appel viel niet ver van de boom op het gebied van de dames met dubieuze mores, bedacht Freek zich nu met een grimas, terwijl hij voorzichtig een dorre tak van een rozenstruik wegsnoeide. Hij moest er alleen niet aan denken om naar Monte Carlo te moeten; hij vond een uitstapje naar Hogerweijde soms al bijna te veel van het goede. Hij zou gaan rijden, bedacht hij toen; hij had Jack bij lange na niet genoeg beweging gegeven in de weken dat hij aan zijn scherm gekluisterd had gezeten.

Vanuit de stal, die direct naast het koetshuis lag en in principe ruimte bood aan zeker vier paarden, maar nu voor het grootste deel dienstdeed als schuur, klonk een vrolijke begroetingsproest zodra hij in beeld verscheen: Jack was over het algemeen een stuk beter gehumeurd dan hij. Hij kon zich daar wel wat aan optrekken; als hij erg liep te broeden hielp de dagelijkse klus van Jack verzorgen, zijn stal schoonmaken en hem eens flink borstelen meestal al om zijn eigen gemoedstoestand op te vijzelen, en rijden was een immer succesvolle manier om zijn gedachten om te buigen: als Jack en hij zich gezamenlijk een uur of twee in het zweet hadden gewerkt, dan voelde hij zich over het algemeen een stuk beter.

Eerst rijden.

Dan Jack verzorgen, dan douchen, en dan Eufemia. Als het lot hem een klein beetje gunstig gezind was en ze had er zelf ook zin in, dan kon ze misschien wel langer blijven dan het hoogst noodzakelijke half uurtje.

Het hielp al dat hij een plan had; het prettige van een klus vond hij altijd dat het zo overzichtelijk maakte waar hij zich de eerstkomende tijd op zou focussen. Als die structuur dan plotseling ontbrak kon hij zich soms zo'n drenkeling voelen in een oceaan van mensheid: zonder richting, zonder doel en zonder reden.

Jack had er zin in. Hij legde nog net niet zelf zijn zadel op zijn rug, en voordat Freek het wist galoppeerden ze door zijn bossen. De natuur had een goede dag: alles stond er prachtig bij. De lente was altijd zo'n hoopvol, beloftevol seizoen; zelfs hij kon zich op een dag als deze bijna voorstellen dat alles beter zou worden. Zijn zintuiglijke indrukken waren in perfecte harmonie: vers lichtgroen geritsel boven zijn hoofd met een bodem van geurig donkerbruin dat nog niet zo lang geleden goed was beregend, vermengd met de een beetje roodbruine geur van paard en het donker-gedempte stappen van Jacks hoeven, aangevuld met het grijze, scherpe knappen van een tak als perfect passend accent. Geuren, geluiden en kleuren wilden zich nog wel eens vermengen in zijn hoofd; als de balans tussen de drie precies goed was, dan kon dat hem soms heel even intens gelukkig maken.

Hij hield van het bos. Hij was blij dat hij het voorrecht had om in een bos te wonen, al wist hij dat er verschillende bomen waren omgewaaid in de late winterstormen. Daar zou hij, nu het weer beter begon te worden, iets aan moeten doen zodra zijn oeroude terreinwagen weer tot leven gewekt was door de garage. Deze keer was er een openhartoperatie voor nodig geweest; de motor was nog net niet volledig vervangen. Hij zat al een week te wachten op het bericht dat hij zijn auto kon ophalen: hij was van plan dat te voet te doen, hoewel het dwars door het bos een wandeling van minstens een uur was naar Hogerweijde.

Fysieke arbeid, daar draaide hij zijn hand niet voor om. Of het nu lopen, boomzagen, rijden of iets anders was, hij vond het nooit een straf. Het bracht de zaak weer in balans: zijn werk deed hij met zijn hoofd, dus zijn lichaam moest toch af en toe ook iets te doen hebben.

Tussen de stammen, in de verte, zag hij een hert wegschieten. Er zaten er wel meer, wist hij; hij had de indruk dat ze graag schuilden in het bos op zijn land. Begrijpelijk: het was er een stuk rustiger dan in de omliggende gebieden. Geen wandelaars of fietsers of op een andere manier recreërende mensen hier.

Hij had nog niet zo lang geleden onverwachts een e-mail gekregen van iemand die hij kende van vroeger, uit de tijd dat hij nog een vaag idee had dat hij er misschien toch nog wel bij zou kunnen horen als hij maar hard genoeg zijn best deed. Nu wist hij wel beter; hij hoorde nergens bij. Niet bij de recreërende drommen mensen en ook niet bij de elite waar nogal wat van zijn voormalige kennissen zich toe rekenden. De e-mailer had natuurlijk niet van zich laten horen uit puur sociale beweegredenen; hij had nog niet veel mensen ontmoet die er daadwerkelijk dergelijke beweegredenen op na hielden. Geen, eigenlijk. Nee, de kennis had een vraag. Of ze niet eens samen zouden jagen. Dat landgoed van hem moest intussen goed vol zitten; het was toch algemeen bekend dat Frederik niet aan wildbeheer deed?

Freek had het nooit leuk gevonden om met zijn volledige naam aangesproken te worden; Freek paste hem veel beter dan die mondvol lettergrepen. Om nog maar te zwijgen over de rest van zijn idiote, inefficiënte, volkomen redundante officiële volledige naam. Hij weigerde die te gebruiken, maar kon niet helemaal vermijden er van tijd tot tijd mee in aanraking te komen: het stond natuurlijk op officiële documenten. Zijn paspoort. Zijn rijbewijs. Zelfs op zijn AIVD-pas stond het, al had hij nog zo zijn best gedaan om dat te voorkomen.

Alleen al het gebruik van zijn volledige voornaam zou voldoende zijn geweest om de voormalige kennis buiten de deur te willen houden. Maar dan ook nog diens voorstel. Jagen. Wat een volkomen bizar idee.

Freek wist dat er nogal wat mensen waren die simpelweg vonden dat het erbij hoorde. Een groot landgoed, een achtergrond als de zijne; jagen was als fietsen. Er waren natuurlijk ook grote groepen mensen die er van buitenaf tegenaan keken en die het een barbaarse, voorwereldlijke gewoonte vonden die bij wet verboden zou moeten worden. Voor beide standpunten kon hij wel begrip opbrengen, maar het trok hem totaal niet om een kant te kiezen. Hij wilde daar evenmin aan beginnen als aan het jagen zelf; het nut ontging hem. Jagen was wat hem betrof een zinloze bezigheid die op z'n best iets aan lichaamsbeweging opleverde en die even weinig met natuurbeheer als – mits goed uitgevoerd – met wreedheid jegens dieren van doen had.

Hij had de voormalige kennis eerst twee weken genegeerd en toen een korte en vrij stekelige afwijzing gestuurd. Gelukkig was er geen verdere respons gekomen; het hele idee bezorgde hem nog steeds, en om een complexe set redenen, een vervelende, bittere nasmaak.

Hij was een stuk beter af alleen. Zonder andere mensen. Zonder–

Hij hoorde iets. Een geluid dat de harmonie van zijn zintuigen verstoorde: een geluid dat onmiskenbaar door een ander levend wezen werd gemaakt, en het was geen dier. Het bos was hier dicht, maar hij wist dat hij een kruising van paden naderde. Takken knapten, hij hoorde een soort gesnuf. Jack maakte een laag proestgeluid en schudde even zijn hoofd.

'Jij hoort het ook,' mompelde Freek tegen Jack, en tegen zichzelf zei hij zachtjes: 'Vooruit, Freek,' want het idee hier een ander mens tegen te komen, en daar dan misschien ook nog een of andere confrontatie mee te moeten aangaan, stuitte hem dusdanig tegen de borst dat hij het liefst was omgekeerd.

Hij hield Jack kort en naderde het kruispunt langzaam. Tot zijn verrassing zag hij daar een meisje lopen, van een jaar of elf, twaalf, in zwarte kleren, een fiets aan de hand. Zij maakte dat snuffende geluid.

'Hola, wat moet dat hier?' vroeg Freek bars, zo goed mogelijk voorbereid op die dreigende confrontatie. 'Dit is eigen terrein. Het staat duidelijk aangegeven bij de hekken, dus wat –'

Het meisje keek geschrokken op; een betraand wit gezichtje omkranst door lang, bijna witblond elfenhaar. Hij kende dat gezichtje, die donkere ogen. In de Hema, hij wist het meteen weer: dat meisje dat zo onhandig in de weg had gestaan terwijl hij haast had. Of, nou ja: hij wist van zichzelf dat als hij eenmaal diep weggezakt was in een klus, hij enigszins nietsontziend kon worden. Ze had waarschijnlijk niet echt heel erg in de weg gestaan; wat was hij toch een bot en onhandig sujet af en toe.

Hij steeg af. 'Blijf staan,' mompelde hij in het paardenoor, met een klopje op Jacks hals; Jack pruttelde een beetje ten antwoord.

'Wat is er gebeurd?' zei hij, vriendelijker. Hij liep om Jack heen. Het meisje probeerde een paar stappen achteruit te doen, maar haar fiets werkte dankzij een dikke tak niet erg mee. Ze viel bijna om; Freek kon haar nog net bij de arm grijpen.

'Voorzichtig,' zei hij zachtjes. 'Vertel, wat is er aan de hand? Ik doe niets, ik zal je niet nog een keer omverlopen. En nogmaals mijn excuses daarvoor; ik was diep in gedachten, ik had haast, ik zat midden in een hack.'

'Ik heb een lekke band,' zei het meisje, betraand maar opstandig, 'en mijn mobiel is leeg. En ik weet niet meer waar ik ben. Ik wilde een kortere weg vinden, en ik zocht een boom om te adopteren. Hier staan van die mooie grote. Ik zag heus wel dat er bordjes stonden, maar ik dacht: voordat iemand me heeft gezien ben ik alweer weg. Maar toen kreeg ik dus een lekke band. Kan jij hacken?'

Haar toon was van opstandig naar nieuwsgierig opgeschoven.

Hij knikte.

'Kan je me dat leren?'

Hij grijnsde even in zijn baard. 'Hou je van computers, dan?'

Ze veegde haar gezicht droog en nu was zij degene die knikte. 'Ik ben een gamer. Maar ik zou ook wel willen kunnen hacken; dan brak ik in bij school.'

'En wat zou je dan doen?' vroeg hij geïnteresseerd.

'O,' zei ze met een schouderophalen, 'het brandalarm af laten gaan zodat we allemaal wat eerder naar huis kunnen, of zorgen dat er eens wat leuks op het digibord komt. Leuke muziek of zo.'

'Waar luister je dan naar?' Gelukkig was ze opgehouden met huilen. De situatie was vrij absurd, maar hij kon er de humor wel van inzien.

'Billie Eilish. Beetje K-pop, soms. En Floor Jansen. Ik ben alles van haar aan het luisteren sinds ze in *Beste Zangers* is geweest.'

'Die is toch van Nightwish; symfonische metal?' Hij kon zelf wat stevigere muziek ook wel waarderen; soms hielp het hem zich te concentreren als het ingewikkeld werd. Alsof hij zich beter kon afsluiten en focussen wanneer er iets was waarván hij zich kon afsluiten. Rauwere muziek werkte dan beter dan Mozart of Händel; daar luisterde hij ook graag naar, maar dan vergat hij juist te werken.

Het meisje knikte. 'Vind ik wel mooi. Het is vaak een beetje fantasyachtig. Ik hou ook van fantasy; ik lees echt veel te moeilijke boeken voor mijn leeftijd.'

Hij knikte. 'Dat deed ik ook altijd toen ik nog kind was. Hou oud ben je?'

'Elf.' Ze veegde haar hand af aan haar broek en stak hem uit. 'Ik heet Ties. Eigenlijk heet ik Laetitia, maar iedereen noemt me altijd Ties. Of, nou ja, op school proberen ze me juist weer Laetitia te noemen, terwijl ik dat dus helemaal niet wil.'

Hij pakte haar hand aan en schudde hem ernstig. 'Ties is uitstekend: kort, functioneel, zonder pretenties. Ik heet Freek. Aangenaam kennis te maken. Ben je gevallen?' Ineens vielen de groene plekken op haar knieën hem op.

Ze knikte.

'Bezeerd?'

'Nee. Het kwam door die stomme lekke band. Ik had het eerst helemaal niet in de gaten. Ik loop hier voor mijn gevoel al uren, ik weet niet eens hoe laat het is, omdat mijn mobiel dus leeg is; straks is mijn moeder nog ongerust. Ik kom altijd op tijd thuis.'

Freek keek op zijn horloge. 'Het is kwart voor drie.'

'Waaat!' riep Ties geschrokken uit.

Freeks brein legde hem in de nanoseconde volgend op die uitroep verschillende scenario's voor. Hij zou haar op zijn mobiel Google Maps kunnen laten bekijken, zodat ze weer een idee had van waar ze was. Hij zou haar kunnen wijzen hoe ze zijn landgoed zo snel mogelijk kon verlaten, hij zou zelfs met haar mee kunnen lopen tot aan het hek. Maar tot zijn eigen verrassing begon zijn mond, nog voordat zijn ratio een keuze had kunnen maken uit die opties, zomaar op een geruststellende toon te praten. 'Geen zorgen, Ties, ik breng je thuis. Kun je rijden?'

'Op... dat?' Ties keek twijfelachtig naar Jack.

'"Dat" is Jack von Hinnicken. Hij is zeer goedmoedig. En ik maak hieruit op dat je niet rijdt. Je bent niet zwaar, zo te zien; Jack, kom eens even hier.' Hij gebaarde naar zijn paard, dat meteen kwam aangestapt en nieuwsgierig zijn hoofd neeg. 'Jack, Ties, Ties, Jack,' zei Freek. 'Zet je fiets tegen die boom daar en laat Jack even aan je hand ruiken, en daarna kun je hem aanraken.' Hij legde zijn hand op Jacks neus en wreef even liefdevol.

Jack liet zich aaien door de voorzichtige, smalle meisjeshand en gaf Ties met zijn neus een duwtje tegen haar schouder. Ze struikelde een stapje achteruit.

'Dat betekent dat hij je wel sympathiek vindt,' zei Freek.

'Ik ben echt helemaal geen paardenmeisje,' zei Ties, 'ook al heb ik een rugzak met een eenhoorn erop, maar deze lijkt me wel oké. Alleen, eh... wat doe ik met mijn fiets?'

Freek maakte een opstapje van zijn handen. 'Doe je rugzak af; die geef ik je zo dadelijk aan. Je fiets haal ik uit het bos als mijn auto is gerepareerd; dan breng ik hem wel langs. Stap in mijn hand – Nee, andere voet! En zwaai maar op. Op Jacks hals, vlak voor het zadel.'

Ties steeg keurig op, nam haar rugzak aan, veegde de blaadjes en takjes uit het nepbont en gaf een klein gilletje toen Freek vlak achter haar opsteeg.

'Zit je goed?' vroeg hij.

'Denk het wel,' zei ze.

'Je kunt je vasthouden aan zijn manen, dat vindt hij geen probleem.'

Hij spoorde Jack aan en nam het pad waarop Ties had gelopen. 'Je was wel op de goede weg,' zei hij. 'Nog een paar honderd meter en je was bij het hek geweest. Waar moet ik je naartoe brengen?'

Ties noemde het adres van het huisje waar ze met haar moeder was ingetrokken, net een week geleden.

'O, je bent de dochter van de nieuwe boswachter,' zei Freek. 'Ik heb daar iets over gehoord van Ter Haar. Hij was helemaal ontdaan van het nieuws dat hij zou worden opgevolgd door een vrouwelijke boswachter.'

'Ga jij nou ook al beginnen?' zei Ties geërgerd over haar schouder. 'Iedereen hier zit te zeuren over mijn moeder, dat ze boswachter is, en ook over dat ik geen vader heb. Ik word er gek van. Mijn moeder is een enorm goeie boswachter, en natuurlijk heb ik een vader, ik weet alleen niet wie het is. En ik hoef het ook niet te weten, het is vast net zo'n eikel als mijn moeders vorige vriend. Ze is er nog verdrietig om, hoe die haar heeft behandeld. Nou, dan heb ik liever helemaal geen vader.'

'Hola,' zei Freek, 'ik heb niets gezegd over of je moeder wel of niet een goede boswachter zou zijn. En over die andere dingen heb ik ook niets gezegd. Zijn de kinderen op school vervelend tegen je?'

'Een beetje,' gaf Ties schoorvoetend toe, met nog een blik over haar schouder. 'Ik ben een nerd met een moeder die boswachter is, en zonder vader, in een klas vol kakkerkinderen die de hele dag lopen te vergelijken wie de duurste kleren aanheeft. Nou, dan weet je het wel.'

'Ik paste als kind ook niet erg goed in mijn klas,' zei Freek nadenkend, 'maar in die tijd stond alles rondom computers nog enigszins in de kinderschoenen. Ik heb wat langer dan jij nodig gehad om uit te vinden dat ik daar handig in ben.' Hij was even stil, en zei toen: 'Wacht, ik heb een idee; we maken zo dadelijk een omweggetje.'

'Dan krijgt mijn moeder helemaal een hartverzakking, als ik nog later thuiskom.'

Het hek kwam in zicht en Freek steeg af om het te openen. 'Het is denk ik wel de moeite waard om het te proberen,' zei hij omhoog naar haar. 'En als je wilt kun je je moeder alvast even bellen met mijn mobiel.'

Sylvie

3

Haar dochter verslond met smaak het stuk lasagne op haar bord, zich niet bewust van wat voor zorgen dan ook. Als Sylvie zo naar haar keek, en ze dacht ook maar éven terug aan hoe ze zich die middag had gevoeld, dan zat haar hart direct weer in haar keel. Ze was bijna gek geworden; het werd later en later en Ties nam haar mobiel niet op. Ze kwam altijd op tijd thuis; ze nam altijd, echt áltijd haar mobiel op. Sylvie had zich de meest vreselijke voorstellingen gemaakt.

Ze had zelfs het politiebureau gebeld; ze was natuurlijk eerder die week al eens langs geweest om zich voor te stellen en had daarbij vijf vriendelijke en een beetje nieuwsgierige agenten ontmoet, allemaal mannen, op één na. De enige agente heette Anouschka – zeg maar Anoes – en ze was ook als enige volkomen neutraal geweest over het feit dat de nieuwe boswachter van boswachterij De Grote Weijde een vrouw was. Alle mannelijke agenten hadden toch een soort nauwverholen verbazing tentoongespreid. Gelukkig had Anoes opgenomen toen ze vanmiddag belde; ze had het op dat moment niet aangekund om een man aan de lijn te krijgen die dan – hoe subtiel misschien ook – een of andere rolbevestigende reactie had gegeven.

Anoes had haar serieus genomen. Het bos was veilig, er

waren geen psychopaten die het voorzien hadden op jonge meisjes, de bewegwijzering was goed, en als Ties zich om vijf uur nog steeds niet had gemeld, dan zou ze een zoekactie opstarten en laten uitzoeken wat de laatst bekende locatie van Ties' mobiel was.

Sylvie had opgehangen, een klein beetje gerustgesteld, maar voordat ze haar mobiel op tafel had kunnen leggen was ze verrast door een belletje van een onbekend nummer.

De stem van haar dochter in haar oor had haar zo'n opluchting bezorgd dat ze bijna door haar knieën was gezakt; ze had nog net op tijd een keukenstoel te pakken weten te krijgen om op neer te vallen.

Ties was veilig. Ties was veilig, ze had een lekke band en een lege mobiel, er was niets aan de hand, ze werd thuisgebracht door die man met die grote rugzak van in de Hema.

'Hij is dus eigenlijk superaardig, mam,' zei ze nog, en toen hing ze weer op.

Nog geen tien minuten later verscheen er op het bospad naar haar huis een paard, dat rustig aan kwam stappen en halt hield op haar erf. Die man van de Hema zat erop en voor het zadel zat haar mooie, ongedeerde dochter.

Ties gooide haar rugzak met een welgemikte boog op het bankje naast de deur, zwaaide haar been over het paardenhoofd en gleed eraf alsof het de normaalste zaak van de wereld was.

'Bedankt, Freek,' zei ze tegen de man op het paard.

Sylvie stond al buiten. 'Ties! Ik was zo ongerust! Wat was er nou, waar was je, en je mobiel –' Toen had ze haar dochter te pakken en knuffelde ze haar met alles wat haar moederhart bevatte.

'Mam!' klaagde Ties, een beetje gesmoord.

Sylvie liet los.

‘Ik zocht een andere weg, door het bos, en ik zocht een nieuwe boom om te adopteren, en toen kwam ik bij een hek met verboden toegang, maar er was wel een pad, en heel mooie bomen, dus ik dacht, ik sneak er even tussendoor. Maar toen kreeg ik dus een lekke band, en toen was mijn mobiel leeg, dus ik kon niet meer op Maps kijken en ik kon je niet bellen! Sorry, mam, sorry...’

‘Waar is je fiets dan nu?’

‘Staat nog in het bos. Ik kwam Freek tegen, die was daar aan het paardrijden. Hij heeft beloofd mijn fiets te brengen als zijn auto het weer doet.’

De man was inmiddels afgestegen; Sylvie brak haar hoofd over zijn achternaam. Ze wist zeker dat ze die had gehoord in de Hema, wat was het nu ook weer... O ja! Ze stak haar hand uit. ‘Meneer De Graaf! We hebben elkaar al eens ontmoet. Dank u dat u mijn dochter hebt gevonden, en teruggebracht.’

‘Hij heet dus Freek, mam,’ zei Ties, en tegen de man zei ze: ‘Mijn moeder heet Sylvie.’

Hij greep haar uitgestoken hand; een ferme, korte handdruk. ‘Aangenaam,’ mompelde hij. ‘En mijn excuses voor mijn optreden bij onze vorige ontmoeting.’

‘Freek kan hacken,’ zei Ties enthousiast, ‘hij liep over me heen in de Hema omdat hij haast had, omdat hij zat te hacken.’ Zo te horen had ze het hem intussen ruimschoots vergeven.

‘Alleen ethisch,’ zei Freek. ‘Ik krijg opdrachten, die voer ik dan zo goed mogelijk uit. Inhoudelijk kan ik er niets over zeggen.’

‘Maar kan je het me leren?’ vroeg Ties. ‘Aaah? Het lijkt me zo cool om dat te kunnen! Speel je trouwens *SevenDays*?’

‘Dat is toch zo’n *world-building game*?’

'Ja, je begint met een lege aarde en je hebt zeven dagen om alles te bouwen. Ik doe alleen *creative*, niet *battle*. Ik ken wel een paar gamers die dat ook spelen, maar die willen altijd battle doen; ik wil de hele wereld gewoon vullen. Het liefst met bomen.'

Freek grijnsde waarschijnlijk; Sylvie zag zijn wangen bewegen, maar de onderste helft van zijn gezicht was bedekt door zijn nogal woeste baard, en zijn ogen zaten grotendeels verborgen achter zijn bril. Hij zag er gelukkig niet erg gevaarlijk uit, met al dat haar en die nerdbril op, al was hij flink groot. Hij kwam in ieder geval vriendelijk over. Een beetje schrikachtig misschien; hij had iets ongemakkelijks over zich. Sociaal onhandig, alsof hij niet veel onder de mensen kwam.

'Dus, u was aan het paardrijden op landgoed Woudenbergh,' zei Sylvie tegen Freek, en daarna keek ze Ties een beetje streng aan. 'Ik ga er tenminste van uit dat je daar was, als je langs een hek met een VERBODEN TOEGANG-bord bent geglipt.'

'Ik kon er zo langs, hoor,' zei Ties verdedigend, 'het hek stond over de weg, maar er was geen prikkeldraad of zo; ik hoefde bijna niet eens af te stappen.'

'Maar er stond een verbodsbord,' zei Sylvie met nadruk. 'Nou ja, gelukkig was je niet de enige daar; ik kan er op dit moment alleen maar blij om zijn. En laten we hopen dat niemand je fiets meeneemt.'

'Die staat daar veilig, voor nu,' zei Freek. 'En zodra ik mijn auto terugheb breng ik de fiets langs. Zoals afgesproken.' Hij maakte aanstalten om weer op te stijgen; het paard stond een beetje ongeduldig met zijn oren te draaien.

'Wilt u niet, eh... Kan ik u een kop thee aanbieden?' zei Sylvie snel; ze voelde zich ineens al bijna net zo sociaal onhandig als die Freek de Graaf. Misschien was het besmettelijk; normaal gesproken was ze toch niet zo snel uit het veld geslagen. 'Ik bedoel: ik wil u natuurlijk graag bedanken voor het feit dat u mijn dochter hebt gered.'

'Geen dank,' zei Freek, en hij steeg op. 'Misschien een andere keer. Uw dochter is nooit in gevaar geweest; ze was misschien een beetje geschrokken, maar ze is veilig op Woudenbergh. Daar kunt u van op aan.'

'Maar als je binnenkomt kan ik je mijn laptop laten zien,' riep Ties nog gauw.

Freek hief zijn hand en wendde zijn paard.

'Mag ik dan een keer jouw computer komen bekijken?' riep ze hem na, maar hij hoorde het al niet meer.

Samen hadden ze man en paard nagekeken, totdat het laantje afboog en hij uit het zicht was verdwenen, en toen had Sylvie, met een licht en vreugdevol hart, haar dochter mee naar binnen genomen.

'Weet je wat dus enorm cool was?' zei Ties. 'En mag ik nog een stukje? Het is heel lekker.'

'Dat je bent gered door een man op een paard?' vroeg Sylvie grinnikend, terwijl ze nog een blokje lasagne afstak als een turfbroodje en dat op het bord legde dat haar dochter omhooghield. 'Jammer dat hij geen harnas aanhad, hè?'

'Mam, zucht. Dat jij nou niet van fantasy houdt wil nog niet zeggen dat ik het dan ook niet leuk mag vinden!'

Sylvie hief haar handen. 'Sorry, ik plaag je maar. Ik ben gewoon zo ontzettend blij dat je hier veilig tegenover me zit. Nou, vertel, wat was enorm cool? Behalve dat hij dus een hacker is, wat je me al drie keer hebt verteld.'

'Jaha. Ik heb gewoon nog nooit een echte hacker ontmoet. Hoe cool is het dat hij er een is, en hij woont ook nog in de buurt! Maar goed, hij vroeg me dus of ik gepest werd op school. Of, hij zei het wat netter; hij praat wel heel netjes. Dus ik zei, nou ja, ze doen wel een beetje irritant, en zo, en toen zei hij, we rijden een stukje om. Dus ik zei, neee, dan ben ik nog later thuis, dan krijgt mijn moeder helemaal een hartaanval.'

'Dat kun je wel stellen,' zei Sylvie hartgrondig. 'Nog even en ik had aan de beademing gemoeten, zo ongerust was ik.'

'Nou, toen gaf hij dus zijn mobiel, zodat ik je even kon bellen dat we eraan zaten te komen, en toen reed hij via een of ander klein paadje en ineens stonden we bij de sportvelden! Ik had geen idee dat we daar zo dichtbij waren. Nou, ja, en toen gingen we buiten het hek om langs het hockeyveld, en al die kakmeisjes stonden daar natuurlijk met een stick te zwaaien, en toen kwamen wij voorbij.'

'Dat zullen ze wel een vreemd gezicht hebben gevonden,' zei Sylvie om een hapje lasagne heen.

'Ze stopten zelfs met spelen! En ze kwamen met z'n allen naar het hek, en de trainster maakte een praatje met Freek, ze deed helemaal onder de indruk en alles. En een van die meisjes in mijn klas, Eugenie, echt zo'n vervelende doos is dat, die zei ook nog iets, blabla, "meneer De Graaf",' Ties maakte haar stem overdreven liefjes, '... ik dacht echt, jeetje, het lijkt wel of de burgemeester voorbijkomt, of zo. En toen reden we weer door en toen zei Freek dat als ze nog een keer lullig tegen me doen, ik dat tegen hem moet zeggen.'

'Wat kan hij daar dan aan doen?'

Ties haalde haar schouders op. 'Geen idee. Maar ik vond het wel aardig van hem. Hij is als kind ook altijd gepest op school, zei hij. Hij was te raar. Net als ik, dus. En hij wist toen nog niet dat hij nerd was, want toen waren er nog niet van die computers zoals nu. Daar heb ik dan weer geluk mee, dat ik dat een beetje op tijd van mezelf weet.'

'Jij bent niet raar,' zei Sylvie nadrukkelijk, 'jij bent anders. Die Freek vind ik wel een klein beetje raar, denk ik, maar gelukkig niet op een vervelende manier, toch? En weet je wat het is? Rare mensen moeten er ook zijn; stel je voor dat iedereen maar gewoon was!'

'Supersaai,' zei Ties. 'Mag ik dat laatste stukje ook nog?'

Sylvie was druk bezig buiten de ramen te lappen. Het was alweer zaterdag, de boodschappen waren gehaald, ze was bij met de administratie en de e-mail voor de boswachterij, de zon scheen en Ties had geen zin om iets buiten te doen, dus ze kon geen enkel excuus verzinnen om het nog langer uit te stellen.

Het was een stom werkje, ramen lappen – ze hield niet zo van huishoudelijke klusjes – maar gek genoeg werd het leuker naarmate ze er langer mee bezig was en haar schattige huisje zichtbaar schoner en blinkender werd. Voorjaarsschoonmaak; wie weet zat er toch wel iets in. Alles in de natuur fris en nieuw, alles in je huis ook schoon en fris en nagelopen; wie weet zou zo'n grote schoonmaak meteen een beetje de spinnenwebben uit haar hoofd en de pijn uit haar hart vegen.

Ze ging zo op in het poetsen dat het geluid van een naderende auto haar volkomen ontging, totdat het voertuig al heel dichtbij was en ze schrok van het luidruchtige geronk. Er kwam een oeroude, met modder bespetterde legerjeep met een canvas dak het pad op. Achter het stuur zat Freek; hij parkeerde zijn voertuig keurig naast haar schone, donkergroen glanzende Suzuki Jimny-met-vierwielaandrijving, sprong energiek uit de bestuurdersstoel en viste Ties' fiets er aan de achterkant uit.

‘Ik heb de band geplakt,’ zei hij, toen Sylvie eenmaal haar doek terug in haar emmer had gegooid, haar handen had afgedroogd en naar hem toe was gelopen.

Ze gaf hem een hand; weer zo’n korte, stevige handdruk. Hij knipperde even met zijn ogen; ze bedacht zich dat ze er waarschijnlijk verschrikkelijk, en volkomen onboswachterachtig, uitzag. Een oude joggingbroek, een verwassen T-shirt, een boerenzakdoek om haar hoofd geknoopt. Dat laatste had ze niet zelf gedaan, daar was haar dochter verantwoordelijk voor: Ties vond, met haar onnavolgbare logica, dat ze er dan meer als een werkster uitzag, wat blijkbaar absoluut noodzakelijk was als ze de ramen ging lappen. Ze had het ding laten zitten, eerst voor de grap, maar bij nader inzien hield het best handig het haar uit haar gezicht.

‘Sorry,’ zei ze dus, met een soort vaag handgebaar naar zichzelf.

‘Waarvoor?’ vroeg hij. Hij keek alsof interesse in haar antwoord en een levensgrote sociale onhandigheid om voorrang vochten bij hem vanbinnen; hij keek haar aan, keek weg, keek op, keek weer weg, en stak toen, met zijn blik op zijn voeten, zijn handen diep in zijn zakken.

Op dat moment kwam Ties naar buiten rennen. ‘Freek! Je hebt mijn fiets gebracht!’

‘Dat had ik toch beloofd,’ mompelde hij, zo mogelijk nog verlegener door het ongebreidelde enthousiasme van haar dochter.

‘Hij heeft zelfs je band geplakt,’ zei Sylvie.

‘Serieueus!’ zei Ties, laag en uitgerekt en puberachtig, waardoor Sylvie in de lach schoot en Freek gelukkig ook een beetje moest grinniken.

‘Dat doen nerds voor elkaar,’ zei Freek, alweer ernstig.

‘Kom je nu mijn computer bekijken dan?’

‘Zal ik even theezetten? Ik heb nog appeltaart, gisteren gebakken, maar de tweede dag is hij altijd lekkerder.’ Sylvie had het gezegd voordat ze er erg in had; haar eigen woorden galmden na in haar oren en ze klonk ineens, vond ze zelf, als een soort hysterisch blije superhuisvrouw.

‘Nee, nee, hartelijk dank, ik moet weer gaan,’ zei Freek.

‘Ahh?’ zeurde Ties. ‘Of heb je een nieuwe hackklus?’

Freek schudde zijn hoofd. ‘Ik kan gewoon maar beter gaan. Ik moet nog voor Jack zorgen, en –’ Hij mompelde iets onverstaanbaars in zijn baard, keerde zich om, beende terug naar zijn auto en klom er vrij haastig in.

‘Je hebt wel een coole auto!’ riep Ties nog snel. ‘Fijn voor je dat hij is gefixt.’

Freek parkeerde uit en draaide de neus van zijn jeep de goede kant uit.

‘Dank,’ zei hij, zijn hoofd half naar buiten gestoken.

‘Is het niet koud in de winter, zo zonder zijramen, en met zo’n stoffen dak?’ Ties huppelde naar hem toe.

‘Jawel, maar dan trek ik een extra trui aan. En ik ga er niet ver mee; het is alleen voor in de buurt.’

‘Heb je dan nog een auto, een echte, die wel dicht kan?’

‘Dit is een echte auto,’ zei hij. ‘Ik heb er niet nog een, dat heb ik niet nodig.’

‘Maar als je nou naar, zeg, Zuid-Frankrijk wilt?’ Ties klonk ondeugend.

‘Ties...’ zei Sylvie, die achter Ties aan was gelopen, waarschuwend.

‘Wat nou, mam, ik zeg toch niks raars? Hij kan toch naar Zuid-Frankrijk willen?’

‘Ik wil níét naar Zuid-Frankrijk,’ zei Freek met een abrupte stelligheid waarvan zelfs Ties even haar mond hield. ‘Ik wil onder geen beding naar Zuid-Frankrijk. Ik rijd met mijn jeep door het bos, en ik ga er af en toe mee naar het dorp. Voor boodschappen. Dat is al ver genoeg, wat mij betreft.' En toen gaf hij gas en reed hij, iets te hard, het pad af.

'Wat heb ik verkeerd gezegd,' zei Ties verbaasd. 'Mam, zei ik nou iets verkeerd?'

'Volgens mij niet, maar niet iedereen heeft hetzelfde gevoel voor humor als jij, en wie weet heeft hij gewoon een enorme hekel aan Zuid-Frankrijk, dat weten wij toch niet? Kom, ik ben wel klaar met die ramen, dan gaan we naar binnen, eten we lekker samen die appeltaart op.'

'Meer voor ons,' zei Ties, al weer vrolijk. 'Maak je hem dan warm?'

'Als jij dat graag wilt, dan doe ik dat voor jou.'

Freek

4

De hele rest van de zaterdagmiddag werkte hij zich, terwijl er af en toe ongemerkt wat lieveheersbeestjes op zijn rug landden, in het zweet in de rozentuin; hij snoeide, bond op, wiedde en pleegde groot onderhoud op de slingerende paadjes, die een zo voordelig mogelijk zicht op de bloeiende struiken moesten bieden, maar die in de loop van een jaar over het algemeen hun strakke vorm verloren. De rozentuin was niet aangelegd om het grote huis met regelmaat van verse snijbloemen te voorzien, maar om van te genieten als tuin. Om in te zitten of doorheen te wandelen. Voor zover hij wist was hij kort na de bouw van het huis aangelegd, ergens in de zeventiende eeuw. De aandacht die hij ervoor had, dat begon hij langzaam van zichzelf te begrijpen, had iets van een tweesnijdend zwaard: hij eerde zijn moeder door haar werk aan de tuin met zo veel nauwgezetheid voort te zetten, maar er was ook een duisterder element. Hoe vaak had hij zich als kind niet ondergeschikt gevoeld aan de rozentuin? Nu was hij er de baas over.

Hij was ontevreden; ondanks al zijn moeite om die bijna maniakale focus die hij nodig had voor een klus af te schudden en zijn rusteloze geest kalmte te verschaffen, was hij nu opnieuw onrustig. De avond ervoor was Eufemia eindelijk langsgekomen; ze was tot een uur of een 's nachts bij hem gebleven en had hem op verschillende inventieve manieren een paar hoogtepunten bezorgd. Ze leek het allemaal prima te vinden; ze had zelfs een soort vreemde fascinatie voor zijn borstkas en armen, die haar blijkbaar ook enige opwinding bezorgden. Hij begreep er niets van maar klaagde niet; het leek hem niet meer dan eerlijk dat zij er ook iets voor zichzelf uit haalde waar ze plezier aan beleefde en hij was van harte bereid zijn best te doen voor haar.

Toen hij was opgestaan, na een uitstekende nachtrust, had hij zich helder gevoeld, toegespitst, niet afgeleid door zijn fysieke processen of door de leegte die zijn werk kon achterlaten als hij een klus had afgerond. Hij had uitgebreid gedoucht, Jack verzorgd, was om een uur of tien gebeld door de garage met de mededeling dat zijn jeep weer gebruiksklaar was, had goedgemutst de wandeling dwars door de bossen ondernomen, en op de terugweg had hij Ties' fiets opgehaald, die natuurlijk onaangeroerd op exact dezelfde plek stond als waar hij die had achtergelaten. Vervolgens had hij de band geplakt, daarna iets gegeten, toen had hij nogmaals kort gedoucht om de inspanningen van de wandeling en het bandenplakken van zich af te wassen en toen was hij de fiets gaan terugbrengen.

Hij had er niet op gerekend dat hij terug zou komen van die taak met opnieuw zo'n gevoel van onbehaaglijke onrust. Moest hij nu nog een keer Eufemia een berichtje sturen? Het was maar de vraag of ze twee keer achter elkaar zou willen komen. Hij had zich in het begin wel wat zorgen gemaakt dat ze misschien tegen haar wil in een onprettige situatie verzeild was geraakt, maar ze had hem ervan verzekerd – in haar gebrekkige Engels – dat ze hier was omdat ze dat wilde, en dat ze ook bij hem kwam uit vrije wil. Haar fascinatie voor zijn torso had er misschien ook iets mee te maken, maar hij maakte zich geen illusies; die fascinatie was vast niet zo sterk dat hij erop kon rekenen dat ze zich twee avonden achtereen met hem bezig zou willen houden.

Zijn onbehagen kwam, vermoedde hij, voort uit het feit dat hij zich altijd zo verschrikkelijk inadequaat voelde in gezelschap. En dan vooral in gezelschap van vrouwen. Sylvie was een vrouw. Ties was ook een vrouw, hoewel nog maar een kleintje. Met haar kon hij in ieder geval nog over computers praten, al moest hij wel oppassen dat hij niet te veel vertelde over zijn werk. Maar bij een vrouw als Sylvie had hij geen idee waarover hij zou moeten praten. Hij had nooit een idee waarover hij moest praten in gezelschap, hij was geen begaafd causeur en hij wist ook maar al te goed van zichzelf dat hij bijna niet meer kon ophouden als hij eenmaal begon over iets wat hem daadwerkelijk interesseerde. Dan werd het praten vrijwel compulsief en soms zag hij zichzelf dan als door de ogen van een ander, terwijl hij onophoudelijk wauwelde over een of ander technisch detail en zijn gesprekspartner bijna zichtbaar wortel stond te schieten. Hij begreep die neiging van hemzelf wel: hij leefde bijna uitsluitend in zijn eigen hoofd. Als iemand er de stop uit trok dan liep het leeg, onstuitbaar, als een natuurramp. Hij had in zijn studententijd geleerd dat hij maar beter zo min mogelijk kon zeggen: zo voorkwam hij natuurrampen en als hij geluk had verleende zijn zwijgzaamheid hem bij vreemden misschien een licht air van mysterie, in plaats van dat het hem aankleefde als een brevet van onvermogen.

Toen hij Sylvie had zien staan, zo volkomen op haar gemak met en in zichzelf, in oude kleren en met een doekje om haar hoofd, omringd door het verse lentegroen en beschenen door een prille zonnestraal, had hij geweten dat zwijgzaamheid niet genoeg zou zijn. Er was iets wonderbaarlijks aan haar geweest, iets heel echts. Hij kon het niet benoemen of verklaren; hij kon het niet eens aan om er met zijn gedachten al te dicht bij te komen, maar hij had zeker geweten dat hij zich zo snel mogelijk uit de voeten moest maken, voordat er iets zou kunnen gebeuren – hij wist niet precies wat – waardoor alles verkeerd zou gaan.

Bij Eufemia had hij dat allemaal niet. Hij kon nauwelijks met haar praten door de taalbarrière, dus hij hoefde zich over pijnlijke gesprekken alvast geen zorgen te maken, maar daarnaast was de reden waarom ze elkaar zagen zo volkomen helder en afgebakend dat gesprekken nergens voor nodig waren. Hij trok gewoon zijn kleren uit, zij deed hetzelfde, en ze lieten de natuur de vrije loop.

Op dit moment betreurde hij het dat hij de vleugel niet had meegenomen uit het grote huis. Hij had het instrument, waar hij een soort haat-liefdeverhouding mee had, achtergelaten omwille van een puur rationele afweging: omdat het in het koetshuis een absurde hoeveelheid ruimte in beslag zou nemen en hij er toch niet iedere dag op zou spelen. Als hij naar de vleugel keek dan zag hij zichzelf nog zitten, twee keer in de week een vol uur, met een pianoleraar die er uitgedroogd uitzag, meestal onaangenaam naar uien rook en die maar niet begreep waarom de kleine Frederik niet gewoon speelde wat hij hem voor de neus zette. Frederik kon uitstekend noten lezen, Frederik was muzikaal, Frederik had een keurige vingerzetting voor zo'n jong kind. Maar Frederik was ook doortrokken van, en dat had de leraar niet kunnen doorgronden, een dodelijke combinatie van faalangst en perfectionisme, waardoor hij wel zag wat er op die notenbalken stond, maar er niet aan durfde te beginnen om de frases te spelen, uit angst dat hij een fout zou maken. Wat er zich precies voor ramp zou voltrekken als hij een fout zou maken kon hij niet benoemen, maar het zou verschrikkelijk zijn.

Op een middag, toen hij zich extra ellendig en eenzaam voelde, mede door hoe de kinderen op school hem hadden behandeld, was hij achter de vleugel gekropen en was hij gewoon begonnen. Allerlei flarden muziek waren eruit gekomen, delen van stukken die hij had geleerd, maar ook dingen die hij ter plekke verzon. Hij speelde gewoon, en het luchtte hem op een wonderlijke manier op.

Pas toen hij ophield en er een licht applausje achter hem weerklonk, merkte hij dat zijn moeder was binnengekomen. Haar onverwachte waardering had hem verbaasd en verwarmd, maar toch had het gevoel van spelen, de bevrijding van zich uiten in een taal die alleen hij op dat moment begreep, hem een nog groter genoegen gegeven.

Die bevrijding, daar had hij nu behoefte aan.

Hij liep naar de achterzijde van de rozentuin, die min of meer in het verlengde van het koetshuis lag; daar was de heg wat lager en kon hij het grote huis zien. Er was ook een klein tuinpoortje, waarachter een paadje naar het huis liep; dat had zijn moeder altijd gebruikt als ze naar de rozentuin ging. Hij keek over de heg. Het huis lag rustig te baden in de lentezon, maar het was wel erg duidelijk zichtbaar hoezeer het verval had toegeslagen in de afgelopen twintig jaar. Hij schaamde zich toch wel, nu het zich zo duidelijk voor zijn ogen ontrolde: hij wist natuurlijk ook wel dat hij hier een verantwoordelijkheid had die hij liet liggen.

Zijn argumentatie was eenvoudig: hij had niet genoeg geld. Hij verdiende een heel behoorlijk salaris bij de AIVD, en de verhuur van het huis bracht ongeveer nog eens zo veel op. Het leek heel wat, maar de schuld waar zijn ouders hem mee hadden opgezadeld zette zijn inkomsten wel in een ander licht. In de afgelopen jaren had hij – eerst langzaam, toen hij het huis nog niet verhuurde – een groot deel van die schuld weten af te lossen, maar voor renovatie bleef dan niets over. Als het zo doorging was hij over een jaar of vijf in ieder geval schuldenvrij; hij hoopte dat het grote huis dan nog overeind stond. Misschien zou er vervolgens een wonder gebeuren waardoor hij het ineens wel zou kunnen betalen om het op te knappen; misschien zou hij er zelfs wel weer in willen wonen. Wie weet zou hij zich dan niet meer zo verloren en mislukt voelen als toen zijn moeder net was overleden.

Toen hij alles had geregeld, de uitvaart achter de rug was en alle verre familieleden en vage kennissen met wie hij geen enkele band had gevoeld weer waren verdwenen, had hij nog een hele tijd overdag verweesd door het huis gedoold, het kale, bijna lege huis; zijn moeder had in de loop der tijd om in hun levensonderhoud te kunnen voorzien vrijwel alles verkocht, met behulp van haar zaakgelastigde, notaris Alvenaar.

Freek had die man nooit vertrouwd; hij zag eruit als een soort puntenslijper, klein en scherp, met een naar snorretje en een strak gesneden pak, wat dan weer volkomen teniet werd gedaan door het feit dat hij zo nodig een ascot om de nek moest. Hij vond zelf waarschijnlijk dat hij zich passend kleedde voor een bezoek aan Freeks moeder – Freek was ervan overtuigd dat hij had geprobeerd haar het hof te maken, hoewel zijn moeder daar geen oog voor had vanwege haar reeds bestaande innige verhouding met de fles – maar Freek vond hem een schertsfiguur. Wel een slimme schertsfiguur; hij vermoedde dat de notaris bij de verkoop van allerlei meubels en schilderijen uit het huis een onbehoorlijke commissie had opgestreken.

Het eerste wat Freek had gedaan na het overlijden van zijn moeder was afscheid nemen van Alvenaar; de man had hem altijd bekeken alsof hij een hinderlijk object was dat niet het recht had om nog bij zijn moeder te wonen, al sliep Freek toen al een aantal jaren in het koetshuis.

Het koetshuis ging hij verbouwen, zodat hij er niet alleen kon slapen, maar ook daadwerkelijk kon wonen. Dat was beslissing één geweest. Dat hij het grote huis zou moeten verhuren had iets meer tijd nodig gehad om een plaats in zijn geest te vinden, maar uiteindelijk was hij in actie gekomen en had hij contact opgenomen met een makelaar.

Het was verrassend snel gegaan. Drie heren meldden zich: ze wilden het pand graag huren om er hun zaak te runnen, en ze zouden er ook af en toe blijven slapen. Frans, Willem en Lodewijk heetten ze, op het eerste oor voornamen met een respectabele klank. Hun achternamen waren nietszeggend, maar hij had direct gevoeld dat hun bedoelingen van onduidelijk allooi waren. Niet dat er nu iets was geweest waaraan hij zijn gevoel kon staven, en in de afgelopen jaren waren ze altijd voorkomend tegen hem geweest als hij zich eens meldde bij het huis. Maar als hij dan binnenkwam werden er snel deuren gesloten, en toen Eufemia eenmaal in beeld kwam als vriendin van Lodewijk, en zeker toen hij zomaar spontaan voor het eerst van haar gunsten had mogen proeven, wist hij het zeker: ze hielden zich bezig met zaken waar hij maar beter niets van kon weten. Misschien was het fraude, of onroerend goed; ze kwamen op hem over als typische witteboordencriminelen, maar verder wenste hij zich niet in zijn onderhuurders te verdiepen.

Heel regelmatig waren ze ook niet aanwezig; alle vier niet. Dat kon een paar dagen duren, en dan plotseling hoorde hij het geknerp van autobanden op het grind van de oprijlaan, en dan stonden de drie precies eendere Tesla's die de mannen blijkbaar als bedrijfsauto reden weer voor de deur.

Nu opende hij het hekje en ging hij door het poortje. Het pad naar het grote huis lag er verwaarloosd en overwoekerd bij; het hoorde helderwit grind te zijn, zodat het mooi afstak tegen het groene gras, maar het grind was in de aarde weggezonken, vies en groenig. Het gras zag er ook niet al te best uit; het was lelijk verstikt door mos. Hij wist dat er een nog werkende verticuteermachine in een van de schuren stond; dit soort onderhoud kon hij in ieder geval zelf, dat kostte hem alleen uren, geen geld.

Bij de zijdeur van het grote huis klopte hij aan. Er kwam geen reactie; hij voelde aan de klink, maar de deur zat op slot. Hij had in het koetshuis een set sleutels van alle deuren, maar die had hij natuurlijk niet in zijn zak gestoken toen hij in de rozentuin ging werken; hij stond hier spontaan en zonder planning. Even overwoog hij om terug te gaan, maar hij was nu al zo'n eind gevorderd, hij kon beter even zijn tanden op elkaar zetten en om het huis heen lopen, naar de voordeur.

Daar belde hij aan, met de lange trekbel. Een uitermate vreemd gevoel overviel hem, dat hij nu bij zijn eigen huis stond aan te bellen, maar hij rationaliseerde: het huis is verhuurd, dus is het nu de woonplaats van andere mensen.

Het duurde bijzonder lang voordat er een reactie kwam. Er stond één Tesla voor de deur, dus hij verwachtte dat in ieder geval een van de heren aanwezig zou zijn, maar tot zijn verrassing werd de deur geopend door Eufemia, in een zeer onthullende avondjapon.

'*I gave obligation*,' zei ze gespannen en niet al te vriendelijk, haar moeite met de letter h nog geprononceerder dan gewoonlijk. '*I gave to leave soon.*'

Freek zei dat hij graag even op de vleugel wilde spelen als hij daarmee niemand tot last zou zijn, en verwonderde zich er in stilte over dat iemand in de namiddag ergens heen zou kunnen gaan in zulke kleren.

Eufemia liet hem met behoorlijk wat tegenzin binnen, maar herhaalde dat ze bijna weg moest; Freek maakte duidelijk dat hij de voordeur achter zich dicht zou trekken als hij klaar was met spelen en dat hij verder nergens aan zou komen.

Ze gaf hem een vorsende blik en mompelde: '*Don't go in cellar.*'

'De vleugel staat in de muziekkamer,' zei Freek met lichte verbazing, 'niet in de kelder,' en toen keerde ze zich zonder verdere woorden met een zwiep van hem af en liep ze op scherp klikkende, vervaarlijk hoge en dunne hakken over de marmeren vloer van de hal bij hem weg.

Hij opende de deur naar de salon, die uitkwam in de muziekkamer. De leegte van de ruimte overviel hem, zoals altijd: geen schilderijen aan de muur, geen tafeltjes met vazen en beeldjes en andere prullaria langs de muur; een lege schoorsteenmantel. Geen tapijt op het visgraatparket. Nauwelijks zitmeubels, behalve een oerlelijke, bonkige bruine leren hoekbank met een paar losse hockers. Een industrieel aandoende salontafel, een enorme televisie met op de grond daarvoor verschillende gameconsoles; een klapkrat met games ernaast.

Hij liep even naar een raam en keek naar buiten. Hij zou, als het moment eenmaal daar was, niet alleen veel geld moeten besteden aan het groot onderhoud van het huis – er viel hem direct een hoek van het kozijn op die door houtrot was aangevreten –, het zou ook een vermogen gaan kosten om het weer een beetje bewoonbaar te maken. Helemaal herstellen kon hij het natuurlijk niet; wie weet waar alle spullen die zijn moeder had verkocht, waren gebleven. Maar misschien zou hij het een eigen draai kunnen geven. Hij had nooit zo gehouden van al die donkere, sombere familieportretten, die stillevens met tulpenvazen en zeegezichten met driemasters aan de horizon. Hij hield eigenlijk meer van moderne kunst, strakker, meer grafisch, beelden waar zijn geest rust in kon vinden. Hij hield ook van meubels zonder krullen en slingers, maar vreemd genoeg miste hij nu toch de weelderigheid van het interieur uit zijn jeugd.

Hij kamde met zijn vingers door zijn haar en zuchtte ervan. Zo veel te doen. Maar eerst spelen; hij begreep nauwelijks waar al die plotselinge gedachten over het grote huis, renoveren, herinrichten, het hem opnieuw eigen maken vandaan kwamen. Net zo goed als dat hij niet begreep waar zijn onrust – of, nee. Dat was niet waar; hij was er te analytisch voor ingesteld om zichzelf lang een rad voor ogen te kunnen draaien. Zijn onrust kwam voort uit het bezoek aan Ties en Sylvie. En het ging niet om Ties, dat was duidelijk. Het ging, en terwijl hij op de pianokruk schoof dwong hij zichzelf het onder ogen te zien, om Sylvie, die hij in al haar nonchalance, in haar vrijetijdskleren, ramen had zien lappen, in het door jong loof gefilterde lentezonlicht. Dat beeld had hem op de een of andere onverklaarbare reden zijn innerlijke rust ontnomen.

Hij legde zijn handen op de toetsen en begon te spelen.

Sylvie

5

'Had je een leuke dag op school?' vroeg Sylvie, terwijl ze een kop thee voor haar dochter inschonk en de open koektrommel op tafel zette. 'Volgens mij ben je precies op tijd binnen; ik denk dat het zo gaat regenen. Heb ik even geluk dat ik een binnenklusje heb!'

De eettafel lag bijna helemaal vol met een grote topografische kaart van het gebied van de boswachterij, met keurig aangeduid welke begroeiing zich waar bevond. Sylvie was bezig de kaart vol te plakken met kleine geeltjes met nummers; op een blocnote ernaast hield ze bij wat er bij ieder geeltje volgens haar moest gebeuren.

'Meh,' zei Ties, kauwend op een biscuitje. 'Ik dacht vanochtend toen ik naar school fietste: nou, ik ga dus niet meer zomaar het bos in. Of in ieder geval, ik ga niet meer voorbij het hek van landgoed Woudenbergh, als dat zo veel gezeur op kan leveren. Ja, oké, er staan wel toffe oude bomen, maar er is ook meer omgevallen en zo, waar je lekke banden van kunt krijgen. En logisch ook, als het niet bij de boswachterij hoort en jij het dus niet bijhoudt.'

'O, Ties, hou op schei uit; ik moet met die man van dat landgoed gaan praten, hè. Ik kreeg vandaag een mail van het provinciehoofd van Staatsbosbeheer. Ik ken hem nog niet, maar het is volgens mij een heel ander type dan meneer Lammers, weet je wel, waar Olterloo onder viel. Vriesebosch, heet deze, en hij schrijft hele stijve mails, met heel deftig, ouderwets taalgebruik. Hoe dan ook, blijkbaar is het een van mijn opdrachten om voor elkaar te krijgen dat het landgoed opengesteld wordt voor wandelaars. En dan moet ik in ruil aanbieden dat ik het onderhoud erbij neem; ik heb van Vriesebosch een heel dossier toegestuurd gekregen. Ze zijn er al jaren mee bezig en ik heb even zitten lezen: volgens mij is die Van Linden, of Van Lijnden, of hoe je het ook uitspreekt, die eigenaar van het landgoed, geen makkelijke man om afspraken mee te maken, want meneer Ter Haar is het in al die jaren ook niet gelukt. Dus dan zal het voor mij nog wel lastiger worden, als nieuweling in dit gebied; ik zal wel even diep adem moeten halen voordat ik bij die man langsga. Hij is ook nog van een of andere deftige familie, maar ik ga me er niet extra netjes voor aankleden, hoor. Ik ga gewoon in mijn boswachterskleren. Nou goed, genoeg geklaagd, vertel verder over school.'

'O, ik vind het ook wel leuk om jouw stress aan te horen, hoor,' zei Ties met een uitgestreken gezicht, terwijl ze nog een koekje wegsnaaide. 'Ik was gebleven bij dat ik dus niet meer over het landgoed ga fietsen. En als jij nou zegt dat die man van het landgoed niet aardig is, dan ga ik natuurlijk helemaal niet. Freek deed ook al zo, hè, mam, toen hij me tegenkwam met mijn lekke band, zo van: wáát, heb je het hek niet gezien? Maar ja, hij was zelf ook stiekem in het bos aan het paardrijden natuurlijk. Misschien kent hij die man van het landgoed en was hij ook bang om betrapt te worden. Wie weet kan hij je wel helpen.'

'Wie weet,' zei Sylvie. 'Maar vertel nou verder over school. Ik had zo gehoopt dat je het een beetje met de kinderen hier zou kunnen vinden; ik vind het wel naar als je het niet naar je zin hebt. Maar ja, misschien komt het nog.'

'Misschien ook niet,' zei Ties filosofisch, 'en zo lang duurt het ook niet meer en dan is het hele gedoe afgelopen, dan moeten we met z'n allen naar de middelbare school. Allemaal tegelijk aan iets nieuws beginnen, dat is vast beter te doen dan in je eentje in zo'n groep komen.'

'Vertel nou,' zei Sylvie nog een keer, met iets meer nadruk. 'Ik moet het ook wel uit je trekken, hè?'

Ties keek even nepboos naar haar moeder en pikte koekje nummer drie uit de trommel. Sylvie deed demonstratief het deksel er weer op en fronste even hard terug.

'Als je die trommel dichtdoet, doe ik mijn mond ook dicht,' zei Ties bijdehand.

'Als ik die trommel openlaat eet je je vol met koek en laat je straks je broccoli staan. Nou, vooruit, nog eentje dan, maar dan moet je wel vertellen.'

Het deksel ging weer even omhoog en Ties pakte er heel brutaal twee, waarna Sylvie de trommel zuchtend sloot en naar achteren leunde in haar stoel, zodat ze hem net op het aanrecht kon schuiven, buiten bereik en uit het zicht.

'Dus, oké,' begon Ties, 'ik ging vanochtend de klas in. En toen kwam meteen Eugenie op me af: "Waar ken jij meneer De Graaf van?", echt op zo'n kakkerstoontje, alsof ik hem eigenlijk niet zou mogen kennen, weet je wel?'

Sylvie knikte aanmoedigend.

'Dus ik vertelde het hele verhaal: ik kwam hem tegen in het bos, ik had een lekke band, hij heeft me naar huis gebracht. Wil ze weten waar we het over hebben gehad. Dus ik zeg: computers. Hij is hacker. Ik wil ook hacker worden. Ze trok echt een gezicht, mam, zo van najaaaaaaa. Zei ze, zo kakkerig dus: "Hij is heel kieskeurig, hij praat niet zomaar met mensen. Dat zegt mijn moeder. Ze heeft hem al een paar keer uitgenodigd voor het diner, maar hij komt nooit, en hij zegt het ook niet af."' Ties draaide in haar stoel en trok gezichten, terwijl ze het accent van haar klasgenootje zo goed mogelijk imiteerde.

Sylvie zat te grinniken, ze kon het niet helpen. 'Zo erg was het toch niet?' vroeg ze, maar Ties knikte met grote nadruk.

'Zo erg was het dus wél. Mam, ik zwéér het je. Die Eugenie doet echt zo overdreven, maar ja, wist ik ook veel. Nu snap ik het ondertussen wel beter, want toen kwam Gemma er ook bij staan – die is eigenlijk wel aardig – en die ging dus vertellen waar Eugenie woont. In dat huis bij die splitsing, weet je wel? De grote weg naar Hilversum, en dan dat kleinere weggetje dat afslaat naar Hogerweijde?'

'Dat enorme kasteel van een huis?' vroeg Sylvie ongelovig. 'Nou, dan moet dat kind ook een eind fietsen om naar school te komen, elke dag! En langs die ongezellige weg ook nog, of gaat ze dwars door het bos?'

'Volgens mij wordt ze gebracht en gehaald, door een auto met chauffeur.'

'Toe maar. Hier, moet je op de kaart kijken, dan zie je het precies: dit hele stuk, dat is dus hun tuin, en hier staat het huis. Op die heuvel, met een soort slotgracht eromheen. Het is niet echt oud, hoor; ze hebben het ouderwets laten lijken, maar volgens mij is het ergens in de jaren zestig van de vorige eeuw gebouwd. Hoe heet Eugenie ook alweer van haar achternaam?'

'Van Bickershoek van Hooglanden. Zo stom, ze heeft twee achternamen achter elkaar.'

'Ik dacht het al,' bromde Sylvie, en ze zocht even op haar mobiel. 'Die familie is de eigenaar van de Scharensliep-winkels, en van De Klusshop. Die zullen inderdaad wel heel veel centjes hebben.' Ze schreef een nummer op een geeltje, plakte dat op het stukje kaart waar zich het huis van de familie Van Bickershoek van Hooglanden moest bevinden, en schreef iets op haar lijst.

'Wat moet je met dat nummertje? Ga je bomen voor die mensen zagen of zo?' zei Ties.

'Nee, maar ik probeer een beetje in kaart te krijgen wie waar woont, zodat ik weet uit welke hoek ik lawaai kan verwachten als er iets aan de hand is. Kijk, in Olterloo had ik rekening te houden met grote boerderijen, met het gerucht dat er een wolvenpaar in het bos zat, met boeren bij wie er wel eens een beest uitbrak. Hier krijg ik denk ik meer te maken met mensen die komen klagen dat paden te smal zijn voor hun dikke SUV's, of dat ze vinden dat Staatsbosbeheer verantwoordelijk is voor de boom die is omgevallen in hun achtertuin, omdat ze te beroerd zijn om een hovenier met een grote zaag te bellen.'

Ties grinnikte. 'Zolang het maar een lekkere hovenier is, met een héél grote zaag,' zei ze ondeugend.

'En wat moet ik daar dan mee?' Sylvie speelde het spelletje mee; ze vond de onhandige koppelpogingen van haar dochter tegelijk pijnlijk en aandoenlijk.

'Nou, lekker samen zagen,' zei Ties droog.

Sylvie schoot in de lach.

'Ja, je zegt altijd dat je een man moet vinden met wie je iets leuks deelt, omdat het anders niks wordt. Met Marcus had je niet zo veel, behalve dat ik naar school moest, en dat deed ik op de school waar hij de directeur van was. Toch? Dat heb je tenminste zelf gezegd.'

'Soms,' zei Sylvie met een gespeelde zucht, 'zou ik wensen dat ik een kind had gebaard in plaats van een bandrecorder. Maar ik zit even niet te wachten op een hovenier met een grote zaag, ik zit te wachten op de rest van jouw verhaal over die Eugenie van Bickershoek en nog wat.'

'Nou ja, ik zei dus gewoon: "Freek heeft me eerst naar huis gebracht op zijn paard, dat heb je gezien toen we langs de hockeyvelden kwamen, en toen zijn auto eenmaal weer was gefixt kwam hij nog even langs om mijn fiets te brengen, want die had ik natuurlijk in het bos moeten laten staan. En hij had ook nog mijn band voor me geplakt." Nou ja, mam, je had Eugenies gezicht moeten zien! "Dus hij is bij jou wél langs geweest?" Op zo'n toon van: hóé dan?! Dus ik zei natuurlijk, zo cool mogelijk: "Ja." Alsof het gewoon gewoon is dat hij bij ons langskomt. Ha,' Ties verkneukelde zich 'heb ik ook even iets om cool mee te zijn, in deze buurt. Je snapt natuurlijk wel dat ik alles eruit heb gehaald wat erin zat.'

'Je hebt toch geen verhalen uit je duim staan zuigen, hè?' vroeg Sylvie geschrokken. 'Ik weet dat jij een hele grote duim hebt, Ties, waar van alles uit kan komen; je zou boeken moeten gaan schrijven.'

'Nee, nee,' zei Ties, op zo'n toontje van maak-je-niet-zo-druk-mam, 'Gemma vroeg of hij bij ons wel binnen is geweest, Freek dus, hè, en toen zei ik dat jij ramen stond te lappen toen hij langskwam, en dat je hem wel appeltaart wilde geven, maar dat hij zei dat hij nog dingen moest doen, zijn paard eten geven, en nog iets hacken.' Ties keek even schuldbewust, en ging toen verder, 'en toen zei ik dus dat ik hackerles van hem ga krijgen, en dat ik bij hem langsga, binnenkort.'

Sylvie zuchtte. 'Kijk, dat zijn nou het soort praatjes waar iedereen het dan over heeft in zo'n gat als dit, en volgende week spreekt die moeder van die Eugenie mij erop aan om te vragen hoe het komt dat die Freek de Graaf met al dat haar op zijn toet jou computerles wil geven, maar niet bij haar wil komen eten. Waarom ze die man zo nodig langs wil hebben voor het eten snap ik ook niet; hebben ze computerproblemen of zo?'

Ties grinnikte en haalde haar schouders op. 'Geen idee, mam. Nou ja, in ieder geval deed Eugenie de rest van de dag nul keer lullig tegen me, dus dat was wel bonus. Ik moest zelfs meekomen op het schoolplein naar hun geheime hoek. Niemand mag daar ooit in, behalve het groepje van Eugenie, en dus ik ineens ook. Ik had geen idee wat ze daar nou de hele tijd staan te doen, ze hangen daar gewoon als er geen juf in de buurt is die ze wegstuurt, maar nou weet ik het. Ze hebben het over jongens.'

'Aha,' zei Sylvie, terwijl ze zichzelf nog een nieuwe kop thee inschonk, 'nu wordt het interessant. Jij ook nog thee?'

Ties hield haar kopje omhoog om bijgevuld te worden. 'Ik weet nog niet eens hoe alle jongens bij ons in de groep heten,' zei ze, 'laat staan wie er allemaal in de parallelklas zitten. De helft van de tijd had ik geen idee over wie ze het hadden; het ging de hele tijd over wie op wie is, en wie met wie iets heeft. Hans-Willem zit bij ons in de groep, dat weet ik dan weer wel, en hij is met niemand, maar Eugenie vindt dat hij met haar zou moeten gaan, omdat hij ook in zo'n enorm huis woont en zijn familie ook heel veel geld heeft, alleen hij moet niks van haar hebben. Stiekem vind ik dat natuurlijk heel leuk.'

Sylvie haalde ongemerkt een keertje diep adem terwijl Ties verder babbelde over de jongens op school. Was het nog maar zo makkelijk als toen. Ze begreep van zichzelf nauwelijks waarom ze er zo veel moeite mee had om haar affaire met Marcus, en de teleurstelling over hoe dat was afgelopen, van zich af te schudden. Waarom ze zo'n aanhoudende hartenpijn had. Eigenlijk hadden Marcus en zij helemaal niet zo goed bij elkaar gepast, dat zag ze nu heel helder. Ze kon niet ontkennen dat afstand nemen, in de meest letterlijke zin van het woord, enorm goed hielp om de zaken in perspectief te krijgen. Als ze in Olterloo was gebleven, dan was het onontkoombaar geweest: dan was ze hem natuurlijk steeds tegen het lijf gelopen. Het aantrekkelijke lijf, dat hij natuurlijk allang weer tegen iemand anders aan had gelegd.

Hij was knap, en dat wist hij van zichzelf. Hij liep met zo'n loopje waardoor vrouwen naar hem keken en dachten: o, daar gaat een knappe man. Ze had hem er vaak mee geplaagd, hij had dan altijd gedaan alsof hij zich van geen kwaad bewust was, maar ze was ervan overtuigd dat hij precies wist wat hij deed als hij zo op een bepaalde manier keek, of zijn ene wenkbrauw omhoog deed, of zijn stem zo heel laag liet klinken. Dat deed hij omdat hij wist dat vrouwen dan iets onder in hun maag voelden, en uiteindelijk, soms langzaam, soms snel, met hem naar bed zouden gaan.

Zij was van de langzame variant geweest; hij had flink zijn best voor haar moeten doen. Helemaal in het begin, toen haar intuïtie nog normaal functioneerde en ze hem wel knap, maar toch ook wel een beetje een glibber vond, toen had ze het toch ook wel heel grappig gevonden dat hij überhaupt bereid was geweest zijn best te doen. Hij nam haar en Ties mee naar de McDrive, reed op zijn vrije dag helemaal met ze naar de Efteling, trakteerde op een dagje Amsterdam met een bezoek aan Artis; heel slim allemaal, omdat hij precies in de gaten had gehad dat Sylvie het soort vrouw was die je het grootste plezier deed als je haar kind een plezier deed.

De moeders op het schoolplein lachten haar uit als ze vertelde dat Marcus in het weekend met Ties en haar naar de McDonald's was geweest. Héél romantisch, zeiden ze spottend, en één of twee min of meer goedbedoelende moeders fluisterden haar toe dat hij – iedereen kende hem, want hij was het schoolhoofd en een belangrijke figuur in Olterloo – berucht was om zijn affaires. Er waren al zeker drie echtscheidingen in het dorp geweest waarbij hij op de een of andere manier betrokken was geweest.

'O,' zei Sylvie dan zelfverzekerd, 'er is niets aan de hand, hoor. Ik ben immuun voor zijn charmes, en daarnaast: ik ben toch niet getrouwd, dus wat kan me gebeuren?'

Lekkere seks was eigenlijk, bedacht ze nu, iets gevaarlijk verhullends; als je verder niet zo veel aan je hoofd had, was het heel gemakkelijk om elkaar steeds opnieuw op te zoeken, want lekker was tenslotte gewoon lekker. Maar het maakte het ook verdraaid gemakkelijk om jezelf wijs te maken dat er meer was. Dat je ook echt iets voor elkaar voelde. En Marcus was dus enorm goed in bed geweest; misschien wel, of eigenlijk zeker wel, de beste bedpartner die ze tot nu toe had gehad. Ze had heerlijk met hem gevreeën, en voor zover zij kon overzien had hij het – toen het er na een paar maanden uitstapjes maken met haar en Ties eindelijk van was gekomen – toch ook echt heel lekker gevonden.

Ergens was er, in de loop van de twee jaar dat hun verhouding had geduurd, iets ingeslopen bij Sylvie. Misschien zou ze het eigenlijk best fijn vinden, zo'n vaste vriend. Misschien zou ze zelfs wel samen willen wonen, haar leven willen delen met een man, een echt gezinnetje willen vormen met hem, en Ties.

Die gedachte was tot dan toe volkomen belachelijk geweest; Sylvie had nog nooit gezocht naar een partner. Als ze zin in seks had, versierde ze iemand, of liet ze zich versieren, en dat duurde dan soms een nacht, soms een week, of twee, en dan ging ze weer verder met haar leven. Ze leefde snel, in de stad, en aan al even snelle jongens was er in haar leven geen gebrek. Ze hield van festivals, en van grote feesten waar je kon dansen totdat je benen voelden alsof ze van rubber waren, en waar nog wel eens iets spannends gebeurde in een donker hoekje, of in de toiletten.

Op een dag was ze zwanger. Ze wist nog precies hoe dat zo was gekomen; ze had de hele avond met een of andere blonde Viking staan dansen, zo'n hele lange, brede vent met bijna wit haar tot ver op zijn rug, en armen alsof hij aan de Scandinavische kampioenschappen boomstamwerpen meedeed. Het dansen was steeds sexyer geworden; op een goed moment had hij een been tussen haar benen geschoven en stonden ze nogal ongegeneerd tegen elkaar aan te schuren, midden op de dansvloer, op een beukende housebeat. De volgende stap waren de toiletten; tegen die tijd was ze slap van pure lust en kon het haar niets schelen dat de Viking zijn enige condoom inderhaast aan stukken scheurde. Ze hadden het toch gedaan, op het ritme van de dreunende house, terwijl ze zich vastklemde aan het fonteintje totdat ze zo hard klaarkwam dat ze bijna omviel. En daarna was ze heel tevreden naar huis gegaan. Ze wist niet hoe die man heette, en dat hoefde ook niet. Later was ze bijna verbaasd over haar eigen lankmoedigheid ten opzichte van het idee zomaar zwanger te zijn, maar ze was blij dat als het er dan toch van moest komen om een kind te krijgen, het in ieder geval naar aanleiding van een hele goeie beurt was. En van een man die ze in ieder geval op het moment dat het allemaal gebeurde, enorm aantrekkelijk had gevonden.

Ties had het haar van haar vader. Dat werd een paar maanden na haar geboorte, toen haar babydons begon uit te groeien tot echte haartjes, wel duidelijk. Sylvie hield vanaf het eerste moment belachelijk veel van haar dochter, veel meer dan ze zich van tevoren had kunnen voorstellen, en die liefde was voor haar de reden geweest om haar leven volledig om te gooien. Ze liet heel abrupt de bruisende stad achter zich toen ze, na een freelance marketingklus voor Staatsbosbeheer tot tevredenheid van de opdrachtgever te hebben afgerond, tot haar verrassing de vraag kreeg of ze niet geïnteresseerd was in een opleiding tot boswachter, met baangarantie.

Staatsbosbeheer was actief op zoek naar vrouwelijke boswachters, vooral in de wat meer afgelegen boswachterijen, en in Olterloo was een oudere boswachter in dienst, die bereid was in zijn laatste twee werkzame jaren een boswachter in opleiding te begeleiden. Ze zou er in de avonduren een opleiding Bos- en Natuurbeheer bij moeten doen voor de theorie, wat – dat wist ze natuurlijk ook wel – zwaar zou zijn met een baby, maar daartegenover stond dat haar dochter zou kunnen opgroeien in een natuurrijke omgeving, iets wat tot haar eigen verrassing plotseling veel zwaarder woog dan het bruisende stadse leven waar ze altijd zo aan had gehangen.

De eerste paar weken na Ties' geboorte had ze, terwijl ze dromerig naar haar slapende kindje had gekeken, zich herinnerd hoe ze als jong meisje vaak bij haar opa en oma had gelogeerd. Die hadden een zomerhuisje midden in een groot bos gehad, en ze had de mooiste herinneringen aan die logeerpartijtjes in het groen. Ze had een, misschien wel door hormonen ingegeven, maar daarom niet minder echte, drang om haar dochter datzelfde gevoel mee te geven, en dus had ze het aanbod van Staatsbosbeheer zonder enige aarzeling aangenomen. De verhuizing was zwaar geweest, zo helemaal in haar eentje met haar baby'tje, en ze had het in eerste instantie verschrikkelijk moeilijk gevonden om haar kindje bij een opvangmoeder in Olterloo te brengen en elke dag in haar eentje aan de slag te gaan, maar ze had haar tanden op elkaar gezet en volgehouden.

Haar dochter groeide op tussen de bomen, precies zoals ze wilde, in een kleine gemeenschap die vriendelijk genoeg bleek toen Sylvie eenmaal had laten zien wat ze waard was. Haar eerdere werkervaring – ze had altijd als freelancemarketeer gewerkt, voornamelijk voor grote reclamebureaus – kwam haar goed van pas: ze wist het bos veel beter dan daarvoor op de kaart te zetten als recreatiegebied, wat weer heel goed uitpakte voor de algehele welvaart van Olterloo.

Zijzelf was ook steeds meer gaan genieten van het werk als boswachter; het was fijn om buiten te zijn, en ze kon haar hart ophalen aan de fysieke vrijheid die het beheren van een groot bos haar gaf.

De bedpartners lagen niet voor het oprapen, in Olterloo. Dat was wel een beetje een nadeel geweest, maar ze had gemerkt dat ze er veel minder behoefte aan had toen Ties er eenmaal was. Niet dat ze nooit meer aan seks dacht, maar het idee van op jacht gaan en de nacht eindigen met tien minuten betekenisloos hijgen en stoten in een toilet, of tegen een muur, of op de achterbank van een auto, stond haar op de een of andere manier tegen.

Ze had nog, toen Ties een jaar of vijf was, een korte verhouding gehad met een vrijwilliger die kwam helpen in het bos, een vent die een paar jaar jonger was dan zij, ongebonden en enthousiast; ze hadden het over het algemeen in de vrije natuur gedaan en dat was haar best goed bevallen, maar daarna was het weer stil geworden op dat gebied. Er gebeurde jarenlang niets, en dat was ook wel prima. Totdat Marcus zich aandiende, en net zo lang volhield totdat Sylvie toegaf.

En meteen ook zo ver toegaf dat ze zich in het hoofd had

gehaald dat het misschien wel wat zou zijn om een echte, langdurige relatie te hebben. Met een man die een soort vaderfiguur voor Ties zou kunnen zijn, een man die er echt was voor zijn gezin. Een man met wie ze oud kon worden.

Des te harder was de klap aangekomen toen bleek dat Marcus er helemaal niet op dezelfde manier in stond als zij; dat ze voor Marcus niet meer was dan een van zijn veroveringen, dat hij tegen de tijd dat Sylvie zich voorzichtig waagde aan de gedachte om haar leven te delen, al met enige regelmaat seks had met de nieuwe, piepjonge en vrij naïeve kleuterjuf op de school, én dat hij tegelijk begonnen was aan het bewerken van een van de andere moeders op het schoolplein.

Hij plande zijn veroveringen dakpansgewijs in. Die van Sylvie begon onmiskenbaar in de afrondingsfase te raken, al zag ze dat op het moment zelf nog niet zo scherp. Dat gebeurde nu eenmaal: als je ergens te diep in verdwijnt, dan verlies je het overzicht.

Ze was van plan het nooit meer zover te laten komen. Niet dat ze nooit meer iets serieus zou willen proberen met een man; ze had nu met het idee gespeeld, dus het helemaal loslaten kon ze niet. Maar het moest wel een heel bijzondere man zijn wilde ze hem nog een keer zo dichtbij laten komen. Ze had nog niet echt gedefinieerd waar zo'n man dan precies aan zou moeten voldoen, maar van één kenmerk was ze zeker: hij moest in ieder geval gevoel voor humor hebben.

Marcus had dat niet gehad. Het was regelmatig voorgekomen dat zij en Ties ergens heel hard om moesten lachen, en dat hij dan niet begreep wat er grappig was. Heel ongemakkelijk.

'Mam? Ma-ham!'

Sylvie schudde zich los uit haar gedachten. 'Sorry, ik zit

helemaal niet te luisteren. Wat zei je?'

'Dat die Hans-Willem eigenlijk wel soort van cool is om te zien, en hoe hij doet en zo. Wel op een kakkerachtige manier, weet je wel, zoals zeg maar Beau van Erven Dorens? Maar dan natuurlijk niet zo oud. Duh.'

'Dus jij ziet hem ook wel zitten?' Sylvie grijnsde.

'Nou ja, eh,' zei Ties blozend, en Sylvie bedacht zich dat haar dochter groot begon te worden, groter nog dan dat ze alleen maar haar barbie was ontgroeid. Het ging beginnen, voor haar; het spel van verleiding en verliefdheid.

'Is hij grappig?' vroeg ze. 'Die Hans-Willem, heeft hij een beetje gevoel voor humor? Want knap is één ding, maar als je niet met hem kan lachen, dan is er al heel gauw niks meer aan, kan ik je uit ervaring vertellen.'

'Je bedoelt Marcus, hè, mam?' zei Ties, met haar vlijmscherpe observatievermogen.

'Yep,' zei Sylvie. 'Ik bedoel Marcus.'

'Nou,' zei Ties, 'ik denk wel dat je met Hans-Willem kan lachen. Ik kreeg vandaag te horen dat ik niet meer mee kan doen aan de eindmusical, omdat ik er te laat bij ben gekomen, en toen begon hij heel hard te lachen en feliciteerde hij me. Dat was wel grappig in de klas, maar later zei hij nog, in de gang, dat hij het eigenlijk stom vond dat ik niet mee mocht doen. Ben ik even blij dat ik niks om dat gedoe geef!'

'Maar je kunt hartstikke goed zingen,' zei Sylvie, toch wel een beetje gechoqueerd. 'Kunnen ze niet een of ander klein rolletje voor je verzinnen, dan?'

'Ma-ham,' zei Ties, 'ik zei toch dat ik er niks om geef? En die Eugenie heeft de hoofdrol, nou, dan hoef ik al niet meer.'

Sylvie liet het gaan, hoewel het haar niet helemaal lekker zat.

Freek

6

Fronsend staarde hij naar de e-mail van Wendelburgh Vriesebosch. Hij kon toch een zekere bewondering voor de volharding van de man niet ontkennen: in de afgelopen jaren had Vriesebosch zeker twee keer per jaar contact met hem gezocht, hoe nadrukkelijk Freek hem ook had laten weten dat hij niet van plan was om het landgoed open te stellen voor wandelaars. Vruchtgebruik, noemde Wendelburgh Vriesebosch het steevast. Freek ergerde zich, ook steevast, aan de toon van die man; hij vond zelfs de h aan het eind van zijn sowieso al vrij aanstellerige voornaam volkomen overdreven. Ja, het landgoed had ook een h aan het eind. Maar dat was al sinds de zeventiende eeuw zo, en hij had sterk de indruk dat die Vriesebosch niet uit een familie kwam waarbij er dingen vanuit de zeventiende eeuw overgeërfd waren.

Mensen die zich iets aanmaten vielen altijd door de mand; daar was nu eenmaal niets aan te doen. Freek gedroeg zich het liefst zo onopvallend mogelijk; niet dat hij niet wist hoe het hoorde, natuurlijk wel, en hij wist ook maar al te goed dat hij af en toe per ongeluk iets deed waarmee hij zich meer in de kaart liet kijken dan hem strikt genomen ideaal voorkwam, maar wat hem voor ogen stond was zo'n beetje het omgekeerde van wat Vriesebosch blijkbaar nastreefde.

Bij Vriesebosch kreeg hij altijd ongewild herinneringen aan notaris Alvenaar, met zijn ascot.

Eenmaal had Freek de man in levenden lijve ontmoet. Vriesebosch had zich – zonder afspraak overigens – bij Huis De Toecomst vervoegd, nog voordat het verhuurd was, en Freek had zich zo onbeleefd mogelijk moeten gedragen om binnen afzienbare tijd weer van de man af te komen. Daarna had Vriesebosch zich beperkt tot af en toe een overdreven statig geformuleerde e-mail die aankondigde dat iemand contact zou opnemen over het vruchtgebruik van het landgoed, en had de man de ondankbare taak om Freek daadwerkelijk te overtuigen het landgoed open te stellen als een gloeiende kool doorgeschoven binnen Staatsbosbeheer. De residerende boswachter was de pineut.

Met boswachter Ter Haar had Freek de afgelopen jaren een betrekkelijk goede verstandhouding gehad: af en toe meldde de man dat hij van hogerhand de opdracht had gekregen om de bredere recreatieve functie van het landgoed nog eens te bespreken, en dan nam Freek kennis van de immer ongewijzigde argumentatie van Staatsbosbeheer, om daarna vriendelijk maar beslist te weigeren.

Maar nu was boswachter Ter Haar met pensioen. En Sylvie, de moeder van Ties van die lekke band, was zijn opvolger.

Hoewel hij zich het liefst afzonderde van de mensheid en alleen naar Hoger- of Lagerweijde ging als dat echt noodzakelijk was, was het hem toch gelukt een gerucht over Sylvie op te vangen. Toen hij zijn auto was gaan ophalen bij de garage had de garagehouder, Piet Pandelaar, een man die eruitzag alsof hij was geboren in een blauwe overall met smeervlekken, hem smeuïg verteld dat het een leuke, pittige meid moest zijn, die nieuwe boswachter, die niet te beroerd was geweest om waar iedereen bij was Reindert den Dekker op zijn nummer te zetten. Zo, in het openbaar, bij de ijssalon. Piets vrouw had in de rij gestaan voor een ijsje en had dus alles gehoord, en iedereen had niet alleen van het ijs, maar ook van de confrontatie gesmuld.

Den Dekker, wist Freek, werd niet helemaal serieus genomen in het dorp, waarschijnlijk omdat de man zo'n grote mond had en zich nogal naar voren drong, maar helemaal eerlijk was dat nou ook weer niet. Toegegeven, de man was een parvenu; hij was ooit begonnen als kok in een piepklein eettentje en had het allemaal uit weten te bouwen naar een respectabel restaurantimperium dat beroemd was om zijn biefstukken. Dat had hij verkocht voor voldoende geld om zich een hete aardappel in de keel aan te meten, in zo'n protserig nepbuiten aan de weg tussen Hilversum en Hogerweijde te kunnen gaan wonen, en zich in het gemeentebestuur te storten als bijna karikaturale lokale rechtse politicus.

Als hobbyproject had hij het noodlijdende oude pannenkoekenhuis in Lagerweijde overgenomen, waar hij zonder aan de sfeer en eigenheid van de locatie te tornen voldoende aan de bedrijfsvoering had verbeterd om het weer gezond te laten draaien en werkgelegenheid te bieden aan de jeugd uit de buurt die om een baantje verlegen zat. En als werkgever stond hij goed te boek: als je bij hem werkte verdiende je een behoorlijk salaris, en kreeg je een behoorlijk contract en passende werktijden. Ook als je jong was. Menige supermarkt zou er nog iets van kunnen leren.

Dát wist natuurlijk ook iedereen in Lager- en Hogerweijde.

'Hij probeerde haar, die nieuwe boswachter dus, echt zo weg te zetten als hulpeloos vrouwtje,' had Pandelaar aan

Freek verteld terwijl hij de factuur opmaakte, 'maar daar moest ze niks van hebben, hoor. Volgens mijn vrouw was het ook wel een leuke meid om te zien, maar ze zei doodleuk dat ze handig was met een kettingzaag en een dubbelloops jachtgeweer, en toen was zelfs Den Dekker toch echt even stil, ha ha ha. Wat is eigenlijk een vrouwelijke boswachter, een boswachtster? Een boswachterin?'

'Een boswachterette,' had Freek gezegd, zonder een spier te vertrekken, en even had Piet Pandelaar hem aangekeken om te zien of hij serieus was. Maar toen had hij de blik in Freeks ogen gezien en was hij in lachen uitgebarsten.

'Meneer de graaf,' had Piet grinnikend gezegd, 'u bent een droge; veel meer dan de mensen doorhebben, weet u dat? U moet eens wat vaker uw gezicht laten zien in het dorp, dan kunnen ze er allemaal van meegenieten. Komt u dit jaar niet naar de feestweek?'

'Piet,' had Freek hoofdschuddend gezegd, 'ik ben niet zo heel geschikt voor dat soort bijeenkomsten.' Hij had zijn rekening betaald en zijn auto weer meegenomen, waarna hij de fiets van Ties, met geplakte band, had teruggebracht. Bij welke gelegenheid hij Ties' moeder voor de tweede keer had gezien. Toen hij eenmaal weer thuis was – hij was zo snel hij kon weggereden, voordat hij zich met zijn hardnekkige sociale onbekwaamheid volkomen belachelijk zou maken – had hij misschien wel twee uur pianogespeeld voordat de rust in zijn hoofd weer een beetje was weergekeerd.

Sylvie, dus. Zou zij dan bij hem langskomen om over het landgoed te komen praten? Vriesebosch had zoals gewoonlijk verder niet gespecificeerd wie er precies contact met hem zou opnemen, maar alleen aangekondigd dát het zou gebeuren. Hij wist eigenlijk niet of het idee dat Sylvie hem hier zou opzoeken hem nou aanstond of tegenstond; hij wierp een snelle blik om zich heen in het koetshuis en kon niet anders dan constateren dat het er een verschrikkelijke chaos was.

Overal stond vuile vaat, overal lagen kranten, kleren, boeken. Dit kon zo niet; hij was tijdens zijn vorige opdracht, de hack bij Hone, van pure focus zijn directe omgeving een beetje uit het oog verloren. Jacks stal zag er op dat moment nog netter uit dan zijn woonkamer. Zoiets gebeurde hem wel vaker, maar dan kwam op een goed moment toch altijd wel weer het besef dat het zo niet langer kon, gevolgd door een paar uur fanatiek opruimen, schoonmaken en ordenen, en dan kon hij er weer een tijdje tegen.

Zo ook nu, alleen deze keer werd tot zijn eigen verrassing het opruimen en ordenen vergezeld van een vreemde, nerveuze energie onder in zijn buik. Alsof het nu extra belangrijk was. Alsof, mócht iemand zich ineens aandienen bij het koetshuis, die iemand dan een iets betere indruk van hem zou krijgen als op z'n minst zijn woonruimte een beetje aan kant was.

Wat een onzin. Degene, of – hij dwong zich tot meer precisie – de vrouw die een goede indruk van hem zou krijgen, moest nog geboren worden. Hij was er eigenlijk wel van overtuigd dat dat tijdens zijn leven niet meer zou gaan gebeuren.

Hij schudde zijn hoofd en gaf zichzelf terwijl hij de afwas deed – hij had nooit de moeite genomen een afwasmachine te laten installeren – een intern standje dat hij het allemaal niet zo lang had moeten laten staan. Het was een vieze, aangekoekte bende geworden, echt een zorgeloos mannenhuishouden waar hij zich voor moest schamen. Hij ging er deze keer met extra energie tegenaan: niet alleen ging hij afwassen en opruimen, hij ging het hele koetshuis grondig reinigen.

Zij was toch verdorie niet de enige die in staat was om een raam te lappen?

Freek beulde zich af; na de afwas en het netjes maken van de keuken ruimde hij de woonkamer op en begon hij vervolgens aan een grondige schoonmaak. Hij zoog en dweilde en lapte zijn ramen. Zijn beddengoed ging in de was en zijn kleren, handdoeken en keukenlinnen gingen erachteraan. Terwijl de wasmachine draaide, douchte hij en maakte hij, in zijn blote kont, de hele badkamer blinkend schoon. En daarna kleedde hij zich weer aan en stond hij, een beetje verdwaasd, in zijn van properheid zo ongeveer fonkelende woonkamer. Het leek heel even iemand anders' huis, zo was hij gewend geraakt aan het langzaam aangroeiende rommelniveau van de afgelopen weken. Hij hoopte maar dat er nu dan ook wat meer overzichtelijkheid in zijn gedachten zou komen, want terwijl hij had gepoetst, en dat onduidelijke gevoel in zijn onderbuik had onderdrukt, had hij nagedacht over de woorden van Piet Pandelaar.

De feestweek.

Ieder jaar werd hij gevraagd deze te openen, en ieder jaar dacht hij daar hard en ernstig over na om het dan, meestal een dag of tien voor de daadwerkelijke opening, alsnog af te zeggen. Meestal nam August Moelleux het dan van hem over. Moelleux was de burgemeester van Hogerweijde, een vriendelijke vijftiger die er niet meer helemaal bovenop leek te zijn gekomen nadat zijn vriend, met wie hij dertig jaar samen was geweest, hem plotseling had verlaten voor een jonge, exotische Braziliaan en in Amsterdam was gaan wonen.

Reindert den Dekker had twee jaar geleden ook een keer de opening gedaan, toen Moelleux geveld was door de griep, maar dat was niet zo'n heel groot succes geweest; Freek had achteraf van verschillende mensen gehoord dat Den Dekker wel een kwartier had staan praten en veel te belangrijk had gedaan. Dan hadden ze nog liever gewild dat Bé Altena, het schoolhoofd, drie zinnen had gezegd en het traditionele lint op de hoge stoep van het gemeentehuis van Hogerweijde had doorgeknipt. Bé wist tenminste hoe ze zoiets moest aanpakken.

Vroeger was het de taak van zijn vader geweest, dat lint doorknippen. Met die enorme ouderwetse schaar, die voor dat doeleinde in het gemeentehuis werd bewaard en die zijn grootvader speciaal had laten maken om datzelfde gemeentehuis, dat in de Tweede Wereldoorlog zwaar beschadigd was geraakt en waarvan in 1947 de restauratie gereedkwam, mee te heropenen.

Eigenlijk kon hij het niet maken om het niet te doen. Zo veel historie, zo veel herinneringen; hij had toch een rol te vervullen in de gemeenschap. Al deed hij nog zo zijn best, daar kon hij zich toch niet zomaar aan onttrekken.

En iedere keer ging hij, net als bij het laten verslonzen van zijn woonruimte totdat hij de noodzaak voelde de boel weer op orde te brengen, door dezelfde cyclus heen: hij vond dat hij het moest doen, noblesse oblige tenslotte, maar tegelijk zag hij ook alweer aankomen dat hij vlak voordat het zover was onder ogen zou moeten zien dat hij totaal ongeschikt was voor wat voor openbare functie dan ook, net zo goed als dat hij ongeschikt was voor normale relaties met mensen.

Hij had er eigenlijk niet echt problemen mee dat het zo ging: het was gewoon wat het was. Hij was wie hij was, hij was aan zichzelf en de situatie gewend en voelde zich niet bij machte er iets aan te veranderen. Dus dan was het ook niet erg zinnig om je er ellendig over te gaan voelen, was zijn standpunt: het was zoiets als je druk maken over het weer.

Maar toch...

Maar toch.

Maar toch zat het hem niet lekker. Ineens, nu, zat het hem niet lekker dat hij, Freek, achtendertig jaar oud, niet wat meer controle over zijn situatie kon uitoefenen. Als hij achter zijn computer zat, dan had hij controle: dan kon hij, als hij maar geduldig was, zo'n beetje alles bereiken waar hij zijn zinnen op zette. Pianospelen was nog zoiets: totale controle. Hij ging zitten, haalde een keer diep adem om ruimte te maken voor de muziek in zijn hoofd en zijn hart, en speelde vervolgens wat er in hem opkwam. Hij bedacht het, en direct daarna bracht de piano het voort. Zoals je bedenkt dat je je hand wilt bewegen om je koffiekop op te pakken, en direct daarna doe je het ook; zo speelde hij piano. Totale controle.

Waarom had hij die controle niet over meer zaken? Waarom kon hij niet af en toe even gewoon gewoon zijn?

Hij snoof. Zijn hele huis rook geel; schoon en geel. De geur was vies en lekker tegelijk, maar het was in ieder geval beter dan die kleverige, korrelige, grijzige geur van zuurstofgebrek, onafgewassen borden, stof en vuil. Waarom kon hij niet met evenveel daadkracht zijn sociale onbekwaamheid poetsen en schrobben tot die geel geurde naar reinheid, frisheid, nieuwheid; totdat er een acceptabel gedragspatroon onder vandaan kwam waarmee hij niet voor gek zou staan in het openbaar?

Zijn laptop, die nooit helemaal sliep, maakte een bepaald donkerblauw geluidje waardoor hij wist dat hij een bericht van de AIVD had ontvangen. Hij liet zich op zijn bureaustoel vallen op een manier die verried dat hij exact die beweging al ontelbare keren had gemaakt, rolde een klein stukje vooruit totdat hij in de perfecte positie zat om zijn laptop te bedienen en veegde over de trackpad. Zijn vingerafdruk werd herkend; hij opende een speciaal stukje software dat het versleutelde berichtje decodeerde. Hij las het en gooide het gedecodeerde bericht direct weer weg, zonder dat het sporen naliet op zijn harde schijf.

De ingangen op het netwerk van Hone die hij met zo veel pijn en moeite had weten te verzamelen en die hij zo netjes had afgeleverd, bleken waardeloos. Geen van de adressen had toegang verschaft tot bruikbare informatie. Hone was erg goed in het organiseren van *security clearance* van het personeel: het Koreaanse bedrijf was op dat gebied blijkbaar nog gesegmenteerder dan het Pentagon. Hij moest iets nieuws verzinnen.

'Wel verdomme,' mompelde hij.

Vloeken was iets voor extreme noodgevallen; hij was er eigenlijk te netjes voor opgevoed. Het luchtte wel op om zich even te misdragen; niet alleen vond hij het bijzonder vervelend om opnieuw te moeten beginnen – zijn geest ervoer dat behalve als simpelweg saai ook als een soort nederlaag – maar nog veel vervelender was dat hij werkelijk geen idee had hoe hij het nu moest aanpakken.

In ieder geval niet nog een keer met *social engineering*; hij had nog een hele krat vol half gedemonteerde Hone-spullen onder zijn bureau staan, het was best veel werk geweest om de val op te zetten en blijkbaar had hij er het verkeerde type Hone-medewerkers mee gevangen – met een te lage security clearance.

Hoe kreeg hij nu toegang tot de accounts van personeel hoger in het organigram?

Hij sprong uit zijn stoel en liep een keer de kamer op en neer. Dat hielp niet, dus beende hij al nadenkend naar buiten. Even stond hij verward om zich heen te kijken in wat hij zijn achtertuin noemde: het stukje grond achter het koetshuis waar hij met zijn kettingzagen werkte. De grond was bezaaid met houtsnippers en het rook er altijd lekker, harsachtig, kleverig, lichtbruin en doorzichtig, de geur had de textuur van honing, maar dan niet zo zoet. Soms kwam er een vleugje paardenstal bij, maar alleen als de wind uit die richting waaide.

Zou hij een beetje zagen? Er stond een respectabele stronk te wachten op een goed idee; hij had het ding een paar weken geleden met zijn auto uit het bos naar huis gesleept nadat hij het van takken had ontdaan, en daarna had hij meteen zijn auto naar Piet Pandelaar moeten brengen. En het rechtop zetten was ook nog een klusje geweest.

Hij kneep zijn oogleden halfdicht en tuurde naar de stronk, maar er kwam niets.

Hij kon maar beter even terug naar de Hema om papier en plakband in te slaan, en verschillende kleuren pennen. Vaak hielp het zijn gedachten te ordenen door mogelijke oplossingsrichtingen uit te werken in een mindmap, maar dan moest hij die wel met de hand tekenen; een of ander stupide hokjesprogramma invullen op zijn beeldscherm zette niet dezelfde hersencellen aan het werk. Hij wist dat hij precies de juiste modus moest vinden waarbij hij zijn creativiteit aansprak, zonder die te verwarren of uit te putten met een te groot probleem. Hij moest altijd oppassen met te groot, of te veel tegelijk. Maar als hij het goed deed, dan kwam vaak, vanuit de ruimte die nog over was, zomaar spontaan een oplossingsrichting naar boven borrelen, zoals je kon hebben met een liedje waarvan de naam je steeds ontglipte. Je moest er eigenlijk rakelings langs denken, en dan serveerde je brein het vaak probleemloos uit, terwijl het niet wilde komen als je er recht tegenaan dacht.

Wel vervelend dat hij nu alweer naar de Hema moest. Hij was net geweest; normaal gesproken was eens in de maand naar zo'n winkel toch wel een soort natuurlijk maximum voor hem. En hij was ook al naar de garage geweest; nog even en het dorp zag hem iedere dag.

Snel nog even naar binnen; rugzak, geld, portemonnee, autosleutels, deur op slot en in de auto, voordat hij zichzelf ervan had overtuigd dat hij maar beter niet kon gaan.

Gelukkig was er altijd genoeg parkeerruimte in Hogerweijde. Grenzend aan het schoolplein was een parkeerveldje waar Freek zijn jeep gedachteloos achterwaarts tussen twee witte lijnen slingerde. Hij vermoedde dat er mensen zouden zijn die zijn auto zouden herkennen en die er dan iets van zouden vinden als ze de jeep zagen staan – nog een reden om zich alleen bij uiterste noodzaak in het dorp te begeven – maar dat moest dan maar even.

Hij liep naar de Hema, zocht wat spullen bij elkaar die hij dacht te kunnen gebruiken, ging naar de kassa en kreeg daar tot zijn verrassing geld terug in plaats van dat hij moest betalen: er lag nog een envelopje met zijn naam erop.

'Nog mijn excuses voor de vorige keer, Seetha,' zei hij deemoedig tegen mevrouw Kandhai-Orie, de kassadame, 'ik was erg diep in gedachten. Ik was toen bijna over Ties en haar moeder heen gelopen, al wist ik toen nog niet dat ze Ties heet.'

'O, u bedoelt de dochter van de nieuwe boswachter. Boswachtersvrouw. Hoe heet dat.'

'Piet Pandelaar vroeg zich dat ook al af. Toen zei ik: boswachterette, maar dat was geestig bedoeld. Volgens mij heet het gewoon boswachter; een boswachtersvrouw is volgens mij de vrouw van een boswachter.'

Mevrouw Kandhai-Orie lachte. 'Zij is niemands vrouw, hoor. Volgens mij is ze bewust alleenstaand; ik vind het toch wel wat, met zo'n kind, en dan zo'n baan! Maar ze kwam heel aardig over, en ik hoorde van Ramona de Boer ook al dat ze een leuk mens is.'

'Dat is mooi,' zei Freek, uiterlijk rustig, terwijl hij zijn aankopen in zijn rugzak stopte. Zijn gedachten gingen even naar pianospelen.

'Vindt u het niet fijn dat er dit jaar op de feestweek nou eens een keer geen dj komt maar alleen livemuziek? Het is altijd zo'n herrie, met dat vreselijke elektronische gebonk. Ik hou daar echt helemaal niet van; als ik het mocht zeggen kwam er een orkest. Maar ja, ik mag al blij zijn met de harmonie en een paar popbandjes. U houdt toch ook van muziek?'

'Jazeker,' zei Freek, terwijl hij zich even verschrikt afvroeg of zijn gedachten op zijn voorhoofd leesbaar waren.

'Uw vader deed vroeger altijd de opening, ik weet dat nog heel goed. Dat was altijd een hele toestand, dan moest ik als klein meisje een nette jurk aan omdat meneer de graaf kwam.'

Freek lachte kort en een tikje vreugdeloos. 'Dat hoeft tegenwoordig niet meer. De huidige meneer de graaf dwingt toch nauwelijks nette jurken af. Ik ben verder niet betrokken bij de organisatie van de feestweek en ik ben ook niet erg goed in dingen openen, ben ik bang; ik kan me daar maar beter verre van houden.'

'Het is toch traditie...' probeerde ze nog zachtjes, maar Freek onderbrak haar.

'Mijn dank, Seetha.' Hij zwaaide zijn rugzak op zijn schouder en liep snel en met grote stappen naar de uitgang, de deur door, de straat op.

Daar hoorde hij zijn naam. August Moelleux kwam aan de overkant van de straat aanlopen, een hand ten groet geheven. Freek zuchtte; hij kon het toch echt niet maken om met zijn hoofd ingetrokken naar zijn jeep te stormen en de burgemeester te negeren.

Hij wachtte dus even, totdat Moelleux, zoals altijd onberispelijk gekleed, hem bereikt had en hem een stevige handdruk gaf.

'Goed je te zien, goed je te zien,' zei de man enthousiast; Freek bromde iets ten antwoord. 'Luister eens, Freek,' ging hij op vertrouwelijke toon verder – ze tutoyeerden, hoewel Freek dat eigenlijk een tikje ongemakkelijk vond –, 'de feestweek. Het is een jubileumjaar, de vijfenzeventigste feestweek, we gaan er echt iets bijzonders van maken. Kan ik je nu niet zover krijgen om toch een keer die opening te verrichten? Veel hoeft het niet te zijn, en ik denk dat het door de hele gemeenschap hogelijk gewaardeerd zou worden als jij...' August maakte een olijke knipbeweging met de vingers van zijn rechterhand.

'Ik ben niet goed in openen,' zei Freek, hoewel hij intussen het gevoel had dat zo'n beetje de hele wereld was voorzien van dovemansoren.

'De organisatiecommissie heeft je natuurlijk al weken geleden een uitnodiging gestuurd, maar dat was min of meer een beleefdheidsfrase; ze zijn er eigenlijk van uitgegaan dat je er niet op zou reageren. Of dat áls je zou reageren, je je toch een week of twee van tevoren alsnog zou terugtrekken.' August kneep even zijn beide ogen tegelijk dicht naar Freek, wat waarschijnlijk bedoeld was als een samenzweerderige knipoog, maar dan van iemand die er niet toe in staat was zijn ogen onafhankelijk van elkaar te sluiten.

Freek vroeg zich af of de organisatiecommissie van de

feestweek, nee, heel Hogerweijde, en Lagerweijde er meteen ook nog maar bij, hem daadwerkelijk zo zou zien. Als iemand die ieder jaar opnieuw schoorvoetend accepteert, maar toch wel weer af zal zeggen. *Going through the motions.* Misschien vroegen ze hem al jaren alleen uit beleefdheid, terwijl ze allang bedacht hadden wie de opening werkelijk zou verrichten. Hij kreeg er een zure smaak van in de mond. Dit jaar had hij nog niet laten weten of hij de uitnodiging zou accepteren, en volgens het vaste patroon was hij nu eigenlijk al te laat om nog iets af te zeggen, áls hij de uitnodiging had geaccepteerd. Maar hij had niets gedaan. Het patroon doorbroken. En misschien was dat wel een aanwijzing; misschien moest hij...

'Goed,' zei hij tegen August, nog voordat hij de situatie van alle kanten belicht had in zijn brein.

'Meen je dat?' August was zichtbaar verheugd.

'Ik denk het wel,' zei Freek, een beetje kleintjes, nu toch wel met een koude band om zijn hart.

'Je hoeft geen hele speech af te steken, hoor, je hoeft er alleen maar te zijn, en iets aan te trekken dat een beetje representatief is voor je statuur...' Hier keek August even naar Freeks kleding in zijn gebruikelijke legerdumpstijl, onverslijtbaar genoeg voor het bos en comfortabel genoeg om er uren achtereen in achter een beeldscherm te kunnen zitten. 'En misschien kun je een keer naar de kapper gaan?' voegde hij er nog aan toe, heel voorzichtig.

Freek slikte. Waar was hij aan begonnen?

Hij nam afscheid van August, die nog net niet stuiterde van enthousiasme en die ongetwijfeld nu terug zou gaan naar de gemeenteraad om aan iedereen te vertellen dat het hem was gelukt meneer de graaf te strikken voor de opening van de feestweek, nee, echt, deze keer ging hij het doen, hij kon er niet meer onderuit.

Hij kon er niet meer onderuit.

Wat een ellende.

Hij haatte het idee van een kapper; het idee dat iemand urenlang aan zijn hoofd zou zitten friemelen bezorgde hem bijna een aanval van overprikkeling als hij er alleen al aan dacht. Sterker nog: het zou hem niet verbazen als het halve dorp zou uitlopen als hij zich bij Sjoerd Donga meldde. En dan zou waarschijnlijk ook zijn baard eraf moeten, en dan zou iedereen zien hoe zijn gezicht eruitzag. Hij had nu juist zo zijn best gedaan om dat te voorkomen, door de uitbundige begroeiing van zijn wangen en kin niet te snoeien maar juist aan te moedigen – en het was ook prettig dat hij geen tijd hoefde te verliezen aan zoiets onzinnigs als een dagelijkse scheerbeurt.

Het was al over een week. Over een week! En precies nu hij opnieuw met dat vermaledijde Hone aan de slag moest; hij had er helemaal geen tijd voor om zich met iets anders dan dat bezig te houden.

Met zijn hoofd naar beneden, broedend, liep Freek terug naar zijn jeep; hij zat zo diep in zijn gedachten dat het gejoel van de uitgaande school volkomen langs hem heen ging. Pas toen hij, van veel dichterbij, een lichte stem hoorde die 'Hé, Freek, hoe is het?' zei, keek hij op uit zijn duistere overpeinzingen.

Daar stond Ties. Met haar fiets aan de hand.

'Dag, Ties,' zei Freek somber, 'het is niet zo best, als ik heel eerlijk ben.'

'O,' zei ze fronsend, 'wat vervelend. Kan ik je ergens mee helpen?'

'Ik betwijfel het.'

'Wil je erover praten? Vaak helpt het om ergens over te praten. Ik zeg dat dus ook de hele tijd tegen mijn moeder als ze verdrietig is en ze weer eens in een hoekje zit te snuffen vanwege die stomme Marcus, ik begrijp niet waarom ze zo lang verdrietig blijft om die man, ik vond hem gewoon een stomme eikel om hoe hij haar heeft behandeld. Maar goed, mijn moeder dus, die zegt dan niks. En dat terwijl het zo goed zou helpen. En ik kan echt heel goed luisteren, hoor.'

'Je kunt ook heel goed praten, zo te horen,' zei Freek, een beetje mismoedig.

'O, sorry,' zei Ties schuldbewust. 'Ja, maar weet je? Die meisjes uit mijn klas,' ze keek even over haar schouder, 'die geloven dus gewoon niet dat wij elkaar kennen.' Toen Freeks blik de hare volgde zag hij inderdaad een clustertje meisjes bij elkaar staan, naast een auto met chauffeur, die ongetwijfeld dat meisje van Van Bickershoek van Hooglanden kwam ophalen. Verschrikkelijke mensen waren dat, vooral de moeder van dat meisje, die hem maar steeds voor het diner bleef uitnodigen. Hij hield niet van diners.

Het clustertje meisjes hield het gesprek tussen hem en Ties nauwlettend in de gaten, dat zag hij direct.

'Nou ja,' zei Freek, 'we zijn toch langs het hockeyveld gereden? Dat was expres, zodat ze je konden zien, terwijl je met mij op Jack reed.'

'Ja, maar toch,' zei Ties. 'Ze geloven het niet. Dus ik moest naar je toe om met je te praten, zodat ze konden zien dat we elkaar echt kennen. Eugenie zegt dat je niet bij haar thuis wilt komen eten, en zij snapt niet dat jij wel bij mij thuis langs bent geweest. Waarom is dat zo belangrijk? Je mag toch zelf weten bij wie je langsgaat?'

'Uiteraard,' zei Freek. 'Ik hou zelf niet zo van langsgaan. Ik doe het dus ook zo min mogelijk; alleen in uiterste noodgevallen. Je fiets was zo'n noodgeval.'

Ties keek hem peilend aan. 'Dus des te toffer dat je het

hebt gedaan. Had ik je wel al bedankt? Bedankt. Extra bedankt.'

'Geen dank,' bromde Freek. 'Zal ik je naar huis brengen?'

'Ja, maar dan moet je wéér langskomen.'

'Ik bied het toch zelf aan?'

'Dat is waar. Maar wat doe ik dan met mijn fiets?'

'Achter in de jeep. We weten al dat dat past.'

'Net een game: als je dan weer opnieuw begint weet je al: bij dit level moet ik eerst dit en dan dat.'

Freek nam het fietsstuur van Ties over en tilde met gemak de fiets achter in zijn auto.

Ties zwaaide naar de meisjes uit haar klas en stapte in; Freek schoof achter het stuur en startte de motor.

'Kom je me morgen dan uit school halen met Jack?' zei Ties grijnzend.

'Dan kan je fiets niet mee.' Freek parkeerde uit en reed extra dicht langs het groepje meisjes, zodat Ties nogmaals naar ze kon zwaaien. Ze deed dat met overdreven uitbundigheid, wat hem een lachkriebel opleverde.

'Zijn je klasgenoten bijzonder vervelend?'

'Nee, alleen gewoon vervelend,' zei Ties, 'maar ik denk: boeien. Ik ben toch heel anders als hun, en dat gaat nooit veranderen.'

'Dan zij,' corrigeerde Freek op de automatische piloot, en Ties herhaalde netjes: 'Dan zij.'

'Het gaat al bijzonder veel helpen als je in staat bent hetzelfde te klinken als zij,' merkte Freek op.

'Als hun?' zei Ties met een ondeugende grijns zijn kant op.

Nu kon hij de lachkriebel niet beheersen en ontsnapte hem een grinnik. 'Je bent intelligent genoeg. Waarschijnlijk ben je té intelligent. Vind je het schoolwerk saai?'

‘Extrééém saai,’ riep Ties uit, ‘en het gaat zo langzaam dat ik bijna in slaap val. Ik zou het liefst de school hacken als ik op de Chromebook zit, en dan de bel laten gaan, zodat ik weg kan. Thuis kan ik het gewoon lekker zelf uitzoeken, weet je wel, ik ben een app aan het bouwen, daar leer ik meer van dan van die stomme rekentaken.’

‘Dat moet toch niet zo ingewikkeld zijn...’ bromde Freek, ineens in gedachten.

‘Wat, een app bouwen?’

Freek stopte netjes voor een van Hogerweijdes drie stoplichten.

‘Een app bouwen is ook niet ingewikkeld, maar ik bedoelde de schoolbel laten gaan.’

‘Zou jij dat kunnen?’ Ties keek hem met grote ogen aan. ‘En ik vind het best moeilijk, die app, en ik weet ook nog niet hoe ik hem in de Play Store kan zetten.’

‘Is het een spelletje, de app?’ vroeg Freek, terwijl de luxe SUV met chauffeur waar Ties’ vervelende klasgenootje in moest zitten, achter zijn jeep aansloot. ‘Dit stoplicht blijft veel te lang op rood staan,’ bromde hij, ‘nog even en ik doe er iets aan.’

‘Hoe dan, door het stoplicht te hacken? Kan je dat dan?’

‘Waarschijnlijk wel,’ zei Freek. ‘Vertel nu over je app.’

‘Alleen als jij vertelt hoe je een stoplicht moet hacken. Of, nog beter: hoe ik de schoolbel moet laten gaan.’

Freek bleef even stil. Hij zag een lege plek bij de kortparkeerplaats voor de pinautomaat en slingerde, vrij abrupt, zijn jeep in de lege ruimte. Hij moest even diep nadenken, en als hij dat deed terwijl hij reed, kon dat tot ongelukken leiden.

In stilte zat hij, bewegingloos, zijn ogen op het stuur gericht.

‘Is alles goed?’ vroeg Ties na een tijdje, hij wist niet precies hoe lang.

‘Jawel: ik denk,’ mompelde hij.

Ze zweeg.

Hij ook, maar zijn gedachten raasden. Hij vond Ties grappig en aardig, en ze deed hem aan hemzelf denken op die leeftijd, alleen was ze veel zelfverzekerder. Hij zou het wel leuk vinden om haar te laten zien hoe ze het ongetwijfeld belabberd beveiligde schoolnetwerk binnen kon dringen en de bel, of het brandalarm, kon laten afgaan. Misschien konden ze het licht uitdoen, of iets afspelen op de digitale schoolborden. Het was een ongevaarlijke, grappige hack en ze zou er vast mee in de problemen komen. Hij ook natuurlijk, maar hij was ervan overtuigd dat een gesprek met Bé Altena dat allemaal wel weer recht zou breien. En het zou het waard zijn. Hij maakte niet zo vaak plezier, en het kwam al helemaal niet vaak voor dat iemand zomaar vond dat hij interessant was. Ja, mensen dachten dat het interessant was om hem voor het diner uit te nodigen, of hem eindelijk eens zover te krijgen die vermaledijde feestweek te openen, maar dat zo’n jong, ontegenzeglijk intelligent mens hem interessant leek te vinden om hemzelf, niet om wíé hij was maar om hóé hij was, dat raakte hem. Het raakte hem zozeer, dat voordat hij helemaal uitgedacht was, zijn mond openging en er het volgende uit kwam: ‘Luister eens, Ties. Als jij nu je moeder opbelt en aan haar vraagt of het wat haar betreft akkoord is dat ik bij jou en haar op bezoek kom, dan breng ik je naar huis en laat ik je zien hoe je de schoolbel aan kunt zetten. En dan kan ik je app bekijken, en je er misschien verder mee helpen.’

‘Maar je haat langsgaan. Dat zei je net.’

‘Als andere mensen me proberen te dwingen. Als ik er zelf

voor kies vind ik het ongemakkelijk, maar dan haat ik het niet.'

'Oké,' zei Ties.

Hij zag dat ze cool deed, maar opgetogen was. Ze haalde haar mobiel tevoorschijn.

Sylvie

7

‘Mam! Mag Freek langskomen? Je staat op speaker, hoor, dat je dat weet, maar ik kwam Freek tegen bij de parkeerplaats naast school en toen zeiden die meiden dat ze niet geloofden dat ik hem echt kende, en toen ging ik dus even naar hem toe om hoi te zeggen, en toen zei hij zal ik je naar huis brengen, en toen reed hij langs hun en toen zwaaide ik zo van: haha wat wil je nou, en toen zei ik dat ik school wilde hacken om de bel eerder te laten afgaan en toen zei hij dat dat helemaal niet moeilijk is en dat hij het me wel wil laten zien, als ik hem mijn app laat zien. Maar dan moeten we dus even samen computeren, bij ons thuis. Mag het?’

Sylvie bleef even stil en hoorde op de achtergrond het geluid van een auto, en onmiskenbaar de stem van Freek die zachtjes mompelde: ‘En toen, en toen, en toen...’

Het klonk alsof hij er een beetje om moest lachen.

‘Nou-hou!’ zei Ties, duidelijk tegen hem, maar niet echt geërgerd. ‘Ik moet haar toch vertellen hoe het zit?’

‘Zeker,’ zei Freek op de achtergrond, alweer dodelijk ernstig.

‘Natuurlijk mag Freek langskomen, zal ik vast theewater opzetten?’

‘Heb je er wat lekkers bij? We zijn er al bijna.’

‘Boterkoek van de bakker. Niet van de supermarkt.’

Ties deed een soort vreugde-uitroep en vroeg aan Freek: ‘Vind jij boterkoek ook zo lekker?’

‘Jawel,’ klonk de stem van Freek van veraf, ‘maar alleen van de bakker.’

Direct daarna klonk het geluid van de auto niet alleen vanuit de speaker van de telefoon, maar ook vanaf het laantje buiten, en Sylvie liep vanuit de keuken de voordeur uit.

Freek parkeerde zijn auto keurig op exact dezelfde plek als de vorige keer, sprong eruit en haalde Ties’ fiets tevoorschijn op precies eendere wijze als toen hij hem terug kwam brengen uit het bos. Het enige verschil was dat de deur aan de bijrijderskant openging en haar dochter daarachter vandaan kwam, met een opgetogen, stralend gezicht. Ze stuiterde naar Sylvie toe en sloeg haar armen om haar moeder heen voor een ongeremde knuffel.

Sylvie voelde altijd een oerachtige blijdschap als ze haar dochter terugzag na een tijdje van haar gescheiden te zijn geweest; al had het maar een uurtje geduurd. Het was bijna alsof ze het gevoel had dat alle cellen die bij haar hoorden, weer verenigd waren als ze haar kind in haar armen sloot. Dat was natuurlijk een bizar idee, Ties was een zelfstandig persoon, maar toch: toen ze net was geboren en Sylvie haar dochter voor het eerst in haar armen hield, had ze zich verbaasd over hoe sterk ze voelde dat dat kleine hoopje mens een onderdeel van haarzelf was. Als een lichaamsdeel, dat plotseling was losgekoppeld en in staat bleek zelfstandig te functioneren. De eerste paar weken was het bijna niet mogelijk geweest om in een andere ruimte te zijn dan haar kind; wc-bezoek voelde al als te ver weg.

Gaandeweg was dat gevoel natuurlijk afgezwakt; hoe groter Ties en haar wereld werden, hoe groter ook de fysieke ruimte tussen hen werd. En dat was goed; zo hoorde het ook te gaan. Maar iedere keer dat Ties bij haar terugkwam en ze haar armen weer om haar kind heen kon slaan, voelde ze een soort echo van dat vreemde, sterke gevoel van toen Ties net was geboren. Ze had niet geweten dat dat gevoel überhaupt bestond, voordat ze zwanger werd; ze was het absoluut niet van plan geweest en speelde zelfs nog niet eens met de gedachte aan kinderen toen Ties zich aandiende. Als het anders was gelopen, was ze misschien nog steeds kinderloos geweest, maar op momenten als dit, wanneer dit soort realisaties langs de neuronenpaden van haar brein stormden, voelde ze zich intens gelukkig dat haar leven zo had uitgepakt.

Ze keek op uit de knuffel met haar dochter en zag Freek, ietwat verloren, midden op het laantje staan, met de meisjesfiets aan zijn hand. ‘Ha, Freek, wat fijn dat je er bent,’ zei ze snel en hartelijk, over het hoofd van haar dochter heen. ‘Zet Ties’ fiets maar gewoon hier tegen de muur, hoor, en kom dan gauw binnen. En dank je wel voor het thuisbrengen!’

Ties liet haar los om Freeks hand te grijpen en hem mee te tronen naar binnen, en terwijl hij rakelings langs Sylvie scheerde, mompelde hij een beetje onhandig: ‘Het was geen moeite, hoor.’

Even keken ze elkaar van dichtbij aan. Misschien maar een vijfde van een seconde, of nog minder, maar die blik van Freek, een beetje schrikachtig en diffuus door zijn bril – had hij nou groene of bruine ogen? –, was lang genoeg om Sylvie een onverwacht gevoel te bezorgen. Een soort extra harde klop van haar hart; een schok. Van herkenning? Van iets waar ze niet meteen een naam voor wist. Het was wel iets goeds, daar hoefde ze niet over te twijfelen, maar het was ook iets wat ze nog nooit had gezien in een ander mens.

Snel volgde ze Ties en Freek naar binnen, en ze ging in stilte aan de slag met theewater en gebaksbordjes terwijl Ties tegen Freek zei dat hij aan de tafel moest gaan zitten, en zij zelf naar boven rende om haar laptop uit haar slaapkamer te halen.

Gelukkig was Ties heel snel weer terug, want tijdens dat korte moment dat Sylvie en Freek alleen waren, zij aan het aanrecht, hij achter de keukentafel, wist ze niet wat ze moest zeggen. Ze wist nauwelijks wat ze moest doen; ze stond met haar rug naar hem toe maar was zich vreemd bewust van hem in haar keuken, die grote, wat onverzorgde man in die versleten outdoorkleren, met al dat haar, en die baard, en die zwart omrande bril. Het was niet precies dat hij nou onverzorgd was in de zin van vervuild. Hij zag er niet uit als een zwerver; hij zag er meer uit alsof hij geen interesse had in zijn uiterlijk en ervan uitging dat andere mensen ook geen interesse in zijn uiterlijk hadden. Alsof hij schuilde, in zichzelf, achter die bril en dat haar, hoewel het Sylvie niet duidelijk was waarvoor. Maar zijn ongemak was bijna tastbaar, ze voelde het plaatsvervangend en moest al haar moed bijeenrapen om zich om te draaien en hem aan te kijken. Haar stem klonk haar een beetje te iel en te hoog in de oren toen ze vroeg: 'Boterkoek?'

'Ja, lekker, mam, een heel groot stuk, doe maar een derde, we zijn met z'n drieën.'

Ties kwam precies op tijd de keuken weer in huppelen, laptop onder haar arm. Ze legde het apparaat met overdreven zorg voor Freeks neus en keek vervolgens uitdagend naar haar moeder.

'Natuurlijk krijg je geen één derde boterkoek, dan eet je je avondeten niet op.' Sylvie was niet echt boos, maar deed wel haar best daadkrachtig uit de hoek te komen. Ze wilde niet dat Freek van haar zou denken dat ze zo'n ouder was die volledig werd overruled door haar kind, hoewel ze daar gelijk achteraan dacht dat het natuurlijk helemaal niets zou moeten uitmaken wat Freek van haar dacht.

'Als je er te veel van eet, dan smaakt het je niet meer,' zei Freek met een korte blik naar Sylvie. 'Ik weet dat het lastig is, maar van lekkere dingen kun je soms maar beter een klein beetje nemen.' Hij opende met voorzichtige vingers de laptop.

Sylvie voelde opnieuw zo'n rare scheut toen haar blik die van Freek ving. Het was maar kort, en minder heftig dan de eerste keer, maar het was er ontegenzeglijk.

Wat een aparte man was hij; Sylvie observeerde hem terwijl hij heel geduldig met haar dochter samen achter de laptop aan het werk ging. Blijkbaar waren ze bezig om in te breken in de schoolserver, en Freek nam rustig de tijd om aan Ties uit te leggen welke stappen hij zette. Hij gebruikte Ties' inlog om binnen te komen en liet toen aan haar zien in de schooladministratie dat hijzelf ook nog op de lagere school van Hogerweijde had gezeten, en dat Béatrice Altena Lankester, die hij Bé noemde, in groep acht had gezeten toen hij in groep één zat – al heetten die in die tijd nog de kleuterschool en de zesde klas.

'Dus als we hier problemen mee krijgen, dan ga ik het wel aan haar uitleggen,' zei hij, met nog een blik naar Sylvie.

'Ik ga ervan uit dat je een verantwoordelijke volwassene bent en dat je weet wat je doet,' antwoordde die met een grijns. Ze was intussen tegenover hen aan de keukentafel gaan zitten, nu iedereen voorzien was van thee en boterkoek, en ze had haar eigen laptop geopend om haar mails te doen en eens goed te kijken naar de Staatsbosbeheerwebsite die bij boswachterij De Grote Weijde hoorde. Alle noodzakelijke informatie stond er in principe wel op, maar als ze er als marketeer naar keek, dan moest er nog heel wat gebeuren om de website toegankelijker en aantrekkelijker te maken.

Ties begon plotseling te juichen. 'Mam! Hij heeft het gevonden! Hoe je de schoolbel kunt laten gaan.'

Sylvie grinnikte; het was voor haar onmogelijk om onaangedaan te blijven bij die oprechte vrolijkheid van Ties. En ze was altijd blij om haar te horen lachen; Ties had een geweldig gevoel voor humor en een scherpe blik, maar er was ook een teruggetrokken, zwijgzame component aan haar karakter, waarbij ze nauwelijks bereikbaar leek.

'En kijk, zo kunnen we vanuit hier bepalen wat er op de digitale schoolborden wordt afgespeeld: hiermee zetten we ze aan, en hiermee weer uit,' legde Freek uit.

'De juffen hebben altijd ruzie met het digibord,' zei Ties, 'dat ding gaat de hele tijd vanzelf aan en vanzelf weer uit, lijkt het, en soms gaat hij helemaal niet aan.'

'Dat komt doordat...' mompelde Freek, terwijl hij op het beeldscherm tuurde, 'doordat al die educatieve pakketten een beetje slordig zijn geïnstalleerd, en nu interfereert de beveiliging van ik denk deze twee pakketten met de toegankelijkheid van het bord. Ik kan dat wel even verhelpen, nu ik er toch in zit...'

'Mam, hij zit dus gewoon naar een scherm vol code te kijken en hij weet wat dat is!' Ties trok een raar gezicht met hele grote ogen.

'Ik geloof je, hoor,' zei Sylvie, nog steeds vrolijk.

'Het is niet zo ingewikkeld als je eenmaal weet hoe het zit,' mompelde Freek, en toen keek ook hij even op, met een grijns in zijn baard, 'maar dat geldt uiteraard voor alles in het leven. Was het maar allemaal zo eenvoudig als code, dan was ik er vast succesvoller in.' Dat laatste klonk als zelfspot, maar er was ook een pijnlijkere ondertoon, die Sylvie heus wel hoorde.

Ties hoorde het ook. 'Maar wat is er dan precies aan de hand, Freek? Toen we elkaar op de parkeerplaats zagen zei je ook al dat het niet goed ging.'

'Het is niets,' bromde Freek, en hij verdween achter het scherm van de laptop.

'Jawel,' zei Ties volhardend, 'er is iets, en mijn moeder zegt altijd dat ik opmerkzaam ben, dus ik weet het zeker.'

'Ties,' zei Sylvie waarschuwend, 'als mensen ergens niet over willen praten, dan moet je ze die ruimte geven, weet je nog? We hebben het daar al eerder over gehad.'

Freek keek plotseling weer op van het scherm, met grote ogen, en gooide eruit: 'Ze hebben me gevraagd iets te doen bij de feestweek in Hogerweijde. Dat doe ik liever niet, want ik ben bijzonder onhandig in openbare functies, maar het lijkt alsof ik er nu niet meer onderuit kom. En dan moet ik naar de kapper – ik hou daar niet van, dat gefrutsel – en ik moet een net pak aan, waar ik ook niet van hou. En daarnaast: ik had iets afgerond, voor mijn werk, maar nu heb ik het teruggekregen omdat wat ik had bedacht niet werkte.'

Even schielijk als hij had opgekeken, verdween hij weer achter het scherm.

'Wat vervelend allemaal,' zei Sylvie, 'en dat van die nette pakken, dat snap ik volkomen. Vroeger, toen ik nog wel eens op een kantoor werkte, moest ik soms in een kokerrok en op hakken. Dat vond ik toen al verschrikkelijk, maar nu ik de afgelopen tien jaar in mijn Staatsbosbeheer-tenue heb rondgelopen moet ik er helemaal niet meer aan denken.'

'Maar je hebt toch nog wel mooie jurken?' zei Ties. 'Voor als je vrij bent en het is mooi weer en zo.'

'Ja, maar die zitten tenminste lekker; die zijn gewoon van T-shirtstof.'

Freek maakte geen geluid, behalve het geklak van zijn vingers op het toetsenbord. Hij kon blijkbaar ongelooflijk snel typen.

'En, eh, Freek?' vroeg Ties, wat voorzichtiger nu. 'Dat op je werk, was dat iets met hacken?'

'Mmm,' zei Freek.

'Waar werk je eigenlijk?'

'Gewoon, thuis.'

'Nee-hee,' zei Ties, op zo'n toon van volwassenen-zijndom, 'ik bedoel natuurlijk: voor welk bedrijf werk je.'

Freeks ogen verschenen boven de rand van het beeldscherm. 'Ik werk voor de AIVD. En dat mag ik helemaal niet vertellen aan mensen; eigenlijk mag ik sowieso niet over mijn werk praten. Vergeet alsjeblieft dat ik het heb gezegd.'

'Mam?' vroeg Ties, en Sylvie souffleerde: 'De AIVD, dat staat voor de Algemene Inlichtingen- en Veiligheidsdienst. Dus eigenlijk de geheime dienst van Nederland.'

'Wow, ben jij spión?' riep Ties uit tegen Freek, diep onder de indruk. 'Nogal wiedes dat je niet over je werk mag praten!'

'Ik ben geen spion, ik ben ethisch hacker,' zei Freek. 'Een nerd, dus. Geen James Bond.'

'Nóg cooler!'

Freek keek verbaasd naar Ties en zette zijn bril recht. 'Nog cooler? Je vindt een nerd die eruitziet als ik, met een auto die volgens jou niet eens een echte auto is, cooler dan James Bond? Die een auto heeft met een ingebouwde vlammenwerper, en een ingebouwde blikopener, en een ingebouwde, nou ja, ik weet ook niet wat er allemaal ingebouwd zit?'

Ties keek hem stralend aan ten antwoord, en Sylvie wist

het bijna zeker: Freek bloosde onder al zijn gezichtshaar. Ze voelde een vreemd soort vertedering: die man was van alles tegelijk. Hyperintelligent, daar had ze geen twijfels over, een beetje wereldvreemd, dodelijk onzeker over zichzelf en zo te zien verlegen, maar tegelijk ook gelukkig met de kinderlijke bewondering van haar dochter.

'Het lijkt me toch wel lastig, hoor,' zei ze nadenkend, 'als je nooit over je werk mag praten. Ieder mens heeft het toch af en toe wel even nodig om zijn of haar hart te luchten? Of even te klankborden met iemand?'

'Ik geloof niet dat er veel mensen bestaan met wie ik zou kunnen brainstormen over wat ik doe,' zei Freek. Het had arrogant kunnen klinken als zijn toon niet zo mismoedig was geweest. 'En geheimhouding is een noodzakelijke voorwaarde bij een geheime dienst, dat lijkt me evident.'

'Zou je niet liever voor een commerciële partij willen werken?' vroeg Sylvie. 'Zonder die geheimhouding, bedoel ik.'

'Dan moet ik naar een kantoor. Ik ben niet goed in sociale settings, in wat voor vorm dan ook; daarom wil ik ook het liefst niets hoeven doen met de feestweek. Ik bespaar mezelf liever de vernedering, met je welnemen. Bij de Dienst kan ik mijn bijdrage leveren op mijn voorwaarden, het land heeft er ook nog iets aan en het betaalt genoeg om iets van de schulden af te lossen en ook nog zelf rond te komen.'

'Heb je schulden dan?' Ties beet in dat stukje informatie als een pitbull; Sylvie had het liever beleefdheidshalve laten liggen, want het was haar wel duidelijk dat het Freek ontglipt was.

'Mijn ouders hadden schulden,' zei Freek, hoorbaar ongemakkelijk met het onderwerp. 'Ze zijn overleden, dus nu zijn het mijn schulden. Maar ik heb er al aardig wat van weggewerkt; als alles meezit ben ik er over een jaar of vijf klaar mee. Dan is me toch in ieder geval iets gelukt in mijn leven, al is het nog zo onbetekenend.'

Ze waren alle drie even stil; Freeks woorden hingen nog in de lucht boven de eettafel.

Sylvie concentreerde zich weer op haar eigen beeldscherm en na een minuut of vijf begon Freek zachtjes tegen Ties te praten.

'Ik maak even snel een Chrome-appje, en dat hangen we dan aan je schoolaccount. Dan kun je er altijd bij vanuit je Chromebook op school. Met het appje kun je een paar zaken aansturen: de schoolbel, het brandalarm en het bord. Je kunt het bord aan- en uitzetten, en er een YouTube-filmpje op afspelen. Maar, Ties...' Freek hield even in.

Sylvie keek op, ze voelde dat er iets belangrijks kwam.

'Als je de borden aan- of uitdoet, of je laat een filmpje afspelen, dan gebeurt dat op alle schoolborden tegelijk. Dus pas op. Als je een filmpje van *Nightwish* afspeelt, zien de kleutertjes het ook, en die schrikken zich dan misschien een hoedje.'

Ties knikte. 'Het is een verantwoordelijkheid, en die neem ik,' zei ze met zo veel ernst voor iemand van elf dat het bijna grappig was. 'Maar hoe heb je nou zo snel een app gemaakt? Ik zit al weken te ploeteren om mijn app te maken, en jij doet gewoon zo, fruts, en het staat er!'

'Veel oefenen,' zei Freek droog. 'Laat me nu jouw poging eens zien. Wat moet de app doen?'

'Je kunt er een boom in registreren. Op mijn vorige school had ik een bomenadoptieplan opgestart in de klas, en best wel veel kinderen deden mee. Ik had zelf ook een boom, Bladerus heette hij, en ik mis hem eigenlijk nogal. Daarom was ik ook stiekem over het landgoed gaan fietsen: ik hoopte dat ik een nieuwe boom zou kunnen vinden om te adopteren. Ik denk alleen dat hier niet veel kinderen zijn die bomen adopteren leuk vinden, dus ik dacht: ik maak een app. Misschien kan ik zo mensen op andere plekken vinden die mee willen doen. Kijk, het is een soort Facebook voor bomen: je kunt er een foto van je boom in zetten, en alle gegevens opschrijven, en de soort, en je kunt hem ook nog zelf een naam geven als je dat wilt. En nu wil ik dat je dan, als je in het echt bij je boom gaat staan, een pin op Google Maps kunt zetten waar je boom staat. Maar dan moet het er ook uitzien als een klein boompje, niet als zo'n stom rood druppeltje, zodat je dan alle geadopteerde bomen op de kaart kunt zien. Dan weet je meteen wie er bij je in de buurt nog meer een boom hebben geadopteerd, en dan kun je elkaar helpen of waarschuwen als je ziet dat er iets met iemand anders' boom is gebeurd, zeg maar... weet je wel? Misschien moet er ook een chatfunctie in, of zo. En ik dacht, als ik hem nou goed aan de praat heb, misschien wil mijn moeders werk hem dan ook wel gebruiken. Dan heb je een soort extra bosbewaking. Maar ik krijg dat met die Maps dus niet goed, ik doe iets verkeerd, maar ik weet niet wat.'

'Wat een geweldig idee,' zei Freek.

Sylvie keek op van haar beeldscherm, verrast door de enthousiaste toon van zijn stem.

'Dat heb je helemaal zelf bedacht, en zelf uitgevoerd? Ik vind het heel bijzonder. Laat eens even kijken, ik denk wel dat ik weet wat er moet gebeuren met Google Maps.' Het toetsenbord rammelde, en ineens riep Ties uit: 'O, is het zó makkelijk? Wat stom, ik zat gewoon veel te ver te denken.'

'Ik begrijp dat,' zei Freek, 'dat overkomt mij ook regelmatig. Vaak helpt het om het voor mezelf op papier te zetten, om het uit te tekenen. Als ik het voor me zie, dan krijg ik het helderder voor ogen, zonder al te veel afleiding van allerlei andere opties. Ik kan je die methode aanraden. Daarom was ik ook in Hogerweijde toen je uit school kwam: om wat materiaal aan te schaffen bij de Hema om een mindmap te tekenen van de klus die ik heb teruggekregen. Nu denk ik: had ik dat maar niet gedaan, dan was ik August Moelleux niet tegengekomen en had ik het probleem van de feestweek niet gehad. Dan had ik de mail over de opening die ik eerder heb gekregen misschien gewoon kunnen negeren en had ik ook niet naar de kapper gehoeven.'

'Arme Freek,' zei Ties invoelend, 'heb je zo'n hekel aan geknipt worden? Misschien wil mijn moeder anders je haar wel knippen, ze knipt ook altijd mijn haar, en ze is heel goed in klitten uitkammen zonder dat ik doodga van de pijn. Dan hoef je in ieder geval niet naar een kapper, dat scheelt misschien al een beetje.'

'Moelleux, dat is toch de burgemeester?' vroeg Sylvie. 'Ik heb een mail van de gemeente gekregen, ondertekend door Moelleux, met de vraag of ik kan zorgen dat Staatsbosbeheer tijdens de feestweek ook present is. Dus ik zal er ook iets mee moeten, al is er nog maar bizar weinig tijd voordat het zover is. Hoe deed meneer Ter Haar dat altijd? Misschien zijn er nog folders of zo, ik moet dat even snel uitzoeken. En ik wil best je haar even knippen, hoor, Freek, als je dat prettiger vindt dan een echte kapper.'

Ze keek kort naar Freek en glimlachte naar hem. Hij gaf haar een licht verschrikte blik terug.

'Boswachter Ter Haar vond de feestweek een noodzakelijk kwaad. Er is een braderie op de dag van de opening en een kleine kermis op het plein bij de school, alle jongelui uit de wijde omgeving drinken te veel en regelmatig is er 's avonds ergens een vechtpartij. Niemand is geïnteresseerd in folders van de boswachterij, maar het is misschien goed als je er zelf bent, in ieder geval op de dag van de opening. Zodat mensen je gezicht kunnen zien, als nieuwe boswachter; iedereen kende boswachter Ter Haar. En graag, het haar. Knippen, bedoel ik.'

'Oké, geen folders dus, en check, je haar,' zei Sylvie. 'Laat maar weten wanneer je wilt dat ik dat doe, het kan voor mijn part ook meteen vanmiddag.'

'Wat moet jij dan eigenlijk doen op de feestweek, Freek?' vroeg Ties. 'Moet je helpen met iets, of zo? Of iets met computers doen, of in een standje staan? Waarom vragen ze dat in godsnaam aan jou, als je hier alleen maar in het bos woont en stiekem voor de geheime dienst zit te hacken?'

'Praat daar niet over!' zei Freek, streng van de schrik. 'Ik had dat nooit moeten vertellen.'

Ties schrok ook; ze schrok zo dat ze er tranen van in haar ogen kreeg en knipperend wegkeek.

Sylvie was het liefst uit haar stoel opgesprongen om haar dochter te troosten, want onder al die stoerheid, en soms die teruggetrokkenheid, schuilde een gevoelig hartje, wist ze. Maar Ties was al elf; ze zou het vast niet waarderen om op dit moment gesmoord te worden in moederliefde. Sylvie bleef zitten, al viel dat haar niet mee.

Freek zag het ook gebeuren. Hij legde twee voorzichtige vingers op Ties' smalle schouder en zei: 'Mijn excuses. Ik wilde je niet laten schrikken. Maar ik meen het: er mag daadwerkelijk niet over worden gesproken. En dit voorval lijkt me ook meteen te illustreren waarom ik niet geschikt ben voor sociale settings.'

Ties snufte, keek Freek weer aan en veegde haar ogen af. 'Ik zal er nooit meer iets over zeggen,' zei ze. 'En waar heb je het over, je bent toch hartstikke aardig? En je bent ook interessant. Ik zeg niet nog een keer waarom, want ik ga dat nooit meer hardop zeggen.'

'Ties, denk aan je beleefdheid,' zei Sylvie zacht en waarschuwend, maar ze had niet het idee dat Ties het hoorde.

Freek haalde een keer diep adem. 'Niet iedereen vindt dat van mij. De meeste mensen vinden me vreemd. Ik ben daaraan gewend. Het geeft niet.'

'Nou, waarom laten ze je dan niet gewoon met rust!' riep Ties uit, vol passie.

Freek haalde zijn schouders op; het viel Sylvie ineens weer op dat hij toch echt een boom van een vent was. Een wat vreemde, maar wel zachtaardige boom.

'Het is gewoonte. Mijn vader – nee. Verder terug. Er was een groot feest in Hogerweijde na de bevrijding; ik bedoel, toen de Tweede Wereldoorlog was afgelopen. Het jaar daarna werd de bevrijding herdacht; het jaar daar weer na heeft mijn grootvader het gemeentehuis officieel heropend toen het was herbouwd, want het was nogal beschadigd geraakt in de oorlog. Die heropening ging vergezeld van een kermis, en het jaar daarop werd dat herdacht, wederom met de kermis. En het jaar daarop weer, en zo groeide de herdenking van de bevrijding uit tot wat nu de feestweek heet. Mijn grootvader opende de feestelijkheden altijd officieel, met dezelfde schaar die hij speciaal voor de opening van het gemeentehuis had laten maken. Toen hij overleed, in 1987, nam mijn vader die rol over. Mijn vader is verongelukt in Nice toen ik nog op het voortgezet onderwijs zat, en sinds mijn achttiende jaar vraagt men mij. Gewoonte, traditie; al heb ik het nog nooit daadwerkelijk gedaan.' Bijna emotieloos vertelde hij.

'Jeetje, wat heftig, van je vader,' zei Sylvie. 'Hoe oud was je toen dat gebeurde?'

'Vijftien. Het viel wel mee; hij was er bijna nooit. Mijn ouders hadden geen goed huwelijk. Mijn moeder heeft na mijn vaders overlijden nog acht jaar geleefd.' Weer die afstandelijkheid in zijn stem; Sylvie verbaasde zich erover.

'Dus je familie woont hier al heel lang,' zei Ties.

'Ja, sinds 1678,' zei Freek, alsof het de normaalste zaak van de wereld was om zo'n jaartal direct paraat te hebben.

Sylvies laptop maakte een geluidje en ze opende de e-mail die zojuist was binnengekomen. Van die man met die vervelende gezwollen toon, provinciehoofd Vriesebosch. Dat hij de eigenaar van landgoed Woudenbergh, de heer Van Lynden, op de hoogte had gesteld van haar aanstaande komst, en dat hij zich verheugde op een spoedig en positief gestemd bericht van haar aangaande de openstelling van het landgoed.

Ze zuchtte. 'Nou, Freek, als jouw familie hier al zo lang woont, dan weet jij vast ook wel wat die eigenaar van het landgoed voor iemand is. Hij heet,' ze tuurde even in de mail, twijfelend over de uitspraak 'Van Lijnden?'

'Linden,' zei Freek zacht, en toen stond hij heel abrupt op, met een onhandige schraap van zijn stoel. 'Ik moet gaan, vergeef me. De thee en de boterkoek waren fijn, dank, en Ties, dag,' mompelde hij, zijn hoofd gebogen.

Hij haastte zich naar buiten, Sylvie en Ties verbaasd achterlatend. Ze hoorden het geluid van een startende motor, en daarna dat van de opspattende takjes door een te snel wegrijdende auto op een onverharde weg.

Freek

8

Alle meubels – en dat waren er niet zo heel veel – waren aan de kant geschoven, en er stond ook wat buiten, om meer ruimte te maken. Freek zat op zijn knieën op de grond, boven op een enorm vel van heel precies met plakband aan elkaar geplakte A4'tjes, en hij schreef met een dikke, zwarte stift in zijn extreem nette handschrift op wat hij allemaal al had geprobeerd.

Toen hij nog studeerde hadden zijn medestudenten hem aangewreven dat hij een psychopatenhandschrift had, zo netjes was het. Maar dat was natuurlijk onzin: hij schreef vrij langzaam, welbewust, om zijn gedachten te dwingen een rustig tempo en een logische richting aan te houden en niet alle kanten uit te schieten, en dat resulteerde erin dat er nette letters uit zijn pen vloeiden. Dat was alles. Hij was precies, zoals hij ook bij het uitzagen van beelden uit boomstammen heel precies was, al was een kettingzaag natuurlijk een veel zwaarder instrument dan een pen.

Hij kwam even rechtop, kroop een stukje en schreef daarna in de rechterbovenhoek van zijn enorme papier: 'De pen is machtiger dan de kettingzaag.' Zo werkte zijn brein, associatief, zoals hij ook pianospeelde als hij zich daartoe de vrijheid gunde. En zo zou hij ook op het idee komen hoe hij alsnog bij Hone binnen kon dringen, hield hij zich voor. Al had hij op dit moment nog geen flauw benul waar het idee vandaan moest komen, in welke hoek hij het moest zoeken. Hij probeerde toch maar zo goed mogelijk te vertrouwen op het feit dat hij voor alle eerdere problemen die hem waren voorgelegd sinds hij, een jaar of tien geleden, er langzaam in gerold was bij de AIVD, ook een oplossing had weten te vinden.

'Social engineering', stond er nu in een ovaal op zijn mindmap, met een streep naar een volgend ovaal waar 'User management' in stond. Vanaf dat ovaal liep er een streep naar een soort blob in het midden van het papier. Die blob moesten zijn hersenen voorstellen, maar hij had maar één cel getekend. Hij leunde nu voorover en gaf de cel twee oogjes met daarboven twee verbaasde wenkbrauwen.

Toen maakte hij nog een ovaal met 'DNS hijack' erin, met een streep naar 'User management' en eentje naar een ovaal met 'beveiligd'. Na even nadenken kwam er nog een ovaal tussen zijn hersencel-met-oogjes en de ovalen die hij tot nu toe had geproduceerd: daar schreef hij 'tijd' in. Zijn pogingen tot nu toe zouden waarschijnlijk wel iets opgeleverd hebben als hij oneindig veel tijd had gehad. Dat had hij niet, want Zoetermeer wilde resultaten. Hij had vandaag zelfs de leider van het offensieve hackteam persoonlijk aan de lijn gehad: een normaal gesproken vriendelijke vent die Morris heette, maar die nu zenuwachtig en kortaf had geklonken. Ook hij stond onder druk. Morris had nog een paar andere klussen lopen, anders zou hij wel meer mankracht toekennen aan deze hack, maar Freek had hem ervan verzekerd dat hij eruit zou komen, en dat hij solo sneller resultaat zou boeken dan als onderdeel van een team.

Hone was echter, als hij helemaal eerlijk tegen zichzelf

was, een hardere noot om te kraken dan hij had verwacht. Het Zuid-Koreaanse elektronicabedrijf was op de radar gekomen bij de AIVD toen het zich ineens met een heel hoog tempo op de internationale markt positioneerde, naast Samsung en Huawei, als belangrijkste leverancier van 5G, het niet onomstreden nieuwe dataprotocol dat zo veel meer mogelijk moest maken. Het internet der dingen. Maar natuurlijk zat aan iedere vernieuwing met fantastische mogelijkheden een even fantastische schaduwzijde: als de infrastructuur die 5G mogelijk moest maken niet bijzonder goed beveiligd was, dan kon enorm veel data in verkeerde handen vallen. Van patiëntendossiers tot reisbewegingen van burgers, die met hun mobiele apparaatjes in zak of tas tot op de vierkante centimeter traceerbaar waren; van de inhoud van slimme koelkasten tot slimme deurbellen tot zelfsturende auto's tot de geautomatiseerde wisselbesturing van het spoornet. De mogelijkheden voor minder ethische hackers dan hijzelf waren bijna oneindig. En de twijfels aan de betrouwbaarheid van Hone als partner kwamen voort uit de geruchten over dubieuze financiering van het razendsnel gegroeide, nog jonge bedrijf, dat nog steeds met strakke hand geleid werd door de oprichter.

Dubieuze financiering uit Noord-Korea.

Freek begreep precies waarom Nederland interessant kon zijn voor een land als Noord-Korea, hoewel er noch op politiek, noch op diplomatiek, noch op economisch gebied enige frictie leek te zijn. De landen hadden gewoon niet zo veel met elkaar van doen, zo leek het. Maar Nederland had Amsterdam, en Amsterdam had de Amsterdam Internet Exchange. Een van de grootste dataknooppunten ter wereld, waar een onmetelijke hoeveelheid informatie van over de hele wereld doorheen stroomde. Een achterdeur op de AIX zou een land als Noord-Korea een totaal andere machtspositie op het wereldtoneel kunnen verschaffen, eentje waar nucleaire ontwikkelingsprogramma's bij verbleekten.

Freek begreep dus ook precies waarom er zo veel haast geboden was bij het krijgen van een inkijkje in het binnenwerk van Hone: er lagen 5G-offertes bij de Nederlandse regering die zo ver onder de verwachte kosten doken dat je bijna gek zou zijn als je daar niet op in zou gaan.

Hij zuchtte.

Wat bleef er nog over?

Wat kon hij nog proberen?

Hij ging in kleermakerszit zitten, als een fakir op zijn papieren kleed, en probeerde zijn gedachten te ordenen. Een mogelijkheid die vaak te snel terzijde werd geschoven, ook door hemzelf – al lag dat bij hem vooral aan het feit dat hij niet wilde reizen –, was erheen gaan. Gewoon naar het hoofdkantoor van Hone toe reizen, uitzoeken hoe het netwerk liep, ergens een kastje openschroeven en een harde tap plaatsen.

Hij schudde zijn hoofd; hij moest er niet aan denken om naar Zuid-Korea te moeten. Maar wat dan?

Wat dan.

Het bleef stil in zijn anders zo actieve gedachten.

Toch wachtte hij; soms kwam er alsnog iets als hij zich, als het ware, voorbij de stilte dacht. Als hij zijn ogen sloot en zich concentreerde tot in een soort meditatieve staat van zijn, waarin hij dwars door de stilte heen...

Er werd op zijn raam gebonkt en hij hoorde een vrouwenstem. De stem werd harder, kwam dichterbij; hij hoorde precies wanneer ze de voordeur had bereikt en door het halletje naar de woonkamer liep.

Eufemia.

Hij deed zijn ogen open.

Ze stond, stomend van woede, op vies geworden, spitse, hoge huidkleurige pumps met plateauzolen en in een nauwsluitend cocktailjurkje met panterprint, boven op de zuidzijde van zijn mindmappapier, waar ze direct een gat in prikte met een van haar hakken. Haar schouderlange, dikke, honingblonde haar zat warrig, alsof het ook boos was, en haar overvolle lippen – Freek vermoedde dat de naald eraan te pas was gekomen – spuwden boze woorden in gebrekkig Engels.

'*Lodwik, ge is assgole, ge say I am gore! I'm not gore, I am woman who make choice! I gave sex with man, I choose! Not gore!*'

Freek fronste even, worstelde zich verder omhoog uit zijn gedachten en zocht naar de vertaling van *gore*. Ze bedoelde waarschijnlijk *whore*; ze had tenslotte een nogal problematische relatie met het uitspreken van de h.

'*Calm down*, Eufemia,' zei Freek vanaf de grond.

'*I am calm!*' schreeuwde ze hem boos toe. '*Freak, you say to me, I am gore?*'

Freek schudde zijn hoofd. Hij had geprobeerd haar te leren zijn naam uit te spreken als 'Frayk', als die dan toch naar het Engels moest worden getransponeerd, maar dat was mislukt. Voor haar was hij Freak. Misschien was het karma; de enige vrouw met wie hij tot nu toe in zijn leven iets van een seksuele verhouding had weten te onderhouden, noemde hem 'Abnormaliteit'.

'*I don't think you're a whore*,' zei hij rustig in zijn keurige Engels. Dat leek haar enigszins te kalmeren. Gelukkig schopte ze haar schoenen uit voordat ze nog meer gaten in zijn papier zou steken, maar toen marcheerde ze daadkrachtig op hem af.

'*You do flat on floor, Freak*,' beval ze hem, en ze gebaarde dat hij languit op zijn rug moest gaan liggen.

'*Why?*' vroeg hij, half geërgerd omdat hij zo onverwachts in zijn werk werd gestoord, maar ook half geïntrigeerd.

'*I want to sex you. I decide. No gore. Now flat!*'

'*Wait a minute*,' sputterde hij, maar voordat hij zijn benen helemaal had kunnen uitstrekken liet ze zich naast hem op haar knieën zakken, legde een hand in zijn nek en duwde haar mollige lippen tegen de zijne. Ze kon vrij goed zoenen, vond hij, hoewel hij nou ook weer niet zo'n uitgebreid veldonderzoek op dat gebied achter de rug had om een heel gewogen oordeel te kunnen vellen.

Terwijl ze zoende duwde ze hem achterover, en het spel van lippen en tongen was aangenaam genoeg om niet tegen te stribbelen. Hij strekte zich braaf uit terwijl zich een prettig, warm gevoel ontvouwde in zijn onderbuik, dat langzaam aanzwol totdat het ook zijn kruis omvatte en zijn lichaam reageerde. Eufemia wreef haar welgevulde borsten tegen hem aan; ze dacht waarschijnlijk dat hij dat opwindend zou vinden, maar hij had een keer per ongeluk gevoeld dat er prothesen in zaten. Ooit, tijdens een van zijn slapeloze, hyperactieve nachten in de tijd voordat Eufemia af en toe langskwam om hem iets van fysieke rust te bezorgen, had hij online een artikel gelezen over de bijverschijnselen die vrouwen van implantaten konden krijgen, en, nog erger, welke ellende een vrouw kon verwachten als zo'n prothese begon te lekken. Hij was bang dat hij iets stuk zou knijpen, met zijn grote handen; hij had haar borsten niet meer aangeraakt.

Hij hield eigenlijk wel van borsten, dacht hij, maar in het geval van Eufemia vond hij als hij heel eerlijk was de twee pronte bollen die ze in de aanbieding had enigszins detoneren bij de rest van haar iets te magere lichaam.

Ze stopte met hem zoenen en kwam schrijlings op hem zitten, net achter zijn erectie.

Hij keek naar haar gezicht terwijl ze met rukkerige bewegingen zijn broek openmaakte, zijn piemel tevoorschijn haalde, een condoom uit haar beha trok, dat vaardig over hem uitrolde, en vervolgens zonder omhaal boven op hem klom. Met haar hand hield ze haar waarschijnlijk minuscule ondergoed even opzij om hem binnen te laten, en daarna begon ze hem te berijden. Het randje van haar slipje schuurde een beetje, net onder de rand van het condoom, maar dat was niet onaangenaam.

Freek voelde zich enigszins losgezongen van wat er zich afspeelde; zijn lichaam onderging de daad, maar zijn geest was er niet bij. Dat hoefde ook niet, want Eufemia was er ook niet bij; ze ging, zo leek het, volledig op in haar *grudge fuck* en vloekte zachtjes in het Russisch bij iedere stoot.

Hij draaide zijn hoofd opzij; het was niet storend genoeg om de opwinding van zijn lichaam te onderbreken, maar hij vond het ook niet bijster aantrekkelijk om de rol die hij op dit moment vervulde aan een nadere analyse te onderwerpen. Hij was een werktuig. Freak was een werktuig waar een ongelukkige, boze vrouw haar frustratie op kon botvieren, en hij vond het nog lekker genoeg ook om zijn hoogtepunt te voelen naderen.

Zijn blik bleef hangen aan de doos met half gesloopte Hone-onderdelen die onder zijn bureau stond, en die hij nu met bureau en al aan de kant had geschoven om vloeroppervlak te creëren voor zijn mindmap. De strakheid in zijn lendenen nam verder toe en hij weerstond de neiging om zijn kruis omhoog te duwen. Eufemia's vloeken gingen langzaam over in kreuntjes en zijn geest analyseerde – hij moest toch wat – de inhoud van de doos. Er zat een wifizender in, en een mobiel, een keukenweegschaaltje en een staafmixer, een oventhermometer, een tondeuse, een slimme deurbel en een robotstofzuiger. Een eclectische verzameling; Hone was een soort Philips van Zuid-Korea. Nu kon hij zich niet meer beheersen en spande hij zich iets aan; het ging niet lang meer duren. Eufemia had het vloeken helemaal opgegeven; ze verloor zich volledig in haar schroevende en pompende bewegingen. Ze was behoorlijk acrobatisch en had een bewonderenswaardig uithoudingsvermogen.

Hoe kon hij de Hone-techniek categoriseren? Huishoudelijk en communicatie was een voor de hand liggende tweedeling. Nu begon hij toch wel een beetje te zweten, en hij kon zijn onderlijf nauwelijks meer stilhouden, hoewel Eufemia dat klaarblijkelijk wel van hem verlangde. Ze sloeg hem zwakjes op zijn borstkas, iedere keer als hij wat bewoog.

Programmeerbaar en niet-programmeerbaar was ook een logische categorisatie, evenals 'in staat tot communicatie' en 'niet in staat tot communicatie': de slimme deurbel kon communiceren met je mobiel; de staafmixer niet. De robotstofzuiger was een interessant geval: functioneel gezien was het eigenlijk een soort staafmixer met borstels voor op de vloer, maar toch kon het apparaat communiceren: je kon het op afstand aan- en uitzetten met een app. En, herinnerde hij zich ineens, terwijl de spanning in zijn onderlijf bijna niet meer te harden was, het apparaat kon middels een wifiverbinding zijn fabrieksinstellingen ophalen voor een reset.

Op een server van Hone.

Op... een... server... van...

Pats, zijn bevrijding was daar, zomaar; eigenlijk minder intens dan de half onderdrukte opbouw had doen vermoeden.

'*Freak! You do not gave orgasm before I say!*' schreeuwde

Eufemia gefrustreerd, terwijl ze driftig doorroteerde op zijn snel slapper wordende orgaan. Ze sloeg, nu met twee vuisten, op zijn borstkas, en best hard ook.

Freek had er ineens genoeg van, hij raakte overprikkeld en zo zou het condoom nog afglijden. Hij greep haar trommelende vuisten in één hand, hield de rand van het condoom met duim en wijsvinger van de andere hand op z'n plaats en kwam snel omhoog, waardoor ze van hem af schoof en ineens op zijn knieën zat.

Hij keek even in haar gezicht: half boos en half verbaasd, en zag hij daar misschien ook een vleugje schrik? Hij liet meteen haar vuisten los en realiseerde zich dat hij toch echt heel veel groter en sterker was dan zij.

'*I'm sorry*,' zei hij, '*there wasn't much I could do*.' Hij legde snel een knoopje in het condoom en mikte het in de prullenbak naast zijn bureau.

Eufemia snoof en hij zag dat onder al die woeste emoties van haar een diepe droefheid prevaleerde. '*I could try to give you an orgasm as well*,' stelde hij zachtjes voor, '*with my hand?*'

'*No, forget it*,' zei Eufemia, bokkig en teleurgesteld, en ze begon van zijn knieën af te klauteren. '*But tell me, Freak, you think I'm gore?*'

Freek stond ook op terwijl Eufemia terugliep naar haar hoge hakken, die enigszins verweesd aan de rand van zijn papier lagen. Hij verborg zijn lid achter zijn rits en hoopte dat ze wegging, want hij wilde onder de douche.

'*You told me you are here of your own free will*,' zei hij tegen haar, '*and I believe you.*' Hij liet het aan haar om uit te maken of hij bedoelde: hier, in Nederland, wonend in Huis De Toecomst op het landgoed Woudenbergh, met drie mannen die zich bezighielden met waarschijnlijk niet helemaal frisse zaken en misschien wel alle drie seks met haar hadden, of dat hij bedoelde: hier, in de woonkamer in het koetshuis, bij hem. Hij wilde af en toe ook wel seks met haar, maar alleen omdat ze het hem de eerste keer zelf had aangeboden, omdat het hem goed uitkwam dat er van een relatie geen sprake was, en omdat ze er meestal ook wel iets van plezier aan leek te beleven.

'*I am gere of my own free will,*' herhaalde Eufemia, alsof ze zichzelf daarvan moest overtuigen, en toen stapte ze in haar onmogelijke schoenen en struikelde ze zijn woonkamer uit.

Hij stond nog even doodstil midden in de kamer, terwijl haar voetstappen zich knerpend op het grind verwijderden. Toen kwam hij in beweging: hij liep naar zijn bureau, maakte wat ruimte op het blad, trok de doos met Hone-spullen eronder vandaan en tilde die erop. Eerst ging hij douchen, en dan ging hij zich verdiepen in de geheimen van een robotstofzuiger; op weg naar de trap nam hij zijn prullenbak mee om die leeg te gooien in de vuilnisbak in de keuken.

Sylvie

9

Er waren meerdere mogelijkheden om, als je de onverharde paden gebruikte, bij Huis De Toecomst te komen; het grondgebied dat landgoed Woudenbergh vormde grensde aan drie zijden aan boswachterij De Grote Weijde. Op de topografische kaart van het gebied die ze had uitgespreid over de keukentafel, leken de paden breed genoeg voor haar auto, maar ze wist niet wat de conditie ervan was. Misschien lagen er wel omgevallen bomen; wie weet hoe slecht onderhouden het terrein was. Ze wist in ieder geval dat de weg die er het best begaanbaar uitzag – en die de kortste route vertegenwoordigde – was afgesloten met een groot houten hek, een ketting en een hangslot. Het zou wel een stukje omrijden zijn om de hoofdingang te bereiken, maar waarschijnlijk was dat toch de beste keuze.

Gisteren was ze toevallig in het dorp geweest toen Ties' school uitging, en ze was als verrassing op de parkeerplaats gaan staan met haar auto. Kort nadat zij haar Jimny had geparkeerd kwam er een oude Volvo naast haar staan, waar Ramona de Boer uit stapte.

'Hé, hallo, komen jullie nou nog een keer eten?' zei Ramona meteen hartelijk. Nog voordat Sylvie ja had kunnen zeggen kwam Ties met de fiets aan de hand en een vriendinnetje, ook met fiets, van het schoolplein af.

'Gemma!' riep Ramona, en 'Ties!' riep Sylvie, en toen begonnen ze allebei te lachen.

'Ik wist niet dat Gemma jouw dochter was,' zei Sylvie, terwijl de meisjes dichterbij kwamen. 'Ik had Ties al wel over haar gehoord, maar –'

'Ja, ik had van Gemma ook al begrepen dat er een nieuw meisje in de klas was gekomen met wie ze het goed kon vinden, maar ik had ook even helemaal niet de link gelegd. Wat stom, hè?' Ramona gaf zichzelf een speelse pets op het voorhoofd, en toen waren de meiden bij hun moeders aanbeland en volgde er een driftig heen-en-weergekakel over wie nu naar wie zou gaan, met uiteindelijk als resultaat dat Sylvie met Ties' fiets achterin naar huis was gereden terwijl Ramona haar dochter had meegenomen. Tegen vijven was ze naar de boerderij gereden om Ties op te halen, waarna ze zeker tot zes uur was blijven zitten om thee te drinken en met Ramona te praten, terwijl Ties en Gemma Johan hielpen met het verzorgen van de dieren.

Nu had ze een appje van Ties gekregen dat ze samen met Gemma op weg was naar huis, met de vraag of Gemma mocht blijven eten.

Dat mocht; natuurlijk mocht dat. Ze was ontzettend blij dat haar dochter zo'n leuk vriendinnetje leek te hebben gevonden, en eigenlijk nog best snel ook. Na de eerste week hier op school had ze zich toch behoorlijk zorgen gemaakt over het verschil tussen de mensen hier en in Olterloo; op Ties' vorige school had ze misschien niet zo heel veel aansluiting gehad en was ze met niemand dik bevriend geraakt, maar ze was wel geaccepteerd voor wie ze was. Hier was er veel meer kinnesinne onder de kinderen, zo leek het; veel meer oog voor kleding, status en afkomst. Allemaal gebieden waarop Ties niet zo veel in de aanbieding had, ofwel omdat het er gewoon niet was, ofwel omdat ze het zelf absoluut niet wilde. Sylvie zou het nooit hardop toegeven als je het haar zou vragen, maar ze had haar hart vastgehouden; het was onder normale omstandigheden al lastig genoeg om voor de laatste paar maanden in te stromen in groep acht van de basisschool, tussen kinderen die elkaar allemaal al jaren kenden, en Ties was nou niet bepaald een gemiddeld soort meisje.

Vreemd genoeg leek er echt iets veranderd voor haar, na die ene keer dat Freek haar naar huis had gebracht. De meisjes met de rijkste ouders waren veel aardiger tegen haar; ze waren zich te bewust van hun status in de klas om actief haar vriendschap op te zoeken, maar Ties had verteld dat die Eugenie, die blijkbaar de leider van het groepje was, niet meer zo op haar neerkeek nu eenmaal onomstotelijk was bewezen dat Freek haar daadwerkelijk kende. De moeder van Eugenie wilde om de een of andere reden ontzettend graag dat Freek een keer bij hen kwam eten, maar hij wilde niet, en dat gaf blijkbaar het contact dat Ties met hem had een extra waarde.

Toch bijzonder hoe zo'n dorp kon werken, dacht Sylvie; zo'n man als Freek, toch een beetje een zonderling, en op het eerste gezicht helemaal niet zo rijk, maar blijkbaar was zijn familie al eeuwenlang een belangrijk onderdeel van de gemeenschap. Of misschien was wat hij als werk deed wel bekend bij de inner circle van het dorp, en wilde mevrouw Van Bickershoek van Hooglanden niets liever dan een digitale spion aan de eettafel. Sylvie grinnikte. Of misschien wilde mevrouw hem wel stiekem inhuren voor een hoogst illegaal potje bedrijfsspionage, al had ze het idee dat Freek zich daar nooit toe zou laten overhalen.

Gek eigenlijk, ze kende de man verder helemaal niet – hoe vaak had ze hem nou gezien, twee, drie keer? – maar toch: ze wist op de een of andere manier zeker dat hij te vertrouwen was. Hij was sociaal onhandig op het schrikachtige af, en was zich daar zozeer van bewust dat dat hem waarschijnlijk alleen maar nog schrikachtiger maakte, maar wat ze had gezien toen hij hier bij haar aan de keukentafel zat, was vooral vriendelijkheid, en geduld, en daadwerkelijke interesse in wat haar dochter bezighield.

Ze hoopte dat hij nog van zich zou laten horen voor het eind van de week, zodat ze hem even zou kunnen helpen met zijn haar en zijn baard, als hij er zo tegen opzag om naar de kapper te gaan. En misschien kon ze hem dan nog een keertje uitnodigen voor een kop thee, of wie weet wilde hij bij haar wél een keertje komen eten. Ze zag hem een beetje, merkte ze toen ze glimlachend opstond uit haar stoel omdat ze buiten meisjesstemmen hoorde, als een soort schuw wild dier dat wel wat hulp kon gebruiken, maar daar uit zichzelf niet snel om zou vragen.

Ze zette theewater op.

In Olterloo had ze eens een edelhert gevonden, bekneld in een stuk losgetrokken omheining dat als een strik om zijn gewei zat. De huid was eraf geschuurd en het dier was vermagerd; wie weet hoe lang het al zo stond. Ze had het bevrijd, voorzichtig, met een draadtangetje. Het dier had angstig gesnoven, maar was niet weggelopen toen het eenmaal los was. Het had een tijdje bijna ongelovig naar haar staan kijken, omdat een mens, misschien wel zijn ergste vijand, zo vriendelijk was geweest hem te redden in plaats van hem af te schieten.

'Ga nou maar,' had ze toen zachtjes gezegd, en het geluid van haar stem had het hert alsnog doen wegspringen.

Ze had het dier nog een paar keer gezien, vanuit de verte, herkenbaar aan de beschadigingen op zijn gewei, en dan had ze geglimlacht. Ze was dan wel behoorlijk handig met haar dubbelloops jachtgeweer, maar dat wilde nog niet zeggen dat ze het graag gebruikte.

'Hoi, mam!' riep Ties, die vrolijk de keuken in stormde, en 'Hoi, mevrouw Van Foreeste,' zei Gemma, een stuk rustiger.

'Ha, meiden,' zei Sylvie, 'willen jullie thee? Ik heb water opstaan.'

De twee meisjes, ineens zo zichtbaar op de rand van kind en tiener dat het bijna grappig was, keken elkaar aan.

'Nou,' zei Ties aarzelend, 'eh...'

'O, het hoeft niet,' zei Sylvie lachend, 'als jullie liever op Ties' kamer gaan zitten om over jongens te praten, dan snap ik dat best, hoor. Ik ben toch ook jong geweest?'

'Nou, weet u,' zei Gemma vertrouwelijk, toch ineens weer kind, 'Hans-Willem, bij ons in de klas, die wil niet met Eugenie. Maar zij wel met hem, want ze vindt dat zij de rijkste ouders hebben, en dat het dus logisch is. En plus: zij heeft de meisjeshoofdrol in de eindmusical, en hij heeft de jongenshoofdrol, dus dan is het extra logisch, vindt zij. Maar vandaag toen we buiten gingen spelen, toen kwam Hans-Willem dus gewoon bij ons zitten! Hij deed verder niks, hij ging gewoon zitten, maar wij dachten wel: huh? Ik weet dat hij mij niks aan vindt, maar misschien valt hij op Ties?'

Ties zuchtte dramatisch. 'Gem, dat vindt mijn moeder toch niet interessant!'

'Tuurlijk vind ik dat wel interessant, meiden. Kom even lekker zitten, de koektrommel leegeten; jullie hebben net dat hele eind gefietst. En Gemma? Zeg maar gewoon jij en jou, hoor. Ik ben niet zo'n u-type.'

'Dat zei mijn moeder ook al,' zei Gemma, terwijl ze op een keukenstoel plofte. 'Ze vond u, eh, jou, een gezellig mens. Zei ze. In ieder geval vast veel gezelliger dan onze vorige boswachter, want die heeft natuurlijk nooit thee bij ons gedronken. Die was nooit zo aardig voor kinderen; altijd als hij een hut tegenkwam die we hadden gebouwd in het bos, dan trok hij hem uit elkaar omdat hij zei dat het ging broeien en dat we dan brand kregen, maar ik denk dat hij eigenlijk gewoon dacht dat oudere kinderen er dan in gingen zitten roken of zo.'

'Of seksen,' zei Ties met een uitgestreken gezicht. 'In Olterloo gingen ze dan een hooiberg in, dat hoorde ik wel eens van kinderen die oudere broers of zussen hadden, maar hier heb je wat minder hooibergen voor het grijpen, hè, dus dan moet je toch ergens heen. Met je hormonen.'

Gemma giechelde. 'Ik kan me niet voorstellen dat Eugenie in een boshut zou gaan met een jongen.'

'Misschien wel als het Hans-Willem was?' Ties trok het deksel van de koektrommel en hield hem netjes eerst aan Gemma voor, voordat ze er zelf in graaide.

Sylvie zag hoe haar dochter haar een snelle blik gaf en ze knikte: ja, ze had gezien dat Ties het netjes had gedaan. Ze gaf haar dochter een warme glimlach, hoewel ze het besef dat Ties zo snel volwassen werd dat het al zo uitgebreid over deze onderwerpen ging, ook aardig beklemmend vond.

Ze maande zichzelf tot kalmte. Ze was zelf niet veel beter geweest; ze was op haar vijftiende weggelopen na jaren van ruzie met haar moeder, een Bewust Ongehuwde Moeder van het eerste uur die het ene na het andere vriendje had versleten, soms letterlijk voor haar ogen. Het grote geluk dat de bevrijding van de jaren zeventig van de vorige eeuw had moeten brengen, had haar moeder nooit daadwerkelijk gevonden. Zijzelf had, als ze erop terugkeek, eigenlijk precies hetzelfde gedaan: ze was met heel veel jongens, en later mannen, geweest, zonder enige remming of gêne, vastbesloten zich nergens aan te binden. Ze woonde eerst in een kraakpand vanwaaruit ze haar middelbare school afmaakte, en ze werkte erbij, in een hip en loeidruk café waar ze zonder verblikken of verblozen loog over haar leeftijd en tot diep in de nacht bier tapte. Later, toen ze eenmaal echt geld verdiende, woonde ze alleen, werkte ze als freelancer en weigerde ze ergens in dienst te treden, zelfs al smeekten ze haar er bijna om – ze was een slimme, creatieve marketeer geweest en de reclamebureaus hadden af en toe nog net niet om haar gevochten. En ze had gefeest tot ze erbij neerviel.

En toen was ze dus plotseling zwanger geweest, en was het hele idee van je nergens aan binden zo het raam uit gegaan, want hoe had ze het hulpeloze kleine bolletje mens dat uit haar eigen lichaam was gekomen niet in haar hart kunnen sluiten? Hoe had ze zich daar niet aan kunnen binden? Ze had zich direct voorgenomen dat ze het als moeder beter zou doen dan haar eigen moeder, die intussen was overleden – ze was nog maar net vijftig geweest, een spontane hartstilstand – en om wie ze tot op dat moment nog geen traan had gelaten.

Toen ze zelf moeder was geworden en met haar kleintje op de bank zat, wiegend en dromend, in die rare bubbel waarin pas bevallen vrouwen kunnen zitten, vastgezogen in het nu en het wonder van dat kleine babygezichtje, toen had ze alsnog het verdriet om het verlies van haar moeder gevoeld, opgestuwd door haar hormonen. Dat ze haar wonder niet met haar eigen moeder had kunnen delen, dat het zo was gelopen, dat het tussen moeder en dochter zo pijnlijk was geweest, terwijl die band in feite alleen maar uit liefde zou moeten bestaan.

Gelukkig was in ieder geval de band tussen haar en Ties ijzersterk, en ze was niet van plan om ook maar iets tussen haar en haar dochter te laten komen, ook niet Ties' puberteit.

'Wat is dat er voor een, die Hans-Willem?' vroeg ze dus. 'Aangezien jullie zo met hem bezig zijn. Is hij knap? Is hij sportief, of juist nerdy? Kun je een beetje met hem lachen?'

Gemma giechelde, maar Ties keek serieus.

'Ik denk wel dat je hem... knap zou kunnen noemen, ja,' zei ze met een frons. 'En hij is ook nogal slim, en af en toe zegt hij grappige dingen in de klas, want hij is wel een beetje stout. Maar de juf vindt het nooit erg als hij dat doet. Bij andere kinderen wordt ze boos, maar bij hem moet ze vaak stiekem lachen. Zijn grapjes zijn ook wel een beetje volwassen, meestal.'

'Volgens mij vindt hij de hele klas kinderachtig,' deed Gemma een duit in het zakje. 'Hij heeft een jaar extra gedaan in de kleutergroep, maar nu lijkt hij wel te oud voor ons.'

'Nou, dat zal wel meevallen,' zei Sylvie, 'meestal zijn meisjes wat verder dan jongens, toch?'

'Hawé is gewoon anders,' zei Ties met een zucht, 'laten we het daar maar op houden.'

'En hij zal Eugenie ook wel kinderachtig vinden, met haar pony in de tuin. Ze doet dan wel net alsof ze een paardenmeisje is, maar ze kijkt volgens mij niet om naar dat beest. Haar moeder heeft mijn vader al gebeld of hij hem wil overnemen. Was mijn vader nog boos over; blijkbaar denkt dat mens dat we een soort kinderboerderij zijn.' Gemma nam een koekje en beet er driftig in.

Sylvie schoot in de lach. 'Ik dacht dat die Reindert den Dekker niet goed lag in het dorp, maar volgens mij is het met de familie Van Bickershoek van Hooglanden nog slechter gesteld.'

'Je bedoelt Hawés vader?' Gemma keek haar lachend aan.

'Is Hans-Willem het kind van Den Dekker? Oké, ik leer iedere dag wat nieuws; we zijn hier nog maar een paar weken, hè, dat moet je niet vergeten!' Sylvie grinnikte terug. 'Ik ben blij voor die jongen dat jullie hem wel leuk vinden, ook al zijn er mensen die kritisch zijn op zijn vader. Onder wie jouw ouders, Gemma!'

'Ik weet het,' zei Gemma, en ze keek even naar het tafelblad, maar moest daarna toch weer lachen.

'THE SINS OF THE FATHERS...' zei Ties met een dreigende, holle stem. 'Dat is uit een of andere iPad-game die ik alweer heb weggegooid. Best wel stom.'

'Jij kan echt enorm goed Engels,' zei Gemma bewonderend. 'Hawé kan ook zo goed Engels, misschien moeten jullie Engels met elkaar gaan praten.'

'O, nee, dat durf ik niet,' zei Ties gedecideerd, en ineens was al haar stoerheid verdwenen en keek ze even snel naar haar moeder, als voor een woordeloze bevestiging.

Sylvie voelde haar hart warm worden; ze gunde haar kind alles, ook volwassen worden, maar als Ties zo ineens weer even echt kind was, dan was ze stiekem toch blij dat ze nog nodig was.

Ze rolde voorzichtig haar topografische kaart op; hij had al een paar vlekken opgelopen en ze zag het er nog wel van komen dat er een keer een kop thee of een klodder pastasaus overheen zou gaan. In Olterloo versleet ze zo'n beetje een kaart per jaar. Er ging een elastiekje om de kaart en ze haalde een keertje diep adem: misschien moest ze het maar gewoon nu doen en er niet langer tegenaan hikken, dan was ze ervan af. 'Meiden, ik moet eigenlijk nog even ergens heen. Jullie kunnen je wel vermaken tot het avondeten, toch?' Ineens viel haar iets in. 'Trouwens, Gemma, vertel eens: jullie huisbaas, dat is toch die meneer Van Lynden?'

Gemma, net midden in haar volgende koekje, knikte.

'Is die een beetje aardig? Ik heb zo wat verhalen gehoord dat hij moeilijk is om mee om te gaan. Ik moet van het provinciehoofd van Staatsbosbeheer met hem gaan praten over openstelling van het landgoed voor publiek, maar dat schijnt een al lang lopende zaak te zijn waar weinig vooruitgang in zit.'

'O, nee, hij wil dat niet, hoor,' zei Gemma, nu het koekje was ingeslikt. 'Hij is voor ons wel altijd gewoon oké. Hij komt af en toe langs om te vragen of alles nog goed is en hij verhoogt de pacht volgens mij nooit. Vorig jaar heeft hij mijn vader geholpen met het dak van de schuur toen er een tak was afgewaaid. Er zat zo'n gat in,' Gemma hield haar armen een flink eind uit elkaar, 'en hij is echt handig. Dat verwacht je natuurlijk niet bij een graaf, maar hij is niet zo erg graafachtig. Zijn vader wel, die liep altijd in een net pak en deed altijd superdeftig, maar hij was er eigenlijk bijna nooit, de oude graaf. Ik heb alleen foto's van hem gezien, maar volgens mijn vader was die een stuk minder aardig; ik denk dat mijn vader als kind bang voor hem was.'

'O, is hij een graaf?' zei Sylvie. 'Dat had ik allemaal nog niet opgezocht; ik weet dat nooit van mensen. Volgens mij is het tegenwoordig ook niet meer zo hip om heel deftig te doen als je een adellijke titel hebt, en fijn om in ieder geval vast te weten dat deze graaf ook niet zo is.'

'Hij zal het wel niet leuk vinden als je langsgaat, want hij heeft volgens mij eigenlijk nogal een hekel aan mensen. Daarom wil hij het landgoed ook niet openstellen.'

Sylvie zuchtte. 'Weet je, ik kan me daar dus best iets bij

voorstellen. Als ik een groot stuk bos had, helemaal voor mezelf, dan vraag ik me ook af of ik er zin in zou hebben dat Jan en alleman maar over mijn land kwam wandelen en fietsen.'

'En neukhutten bouwen,' zei Ties, met een uitgestreken gezicht. Als het haar bedoeling was om te choqueren dan mislukte dat volkomen, want Gemma en Sylvie schoten in de lach, en daardoor moest Ties zelf ook lachen.

'Ties, je bent een stout kind,' zei Sylvie liefdevol, toen ze eenmaal was uitgelachen, 'maar je hebt wel een goeie komische timing.'

'Ik wou dat ik thuis zulke dingen mocht zeggen,' zei Gemma grinnikend, 'mijn ouders worden altijd boos als ik dat doe.'

'O, je mag hier alles zeggen wat je wilt, zolang je je in het openbaar maar netjes gedraagt. Dat zegt mijn moeder altijd, toch, mam?' vroeg Ties.

'Klopt,' zei Sylvie, en ze stond op. 'En dat vind ik ook echt: thuis moet je mogen zeggen wat je kwijt wilt, want ergens moet je toch een plaats hebben om te kunnen ontspannen? Het is alleen een beetje jammer dat Ties nog wel eens vergeet dat thuis een soort openbaar wordt als er gasten zijn. Maar wie weet lukt het nog een keertje om dat te onthouden...' Sylvie gaf haar dochter een nepstrenge blik en schoof haar stoel naar achteren. 'Nou, dames, ik rij even naar Huis De Toecomst, eens zien of ik meneer Van Lynden te spreken kan krijgen. Als hij zo hard niet wil, dan zal ik wel heel snel klaar zijn met mijn gesprekje, maar in ieder geval heb ik het dan geprobeerd, nietwaar?'

Ties en Gemma riepen een groet, stonden ook op en verdwenen naar boven, naar Ties' kamer; Sylvie greep haar tas en een fleecevest met het logo van Staatsbosbeheer erop en liep de deur uit.

De rit duurde iets langer dan ze had gedacht; het was eigenlijk toch best een flinke lap grond, dat landgoed Woudenbergh. Ze kon wel begrijpen dat Staatsbosbeheer het erbij wilde hebben; in een drukbevolkt land als Nederland, met zo'n diepgeworteld historisch besef van collectiviteit, had het bijna iets onbehoorlijks om zo'n groot gebied voor jezelf te willen houden. Maar toen ze de weg af draaide, het oude, wijd openstaande hek door, over een niet al te best onderhouden laan die eruitzag als een karrenspoor waar ieder moment een koets met een vierspan overheen zou kunnen ratelen, en ze omhoogkeek langs de kathedraal van stammen naar het groene bladerdak, gevormd door bomen die waarschijnlijk al generatieslang deze weg omzoomden, kon ze zich weer evenzeer inleven in de gedachte dat je iets als dit misschien niet aan de openbaarheid wilde prijsgeven.

Ze parkeerde haar Jimny bij het huis, naast drie precies eendere Tesla's. Blijkbaar had Van Lynden een moderne smaak, en geld te veel. Dat zou hij dan wel eens aan het onderhoud van zijn huis mogen besteden in plaats van aan zijn wagenpark, dacht Sylvie terwijl ze de trekbel liet klingelen en zag hoe de deurstijl in de hoek een lelijke rotte plek vertoonde. Al het houtwerk was slecht onderhouden, zag ze nu ze er met haar neus bovenop stond; je zou toch verwachten dat een pand als dit onder de monumentenwet zou vallen, en dat het onderhoud min of meer verplicht zou zijn.

De deur werd geopend door een onwaarschijnlijk mooie vrouw, gehuld in een strak cocktailjurkje dat het voor elkaar kreeg om er tegelijk duur én ordinair uit te zien. Ze had grove gouden oorbellen in en een bijpassende, bonkige halsketting om, en ze stond op een paar naaldhakken waar Sylvie al pijn van in haar voeten kreeg als ze ernaar keek.

'*Gello?*' zei de vrouw. '*What you want gere?*'

'*Oh, hello*,' zei Sylvie verbaasd, '*do you speak Dutch?*'
'*No*,' zei de vrouw kortaf.
'*I am looking for mister Van Lynden*,' zei Sylvie dan maar, '*is he at home today?*' Ze glimlachte de vrouw, die aan haar metersdikke accent te horen ergens uit de buurt van Rusland moest komen, vriendelijk toe, maar de vrouw keek haar onbewogen en nogal onderkoeld aan.
'*Goe is mister Von Linden? I don't know gim*.' Ze begon de deur dicht te duwen, maar toen kwam er iemand anders aanlopen in de gang. Een man in een keurig herenkostuum, op zwarte schoenen die zo glansden dat het bijna lakschoenen leken. Hij zei iets onverstaanbaars tegen de vrouw, waardoor ze een lelijk gezicht trok, zich omkeerde en met venijnig klikkende hakken over de zo te zien marmeren vloer wegliep.
'Goedemiddag, wie bent u?' zei de man, op het randje van beleefd.
'Hallo, ik ben Sylvie van Foreeste, de nieuwe boswachter. Ik kom een beetje op de bonnefooi binnenvallen, geef ik toe, maar mijn bezoek was wel aangekondigd door provinciehoofd Vriesebosch, van Staatsbosbeheer? Bent u...?'
Hij zag er op de een of andere manier niet uit als een graaf, ook al droeg hij zakelijke kleding. Het was allemaal net te veel, net te flitsend. De weinige ervaring die Sylvie had met heel nette mensen was dat ze over het algemeen ingetogen gekleed gingen: verzorgd, soms zelfs een tikje sleets, maar nooit protserig.
'Lodewijk Manshanden,' zei de man nu, en hij schudde Sylvies uitgestoken hand kort. 'Mijn compagnons en ik huren dit gebouw van Van Lynden voor onze enterprises; hij woont zelf in het koetshuis. Dat ligt hiernaast, achter die bomen.' Hij wees halfhartig. 'U kunt gewoon dat grindpad

volgen, dan komt u er vanzelf. Als u met de auto wilt dan moet u omrijden, terug de oprijlaan af en halverwege naar rechts, dan eindigt u vanzelf aan de zijkant van het koetshuis.'

'Dank u wel, ik loop wel even,' zei Sylvie, die een niet helemaal verklaarbaar vervelend gevoel kreeg van die Lodewijk Manshanden. Misschien waren het de koude, bijna vissige ogen waarmee hij naar haar keek. Bijna zonder haar te zien, dacht ze; hij zag haar wel, maar hij keek ook door haar heen. Alsof hij niet een mens zag, maar een rijtje opties. Officieel of privaat? Problematisch of te verwaarlozen? Gevaar of kans?

Ze knikte naar de man en keerde zich van hem af, waarop de deur direct met een hoorbare klik achter haar werd gesloten. Ze kreeg er het gevoel van dat ze een pottenkijker was, wat ergens een alarmbelletje af liet gaan. Met wat voor 'enterprises' zou zo'n man zich in vredesnaam bezighouden?

Het groen uitgeslagen grind knerpte onder haar bergschoenen. Ze keek om zich heen; het was misschien allemaal niet zo goed onderhouden, de tuin al net zomin als het huis, maar ze kon niet ontkennen dat de omgeving prachtig was. Vol historie. De bomen en struiken waren oud, wat ze een geheel eigen schoonheid gaf, zelfs in hun licht verwilderde staat.

Aan het eind van een groen laantje, omzoomd door uitgegroeide buxus aan de ene kant en opgeschoten coniferen aan de andere kant, zag ze het koetshuis. Het was een charmant gebouw, vergeleken met Huis De Toecomst klein, maar nog altijd aardig wat groter dan het boshuisje waar zij met Ties op het moment in woonde. Het had ook van die typische rood-wit geschilderde luiken, net als haar huisje, maar een dak van zwarte pannen in plaats van riet. Twee dakkapellen; daar waren vast slaapkamers. Zou die Van Lynden werkelijk genoeg hebben aan zo'n bescheiden onderkomen? Het was uiteraard een idiote generalisatie om te denken dat iemand met een adellijke titel liever in een groot landhuis dan in een klein koetshuis zou willen wonen, maar toch...

Ze moest even om zichzelf grinniken; ze zou zelf best in zoiets als dat koetshuis willen wonen, als ze over een half jaar uit haar lieflijke boshuisje zou worden gezet. Ze moest natuurlijk niet vergeten, in de hectiek van het beginnen op een nieuwe werkplek en het leren kennen van het terrein en de omwonenden, om zich heen te kijken naar permanente woonruimte voor haar en Ties; ze nam zich voor daar meteen morgen mee te beginnen.

Er landde een lieveheersbeestje op haar arm; ze gaf het een duwtje onder z'n kontje en het vloog weer op, maar direct daarna landden er nog twee op haar fleecetrui, en ineens zag ze overal lieveheersbeestjes: op de struiken, op het raam van het koetshuis, op de grond.

'Er zit hier zeker ergens een kolonie, of zo,' mompelde ze in zichzelf. Voorzichtig, om niet per ongeluk op een lieveheersbeestje te stappen, liep ze door totdat ze bij de voordeur van het koetshuis aankwam. Die stond op een kier, dus ze klopte op de deurstijl en riep naar binnen: 'Hallo? Meneer Van Lynden? Bent u thuis? Van Foreeste hier, de nieuwe boswachter, ik zou graag even met u spreken over –'

De deur ging verder open en een bekende stem zei, met iets berustends in de klank: '... de openstelling van mijn landgoed.'

'Freek?' Sylvie stond letterlijk even met haar mond open, totdat er een lieveheersbeestje op haar wang probeerde te landen. Toen deed ze hem toch maar snel dicht.

In de deuropening stond hij, met de deurknop in zijn hand, op zijn blote voeten, in een kakikleurige outdoorbroek en een legergroen, nogal versleten T-shirt. Om zijn linkerpols zat, naast zijn horloge, een lichtblauw bandje met een krulsnoertje eraan. Zijn haar was vochtig en naar achteren gekamd. Hij stak een hand uit en wierp haar vanachter zijn bril een enigszins schuwe blik toe.

'Ik ben dus Van Lynden,' zei hij zachtjes, 'Freek van Lynden, tot je dienst.'

'Sylvie van Foreeste,' zei ze op de automatische piloot. Ze schudde zijn hand. 'Je, eh... Ik dacht dat je De Graaf heette, van je achternaam. Die dame in de Hema noemde je zo, en Ties zei dat de kinderen op school je ook...' Ze fronste. 'Meneer de graaf,' zei ze nog een keer zachtjes, toen het kwartje viel.

'Ik kan er niet goed aan wennen dat men mij daarmee aanduidt; ik denk nog steeds dat mijn vader wordt bedoeld. Je hebt trouwens een, eh,' zei hij, gebarend naar haar schouder.

Ze keek: ja hoor. Een lieveheersbeestje. Voorzichtig veegde ze het van haar trui. 'Wat heb je er hier veel,' zei ze, 'krijg je ze niet binnen, als je de deur zo open laat staan?'

'Ik had dat niet gemerkt,' mompelde hij, 'dat de deur nog openstond. Eufemia heeft hem misschien niet goed dichtgedaan.' Hij keek om zich heen, alsof hij zich er even opnieuw van moest vergewissen waar hij was, en keek haar toen ineens weer aan. 'Mijn excuses. Ik was daarnet heel geconcentreerd aan het werk. De lieveheersbeesten komen inderdaad wel eens naar binnen, maar dan zet ik ze er weer uit. Ze zijn voor de rozentuin: biologische luizenbestrijding.'

Sylvie knikte maar hield haar gezicht neutraal, hoewel het beeld van die grote bebrilde, bebaarde en langharige man die voorzichtig lieveheersbeestjes ving en buiten weer losliet een beetje grappig was. Een beetje aandoenlijk en vertederend was het ook.

Ze stonden daar in stilte, net niet naar elkaar te kijken, totdat dat zo ongemakkelijk begon te worden dat Sylvie iets probeerde te zeggen, precies op het moment dat Freek uitbarstte: 'Wil je binnenkomen? Ik heb opgeruimd. Ik wist dat je zou komen; de mail van Vriesebosch, en ik dacht, eh...' Hij slikte hoorbaar. 'Ik dacht dat ik moest opruimen. Voor als je kwam.'

'Nou, graag,' zei Sylvie.

Hij stapte opzij, zodat ze langs hem heen de gang in kon stappen, en hij maakte een wat onhandig gebaar richting de woonkamer.

Sylvie keek om zich heen. De woonkamer was ruim, ruimer dan ze had verwacht, en ook lichter dan de kleine raampjes die ze aan de buitenkant had gezien, deden vermoeden. Er stonden wat meubels in: een driezitsbank, een fauteuil, een groot bureau met een bureaustoel en een boekenkast die de hele zijwand van het huis in beslag nam en die goedgevuld was, met boeken maar ook met allerlei andere zaken die er blijkbaar geparkeerd waren. Kartonnen doosjes, schroevendraaiers, tangen; ze zag een assortiment aan typisch mannelijke rommeltjes op de plekken waar geen boeken stonden. Voor de boekenkast, op de grond, lag een bijna kamerbrede rol papier, zo te zien bestaand uit met plakband aan elkaar gemaakte vellen.

Aan de andere kant van de kamer, zag Sylvie, was een smalle verlenging waar een kleine maar nette keuken in zat, en aan de tuinkant van het huis domineerde een enorm boograam met daarin twee openslaande deuren, waardoor prachtig, door hoge bomen gefilterd licht naar binnen viel. Het uitzicht was weids, ondanks de bomen die het terrein achter het koetshuis omzoomden. Eerst kwam er een flink stuk grond dat bezaaid was met houtsnippers, dan volgde een halfhoge heg, dan een doorkijk naar een ander gedeelte van de tuin, Sylvie kon het niet helemaal overzien, en nog verder tussen de bomen door zag ze een groot grasveld. Het grote huis werd helemaal aan het zicht onttrokken, deels door de bomen, deels door een grote schuur die aan de rechterzijde haaks op het huis stond. Daar stond ook Freeks oeroude jeep, naast een indrukwekkend stuk boomstam. Er stonden meer boomstammen, en toen ze goed keek zag ze dat het beelden waren. Een uil, een beer die half uit de stam leek te groeien, een abstracte vorm.

'Freek, heb jij die gemaakt?' zei ze, wijzend.

Hij was achter haar aan gekomen en stond nu onhandig midden in zijn woonkamer, maar hij kwam direct in beweging en opende een van de tuindeuren voor haar. 'Ja. Het is nog niet heel bijzonder, ik moet nog veel leren, maar ik vind het ontspannend. En het ruikt aangenaam. Alleen het geluid van een kettingzaag is soms vervelend; als er geluidloze kettingzagen zouden zijn, dan zou ik dat wel prettiger vinden.'

Sylvie stapte naar buiten en liep op de uil af.

'Dat was mijn eerste,' zei Freek.

Sylvie keek even naar hem, over haar schouder. Hij was opnieuw achter haar aan gekomen en stond op ongeveer twee meter afstand van haar, op zijn blote voeten op de met houtsnippers bedekte grond. Hij leek daar geen last van te hebben; hij leek ook niet geneigd dichterbij te komen.

'Iedereen maakt uilen, het is een handige vorm om mee te oefenen. Ik ben er niet erg tevreden over, maar toen had ik ook nog niet zo veel verschillende zagen als nu,' zei hij. '*Carven* is iets waar je tijd in moet steken, daar ben ik intussen wel achter. En kunnen beschikken over de juiste gereedschappen maakt zoals altijd veel verschil.'

'O, heet dat zo, carven?' Sylvie liet haar vingers even over de uil glijden. 'Nou, als dit je eerste poging is, dan heb je hier vast enorm veel talent voor. Jeetje. Ik heb ook een kettingzaag, maar daar zou ik dit toch niet mee kunnen, hoor. Ik kan takken afzagen, en dikke stammen krijg ik ook wel doormidden, maar dan houdt het zo'n beetje op.' Ze liep door naar de beer, die er al wat verfijnder uitzag, bekeek hem even goed, en bleef toen staan voor de abstracte vorm, die helemaal gladgepolijst was.

Freek was meegelopen, hoewel hij nog steeds niet dichterbij kwam. 'Ik heb zeven motorzagen,' zei hij. 'Allemaal ongetwijfeld veel kleiner dan de jouwe.'

Sylvie schoot in de lach. 'Nou, de mannen die zoiets ruiterlijk toegeven zijn denk ik op één hand te tellen.'

Het bleef stil, dus ze keerde zich naar Freek. Zou ze iets verkeerds hebben gezegd?

Hij stond doodstil, diep in gedachten, maar ineens lichtten zijn ogen op en leek hij te grijnzen in zijn baard. 'O, je doelt op mannen die onbewust alles met hun penis vergelijken, en dan denken dat het bezit van de grootste variant van een object de indruk zal wekken dat ze ook de grootste penis bezitten.'

Sylvie schoot in de lach. 'Ja, volgens mij bedoelde ik dat inderdaad, maar als je het zo analyseert is het eigenlijk best vreemd.'

'Ik moet me verontschuldigen; ik heb soms de neiging te proberen humor te verklaren. Dat lukt niet altijd, maar ik begrijp het ook niet altijd in één keer. Soms wel, maar even vaak niet. En ik ben zelf niet zo dat ik het hebben van een grote zaag automatisch verbind met het hebben van een grote penis in de ogen van anderen, dus, eh...' Hij hield abrupt zijn mond en schudde toen zijn hoofd. 'Dit is waarschijnlijk een onacceptabel gespreksonderwerp. Nogmaals mijn verontschuldigingen.' Hij boog zijn hoofd en begon zich om te draaien, maar Sylvie strekte een hand naar hem uit om hem tegen te houden.

'Nee, ho nou, Freek, wacht even. Ik bedoelde niet dat jij vreemd was, ik bedoelde eigenlijk dat het grapje vreemd was, maar dat zag ik pas toen je het zo uit elkaar rafelde. Je hoeft je niet te verontschuldigen, hoor; je hebt toch gelijk? En we kennen elkaar weliswaar nog niet zo goed, maar ik ben heus wel robuust genoeg om niet meteen van mijn stokje te gaan als iemand een keer "penis" zegt. Ik woon samen met een ontluikende puber, waar dacht je dat die het over had?' Ze grinnikte en maakte een wenkend gebaar naar hem. 'Kom, vertel me wat je hier gemaakt hebt, als je wilt. Ik vind dit echt een heel mooi object.'

'Het is een bank,' zei Freek, 'maar hij staat rechtop, omdat ik hem nog een paar keer in de olie wil zetten.'

Het was een interessante, vloeiende, draaiende vorm, duidelijk uit één boomstam vervaardigd, zowel uitgesneden als uitgehold. Het had iets van een tekening van Escher; je moest twee keer kijken.

'Wat mooi,' zei Sylvie nog een keer, en ze voelde aan het satijnachtige gepolijste oppervlak van het hout. 'Hij zit vast heel lekker als hij eenmaal klaar is.'

'Wil je hem hebben?' vroeg Freek ineens, zijn stem een fractie te hard, zijn woorden iets te snel.

'Serieus?'

'Dat mag wel,' mompelde hij, ineens weer verlegen, 'als je dat wilt. Misschien... in ruil voor het knippen van mijn haar, waar we het eerder over hadden?'

'Wow,' zei Sylvie, nog een keer strelend over het hout, 'dat zou ik fantastisch vinden. Maar dan moet ik je volgens mij een heel jaar knippen, want dit is toch veel meer werk om te maken? En het is ook veel moeilijker dan je haar knippen.'

'Dat is geen vergelijk,' zei Freek, die het intussen blijkbaar aandurfde om naast haar te komen staan. 'Ik zie erg op tegen een bezoek aan de kapper; dat compenseert denk ik het verschil in arbeidsuren.'

'Goed,' zei Sylvie, en ze glimlachte even naar hem.

Er ging iets geruststellends van hem uit, vond ze. Hij was een aparte figuur; groot, goedgebouwd en blijkbaar ook behoorlijk sterk, anders had hij die bank niet zo op zijn kant kunnen zetten. Maar waar mannen met een dergelijke bouw soms echt van dat testosterongedrag konden vertonen, leek Freek zich niet bewust van zijn fysieke pluspunten. Hij was eerder verstild, en bijna tot in het absurde rationeel. En dodelijk verlegen.

'We kunnen het zo direct wel meteen even doen, je haar knippen,' zei Sylvie nadenkend, 'ik ben er nu toch. Dan hebben we het toch een andere keer over het landgoed?'

'We hoeven het niet over het landgoed te hebben; ik wil het toch niet,' zei Freek, op een toon die zeker niet onvriendelijk was, maar die wel duidelijk maakte dat er geen onderhandelingsruimte was.

'Oké,' zei Sylvie met een korte lach, 'volgens mij heb je dit gesprek vaker gevoerd.'

'Gemiddeld eens per jaar. Met boswachter Ter Haar. Hij was altijd erg plichtsgetrouw.'

Ze keerde zich af van de rechtopstaande bank om weer terug naar binnen te gaan, maar Freek raakte haar aan, heel voorzichtig, met twee vingers op haar schouder. Ze had hem dat ook bij Ties zien doen.

'Wil je de rozentuin zien? Waar de lieveheersbeesten wonen. Of, althans, waar ze behoren te wonen, als ze niet proberen mijn huis binnen te dringen.' Hij keek haar even aan van onder zijn wenkbrauwen en gebaarde met zijn hand naar een doorgang in de heg achter in de tuin.

'Volgens mij heb jij helemaal geen problemen met humor, Freek van Lynden,' zei Sylvie nepstreng, op een toon die ze ook tegen Ties zou gebruiken. Ze liep in de richting die hij had aangeduid. 'Waarom heb je ons trouwens niet verteld dat jij het was? Ik bedoel, toen ik de vorige keer je naam ook nog verkeerd uitsprak, toen ik zei dat ik bij "die Van Lijnden" langs moest.'

Freek gaf geen antwoord, dus ze keek achterom. Zijn blik was bewolkt.

'Wat is er?'

'Faux pas,' zei hij zachtjes. 'Ik voelde het wel, toen het gebeurde, maar ik kon er niets meer aan doen. Toen ben ik maar snel weggegaan. Vroeg of laat gebeurt het, dus dan is schadebeperking de beste strategie.'

'Wat bedoel je?' vroeg Sylvie verbaasd. 'Er was toch niks aan de hand? Je had best tegen ons kunnen zeggen dat jij het was, hoor, dat hadden we toch prima gevonden? Alleen maar handig dat we elkaar al kenden, en –' Ze hield abrupt op met praten toen haar oog op de al uitbundig bloeiende rozentuin viel. 'Jeetjemina, Freek!' riep ze zachtjes uit. 'Wat is dit mooi! Heb jij...?'

'De tuin is ongeveer honderdvijftig jaar geleden aangelegd, maar er zijn nog maar een paar originele struiken over. Die staan daar achterin, ze bloeien later in het jaar. Mijn moeder heeft veel gedaan voor deze tuin. Veel nieuwe aanplant, allerlei verschillende soorten; ze heeft altijd erg veel aandacht voor de rozentuin gehad. Er veel tijd en zorg in gestoken, al raakte de tuin in haar laatste jaren toch een tikje verwaarloosd. Ik heb de zorg ervoor van haar overgenomen na haar overlijden.'

'Nou, je hebt donkergroene vingers, hoor!' zei Sylvie, diep onder de indruk, terwijl ze nog een paar enthousiaste lieveheersbeestjes van haar fleecevest veegde.

Freek bestudeerde even zijn handen totdat ineens zijn wenkbrauwen omhooggingen en hij waarschijnlijk glimlachte; zijn baard was nogal verhullend. 'Ik heb het niet alleen gedaan,' zei hij toen, 'de lieveheersbeesten hebben me geholpen.'

'Trouwens, nog even over je kapsel,' zei Sylvie, een klein beetje plagend, 'volgens mij is die baard een behoorlijk probleem. Ik kan het bijna niet zien als je moet lachen; zo kan je wel blijven volhouden dat er iets met je gevoel voor humor aan de hand is, ja! Als ik zo'n baard had kon ik het ook.'

Freek voelde aan zijn bossige baard; die hing bijna tot op zijn borst. Daarna keek hij even snel naar Sylvie. 'Ik ben geloof ik erg verheugd dat jij niet zo'n baard hebt.'

Sylvie grinnikte. 'Ik ook. Heb je trouwens een heggenschaar?' vroeg ze, met een uitgestreken gezicht.

'Jawel,' zei Freek, direct gevolgd door een verbijsterd: '... voor mijn baard?' Hij maakte een zacht, snorkend geluid.

Direct daarna klonk er een luid gehinnik, en toen een bonk.

'Jack heeft gemerkt dat ik bezoek heb,' zei Freek, alweer serieus, 'en hij houdt er niet van om buitengesloten te worden. Hij loopt vaak los als het aardig weer is, hij blijft toch altijd netjes achter het huis – ik zou hem waarschijnlijk niet tegen kunnen houden, want hij kan, als hij dat echt wil, zijn eigen staldeur openen, hoewel hij het meestal fijner vindt als ik het voor hem doe – maar mijn dag is tot nu toe wat anders verlopen dan ik voor ogen had toen ik opstond en nu ben ik het vergeten. Om zijn staldeur open te zetten, bedoel ik. Laat ik die omissie snel goedmaken.' Hij keerde zich nogal abrupt om en begon terug te lopen.

Sylvie volgde hem met een glimlach om de lippen. Freek had zo te merken nog een eigenschap die je niet direct bij mannen met dit postuur zou verwachten: een behoorlijk groot invoelend vermogen. Het was natuurlijk wel een beetje een generalisatie, maar in Sylvies ervaring waren van die grote, brede, sterke bonken van kerels over het algemeen vooral bezig met hoe ze zich zelf voelden, en stukken minder met hoe een ander zich voelde. Hoe bonkiger de man, hoe meer dit aan de hand leek; ze noemde dat in haar hoofd het *silverback*-principe, omdat het haar aan dominante mannetjesgorilla's deed denken. Freek leek zich daaraan te onttrekken en hoewel hij, toen hij bij haar en Ties aan de keukentafel zat, zichzelf had omschreven als een mislukking op sociaal gebied, had ze intussen het idee dat dat vooral kwam door zijn verlegenheid en onzekerheid, en in ieder geval niet doordat hij niet in staat was zich in te leven in een ander.

Freek

10

Buiten hoorde hij Jack door de achtertuin scharrelen; hij had de tuindeur opengelaten, zodat Jack zijn hoofd naar binnen kon steken als hij daar de behoefte toe voelde. Jack kwam nooit helemaal naar binnen, maar hield wel graag alles goed in de gaten; een eigenschap die Freek zeer kon waarderen. Hij had geen hond nodig als hij een waakpaard had.

Binnen was Sylvie, met rustige bewegingen, bezig met snoeien. Hij zat op zijn bureaustoel, een eindje van zijn bureau vandaan, zijn hoofd een beetje achterover, zijn ogen gesloten. Nog geen twee uur geleden lag hij hier languit op de vloer, met Eufemia boven op zich, maar hij wilde daar liever niet aan denken; hij voelde zijn schouders verstrakken en dwong zichzelf te ontspannen en zich te onderwerpen aan Sylvies schaar.

Eerst moest ze het centimeters lange baardhaar kort knippen, en daarna zou de tondeuse, die hij – nog ongeschonden – onder uit de Hone-krat had gehaald, de rest doen. Ze ging zijn haar, dat ongemerkt tot voorbij zijn schouderbladen was gegroeid, recht afknippen op schouderlengte; dan kon hij het naar achteren kammen en los laten, of hij kon het – nog net – in een klein staartje doen. Dat laatste had hij nog nooit geprobeerd – het was gewoon niet in hem opgekomen –

maar bij nader inzien was het een geweldig idee. Dan hing het tenminste niet in de weg.

Zijn bril lag op zijn bureau, wist hij. Daar voelde hij zich behoorlijk ongemakkelijk bij; het was natuurlijk onzin, maar het kwam hem voor dat hij kwetsbaarder was als hij hem niet droeg. Hij zette hem natuurlijk af als Eufemia kwam, maar dan nog het liefst zo laat mogelijk in het proces, en dan hield hij voor de rest van de tijd zijn ogen zo veel mogelijk dicht, net als nu.

Daarnet, met Eufemia... toen had hij zijn bril opgehouden en zijn ogen open, helemaal tot het eind.

Niet aan denken, hield hij zichzelf voor; misschien blokkeerde hij dan ook dat vervelende gevoel dat hij het niet had moeten laten gebeuren. Hij gluurde door zijn oogharen, reikte naar zijn bureau en kon net bij een poot van zijn bril; als hij hem in zijn handen had, voelde hij zich al iets minder naakt. Dan kon hij zijn ogen opendoen en hem opzetten zodra Sylvie klaar was met zijn baard kortwieken.

'Wat voor sterkte is die bril eigenlijk?' vroeg ze, al knippend.

'Het is vensterglas.' Terwijl hij het zei hoorde hij hoe belachelijk dat moest klinken. 'Maar met een coating, zodat ik geen last krijg van het beeldscherm. Ik zit er vaak nogal lang achter, voor mijn werk.'

'En dan vergeet je vervolgens hem af te zetten als je naar Hogerweijde gaat?' zei Sylvie, met een nauwelijks onderdrukt lachje in haar stem.

Hij opende even zijn ogen om naar haar gezicht te kijken, maar hij wist eigenlijk al dat ze hem niet uitlachte. Ze plaagde hem alleen een beetje; het was goedmoedig bedoeld. Vreemd dat hij dat zo aanvoelde: er was steeds iets vriendelijks, iets zorgends aan haar, wat hem een opvallend gevoel van geborgenheid bezorgde. Hij bemerkte bij zichzelf een sterke drang om eerlijk tegen haar te zijn; hij durfde te hopen dat ze niet negatief zou reageren. Voordat hij te ver zou doordenken, of zich helemaal zou kunnen bedenken, zei hij dus, een beetje haastig: 'Ik draag hem graag omdat ik me dan prettiger voel. Veiliger.'

'Hmm, ja, dat snap ik wel,' zei Sylvie.

Zijn hart haalde opgelucht adem.

'Dan heb je een soort schild tussen je ziel en de wereld, hè? Of is dat het niet?'

Hij dacht er even over na. 'Dat is het precies,' zei hij toen, 'maar ik had niet verwacht dat je dat zou begrijpen. Of het zo elegant zou kunnen verwoorden. O, nu klinkt het alsof ik dacht dat je niet intelligent genoeg zou zijn om, eh, mijn excuses, ik bedoel niet –'

'Rustig aan,' viel ze hem in de rede, 'ik begrijp hoe je het bedoelt. Weet je, ik heb een dochter die ook zo kan redeneren. Ties kan in sommige situaties snel overprikkeld raken; volgens mij heb jij dat ook wel een beetje. Dingen als zo'n bril kunnen je dan houvast geven. Ties heeft toen ze vier was bijna een heel jaar met een soort Batman-masker op rondgelopen, ook in de kleuterklas. Het was een drama als het af moest; uiteindelijk heeft de juf het maar gewoon gelaten. Ze groeide er vanzelf overheen.'

Ze streek een lange lok van zijn haar achter zijn oor. Hij wist wel dat ze dat deed zodat ze het haar op zijn wang beter kon bereiken met haar schaar, maar hij kon zich bijna voorstellen dat het gebaar meer betekenis bevatte. Het was langzaam, rustig, misschien zelfs wel een beetje teder en hij vond het, merkte hij tot zijn verrassing, prettig om op die manier door haar aangeraakt te worden.

Eufemia deed dat niet. Die wilde wel zoenen, en op zich

ook wel aanraken, maar het was altijd functioneel. Gericht op het einddoel: copulatie en een orgasme. In ieder geval dat van hem, soms ook dat van haar. Als het te lang had geduurd sinds de vorige keer dat ze bij hem was geweest, dan was hij meestal te snel voor haar; vaak bood hij dan aan nog iets voor haar te doen, zoals hij vandaag ook had gedaan, maar dat wilde ze niet altijd. Regelmatig kreeg hij het gevoel dat ze, zodra de zaak voor hem was afgerond, het liefst zo gauw mogelijk weer wegging, hoewel ze het toch in principe niet vervelend leek te vinden om seks met hem te hebben.

Het stemde hem altijd een beetje treurig, het idee dat vrouwen, zelfs vrouwen zoals Eufemia, niet wisten hoe snel ze bij hem vandaan moesten komen. Sylvie leek helemaal niet de neiging te hebben zo snel mogelijk bij hem weg te willen: haar handen waren kalm, haar bewegingen rustig. Alleen dat vond hij al een bijzonder prettige ervaring, en hij bemerkte nog iets prettigs, terwijl ze zich over hem heen boog om zijn andere wang van het overmatige baardhaar te ontdoen.

Haar geur.

Ze rook naar iets friszoets en felgroens. Hij moest even denken, maar ineens sprong hem het beeld van een granny smith voor ogen: dat was het. Hij kon een kleine glimlach niet onderdrukken, nu hij het raadsel had opgelost.

'Waar moet je om lachen?' vroeg ze, al knippend.

'Je ruikt naar appel,' zei hij.

'Vind je dat grappig? Het zal mijn shampoo wel zijn; van mezelf ruik ik volgens mij helemaal niet naar appel, maar gewoon naar mens.'

Hij grinnikte even, met gesloten ogen. 'Wie niet,' zei hij droog.

'Hoe jij kan denken dat er iets aan de hand is met je gevoel voor humor is mij echt een raadsel,' zei Sylvie met een lach. 'Volgens mij kunnen we overstappen op de tondeuse; moet je zien wat een berg haar er van je gezicht af is gekomen!'

Freek opende zijn ogen, schoof zijn bril op zijn neus, ging rechtop zitten en keek op de vloer. Er lagen inderdaad grote plukken weerbarstig blond baardhaar om hem heen.

'Ik zal meteen je haar ook even doen. Daarna kun je zelf de tondeuse over je kin halen,' zei Sylvie daadkrachtig. 'Kun je nog iets meer rechtop zitten? Dan kam ik je haar strak op je rug en kan ik het recht afknippen. Hoe laat is het eigenlijk? Ties is bij mij thuis met Gemma, weet je wel, die op de boerderij woont.'

'Gemma de Boer?' zei hij.

'Precies. En ik kan ze niet al te lang alleen laten, vind ik; ik zal sowieso op een gegeven moment naar huis moeten om eten voor ze te maken.'

Freek keek op zijn horloge. 'Het is kwart over vier,' zei hij, terwijl hij bij zichzelf bemerkte dat hij liever had dat ze nog even zou blijven. Verrassend was dat; normaal gesproken was het andersom. Hij voelde zich weliswaar altijd een beetje vervelend als Eufemia zo overduidelijk niet langer dan hoogst noodzakelijk in zijn nabijheid wilde zijn – het was toch iedere keer weer een bevestiging van het onvermijdelijke – maar zodra hij weer alleen was, was hij toch meer ontspannen. Dan kon er ook niets misgaan, tenslotte.

'Wat heb je daar eigenlijk om je pols, naast je horloge?'

Sylvies vraag trok hem uit zijn gedachten. 'Een antistatisch bandje. Ik was bezig het moederbord van die robotstofzuiger op mijn bureau te demonteren; als een moederbord in aanraking komt met statische elektriciteit, dan kun je het weggooien. Dat bandje kan ik bevestigen aan die draad die aan de radiator vastzit,' hij wees, 'dat ontlaadt wel voldoende.'

'Jee, wat technisch. En waarom moet je in hemelsnaam het moederbord eruit halen? Is hij stuk? Ik wist trouwens niet eens dat stofzuigers moederborden hadden.'

'Dat hebben gewone stofzuigers ook niet, maar dit is een robotstofzuiger, met een kleine computer aan boord. Ik moet zien in te breken op de serverconstellatie van Hone, de producent van die stofzuiger. Het apparaat kan zelfstandig contact maken met de server, om de fabrieksinstellingen op te halen. Ik heb eerst geprobeerd om via werknemersaccounts binnen te dringen, maar het bleek te arbeidsintensief om die accountgegevens binnen te krijgen, en daarnaast is het gehele Hone-netwerk zo sterk beveiligd en is de rechtenstructuur op de accounts zo –' Hij hield abrupt op.

'Wat?' zei Sylvie van achter zijn schouder. Ze borstelde zijn haar uit met rustige, lange halen, van zijn kruin tot aan de punten. Die borstelstreken trokken helemaal door hem heen; ze hadden hem volledig doen vergeten waar hij wel en niet over kon praten.

'Je mag rustig tegen me aan praten hoor, als je dat wilt; Ties begint ook regelmatig over haar games of haar app. Negen van de tien keer heb ik geen idee waar ze het over heeft, maar soms heeft ze het gewoon nodig om dingen hardop aan me te vertellen, dan snapt ze het ineens zelf ook beter. Dus ga je gang, als je het tenminste niet erg vindt als ik niet alles wat je zegt helemaal begrijp.' Ze stapte over van zijn haarborstel naar zijn kam, wat heel anders aanvoelde, maar daarom niet minder prettig. 'Gelukkig is je haar nog een beetje vochtig,' zei ze, 'dan hoef ik het nu niet nat te maken. Had je net gedoucht?'

'Ja. Eufemia kwam onverwachts langs. En ik mag niet over mijn werk praten; ik heb daar allerlei documenten voor ondertekend. Sorry dat ik zo abrupt ophield, maar ik realiseerde me ineens...'

‘Ik snap het,’ zei Sylvie, en hij hoorde hoe ze de kam weglegde en de schaar oppakte. Hij wist niet precies wat het nu was wat ze snapte: dat hij niet over zijn werk kon praten, of de reden dat hij een douche had genomen. Maar hij moest zich beheersen om niet ineen te krimpen toen hij zich realiseerde dat hij haar min of meer had verteld dat hij vlak voordat ze bij hem was aangekomen seks had gehad.

Hij haalde diep adem en werd weer wat rustiger.

‘Nou, ik ga knippen,’ zei ze, ‘ongeveer hier.’

Ze streek met een vinger over het strak achterovergekamde haar. Hij voelde het langs zijn schouders, net onder de schouderkop; het deed hem bijna rillen.

‘Wie is Eufemia?’ zei ze, terwijl hij het geluid registreerde van de schaar die door zijn haar sneed. ‘Is dat je vriendin?’

‘Nee,’ zei hij snel.

Sylvie knipte door en zei niets; hij voelde zich min of meer gedwongen om verder te praten en het uit te leggen, hoewel hij, nu hij het hardop moest zeggen, opnieuw moest toegeven aan zichzelf hoe bizar de situatie eigenlijk was.

‘Eufemia is de vriendin van Lodewijk, een van de onderhuurders van het grote huis. Ze komt af en toe bij me langs en dan...’ Hij slikte. ‘Dan hebben we seks. Het klinkt wellicht vreemd, maar –’

‘Ieder z’n ding, hoor, Freek,’ zei Sylvie zachtjes, ‘mij zul je niet horen oordelen. Ik heb in mijn verleden ook dingen gedaan die vast vreemd klinken als ik ze nu zou vertellen. Jullie zijn volwassenen, nietwaar? Ik had eerst aangebeld bij het grote huis, want ik wist dus helemaal niet dat je hier woonde, en toen deed er een vrouw met een Russisch accent open. Is dat Eufemia?’

‘Inderdaad,’ zei Freek, heel ongemakkelijk.

‘Die Lodewijk kwam daarna ook aan de deur, hij heeft me

de goede kant op gestuurd. Ik kreeg wel een beetje de kriebels van die man. Wat voor mensen zijn het eigenlijk precies, en wat doen ze voor zaken? Hij zei iets over dat ze hier kantoor houden.'

'Ze wonen er ook. Lodewijk, Willem en Frans; ik dacht eerst dat ze alleen af en toe hier zouden verblijven, maar volgens mij slapen ze hier nu permanent. Ik heb geen idee met wat voor zaken ze zich bezighouden. Eufemia verscheen in het grote huis, kort nadat de heren hun intrek hadden genomen, en nog iets later kwam ze hier. Het verbaasde me, maar het was uiteindelijk ook heel... aangenaam. Ik had bijzonder lang niet, eh, nou ja.' Freek voelde zichzelf blozen.

Sylvie legde even een hand op zijn schouder.

'Ik heb haar wel gevraagd of er iets tegen haar wil gebeurde, maar ze bezwoer me dat dat niet zo was,' mompelde hij, een tikje defensief.

'Nou, zolang jullie er allebei plezier aan beleven,' zei Sylvie, maar hij hoorde aan haar stem dat ze niet alles zei wat ze dacht.

'Vind je dat zoiets niet kan?' Hij wilde omkijken, maar ze legde weer een hand op zijn schouder.

'Hou je hoofd even stil, Freek, anders knip ik scheef. En het gaat me helemaal niets aan, natuurlijk, wat andere mensen doen, maar... word je er gelukkig van? Want dat is het enige wat belangrijk is.'

'Het is in mijn geval het hoogst haalbare, denk ik,' zei hij, na even nadenken, 'dus in die zin ben ik er wel gelukkig mee. Ik ben erg ongeschikt voor een reguliere relatie, en betaalde liefde vind ik om verschillende redenen geen optie.'

'Hm,' zei Sylvie, terwijl ze de laatste streng haar afknipte en nog een paar kleine knipjes gaf om het helemaal recht te krijgen. 'Daar kan ik in komen; dat is wel meteen een heel ongezellige, zakelijke transactie. Ik heb er zelf geen ervaring mee, maar het lijkt me echt iets waar je van moet houden. Van dat soort spanning, bedoel ik. Zeg, ander onderwerp: heb je soms zin om straks bij ons te eten? Ik ga pannenkoeken bakken, denk ik maar; dat vinden de meiden wel lekker, en het is ook gezellig eten. Ties zou het vast heel leuk vinden als je meekomt; ze is helemaal fan van je na de vorige keer dat je bij ons was.'

'Wat, nu, zo dadelijk, vandaag?' zei Freek verschrikt, en nu keek hij wel over zijn schouder. Ze stond achter hem met de schaar nog in haar hand.

'Nou, nadat je de tondeuse over je kin hebt gehaald, want zo kan je nog niet naar buiten, maar ja, dus, zo dadelijk en vandaag.' Ze wachtte even, en voegde er toen aan toe: 'Het hoeft natuurlijk niet, hè. Alleen als je zin hebt. Maar ik weet zeker dat Ties het superleuk zou vinden, en Gemma ken je ook, toch? Dat is een heel lieve meid, volgens mij, heel rustig en gezellig.'

Hij dacht er even over na, maar eigenlijk was dat uit gewoonte en volledig pro forma. Hij wist het antwoord al. Normaal gesproken zou een dergelijke vraag hem diep zijn schulp in hebben gejaagd, maar nu leek het hem zowaar fijn. Pannenkoeken eten. Bij Sylvie in het kleine boshuisje, met Ties, die hem leuk vond, en Gemma, die... Hij wist niet precies wat Gemma van hem vond, maar hij had een goede verstandhouding met haar ouders, dus waarschijnlijk zou Gemma niet al te onvriendelijke gedachten over hem koesteren.

'Graag, dank je wel,' zei hij dus.

Sylvie glimlachte breed.

Hij reed in zijn jeep achter haar kleine groene terreinwagentje aan van de oprijlaan af en voelde zo nu en dan even aan zijn kin. Het was een vreemd, licht gevoel om verlost te zijn van zijn baard; hij had een keurig, ultrakort baardje overgehouden dat iets donkerder op zijn wangen tekende dan de rossig-blonde plukken haar die over de grond verspreid hadden gelegen nadat Sylvie ze eraf had geknipt. Hij was niet eens zo heel ontevreden over het resultaat; hij zag er in ieder geval heel wat sociaal acceptabeler uit dan met die verwilderde struik op zijn gezicht. Zijn haar was netjes strak naar achteren gekamd, en iedere keer als er een weerbarstige dikke streng met een boogje naar voren wilde vallen, haakte hij die achter zijn oor. Zijn bril had hij nog steeds op; hij dacht niet dat hij zich ook maar enigszins comfortabel zou kunnen voelen als hij zonder die bescherming de deur uit zou gaan, met zijn nieuwe uiterlijk.

Hij kon, na even wennen, wel leven met zijn transformatie, dacht hij. Hij was zelf bijna vergeten hoe hij eruitzag onder al dat haar; het resultaat van de snoeibeurt was minder catastrofaal dan hij zich herinnerde. Maar dat was nog niet eens het belangrijkste. Toen hij klaar was met de tondeuse, de handspiegel weglegde en opkeek, had hij recht in de ogen van Sylvie gekeken, die hem nogal intens stond op te nemen.

'Wat is er?' had hij gevraagd.

'Je ziet er niet verkeerd uit, zo, Freek,' had Sylvie gezegd. 'Helemaal niet verkeerd. Als je nou ook nog een net pak aantrekt en je bril afzet, en je gaat zo naar de feestweek, dan valt iedereen in katzwijm voor je.'

'Ik weet niet precies wat er gebeurt als iemand in katzwijm valt,' had hij gezegd om zijn verlegenheid te maskeren, en zij had lachend geantwoord dat niemand dat precies wist, maar dat iedereen het gevoel herkende als het zich voordeed.

Hij had ook gelachen. Wonderlijk, dat het zo eenvoudig bleek om te lachen met haar. Hij had, vooral in zijn studententijd, het gevoel ingeprent gekregen dat humor iets was voor andere mensen, iets wat aan hem niet was besteed. Daarom was hij er zo op gebrand om te analyseren wat er gebeurde als er een grap werd gemaakt; hij hoopte steeds opnieuw het mechanisme te doorgronden, zodat hij de volgende keer zonder aarzeling mee zou kunnen lachen.

In zijn studententijd, en direct daarna, was hij zo structureel anders geweest dan alle studiegenoten met een achtergrond als de zijne, dat hij nauwelijks aansluiting had kunnen vinden. Zijn titel sprak natuurlijk in zijn voordeel, dus werd hij niet volledig genegeerd, maar als mens was hij niet alleen onbegrepen geweest, maar werd hij ook flink geridiculiseerd. Met als dieptepunt... Hij kneep even zijn ogen dicht en wilde er niet aan denken.

Katzwijm. Hij wist heus wel hoe dat voelde, hij had het toen zelf meegemaakt.

Hij draaide de provinciale weg op. Waarom had hij niet voorgesteld om de weg door het bos te nemen? Hij had de wegen binnendoor goed genoeg onderhouden om eroverheen te kunnen rijden; hij vond het veel prettiger om door het bos te gaan, waar hij nauwelijks ander verkeer tegenkwam, dan over de asfaltwegen.

Toch viel het ook wel weer mee; hij reed gewoon achter het groene wagentje aan en voelde vanbinnen dat het allemaal wel goed zou komen.

Aan het eind van het bospad dat naar Sylvies huisje leidde parkeerde hij zijn jeep op precies dezelfde plek als waar hij hem al twee keer eerder had gezet. Dat was prettig. Hij hield van zaken op hun vaste plaats.

Sylvie stond al op hem te wachten naast haar auto en gaf hem een brede, warme grijns toen hij uitstapte en zich even helemaal uitstrekte.

'Wat is er?' vroeg hij, een beetje verbouwereerd.

'Gewoon, je ziet er goed uit.' Daarna draaide ze zich om en liep naar de voordeur.

Dat was nu al de tweede keer. Freek wist het niet zeker, maar het leek bijna alsof ze een kort moment ongemakkelijk met zichzelf was geweest.

Door hoe hij eruitzag?

'Jij ziet er ook goed uit,' mompelde hij onhoorbaar tegen haar rug, en toen ging hij achter haar aan.

Sylvie

11

'Mam, over hoe lang gaan we?'

Sylvie keek even snel op haar horloge en controleerde voor de laatste maal haar beste werkoutfit in de spiegel. Ze zag er officieel uit, maar toch ook outdoorachtig. Onmiskenbaar de boswachter, zo met het logo van Staatsbosbeheer op haar blouse. Ze had ook nog een Indiana Jones-hoed, een keer voor de grap van Ties gekregen; zou ze die erbij opzetten of zou dat te ver gaan?

'Over een half uur,' riep ze de gang in.

De hoed ging te ver, besloot ze; haar goudbruine, met grote slagen krullende haar ging in een hoge staart. Even boog ze naar voren om haar gezicht te bestuderen: ze had wat fijne lijntjes bij haar ogen, en je kon aan haar huid zien dat ze veel buiten was, maar dat maakte alleen maar dat ze er gezond uitzag. Ze twijfelde over make-up, maar besloot toch van niet: ze gebruikte dat eigenlijk nooit meer, dus het zou misschien wel een beetje raar zijn als ze nu ineens met mascara en lippenstift in de weer ging. Er was geen enkele reden om te proberen er beter uit te zien dan anders; Freek zou het waarschijnlijk niet eens opmerken. De kans was groot dat hij nauwelijks in de gaten had dat ze een vrouw was, maar toch, haar glimlach kwam opzetten als ze terugdacht aan een paar dagen geleden, hoe hij daar had gezeten, tussen Ties en Gemma in, met een pannenkoek op zijn bord. En nog een, en nog een. De meiden hadden ook goed doorgegeten, maar Freek had er misschien wel tien opgegeten. Ze bakte met twee pannen tegelijk, en dat was maar goed ook, anders had ze het nooit bij kunnen houden, zo snel werd alles wat ze bakte meteen weer weggewerkt.

'Mag ik nog gamen?' riep Ties weer.

'Ben je al aangekleed?'

'Ja hoor; ben jij al aangekleed?' Ties danste haar slaapkamer binnen. 'Jee, mam, wat zie je er netjes uit. Boswachterig, maar toch netjes.'

'Dank je wel,' zei Sylvie. 'Jij ziet er eerder uit als een bosnimf, met dat jurkje met die broek eronder.'

'Dat heet een high-low, mam, en bosnimfen zijn toch groen in plaats van zwart? Anders vallen ze veel te veel op tussen de bomen.'

'Krijg je het er niet vreselijk warm in? Jij bent een bosnimf met een afwijkende smaak.'

'Ik heb het niet warm.' Ties danste de deur weer uit.

'Over een half uur dus, hè?' Sylvie leunde de gang in om haar dochter na te roepen.

'Jahaa.' Ties verdween haar kamer in, precies op het moment dat Sylvies mobiel geluid begon te maken.

Onbekende beller; ze nam snel op.

'Sylvie? Hallo, je spreekt met Anoes, van het politiebureau. Sorry dat ik je zo informeel bel; ik sta al met één voet buiten de deur van het bureau om naar de opening van de feestweek te gaan, maar ik wilde je toch nog even snel iets vragen. Gisteren hebben we op het landgoed een vat met drugsafval weggehaald; ik kwam er daarna niet meer aan toe om je nog te bellen vanwege al het papierwerk dat ik eraan had. Heb jij toevallig iets gezien of gemerkt in het bos?'

'Huh?' zei Sylvie, volledig overvallen. 'Hoe... Wie heeft het gevonden dan? Ik heb echt helemaal niks gezien in het bos.'

'Meneer Van Lynden heeft het vat gevonden tijdens het paardrijden. Hij rook een vreemde chemische lucht en toen is hij dieper de begroeiing in gelopen, en daar lag het. Hij heeft direct gebeld; we hebben het weggehaald met de collega's van de LFO en ik kreeg vanmorgen de bevestiging dat het inderdaad om drugsafval gaat. De precieze substanties en een inschatting van wat er is geproduceerd moeten we nog van het lab terugkrijgen. Meestal is een dumping meteen heel veel; dit was er maar eentje, zo'n plastic ton, weet je wel? Dat was wel opvallend. Ik maak me er toch een beetje zorgen over; de afgelopen jaren zaten de meeste drugslabs in Brabant, maar de laatste tijd zijn er op veel meer plekken in Nederland activiteiten waargenomen. En dumpers willen ook steeds verder rijden met hun troep; vooral de Veluwe is favoriet. Wij hebben hier ook een mooi bos, en ik moet er niet aan denken dat algemeen bekend wordt dat je hier je rotzooi goed kwijt kunt. Ik vermoed dat dat ene tonnetje een probeersel was; als dat niet al te snel ontdekt zou worden, zou er daarna zomaar een vrachtwagen vol kunnen komen.'

'Ik denk dat een vrachtwagen dat bos niet in komt; ik heb geen idee wat de staat van de paden is op het landgoed,' zei Sylvie. Ze was op de rand van het bed gaan zitten. 'Jeetje, Anoes, wat een narigheid! En waar staat LFO ook alweer voor? Ik heb het gevoel dat ik dat moet weten, maar ik heb echt geen idee.'

'Landelijke Faciliteit Ondersteuning Ontmantelen,' zei Anoes grinnikend. 'Ik weet de codes en afkortingen ook niet allemaal uit mijn hoofd, hoor. Het is hier ook nooit zo'n toestand, verder dan een vijf-elfje komen we hier meestal niet. Code baldadige jeugd.'

Sylvie lachte even. 'Daar kan ik me wel iets bij voorstellen, ja. Maar met drugsafval heb ik geen ervaring; in Olterloo hadden we dat niet. Ik heb wel eens een wietveldje opgerold, heel klein, maar dat bleek van de zeventienjarige, ondernemende zoon van een van de boeren te zijn. Die was een dagje naar Amsterdam geweest met school, even bij een smartshop naar binnen gerend, zakje zaad gehaald, had hij op een open plek in het bos leeggestrooid. Dacht hij dat hij met zijn vrienden tot sint-juttemis gratis kon blowen, die grapjas.'

Anouschka grinnikte in haar oor. 'Kijk, dat is nou criminaliteit waar ik van hou. Maar ik moet er niet aan denken dat een of andere grote Brabantse bende, of weet ik veel waar ze zitten, ons hoekje van het land als ideale dumpplek aanmerkt, en dat over twee maanden, als de zomer in volle glorie is losgebarsten, de vaten en jerrycans met chemische troep ons om de oren vliegen.'

'Snap ik,' zei Sylvie. 'Weet je zeker dat het niet uit de buurt komt?'

'Welnee,' zei Anouschka, 'er gebeurt hier niks. Ik ken volgens mij iedereen die in Hoger- en Lagerweijde woont bij naam en toenaam en het illegaalste wat hier gebeurt is dat er een paar kinderen van vijftien, zestien ergens 's nachts in het bos gaan zitten met een kampvuurtje en een krat bier. Kan ook nog aardig tricky zijn, als het een droge zomer is, maar het is wel van een andere orde.'

'Oké, nou, ik hou mijn ogen open, en ik bel zodra ik iets zie wat me niet bevalt, goed? Dank je wel dat je me hebt ingeseind.'

'Jij bent toch dik met de graaf? Met Van Lynden?' Anouschka's stem klonk ineens geïnteresseerd op een wat minder professionele manier.

'Hoezo?'

'Nou, ja, in mijn werk hoor je nogal eens wat, hè. Ik begrijp dat hij je dochter een keer uit het bos heeft gehaald toen ze was verdwaald, en dat hij haar te paard heeft thuisgebracht, en dat hij haar een keer uit school heeft opgehaald. Als je die roddeltante van een Van Bickershoek-nog-wat mag geloven, loopt hij de deur bij jullie plat. Ze is volgens mij stikjaloers, ze schijnt het er met zo'n beetje iedereen in het dorp over te hebben gehad.'

'Nou ja, dik met hem, het is maar wat je dik noemt,' zei Sylvie. 'Hij heeft Ties inderdaad een keer gevonden toen ze per ongeluk op zijn landgoed liep rond te struinen, ja; ze had een lekke band. Ties en hij kunnen het wel goed met elkaar vinden: hij is een nerd, en Ties is een nerd in wording. Ze vindt hem cool; hij heeft haar laatst een beetje geholpen met een app die ze probeert te bouwen. En ik heb zijn haar voor hem geknipt, zodat hij er in ieder geval een beetje fatsoenlijk uitziet voor de opening strakjes; hij vertelde dat hij zo tegen een kappersbezoek opzag toen hij bij ons was om Ties te helpen met haar app. Ik was van de week dus even bij hem aangelopen om over de openstelling van het landgoed te praten, maar dat is er uiteindelijk niet van gekomen. Ik heb zijn haar gefatsoeneerd en daarna kwam hij bij ons pannenkoeken eten. Gemma de Boer, van de ecoboerderij, weet je wel, die was er ook, die is dikke vriendinnen geworden met Ties en die bleef toen slapen.'

'Van Lynden toch niet?' vroeg Anouschka grinnikend.

'Doe normaal!' zei Sylvie, echt een beetje geschokt.

'Ik vroeg me al af wat er met die enorme baard van hem was gebeurd. Hij is er wel van opgeknapt, zeg; ik had geen idee dat die man er zo leuk uitziet. Hij moet alleen zijn bril nog afzetten en dan lijkt hij wel een soort jongere Kiefer Sutherland, weet je wie ik bedoel? Met die mooie mond.'

Sylvie humde bevestigend.

'Hij heeft ook van dat lekkere dikke blonde haar,' ratelde Anouschka verder. 'Alleen niet zo'n smal gezicht en zulke lichtblauwe ogen, maar jee, wie had kunnen denken dat er zo'n goed gelukte kop onder al dat haar zat; ik kreeg het er bijna warm van. En ik snap best dat hij geen zin had om zich hier in Hogerweijde te laten knippen, ze houden hem allemaal toch in de gaten, hè. Meneer de graaf. Het halve dorp was uitgelopen als hij in de stoel van Sjoerd Donga was gaan zitten.'

'Echt? Heet de kapper zo? En zou het echt zo zijn dat mensen voor het raam gaan staan kijken terwijl hij wordt geknipt? O, maar dan snap ik ineens ook een stuk beter waarom hij niet graag naar de kapper gaat. Hij zei dat hij er zo'n hekel aan heeft; ik dacht eigenlijk dat hij het gewoon vervelend vond als er door een wildvreemde aan zijn hoofd werd gefrutseld.' Sylvie beet even op haar lip. 'Hoewel ik natuurlijk ook een wildvreemde ben, en bij mij had hij er niet echt merkbaar last van.'

Anouschka schoot in de lach. 'Jaja, dat zal best. Hij is wel een beetje een apart figuur, vind je niet? Niet per se onvriendelijk, maar wel erg op zichzelf, daar staat hij echt om bekend... Nou ja, we kunnen nog een half uurtje over die man doorfilosoferen, maar ik zal aan het werk moeten, ben ik bang. Kom je vanavond nog naar De Paardentram? Dan kunnen we een biertje pakken. Als mijn dienst afgelopen is, hè.'

Anouschka hing op, nog steeds lachend, en Sylvie zat nog even op de rand van haar bed na te denken.

Drugsafval in het bos. Ze had wel wat memo's gelezen over dat soort dingen die gebeurden in andere boswachterijen, maar ze had er zelf nog geen ervaring mee.

Ties kwam haar kamer weer binnenzeilen. 'Mam! Het

halve uur is om; ik had mijn alarm gezet. Gaan we nu? Ik zit met Gem te appen; zij is er straks ook met haar ouders. Mag ik vanavond dan bij haar logeren?'

'Van mij wel,' zei Sylvie, die zich even moest losschudden uit haar gedachten. 'Als het van Johan en Ramona ook mag. Stop maar gauw je tandenborstel en wat schone kleren in je tas.'

'Wie belde er?'

'Agent Anouschka, van het politiebureau. Niet belangrijk. Heb je al je spullen? Trek je schoenen aan, dan gaan we.'

Freek

12

Zijn bed lag vol met T-shirts. Ze waren bijna allemaal oud en kakigroen, aardebruin, bladgroen, naaldgroen, het bleke groen van jonge loofbomen, een soort donkergrijze zandkleur die hij zag in het bos als het erg droog werd in de zomer. Hij wist dat hij ergens nog een wit shirt moest hebben, en hij wist ook dat het minder verwassen moest zijn dan de voor hem uitgestalde exemplaren, omdat hij het zelden of nooit droeg.

Helemaal achterin, in een hoekje, vond hij het ding. Zijn hele T-shirtplank was nu leeg en hij nam even de tijd om alles netjes in vieren te vouwen en weer op te stapelen. Zijn moeder zou een rolberoerte hebben gekregen van het idee dat er dan een vouw midden over zijn borst zou lopen, maar dat deerde hem zo weinig dat hij het er misschien wel om deed. Hij zag toch bijna nooit iemand, dus een vouw meer of minder, daar maalde hij niet om.

Zijn witte shirt was een ander verhaal: het had langdurig in een prop in een hoek van zijn kast gelegen, dus het was zo sterk gekreukeld dat er bijna nergens géén vouw zat. Hij hield het omhoog en schudde zijn hoofd. Hij zou het moeten strijken, maar dat was een klein offer, waar tegenover stond dat hij geen overhemd aan hoefde.

Terwijl hij zijn strijkbout liet opwarmen en een dubbelgevouwen handdoek uitspreidde over zijn keurig lege aanrecht, dacht hij terug aan het pannenkoekenfestijn. Hij had tussen Gemma en Ties in gezeten. De meisjes hadden hem met vragen bestookt, wat hij tot zijn verbazing helemaal niet erg had gevonden, en hij had heerlijk gegeten. Hij at nooit pannenkoeken, dus hij was volkomen vergeten dat hij ze lekker vond. Vooral met spek en stroop.

'Hoe is het eigenlijk om graaf te zijn?' vroeg Gemma.

'Eigenlijk merk ik daar zelf niet zo veel van,' antwoordde hij, 'het is meer iets waar andere mensen iets van merken.'

'Ben je niet eenzaam, helemaal alleen op dat landgoed?' vroeg Ties.

Het vertederde hem enigszins, dat zo'n jong meisje over zoiets nadacht. 'Niet echt,' had hij geantwoord. 'Ik ben veel aan het werk en dan heb ik af en toe contact met mijn collega's via mijn mobiel of computer. Bovendien ben ik het gewend om alleen te zijn. Dat heeft ook iets prettigs. Je kunt niemand voor het hoofd stoten of teleurstellen, als er niemand is. En daarnaast, helemaal alleen ben ik nu ook weer niet: het grote huis is verhuurd aan mensen die er werken, maar ook wonen.'

'Ga je dit jaar de feestweek openen?' vroeg Gemma.

'Dat is wel de bedoeling,' zei hij, 'daarom heeft Ties' moeder mijn haar geknipt. Maar ik vind dat wel enigszins beklemmend, ik hou er niet zo van als iedereen naar me kijkt.'

'O, nee, dat vind ik ook echt enorm irritant!' riep Ties meteen uit.

'Ga je dan een heel net pak aandoen?' vroeg Gemma. 'Je haar is zo best wel netjes, dus dan moet je ook een net pak aan.'

'Ik vind pakken meestal niet lekker zitten,' gaf hij schoorvoetend toe, 'vooral overhemden met dassen niet. Dat zit me te strak om de hals.'

'O ja, dat heb ik nou met coltruien,' zei Ties invoelend, 'dat voelt dan alsof ik zowat stik. Mijn moeder heeft dat ook. Coltruien komen er bij ons niet in.'

Ze hadden allemaal gelachen en daarna hadden de meisjes vrolijk gefilosofeerd over wat hij dan wel aan moest, als het geen overhemd met een das werd. Uiteindelijk kwamen ze uit op een donkere spijkerbroek, een wit T-shirt en een zwarte of donkerblauwe blazer. Ze sommeerden hem zijn bril af te zetten, en toen weer op, en toen weer af, om te bepalen wat het beste stond: bril op was nerdachtiger (Ties' voorkeur) maar zonder bril was hij blijkbaar knapper (Gemma's oordeel). Hij hoorde het allemaal aan, deed netjes mee en at ondertussen nog minstens drie pannenkoeken. En de volgende dag had hij toch wel tien hele minuten besteed aan het bestuderen van zijn eigen gezicht in de spiegel – met bril, zonder bril – en vervolgens bestelde hij online een donkerblauwe spijkerbroek.

Het was iets waar zijn moeder, en trouwens zijn vader al evenzeer, een toeval van zou hebben gekregen: jeans waren niet voor nette mensen. Hij vond dat zelf niet, maar toch had ook hij geen spijkerbroek voorradig. Dat was omdat hij liever zo'n onverslijtbare legerbroek droeg, met van die grote, handige zakken op de pijpen.

Nu had hij er dus wel een: een mooie donkerblauwe jeans, die ook nog eens verrassend lekker zat. Ondanks het gebrek aan zakken. Met het gestreken witte T-shirt erboven en het jasje van zijn donkerblauwe pak erop – hij bezat twee pakken, een zwart en een donkerblauw, maar droeg ze nooit – bekeek hij zichzelf in de spiegel en moest hij de meiden gelijk geven: hij zag er heel behoorlijk uit. Op geen enkele manier stijf, maar toch best verzorgd.

Met bonzend hart stapte hij in zijn jeep. Het ging gebeuren: hij ging de feestweek openen. Hij moest zich mentaal voorbereiden op het feit dat het druk zou zijn, dat hij een paar woorden zou moeten spreken en dat iedereen daarbij naar hem zou kijken. Dat het iets zou betekenen. Hij had niet gedacht dat hij het ooit zou kunnen opbrengen, maar zijn nieuwe kapsel hielp meer dan hij had verwacht. En het feit dat Sylvie tot twee keer toe had gezegd dat hij er goed uitzag. Hij had er de afgelopen dagen steeds aan teruggedacht; het was waarschijnlijk de belangrijkste reden dat hij, na een stevige interne beraadslaging, toch had besloten zijn bril thuis te laten.

Met een grijns – merendeels geboren uit zelfspot, want hij vond dat hij af en toe maar raar deed de laatste tijd – reed hij over de bospaden, als altijd intern zoekend naar de beste beschrijving van de geur van het gedempte licht onder de bomen en de kleur van het geluid van de autobanden op de aarde, maar bij de afslag die leidde naar de plek waar hij dat afval had ontdekt, stopte hij even. Zijn grijns verdween. Hij moest zich beheersen om er niet nog een keer te gaan kijken, al was het maar om te controleren of de vervuiling echt weg was. Of er niet plotseling een nieuw vat met viezigheid lag. Hij had van de politie opdracht gekregen alert te blijven omdat de mogelijkheid van herhaling zeker niet ondenkbaar was, en alleen de gedachte al maakte hem boos; hij voelde het in de eerste plaats als een schending van zijn privacy, alsof er iemand bij hem had ingebroken terwijl hij sliep.

Hij was niet vaak boos. De emotie paste hem als een slecht zittend kledingstuk, maar het leidde in ieder geval wel zijn aandacht af van het feit dat hij op weg was naar iets waar hij niet naartoe wilde, om iets te gaan doen waarvan hij bijna zeker wist dat hij er geen succes van zou maken.

Met zijn tanden op elkaar reed hij verder over de bospaden tot aan het hek dat de grens van Woudenbergh aangaf. Daar moest hij uitstappen om het hek te openen. Hij reed zijn jeep erdoorheen en moest vervolgens opnieuw uitstappen om het hek te sluiten. Zijn boosheid was in de tussentijd alweer grotendeels verdampt, maar hij voelde des te sterker hoe anders hij eruitzag, vergeleken met zijn reguliere outfit. Die was toch vooral praktisch, en plotseling realiseerde hij zich hoezeer hij zich in de loop der jaren, volledig onbewust, steeds meer in de kleuren van het bos was gaan hullen. Als schutkleuren. Dat had iets comfortabels, net als zijn baard en zijn lange haar; hij voelde zich op dit moment ongemakkelijk zichtbaar, zelfs al waren er uitsluitend bomen om hem heen.

Toch zette hij door, hoewel de drang om om te keren bijzonder groot was. Hij wist wel zeker dat hij op ieder ander moment in zijn leven rechtsomkeert had gemaakt. Sterker nog, op ieder ander moment in zijn leven had hij voorkomen dat deze situatie zich voordeed. Ruim van tevoren. Waarom hij dat nu niet had gedaan, kon hij niet goed benoemen.

Hij draaide de asfaltweg op en reed even later, iets te hard, Hogerweijde binnen. Het was al aardig druk, er stonden braderiekraampjes in de Dorpsstraat en hij hoorde de muziek van een jazzbandje op het podium op het dorpsplein, vermengd met af en toe een flard van het geluid van de kleine kermis. Hij reed via drie smalle straatjes om totdat hij de achterkant van het gemeentehuis bereikte, waar een kleine, met een slagboom afgesloten parkeerplaats was. Hij had er een pasje van, een keer gekregen van August Moelleux, die had gehoopt dat Freek dan een wat meer zichtbare rol in het dorp zou willen spelen. August was hem niet onsympathiek, en al helemaal niet nu hij wist, en ook zo duidelijk kon merken aan de man, dat hij gebukt ging onder een groot liefdesverdriet, maar August had een volkomen verkeerde inschatting van de situatie gemaakt. Hij had blijkbaar gedacht dat Freek gevoelig was voor zaken die een bepaalde uitstraling van belangrijkheid hadden. Zoals toegang tot de parkeerplaats van het gemeentehuis.

Freek schudde zijn hoofd terwijl hij dit overdacht. Hij was er totaal niet gevoelig voor, hoewel hij in een groter kader, in alle eerlijkheid, wel een zeker plezier kon beleven aan het feit dat hij vanuit de AIVD de allerhoogste machtigingen had. Hij had kijkrecht op alle politiedatabases, luchtverkeerstorens en sterrenwachten, hij kon inloggen op de software van ProRail die seinen en wissels bediende en hij had vrijelijk toegang tot alle camerabeelden op straat en in en om het openbaar vervoer. En dan waren er nog de energievoorzieningen, de watervoorzieningen, de telecom... Hij kon zelfs bij een satelliet, als hij zijn best deed. Misschien waren er nog vijf mensen in Nederland met dezelfde online privileges, meer zou het niet zijn.

De slagboom ging netjes omhoog toen hij het kaartje voor de magneetlezer hield, en hij reed de parkeerplaats op. Er was niet veel ruimte meer, maar hij vond een gaatje waar de jeep precies in paste. Zo precies dat de deuren niet meer open konden, maar daar had hij geen problemen mee; hij kon tussen de stoelen door en verliet het voertuig via de achterkant.

'Hé, Freek!' hoorde hij, zodra hij zijn voeten op het asfalt had staan.

Hij keek op en zag Ties en Gemma vrolijk zwaaien van achter het lage stenen muurtje dat de parkeerplaats omsloot.

Met een paar lange passen liep hij naar ze toe.

'Je hebt gewoon precies aan wat we zeiden!' riep Ties uit. 'Zit het lekker? Wel jammer van je bril.'

'Het zit prima,' zei Freek, naar waarheid. 'Veel beter dan een overhemd met een das.'

'Het staat je goed,' zei Gemma, terwijl ze hem scherp opnam. 'Heel goed. Ja, we zijn tevreden, hè, Ties? Of baal je heel erg dat hij zijn bril niet opheeft?'

Ze lachten alle drie en Freek nam een klein aanloopje om in één beweging over het muurtje heen te kunnen springen, schuin, leunend op een hand.

'Coole move,' becommentarieerde Ties.

'In het bos geleerd,' zei Freek, 'over het hek. Hebben jullie alles al bekeken?'

'Ja, er is verder niet zo veel, hoor. Dezelfde dingen als altijd: de kermis, de kraampjes, je kent het wel. Er is bijna geen speelgoed en wat er is, is te kinderachtig. En ik ga echt niet staan kijken naar iemand die een half uur lang uitlegt hoe geweldig een pluisjesscheerapparaat werkt.' Gemma trok een gezicht.

'Voor mij is het allemaal nog nieuw,' zei Ties, 'ik vind het wel leuk.'

'Wat is een pluisjesscheerapparaat?' vroeg Freek.

'O, dat je van die bolletjes op je kleren kan afscheren, dan wordt het weer glad,' zei Gemma ongeïnteresseerd. 'Dan is het weer als nieuw!' Haar stem schoot omhoog als imitatie van een verkooppraatje terwijl ze de hoek om liepen, langs de korte kant van het gemeentehuis, naar de dorpsstraat.

'Ik heb nooit bolletjes op mijn kleren,' zei Freek, die het een licht vervreemdend, maar ook wel leuk gesprek vond. Het leidde in ieder geval wel even af.

'Dat komt doordat jij mannenkleren draagt,' zei Ties op

zo'n toon van 'grote mensen begrijpen ook niks'.

Freek keek even naar haar; ze keek terug met twinkelende ogen. 'Volwassenen zijn soms nu eenmaal bijzonder onwetend,' mompelde hij met een lach in zijn stem.

'Zeg maar gerust vaak. Of altij– hé, wat is er met Marilou aan de hand?'

'Ik dacht dat jij niemand kende uit de parallelklas,' zei Gemma tegen Ties.

'Haar kan ik wel onthouden; ze is het enige bruine kind op de hele school! En plus, ik heb afgelopen week met haar gepraat. Ze is aardig. Een beetje zoals wij, Gem; zeg maar "geen kakker".' Ties gebaarde dubbele aanhalingstekens naast haar oren.

Ze keken alle drie naar het meisje dat alleen op een stoepje zat terwijl er groepjes mensen en kinderen voorbijliepen.

'Ik ga even met haar praten,' zei Ties, 'kom mee, mensen.'

Freek liep mee, deels geamuseerd door Ties' bevelende toon, deels omdat de manier waarop het meisje erbij zat, onmiskenbaar heel verdrietig en intens eenzaam, hem enigszins aangreep. Als hij alleen was geweest, had hij waarschijnlijk gedacht dat hij zich er beter niet mee kon bemoeien, hoewel hij zich nog levendig voor de geest kon halen dat hij zich tijdens zijn schooljaren regelmatig ongeveer net zo had gevoeld, maar nu had hij een vaag idee dat hij iets zou kunnen doen. Dat het iets zou kunnen bijdragen, zijn aanwezigheid; bij Ties had het feit dat ze een vriendschap met hem kon claimen tenslotte ook geholpen om haar positie in de klas te verbeteren.

Even maakte zijn brein een noodstop. Hoe vreemd was het toch, dat het zo werkte. Het had niets te maken met wie hij was, als persoon; het ging alleen om de status die zijn titel – waar hij niets aan kon doen; hij had die ongevraagd aan zich kleven, of hij dat nu leuk vond of niet – hem verleende in de ogen van de gemeenschap.

Ties ging naast Marilou zitten. 'Hé, wat is er?' vroeg ze zachtjes.

'Niks,' bromde Marilou, maar het was wel duidelijk dat het huilen haar nader stond dan het lachen.

Ze was een heel knap meisje: donkerbruin, met lang haar in heel veel kleine vlechtjes, een hartvormig, zachtaardig gezichtje en lange, nog een beetje onhandige ledematen, als een hertenkalfje dat nog niet helemaal gewend was aan haar eigen elegantie. Freek kon zich haar over een jaar of zeven zomaar voorstellen op een of andere catwalk in Milaan.

'Jawel,' zei Ties, 'er is iets. Je zit toch niet voor niks als een treurwilg op de stoep? Heb je al een rondje gelopen?'

'Ja. Eentje. En dat was ook wel genoeg,' zei Marilou, haar hoofd weggedraaid.

'Wat dan?'

'Nou, die stomme Eugenie,' fluisterde Marilou bijna.

'Wat, heeft die muts iets lelijks tegen je gezegd?' Gemma deed ook een duit in het zakje. 'Ze is gewoon een ontzettende bitch, ze doet tegen ons ook altijd zo gemeen. Oeps, sorry.' Ze keek even schuldbewust omhoog naar Freek.

'Ik kan daar wel tegen,' zei Freek, en nu pas leek Marilou hem op te merken. Ze keek verbaasd naar hem op.

Freek glimlachte naar haar. 'Ik ben er ook,' zei hij.

'Wow, dus het is echt waar dat Ties vrienden met u is,' zei Marilou.

'Zeg maar je,' zei Freek, en hij stak zijn hand naar haar uit. 'Freek van Lynden, hoe maak je het.'

'Marilou van Sonneveld,' zei ze timide, terwijl ze zijn vingers voorzichtig vastpakte maar niet opstond, 'en ik maak het niet zo best.'

‘Wat zei ze tegen je,’ zei Ties, met een flinke dreiging in haar stem.

Marilou slikte en aarzelde even. ‘Dat mijn familie in Afrika me heeft verkocht aan mijn ouders, ik bedoel mijn adoptieouders, en dat ze helemaal niet van me houden, dat ze me alleen hebben voor de show. En dat ik nergens bij hoor en dat niemand met me om wil gaan. Ik weet heus wel dat mijn ouders van me houden, hoor, maar het doet toch pijn, weet je wel, als iemand zulke dingen tegen je zegt. En ze doet het ook echt al zo lang; al sinds groep drie.’ Ze knipperde even met haar ogen.

‘Natuurlijk doet zoiets pijn,’ zei Freek, ‘en het is volslagen onzin.’

‘Ja, dat is het zeker,’ zei Gemma strijdbaar. ‘Wil je soms ook op de boerderij komen logeren vanavond? Ties komt ook. Plek zat!’

‘Ja, kom ook!’ riep Ties meteen uit, en daarna iets rustiger: ‘Als het mag van je ouders tenminste.’

‘Waarom helpen jullie me straks niet even met de opening?’ vroeg Freek. ‘Ik zie er nogal tegen op, vooral het doorknippen van dat lint met die enorme schaar; kunnen jullie dat onderdeel niet voor je rekening nemen? Dan zeg ik wel: “Bij dezen is de feestweek geopend,” of iets in die trant.’ Hij stak daarbij zijn borst vooruit en zette een holle, officiële stem op, en zag tot zijn genoegen dat de meisjes giechelden. ‘En dan doen jullie knip, en dan is het klaar.’

‘Serieus?’ zei Ties.

‘Uiteraard,’ zei Freek.

‘Oeh, dan wordt Eugenie echt zó stinkend jaloers,’ zei Gemma genietend.

‘Dat is het idee,’ zei Freek, met een glimlach van oor tot oor. ‘Kom, dames, ik moet me melden bij burgemeester

Moelleux. Laat me jullie als officieel onderdeel van de openingscommissie aan hem voorstellen.'

'Ik word meteen zenuwachtig,' vertrouwde Ties hem toe, terwijl ze gevieren tussen de kraampjes door naar het kerkplein liepen.

Het gemeentehuis stond recht tegenover de kerk. Iedereen gebruikte over het algemeen de niet al te indrukwekkende achteringang, die aan de parkeerplaats grensde, maar aan de voorzijde was er een hoog stenen bordes waar vanaf mensen op het plein toegesproken konden worden, een kloeke, klassiek groen geschilderde deur die statig open kon zwaaien en een grote lantaarn boven die deur, die de gevel op Anton Pieck-achtige wijze verlichtte als het eenmaal donker was.

Nu stonden August Moelleux, Reindert den Dekker en nog een paar gemeenteraadsleden hoog op het bordes, een beetje tegen het hek aan gedrukt, terwijl er door de open deur binnen nog meer mensen zichtbaar waren. Mensen die zich ongetwijfeld belangrijk voelden. Freek keek er even naar en zuchtte, maar toen voelde hij plotseling een hand in de zijne.

Ties.

'Als we het samen doen is het voor jou vast minder naar,' zei ze tegen hem. 'En je helpt Marilou ook meteen; goed van je.'

Hij glimlachte naar haar. Inderdaad lag er bij hem intussen een soort koude band om zijn hart, maar Ties' complimentje deed hem toch goed, alleen al omdat hij zeker wist dat ze nog jong genoeg was om het daadwerkelijk te menen.

Marilou en Gemma hadden de trap van de hoge stoep inmiddels bereikt en stonden te aarzelen bij de eerste trede, en juist toen Freek met Ties weer bij hen aansloot, werd hij van opzij aangesproken door een vrouwenstem op hoge poten.

Een aangeleerd deftige vrouwenstem – hij pikte ze er altijd zo tussenuit, die dames die niet met een hete aardappel in de keel waren geboren, maar die er met veel oefening een hadden verworven.

'Graaf van Lynden! Wat auspicieus dat ik u hier nu juist tegenkom!'

Freek kauwde even op het woord auspicieus. Hij wist vrijwel zeker dat het geen Nederlands was, alleen Engels, en hij verbeet zijn ergernis over haar onbehoorlijke manier van aanspreken. Hij vermoedde dat ze al een tijdje in een hinderlaag lag, omdat ze heus wel wist dat hij op enig moment hiernaartoe zou moeten komen. 'Dag, mevrouw Van Bickershoek van Hooglanden,' zei hij tamelijk onderkoeld.

'Ik wil u graag uitnodigen voor het diner, aansluitend aan de opening vanmiddag,' jubelde ze min of meer recht in zijn oor. 'Is het niet een fantastische middag? En ook zulk fantastisch weer; je kunt de zomer echt al in de lucht voelen.'

Hij zette een klein stapje achteruit en hoorde toen van boven hem, vanaf de trap van het bordes, de gecultiveerde, maar nog altijd veel natuurlijker klinkende stem van August Moelleux: 'Ha, Freek, je bent er! Kom naar boven, mijn beste, en het spijt me om u te moeten teleurstellen, mevrouw Van Bickershoek, maar de graaf dineert vanavond met mij, in het gemeentehuis. De catering komt van De Zwerfkei,' zei de burgemeester, met in zijn stem een licht valse vanzelfsprekendheid dat mevrouws diner nooit zou kunnen tippen aan de met twee Michelinsterren bekroonde kok van De Zwerfkei, het zeer exclusieve restaurant aan de rand van Lagerweijde.

Freek keek August even aan; hij wist van niets, maar begreep gelukkig net op tijd, vlak voordat zijn gezicht uit de plooi zou vallen, dat August iets stond te verzinnen om hem te redden. Hij knikte dus, een tikje houterig, en mompelde: 'Mijn verontschuldigingen, maar ik moet...' en zette een voet op de eerste trede van het bordes.

August grijnsde naar hem.

'Mijn dank,' zei Freek. 'August, ik heb hulptroepen meegenomen.' Hij knikte naar de drie meisjes.

'Kom boven, dames en heer, kom vooral boven,' zei de burgemeester met een uitnodigende glimlach, en Freek liet de meisjes voorgaan om ze dan snel te volgen, voordat mevrouw Van Bickershoek van de schrik bekomen zou zijn. Zijn hart klopte intussen in zijn keel en hij had het gevoel alsof hij zich als een houten klaas voortbewoog, zo gespannen was hij.

Boven aan de trap werd er direct ruimte gemaakt voor hem en de meisjes, en iemand haalde van binnen flesjes cola met rietjes voor hen, en voor hem een glas bier. Hij wist eigenlijk niet of hij trek had in bier – hij dronk het zelden – maar het gaf hem iets te doen, dus nam hij een paar grote slokken. Het smaakte opvallend goed; een frisse, goudgele, gespikkelde dronk die prima samenging met de snel warmer wordende lentedag en die maakte dat het samengeknepen gevoel in zijn borstkas iets losser leek te worden. Hij voelde zich daardoor dapper genoeg om wat korte antwoorden te geven op vragen van Den Dekker en andere raadsleden, en deed ondertussen eindelijk wat hij al had willen doen sinds hij uit zijn auto was gestapt. Hij had nu een handige positie, zo hoog op het bordes: zo onopvallend mogelijk keek hij zoekend uit over de hoofden van de mensen op het plein.

Sylvie

13

Vrijwel direct nadat ze haar auto had geparkeerd – net buiten het dorp, in de berm tussen de bomen, want ze zag al aankomen dat er dichterbij geen plek zou zijn – en was uitgestapt, raakte ze Ties kwijt.

'Hou je mobiel bij de hand, hè?' kon ze nog net roepen, terwijl Ties naar Gemma holde en de twee meiden in de verte het dorp in en de hoek om verdwenen, richting de kermis.

Johan en Ramona, die een stukje voor haar uit over de met bomen omzoomde weg slenterden, hielden in totdat ze hen had bereikt.

'Leuk voor ze, hè, dat ze elkaar zo hebben gevonden,' zei Johan warm, kijkend in de richting waarin zijn dochter was verdwenen.

'Heel leuk,' zei Sylvie, voortslenterend. 'Ik heb me er wel een beetje zorgen over gemaakt, of Ties nog aansluiting zou vinden bij de groep, zo laat nog in het laatste schooljaar. In Olterloo had ze eigenlijk niet echt vriendinnetjes.' Ze keek even naar het bladerdak boven haar hoofd en voelde, heel gelukzalig, het gefilterde lentezonlicht over haar gezicht spelen. Wat hield ze toch van het bos.

Ramona grinnikte. 'Ik heb van Gem gehoord dat allerlei kinderen achter Ties aan beginnen te lopen nu wijd en zijd bekend is geraakt dat ze meneer de graaf onder haar persoonlijke vrienden mag rekenen, maar dat ze daar niks van moet hebben.'

'Ha,' zei Sylvie tevreden, 'typisch Ties. Die is wars van dat soort onzin. Daarom zal het ook wel zo klikken tussen haar en Freek; volgens mij is hij eigenlijk ook zo. En ze vindt hem cool, niet omdat hij een graaf is, maar omdat hij veel van computers weet.'

'Hij heeft toch iets gebouwd waarmee Ties stiekem het digibord kan aanzetten vanaf haar Chromebook op school? Gemma heeft erover verteld, maar ik mocht er absoluut niet met andere moeders over praten.'

'Yep,' zei Sylvie met een lach, 'en dan kan ze er ook nog een YouTube-filmpje op afspelen. Je had ze moeten zien zitten, toen hij dat voor haar zat te maken. Twee stoute kinderen waren het. Maar hij deed het netjes, hoor. Hij wees haar op haar verantwoordelijkheden: als je een eng filmpje opzet, dan zien de kleuters het ook. En ik weet zeker dat Ties daar ook verantwoord mee om zal gaan, ze is zich altijd enorm bewust van dat soort dingen.'

Ramona lachte mee. 'Ik had wel even in jouw keuken willen kijken toen ze dat zaten te bekokstoven. Gem zegt dat Ties het alleen nog maar gebruikt heeft om af en toe het digibord uit te zetten als de les heel saai is, maar dat ze er nog niets anders op heeft gezet. De juffen merken het eigenlijk niet als Ties het bord uitzet, omdat het sowieso af en toe zomaar uitgaat.'

'Ja, dat kwam blijkbaar door conflicterende software, en grappig genoeg heeft Freek dát dus juist gefixt,' zei Sylvie, 'ook aan mijn keukentafel. Maar dat weten de juffen dan weer niet.'

'Het kán toch eigenlijk niet, dat hij zomaar inbreekt bij de school? Al is hij honderd keer de graaf.' Johan klonk toch een beetje streng.

'Nee, natuurlijk kan dat niet,' zei Sylvie, 'maar heb jij in je leven nooit door rood gereden? Toch op het gras gelopen als er een bordje stond dat dat niet mocht? Hij was een beetje stout, en het is voor zover ik kan zien iets volkomen ongevaarlijks; ik heb liever dat Ties dit doet dan dat ze stiekem ergens sigaretjes gaat staan roken. Of met jongens gaat rommelen in het bos. Daar vind ik haar toch nog iets te veel kind voor.'

'Vind ik ook,' zei Ramona, met een elleboog in Johans zij. 'Zo netjes was jij als kind heus niet.'

'Nee, dat is waar,' zei hij deemoedig, 'ik heb ook wel eens een fikkie gestookt op het schoolplein. Maar aan de andere kant: zo'n slechterik was ik nou ook weer niet. Ik zat op school een paar jaar onder de graaf in de klas; ik weet nog dat hij ontzettend werd gepest, niet alleen door zijn eigen klas, maar zo'n beetje door de hele school. Iedereen vond hem zo'n rare jongen, en hij kon ook nog eens heel goed leren; hij wist altijd overal het antwoord op. Nou, daar maak je natuurlijk geen vrienden mee. Maar ik heb daar nooit aan meegedaan, ik vond dat maar niks. Leven en laten leven, dat vond ik toen en dat vind ik nu. Ik heb hem een keer mijn appel gegeven toen ze zijn middageten in de modder hadden gegooid.'

'Wat gemeen,' zei Sylvie, de afschuw bijna tastbaar in haar stem. 'Dat ze zijn lunch in de modder gooiden, bedoel ik. Rotkinderen.'

'En jij was verbaasd dat jij de boerderij kon kopen, terwijl die andere kandidaten allemaal meer geld boden?' Ramona kijkt haar man liefdevol aan. 'Je hebt me dat hele appelverhaal nooit verteld, maar nu snap ik het ineens!'

'Ik dacht dat het was omdat meneer de graaf liever had dat de boerderij naar iemand uit het dorp ging; ik heb helemaal niet aan die appel gedacht. Sowieso heb ik er al die jaren niet meer aan gedacht.'

'Nou, Freek blijkbaar wel,' zei Sylvie zachtjes.

'Het is voor ons toch een beetje gek, hoor, dat jij hem zo bij zijn voornaam noemt,' zei Johan.

'Als iemand bij je aan tafel pannenkoeken heeft zitten eten, dan zou het voor mij dus juist heel gek aanvoelen om hem meneer de graaf te moeten noemen,' zei Sylvie. 'En trouwens, hij stelde zich voor als Freek, de eerste keer dat ik hem ontmoette en ik nog helemaal niet wist wie hij was. Toen hij Ties op zijn landgoed had gevonden.'

'O, ja, Gem heeft ons dat hele verhaal in geuren en kleuren verteld,' zei Ramona, terwijl ze eindelijk gedrieën het kerkplein bereikten. 'Ik vind de kraampjes trouwens dit jaar weer weinig vernieuwend; kunnen ze nou niet een keer iets anders doen dan zo'n standaard braderie?'

'Mam!' waaide er over het plein, in meerdere meisjesstemmen.

Ramona en Sylvie keken allebei direct om zich heen.

'Daar,' zei Johan, 'op het bordes bij het gemeentehuis!'

'Nou ja, wat doen ze daar nou?' Sylvie zwaaide verbaasd terug naar een woest wuivende Ties en kreeg direct daarna de figuur die half achter haar dochter stond in het oog.

Een lange man met een vriendelijk, regelmatig, open gezicht, donkere ogen, een rechte neus, een interessante mond en een keurig stoppelbaardje. Netjes achterovergekamd, halflang, dik blond haar; brede schouders in een donkerblauw jasje met daaronder een spetterend wit T-shirt. Een donkerblauwe spijkerbroek. Een heel aantrekkelijk pakket, al met al; die vervelende Reindert den Dekker viel zo ongeveer weg naast hem.

'Kijk meneer de graaf nou,' zei Ramona, 'wat ziet hij er knap uit zo! Dat had je ook niet achter hem gezocht met die enorme baard en dat lange haar; hij lijkt bijna wel een filmster!'

'Zoiets zei Anoes vanochtend aan de telefoon ook al,' mompelde Sylvie. 'Weet je wel, agent Anouschka? Ik kreeg een belletje van haar vanaf het bureau, dat er drugsafval is gevonden op het landgoed. Ze wilde weten of ik toevallig iets verdachts had gezien, maar ik weet van niks.'

'Hè, gatverdamme,' zei Ramona hartgrondig, 'ik hoop niet dat dat vaker gaat gebeuren; een van de redenen dat ik veel liever hier woon dan in de stad is omdat je dat drugsgedoe hier veel minder hebt. Voor de kinderen toch een stuk veiliger om in op te groeien, hoor.'

'Vind ik ook,' zei Sylvie. Ze stapte naar voren; Ties stond nog steeds te zwaaien en te roepen.

Ramona kwam achter haar aan en ze liepen samen op totdat ze het bordes bijna hadden bereikt en Ties over het hek leunde om naar beneden te roepen: 'Mam! We mogen van Freek helpen met de opening! Gem en ik gaan het lint vasthouden en Marilou gaat knippen!'

Gemma verscheen naast haar, ook zo half bungelend over de rand. 'Mam, mag Marilou ook komen logeren? Dan kunnen we een echt pyjamafeest houden.'

'Van mij mag het,' zei Ramona goedmoedig, 'maar vinden je ouders het ook goed, Marilou?'

Nu hingen er drie meisjes over de rand.

'Ik heb ze nog niet gezien,' zei Marilou, 'misschien moet ik mijn moeder even bellen?'

'Doe jij dat maar, en dan hoor ik het wel,' zei Ramona. 'Je bent in ieder geval van harte welkom, hoor.'

Sylvie keek intussen even verstolen langs Ties heen. Daar

stond Freek, te praten met Den Dekker. Althans, Den Dekker praatte tegen hem, en hij knikte af en toe. Van dichtbij zag hij er nog iets beter uit, besloot ze; ze was bijzonder tevreden over haar handwerk. Freek had echt precies aangetrokken wat de meisjes hem hadden aangeraden bij het pannenkoeken eten; ze kon zich ineens helemaal voorstellen dat hij zonder hun advies misschien wel geen idee had gehad.

Ze glimlachte in zichzelf en haar hart gloeide een beetje op. Hij was, hoe intelligent ook, af en toe bijna op het kinderlijke af naïef, en tegelijk bijzonder rechtlijnig. Ze vermoedde dat hij wel eens best aardig zou kunnen scoren op het autistisch spectrum, maar die gedachte schrok haar niet af. Hij functioneerde in feite prima; ze vond hem eerder apart, bijzonder, en – hoezeer het haarzelf ook verraste – op zijn eigen, enigszins onhandige manier eigenlijk heel charmant.

Plotseling keek hij even. Naar haar. Hij keek direct weer weg, maar Sylvie bemerkte toch een soort klein, raar kriebeltje in haar buik dat ze in jaren niet meer had gevoeld. Zo lang geleden was het, dat ze een beetje om zichzelf moest lachen; ze had die tijd van 'er hangt iets in de lucht' toch allang achter zich gelaten? Ja, vroeger, toen ze nog een wilde, vrije meid was, midden in het stadse leven, toen vond ze het heerlijk om op zoek te gaan naar leuke mannen, en genoot ze van de spanning van het moment, van een écht heel leuke vinden – eentje waar ze zo'n kriebeltje van kreeg – en dan merken dat hij háár ook had opgemerkt. Soms lukte het dan ook nog, en dan had ze vaak een mooie nacht. Maar die tijd lag ver achter haar, en Freek was voor zover ze kon overzien geen buikkriebeltjestype. Hoe goed hij er op dit moment ook uitzag.

Terwijl de meisjes overlegden met Ramona – Marilou had

intussen haar moeder aan de lijn – keerde Sylvie het bordes haar rug toe om over het plein te kijken. Het stroomde aardig vol. De officiële opening was om twaalf uur precies, over – ze checkte haar horloge – een goeie tien minuten, en aan de overkant van het plein zag ze Anouschka, vol in uniform, geflankeerd door een van haar mannelijke collega's, ernstig in gesprek met de geluidsman van het podium dat daar stond opgesteld.

Ze keerde zich weer om, om tegen Ties en Ramona te zeggen dat ze even naar Anouschka toe wilde lopen, maar toen stond Freek ineens tegenover haar. Hij was ongemerkt – en verrassend snel – de trap af gekomen.

'Hallo,' zei hij.

'Hoi, Freek, wat zie je er netjes uit,' zei ze. Ze moest haar hoofd een beetje achterover in haar nek leggen om hem goed aan te kijken, zo dichtbij stond hij, en ze kreeg een klein beetje een droge mond; hij leek wel extra breed, zo in dat jasje.

'Ik heb je dochter even geleend voor de opening. Ik kwam haar en Gemma tegen toen ik mijn jeep had geparkeerd, en daarna zagen we Marilou op de stoep zitten. Ze was erg verdrietig; andere kinderen van school waren gemeen tegen haar geweest. Ik moest snel iets verzinnen. Ties vond het ook bijzonder onrechtvaardig.' Hij dacht even na en knikte toen; blijkbaar had hij alles gezegd wat hij kwijt wilde.

'Goed van je,' zei Sylvie.

'Het was noodzakelijk,' zei hij zachtjes, 'ik weet hoe ze zich voelde. Marilou, bedoel ik.'

'Mag ik toch nog even terugkomen op mijn voorstel?' klonk er ineens een opdringerig, luide, zorgvuldig geaffecteerd articulerende vrouwenstem van links.

Naast Freek verscheen een dame die misschien niet eens

zo veel ouder was dan Sylvie, maar die zich veel ouwelijker kleedde dan zij ooit zou doen. Ze droeg een grijs met oudroze geruit tweed mantelpak en nette, niet te hoge pumps, een wat langere parelketting én er zat een klein roze sjaaltje strak om haar hals geknoopt. Ze gaf Sylvie een scherpe blik op en neer en stak haar hand uit. ‘Francine van Bickershoek van Hooglanden; mijn dochter Eugenie zit bij jouw dochter in de klas – Laetitia, was het toch?’

‘Sylvie van Foreeste,’ zei Sylvie, terwijl ze de aangeboden hand aannam, ‘en inderdaad, mijn dochter Ties zit bij de jouwe in de klas.’

Francine keek even heen en weer van Freek naar Sylvie. ‘Ik begrijp dat je afgelopen week meneer de graaf op een kinderfeestje hebt uitgenodigd?’ vroeg ze toen, haar toon zo vlijmscherp dat je je eraan open kon halen.

‘Nee, zo was het niet,’ zei Freek, volkomen serieus. ‘Sylvie was op bezoek om te spreken over de openstelling van het landgoed voor wandelaars. Ze heeft mijn haar even geknipt omdat ik niet graag naar de kapper ga en vroeg me of ik van pannenkoeken hield; er was geen kinderfeestje.’

‘Ik ging toch bakken, voor Ties en Gemma,’ zei Sylvie met een schouderophalen. ‘Een pannenkoek meer of minder; dat maakt toch niet uit? Als het maar gezellig is.’

‘Het was bijzonder gezellig,’ beaamde Freek, ‘en de meisjes hebben me van uitstekend kledingadvies voorzien. Ik ben ze er dankbaar voor, want anders had ik op dit moment een overhemd en een das gedragen.’

Francine van Bickershoek van Hooglanden keek heen en weer tussen Sylvie en Freek en kon, dat was duidelijk te zien, niet bepalen of ze nu wel of niet voor de mal werd gehouden. Toen keek ze, met neergetrokken mondhoeken, naar het bordes, waar bovenaan juist met veel ceremonie de grote schaar aan Marilou werd overhandigd door de burgemeester, en waar vervolgens Gemma en Ties bezig gingen om een breed lint uit te rollen. Toen de burgemeester kalm de treden afdaalde, wendde Francine zich met een gezicht vol verbijstering tot hem.

'Burgemeester Moelleux, wanneer is besloten dat de opening door schoolkinderen wordt uitgevoerd dit jaar, en waarom weet mijn dochter daar niets van? Zij zou bij uitstek geschikt zijn voor zo'n taak, ze is –'

De burgemeester onderbrak haar met een handgebaar. Hij had de onderste trede nog niet bereikt, maar kon over de leuning reiken en haalde het dan nét om Freek op de schouder te tikken. 'Hora est,' zei hij, 'de dames staan klaar.'

Sylvie keek snel even naar Freeks gezicht, precies op het moment dat hij ook naar haar keek. Ze voelde het opnieuw kriebelen en kon toch niet nalaten zich af te vragen of hij dat nou ook zou voelen.

Hij legde voorzichtig zijn hand op haar bovenarm, net boven haar elleboog. 'Ik moet aan de slag,' zei hij, zo zacht dat alleen zij hem kon horen, en toen liet hij haar direct weer los.

Ze voelde de afdruk van zijn hand tintelen, dwars door de stof van haar Staatsbosbeheer-blouse heen, en even was ze kwijt wat ze ook alweer had willen zeggen.

'Wacht,' zei ze snel, toen het haar weer inviel, 'ik kreeg vanmorgen een belletje van Anoes, van het politiebureau, dat er drugsafval op het landgoed is gevonden?'

Hij knikte kort.

'Ze vroeg me mee uit te kijken naar meer van dat soort ellende in het bos; als je nou nog wat vindt, wil je mij dan ook meteen bellen? Dan check ik de toegangswegen naar het landgoed; als we weten hoe ze er komen, dan zijn we al een heel eind. Je hebt niet overal een hek, toch?'

'Achterin zijn er twee paden zonder hek, maar een daarvan is bijzonder smal voor een auto.'

'Elke weg waar een auto op past is ook echt berijdbaar?'

Hij knikte weer. 'Ik gebruik de wegen. Als er iets omvalt wat de weg verspert verwijder ik dat, en als er al te grote gaten in de weg vallen repareer ik die.'

Francine van Bickershoek was intussen opnieuw met de burgemeester in discussie over de deelname van haar dochter aan de officiële opening; haar stem schalde over het plein en Sylvie hoorde met een half oor hoe de burgemeester op officiële toon mededeelde dat het het voorrecht van meneer de graaf was om deze meisjes uit te nodigen hem te helpen met de opening. De gemeente had er niets mee van doen.

'Ga nou maar gauw, voordat de burgemeester door die dame wordt overmeesterd. Sterkte, hè?' mompelde ze tegen Freek. Het was flink drukker om hen heen geworden; ze werd bijna tegen hem aan gedrongen.

Hij gaf haar nog een korte blik, kneep even zijn lippen op elkaar en keerde zich toen met een ruk om, waarna hij, een tikje onbehouwen misschien, tussen Francine van Bickershoek en de burgemeester door de trap op liep.

Tegen vieren was Sylvie het kijken bij het podium, het heen-en-weergeslenter en het voor de zoveelste keer vertellen van hetzelfde verhaal – ja, ze was de opvolger van boswachter Ter Haar; nee, het was voor het werk geen probleem dat ze een vrouw was, of een alleenstaande moeder – wel zo'n beetje beu. Ze liep naar de buitenrand van het plein, weg uit de drukte.

Er lagen drie grote zwerfkeien in het dorp – overblijfselen uit de ijstijd, ongetwijfeld; meegevoerd door een gletsjer –

waarvan er eentje, aan de rand van het plein, een mooie platte bovenkant had waar drie kinderen van een jaar of zes op zaten. Toen zij ervanaf waren geklommen, zette Sylvie haar voet op een van de lage paaltjes die de stoep van de weg scheidden en klom op de kei. Vanaf haar plekje had ze mooi zicht op het hele plein, het gemeentehuis en het podium. Het was nog behoorlijk druk, en dan vooral bij de muziek: na de officiële opening had de Hogerweijdse harmonie De Beukennootjes het spits afgebeten voor een concert van vijf nummers. Daarna was er een ontzettend grappig fanfareachtig orkestje over het plein komen marcheren dat Blaas of Glory heette en allemaal oeroude hardrocknummers speelde – alle leden waren verkleed als rockers uit de jaren tachtig van de vorige eeuw, met gestreepte leggings en langharige pruiken – en nu was een rockabillyband genaamd Rumble-'n-Roll bezig zich te installeren. Volgens het programma, dat op een uitgeklapt schoolbord naast het podium stond, zou er hierna nog één band komen: een bluesband met de ietwat onheilspellende naam The Damned and Dirty. Tegen acht uur 's avonds zou het programma afgelopen zijn.

Ze zag een bas beschilderd met vlammen op zijn zij op het podium liggen; er liepen een stuk of vijf jongens met indrukwekkende vetkuiven omheen. Er zou ook nog een demonstratie rock-'n-rolldansen gegeven worden; voor het podium waren verschillende stelletjes verschenen in jarenvijftigoutfits. Spijkerbroeken met grote omslagen onderaan voor de jongens en wijde rokken met petticoats voor de meisjes, maar toen ze goed keek zag ze tot haar plezier dat er ook een meisje met een vetkuif en een spijkerbroek tussen liep.

Goed zo, dacht ze, intern grinnikend, weg met de stereotypen. Nou nog een jongen met een petticoat en we zijn er.

Ze keek nog even snel naar de andere kant van het plein, naar het gemeentehuis, waar het bordes nu leeg was en de deur dicht. Achter de hoge ramen op de bel-etage leek het druk. Er zou wel een of andere belangrijkemensenborrel aan de gang zijn; Freek was ook naar binnen verdwenen toen de opening eenmaal officieel was volbracht. Gemma, Ties en Marilou waren intussen gedrieën, zo'n beetje stuiterend van plezier, met Ramona meegegaan naar boerderij De Toekomst, en even voelde Sylvie zich alleen. Afgesloten van iedereen die ze kende, nog niet genoeg ingevoerd op haar nieuwe werkplek om zich helemaal thuis te voelen.

Ineens was er weer die steek in haar hart, dat holle gevoel onder in haar maag. Ze moest even slikken en twee keer ademhalen om de gedachte aan Marcus naar de achtergrond te dringen, hoewel ze zich ook realiseerde dat ze de afgelopen dagen nauwelijks meer aan hem had gedacht. Ze zag nu heel helder dat ze eigenlijk niet eens zozeer hem miste, de persoon Marcus, maar het gevoel ergens thuis te horen. Wortels te hebben. Het was moeilijker dan ze had gedacht, dat opnieuw beginnen; Ties leek het op dit moment beter te doen dan zij.

Dat was dan wel weer iets om blij mee te zijn, bedacht ze zich, en ze dwong zichzelf haar gedachten bij het nu te houden. Bij de goede dingen die er gebeurden.

Ze keek nog een keer naar het gemeentehuis; iemand zette een raam open. Het zou daarbinnen wel warm zijn, als het zo vol was. Ze vermoedde dat Freek zich niet echt thuis voelde in die kamers vol borrelende lokale hoogwaardigheidsbekleders, maar aan de andere kant was het waarschijnlijk wel verstandig van hem dat hij zich binnen verschool, want er had zich tijdens de openingsceremonie onderaan de stoep een opvallend aantal dames verzameld.

Hij had daartussendoor gemoeten als hij de trap af was gegaan; dat was vast nog erger geweest voor hem dan borrelen met hoogwaardigheidsbekleders. Arme hij; zo veel spontane aanbidding was hij vast niet gewend.

Wie weet, dacht ze, alweer grinnikend, was hij allang ontsnapt via de achteruitgang, en zat hij weer rustig in zijn koetshuis.

Als ze hem weer eens een keertje zou spreken – ze had geen idee wanneer dat zou zijn – moest ze niet vergeten hem te vertellen dat hij het echt heel goed had gedaan, die opening; hij had zich voor niets zorgen gemaakt en hij kon het met een gerust hart volgend jaar nog eens doen. Het was precies zoals Anouschka al had voorspeld: hij had waarschijnlijk de harten van alle dames in De Grote Weijde sneller doen slaan.

Sylvie had die gedachte nog niet afgemaakt of Anouschka kwam aanlopen, met in iedere hand een flesje cola. Ze klauterde naast Sylvie op de zwerfkei en stak haar een flesje toe. 'Ik zag je zitten en ik dacht: die lust ook wel een colaatje. Heb ik van die lui achter het podium gekregen. Heb je jezelf goed gepromoot, als nieuwe boswachter van De Grote Weijde?'

'Pff,' zei Sylvie hartgrondig na een lange slok, 'ik ben helemaal suf geluld. Iedereen leek al te weten wie ik was, en dat ik een dochter heb die hier naar school gaat, en ze wisten ook allemaal dat ik geen man heb. Niemand heeft me gevraagd naar mijn ervaring als boswachter; iedereen begon te leuteren over of het niet zwaar is, als alleenstaande moeder. Kan je het geloven?'

'Heeft niemand je gevraagd hoe het zit met meneer de graaf? Iedereen die weet dat hij bij jullie over de vloer komt, zal zich wel afvragen waarom.'

Sylvie schudde haar hoofd. 'Lang leve de dorpscultuur,

hoor. Niemand heeft het me recht in het gezicht durven vragen, maar het is altijd fijn om te weten dat er achter je rug over je wordt gepraat. Nou, ik heb die Francine van Bickershoek van Hooglanden van jou intussen dus in levenden lijve ontmoet, en ik kan me helemaal voorstellen dat zij inderdaad iemand is die allerlei lariekoek rondfluistert als dat haar zo uitkomt; *hell hath no fury like a woman scorned*, zelfs al gaat het alleen maar om een eetafspraak.'

'O,' zei Anouschka, 'zo erg zal het nou ook weer niet zijn, hoor. En het is niet míjn Francine van Bickershoek van Hooglanden, god bewaar me. Trouwens, je snapt toch zeker wel dat je met de familie Van Bickershoek van Hooglanden geen éétafspraak hebt? Daar word je uitgenodigd voor het diner!'

Sylvie grinnikte. 'Ze wil volgens mij zo fanatiek dat Freek een keer komt eten dat hij het bij voorbaat al niet meer wil. En geef hem maar eens ongelijk; ik zou ook twee keer nadenken voordat ik vrijwillig bij zo iemand aan tafel schoof.'

Anouschka keek even op haar horloge. 'Nu we het toch over eten hebben: wat doen jij en je dochter voor het avondeten? Blijven jullie in het dorp of gaan jullie naar huis?'

'Ik ben vanavond dochterloos; ze logeert bij Johan en Ramona op de boerderij vannacht. Ze zijn er al heen, met Ramona; Johan wilde naar het café, dus die is blijven hangen.'

'Nou, moet je horen,' zei Anouschka, 'over vijf minuten zit mijn dienst erop. Als je nou even met me meeloopt naar het bureau, dan kan ik me omkleden in burger en halen we een patatje bij De Halte. En daarna gaan wij lekker ook naar Café De Paardentram.'

'Klinkt als een plan,' zei Sylvie verheugd. 'Hoewel ik het toch een raar idee blijf vinden dat de patatzaak De Halte heet.' Ze keek even schuin de straat in, waar de bewuste snackbar pal achter de bushalte zijn aanwezigheid kenbaar maakte middels een groot, handgeschilderd bord aan de gevel en een ouderwetse, krullerig beletterde beschildering van de etalageruit.

'Goeie friet, hoor,' zei Anouschka, terwijl ze van de zwerfkei af sprong. 'Nou, kom je? Wij vrouwelijke ordebewaarders, jij als boswachter en ik als veldwachter, moeten elkaar toch een beetje steunen, nietwaar?'

'*This is a man's world*,' zong Sylvie, en ze liet zich van de zwerfkei af glijden, '*but it don't mean nothing without a woman or a girl*.'

Freek

14

Het viel hem op dat hij veel minder last had van de drukte dan gewoonlijk. Hij wist niet precies meer hoeveel bier hij had gedronken, hij was de tel een beetje kwijt; hij wist alleen dat hij zich prettig voelde. Een tikje lodderig misschien, hoewel hij dacht dat hij dat wel verborgen kon houden voor zijn directe omgeving. Hij stond losjes midden in een overvolle Paardentram, alweer met een vaas bier in de hand, en voelde zich doorgloeid van tevredenheid dat de opening zo'n succes was gebleken. Hij was er zo van overtuigd geweest dat hij er niets van terecht zou brengen dat de verrassing des te groter was dat het niet alleen helemaal niet mis was gegaan, maar dat het zelfs extreem goed was gegaan. Zo goed dat hij links en rechts complimenten kreeg van allerlei heren, en aanminnige blikken van een aantal dames. Er zaten er drie in de gemeenteraad, dames; twee van de drie waren alleenstaand. Eentje was achter in de dertig – zo'n beetje zijn leeftijd – en de andere was wat ouder, maar beide vrijgezelle gemeenteraadsleden hadden sinds het moment van de opening nogal volhardend om hem heen gehangen.

August Moelleux was ook bij hem in de buurt gebleven en gedroeg zich enigszins alsof Freek zijn persoonlijke succes was. En in zekere zin was dat misschien ook wel zo, bedacht Freek; als de gemeenteraad geloofde dat meneer de graaf dankzij August uit zijn hol was gekropen om de opening te verrichten, en het bleek tot ieders verrassing dat meneer de graaf geen monster was, maar gewoon een man die best in staat was om in het openbaar een paar acceptabele woorden te spreken, dan was dat een succesje voor August.

Prima; Freek gunde de man van harte een succesje.

Zolang hij zelf ook maar – zij het in stilte – kon genieten van zijn eigen onverwachte niet-falen. En van het feit dat hij zich midden in Café De Paardentram best aardig stond te handhaven met behulp van het bier, dat overigens heerlijk zijn keel in gleed, en dat op bijna magische wijze bleef verschijnen. Hij had zijn vaas nog niet leeg of hij kreeg alweer een nieuwe in de hand gedrukt.

Gelukkig had hij stevig gegeten, samen met August, op diens werkkamer. Ze hadden pizza's laten halen; August had gelachen en beweerd dat dat wel het minste was wat hij kon doen, na die flagrante leugen over catering van De Zwerfkei om van die vervelende Francine van Bickershoek van Hooglanden af te komen.

'Zo dadelijk denken de mensen nog dat we het met elkaar doen,' had August besmuikt grinnikend gezegd toen hij de deur van zijn werkkamer achter zich sloot. Augusts geaardheid was welbekend en hoewel hij er niet mee te koop liep, wist vrijwel iedereen dat hij ruim een jaar geleden heel plotseling was verlaten door zijn vriend.

Augusts hart was gebroken, maar behalve dat hij direct nadat het was gebeurd de situatie in het openbaar had becommentarieerd door te zeggen: 'Tja, ook homo's hebben wel eens een midlifecrisis,' was zijn liefdesleven geen onderwerp van gesprek.

Des te opvallender dat hij die grap maakte; Freek had hem even met grote ogen aangekeken.

'Je bent mijn type niet,' had August hem direct toevertrouwd, 'maar als ik zie hoe de dames je als haviken met de ogen volgen – blijkbaar ben je hun type wel – dan kan ik me direct voorstellen dat ze zich van alles in het hoofd halen als wij samen in mijn werkkamer gaan zitten.'

'Zij zijn mijn type dan weer niet,' had Freek droog gezegd, waarop ze beiden moesten lachen.

De pizza had hem goed gesmaakt en had tegelijk ook een nuttige, stevige bodem in zijn maag geplaveid, waarover hij nu zonder al te veel gevaar het bier kon uitgieten. Hij nam zich alleen wel voor om naar huis te gaan lopen; autorijden leek hem intussen onverstandig.

'Freek, ik ga even met Van Breeuwijk praten,' zei August nu, terwijl hij hem aanstootte. 'Ik zie dat er steeds meer jongeren binnenkomen die zo te zien niet uit De Grote Weijde komen; het bevalt me niet.'

'Hoofdagent Van Breeuwijk is buiten dienst,' zei Freek, volledig overbodig; de grote politieman stond ontspannen met zijn niet misselijke buik fier naar voren, in burger, glas bier in de hand, geanimeerd te praten met collega's en dorpsgenoten aan de rand van de groep waarvan Freek zo'n beetje het centrum vormde.

Freek was om een uur of half zeven samen met de voltallige gemeenteraad-met-aanhang het café binnengedromd. Sindsdien had hij de hele tijd midden in de groep gestaan, terwijl August om hem heen hing met een air alsof Freek zijn persoonlijke protegé was en de dames in het gezelschap om het hardst probeerden conversatie met hem te maken. Hij had in eerste instantie zijn best gedaan daar zo goed mogelijk op te reageren, maar hij had intussen gemerkt dat het al voldoende was als hij af en toe knikte en beleefd glimlachte, terwijl hij op zijn gemak zijn glas leegdronk.

Nu keek hij eindelijk eens goed om zich heen. Het was ongemerkt steeds drukker geworden; de enige manier om je nog door het in principe toch aardig ruime café voort te bewegen was met je glas hoog in de lucht geheven. En nog kwamen er meer mensen binnen. Er waren veel bekende gezichten, dat zag hij wel in de gauwigheid, en hij had ook heus wel gezien wie er links van de deur stond te praten en te lachen met de enige vrouwelijke politieagent die De Grote Weijde rijk was. Hij was al sinds ze was gearriveerd in stilte druk bezig met juist níét kijken. Dat viel nog niet mee, want telkens als de deur openging werd zijn oog naar die beweging getrokken.

August had overigens wel gelijk: er waren in het afgelopen uur zeker een stuk of tien jongens binnengekomen, hij schatte ze tussen de achttien en de twintig, die overduidelijk niet uit de nabije omgeving kwamen. Misschien kwamen ze uit de buurt van Utrecht; ze zagen er, vond hij, wat ruiger, wat stadser uit dan de gemiddelde jongere uit De Grote Weijde. Misschien waren ze op de muziek afgekomen, of op de kermis. Of op de kans een beetje rotzooi te schoppen. Hij begreep dat het verstandig was van August om even met Van Breeuwijk te overleggen, en hij zag dat Van Breeuwijk zijn collega's in burger naderbij wenkte.

Hij zag ook – hij had het niet kunnen voorkomen als hij het had gewild – hoe Sylvie naderbij kwam, achter de vrouwelijke politieagente aan wier naam hij zich nu even niet kon herinneren. Ze stond plotseling veel dichter in zijn buurt; hij kon haar nabijheid bijna fysiek waarnemen, maar dwong zichzelf nog steeds om zijn aandacht gefocust te houden op het vrouwelijke gemeenteraadslid dat tegen hem aan stond te praten. Dit was de jongere van de twee ongebonden dames; ze vertelde hem in geuren en kleuren over hoe ze vorig jaar zomer op een vrijgezellenreis was geweest. Hij hoefde niet echt deel te nemen aan het gesprek; de vrouw was, merkte hij, volmaakt tevreden met haar monoloog, waar hij als hij eerlijk was geen touw aan vast kon knopen. Misschien kwam het door het bier.

Zij was intussen nog dichterbij gekomen; als hij twee stappen zou zetten en zijn arm zou uitstrekken, dan kon hij haar waarschijnlijk aanraken.

Die gedachte gaf hem een soort warm, bruisend gevoel dat zich na een eerste schok loom door zijn hele lichaam verspreidde; het gevoel was tegelijk aangenaam en onaangenaam, hij kon nauwelijks kiezen. Hij kon nu in ieder geval niet meer stoppen met naar haar kijken, merkte hij; ze was een klein beetje rood aangelopen van de warmte, haar ogen straalden, ze lachte om iets wat Van Breeuwijk zei (de man stond bekend om zijn gevoel voor humor), haar haar danste in die paardenstaart en om haar gezicht waren kleine, losgesprongen krulletjes verschenen.

Ineens keek ze op.

Recht in zijn ogen.

Hij slikte en het duurde zeker twee hele seconden voordat hij zich had herinnerd hoe hij ook alweer moest ademen. Ze lachte naar hem, maar niet om hem te charmeren, zoals het partnerloze gemeenteraadslid zo krampachtig probeerde te doen terwijl ze maar voortzwamde over iets waar hij al zeker tien minuten totaal geen aandacht meer voor kon opbrengen. Sylvie lachte samenzweerderig. Alsof ze een geheim deelden.

Hij dacht er niet eens over na, hij deed het gewoon: hij strekte een arm naar haar uit. Handpalm open, vingers een beetje gespreid.

Zonder aarzeling spiegelde ze zijn beweging. Hun vingers haakten in elkaar en hij kon haar naderbij trekken, tussen de raadsleden en vrouwen-van-raadsleden door, totdat ze tegenover hem stond, zo dichtbij dat hun lichamen elkaar net niet raakten.

'Ging goed, hè?' zei ze vrolijk. Ze moest een beetje omhoogkijken naar zijn gezicht.

'Ik ben niet ontevreden,' zei hij, dwars door de niet-aflatende stroom tekst heen die aan de mond van het alleenstaande gemeenteraadslid ontsprong. De stroom hield abrupt op. Hij keek even opzij en zag de enigszins gekwetste blik in de ogen van de vrouw, die – ineens wist hij het weer – Agathe heette. Haar achternaam was hij kwijt.

'Mijn excuses,' zei hij tegen Agathe, 'maar ik zou graag even met de boswachter spreken over iets wat is voorgevallen op mijn landgoed.'

'Ik dacht dat je zo faliekant tegen de inmenging van Staatsbosbeheer op je landgoed was,' zei Agathe verongelijkt.

'Mijn excuses,' zei hij nogmaals, met een soort kleine neiging van zijn hoofd. Agathe droop af. Hij haalde opgelucht adem, sloot even zijn ogen terwijl hij die opgeluchte adem weer uitblies en keek toen in het opgeheven gezicht van Sylvie.

'Heb je een goeie avond?' vroeg ze met een warme glimlach. 'Aan aandacht geen gebrek, Freek; niet om het een of ander, maar volgens mij ben je de hit van het seizoen!'

'Waar is Ties?' vroeg hij. Een café was niet echt een geschikte plaats voor een meisje van elf, vond hij.

'Logeren bij Gemma; Marilou is ook mee.'

Hij knikte. Ze glimlachte nog steeds naar hem en hij voelde met zo'n door alcohol ingegeven afstand tot de tijd en zichzelf dat zijn eigen gezicht zich ook, heel langzaam, in een glimlach plooide. Hij vond haar heel mooi, hoewel ze er eigenlijk – dat zag hij heus wel – volgens de gangbare maatstaven niet bijster esthetisch uitzag. In boswachterskleren, zonder make-up en met een rood aangelopen gezicht. Maar toch. Hoe haar ogen lachten, hem welgezind opnemend; het was iets totaal anders dan dat licht wanhopige van Agathe.

'Ik zal je direct opbellen als ik nog iets vind,' zei hij, in antwoord op de vraag die ze hem ruim zeven uur geleden had gesteld.

Het leek haar niet te hinderen, die verstreken tijd; ze knikte. En plotseling werd die harmonieuze bubbel waarin hij zich droomde kapotgedrukt doordat er iets gebeurde in het overvolle café: een kettingreactie, die misschien begon doordat iemand dreigde om te vallen, begon te duwen, of de inhoud van zijn of haar glas onbedoeld over een nietsvermoedende andere cafébezoeker had gemorst. Hij zou het nooit weten; het enige wat hij wist was dat de mensenmassa ineens begon te schuiven en Sylvie tegen zijn borstkas aan werd gedrukt. Ze gaf een gilletje, ze struikelde, en hij kreeg het voor elkaar – ondanks de alcohol in zijn systeem – om zijn vrijwel lege bierglas op de bar te zetten met zijn ene hand, en zijn andere hand, en arm, te gebruiken om haar te ondersteunen, zodat ze zou blijven staan.

Haar armen zaten ineens om zijn middel, onder zijn jasje, en haar wang lag tegen zijn sleutelbeen. Het was vreemd intiem, en heerlijk, maar de menigte klotste als een ruwe zee door het dranklokaal en hij moest zozeer zijn aandacht erbij houden dat hij maar ten dele van het moment kon genieten.

Hij rook groene appels. Hij had het zonder al dat bier natuurlijk niet gedurfd, maar terwijl hij zijn arm om haar middel hield, haar stevig tegen zich aan trok, zijn voeten in de grond plantte en zijn vrije hand om de bar klemde voor houvast, stak hij even zijn neus in haar haar.

De woelige baren van mensheid bedaarden weer een beetje; ietwat mopperig gemurmel steeg op. Verschillende mensen hadden elkaar onbedoeld met consumpties overgoten; het had iets slapstickachtigs.

Hij hield zijn arm nog losjes om Sylvie heen; ze zou ieder moment bij hem weg kunnen stappen, maar tot zijn verrassing deed ze dat niet direct. Ze legde haar gezicht nog even tegen zijn borst, proestend van het lachen, en haalde een van haar handen van zijn rug om die, naast haar gezicht, warm tegen de stof van zijn T-shirt te leggen.

'Ik ga ervan uit dat je niet gewond bent,' zei hij, zelf ook grinnikend.

'Je hebt me gered,' zei ze vrolijk, en nu stapte ze tot zijn spijt toch uit zijn halve omhelzing. 'Je bent een held, Freek.'

'Wil je iets drinken?' vroeg hij, en terwijl hij zich verwonderde over de banaliteit van die vraag, greep de hand die eerst nog om haar middel had gelegen zomaar de hare. Als vanzelf. Hij had er voor zijn gevoel niets over te zeggen, het gebeurde gewoon. Het was waarschijnlijk onzichtbaar in de drukte en ook haar gezicht verried niets; ze gaf zijn hand een klein kneepje maar liet niet los.

Sylvie

15

Het was altijd vervelend als het uit de hand dreigde te lopen in zo'n vol café, maar ze maakte zich niet echt zorgen. Er waren genoeg ordehandhavers aanwezig, ze hadden de zaak onder controle, en dan was Freek er ook nog, met zijn brede schouders en zijn lekkere warme lijf.

Toen ze zo tegen hem aan werd gedrongen, had ze zich instinctief aan hem vastgeklampt om niet om te vallen, maar direct daarna had ze natuurlijk met al haar cellen waargenomen hoe goed het voelde om zijn lichaam zo dichtbij te hebben. Hij was groot en stevig en hij rook lekker; ze had altijd al gevonden dat blonde mannen veel lekkerder roken dan donkerharige. Die hadden vaak meer iets kruidigs, een geur die snel zwaar en hangerig kon worden, terwijl blonde mannen meer fris roken, soms zelfs een tikje zurig.

Freek rook naar zeep, naar wasmiddel – zijn T-shirt – en naar vers, fris mannenzweet. En bier. Een onverwacht lekkere combinatie; het lukte haar bijna niet om hem weer los te laten. Het plotselinge besef dat ze al best lang niet meer met een man was geweest, had haar geraakt. Marcus had ze alweer een maand of vier terug voor het laatst gezien; dat ze daadwerkelijk intiem met hem was geweest, was nog langer geleden. Ze besefte opnieuw dat ze recent nauwelijks meer iets had gevoeld van dat verdriet waarmee ze was begonnen in De Grote Weijde; ze werd te veel in beslag genomen door haar nieuwe werkplek en alle nieuwe mensen die ze had leren kennen.

Freek had ze leren kennen.

Freek, die zijn arm om haar middel en zijn neus op haar hoofd had gelegd. Hij had aan haar gesnuffeld zoals zij dat aan hem had gedaan; zoiets gebeurde soms vanzelf, als je merkte dat je waarschijnlijk fysiek wel iets in elkaar zag. Daar had ze ruimschoots ervaring mee.

En nu stond ze hier, stiekem zijn hand vast te houden, bijna tegen zijn schouder geleund terwijl hij zich zonder haar antwoord af te wachten naar de bar had gewend om iets te drinken te bestellen. Dat waarschuwende bibbertje in haar maag van toen ze elkaar die middag hadden aangekeken, was uitgegroeid tot een heerlijk warm zoemen.

Eigenlijk wilde ze hem het liefst nog even vasthouden, maar dat soort gevoelens hebben bij Freek leek haar geen goed idee. Hij was totaal niet geschikt voor het soort losse flodders waar zij expert in was, maar waar ze dat oordeel op baseerde wist ze niet precies; zijn intelligentie, zijn rechtlijnigheid, dat vermoeden van dat autistisch spectrum, maar ook zijn onmiskenbare, onderliggende gevoeligheid?

Zijzelf was gewoon niet geschikt voor het soort relatie dat ze had gehoopt op te bouwen met Marcus. Haar eerste en enige poging om toch een soort gezin te vormen was roemloos mislukt, dus de conclusie dat ze zich daar maar beter niet aan kon wagen lag voor de hand. En stel nou dat Freek... dan zou hij toch niet met iemand als zij... met haar verleden...

Haar gedachten woelden steeds onrustiger door haar hoofd terwijl Freek wachtte aan de bar. Het woelde ook nog een beetje in het café; ze werd ineens met kracht tegen Freeks schouder aan geduwd en moest daarbij zijn hand loslaten om niet alsnog om te vallen.

Hij reageerde ogenblikkelijk, keerde zich weer naar haar, legde zijn arm opnieuw rond haar middel en trok haar stevig tegen zijn borstkas aan. Ze voelde hoe hij over haar hoofd om zich heen keek – het woord 'risicoanalyse' sprong spontaan in haar gedachten –, haar toen zo'n beetje van de grond tilde met die ene arm, en een paar stappen in de richting van de hoek van de bar zette. Ze had geen andere keus dan met hem mee te bewegen.

Freek had het goed aangevoeld, want direct daarna klonk er woest geschreeuw en gevloek vanuit het midden van het café, en begon de menigte opnieuw te schuiven. Glasgerinkel, het natte, vlezige geluid van vuistslagen (totaal anders in het echte leven dan dat droge, scherpe 'pg!' dat je in een film hoorde als iemand een optater kreeg), en een hoge gil, gevolgd door: 'Hij heeft een mes!'

'Wel verdomme,' gromde Freek tegen haar voorhoofd, en hij duwde door totdat hij, met haar stevig onder zijn arm geklemd, voorbij de hoek van de bar was en het gangetje naar de toiletten, de keuken en de achterdeur in kon schuifelen. Daar leunde hij met zijn vrije schouder tegen de muur en keek even achter zich. Hij had zich, merkte Sylvie, met zijn brede rug tussen het gevecht en haar gepositioneerd en de boodschap die dat uitdroeg raakte haar: ze was het niet gewend dat iemand zich op die manier om haar bekommerde.

Ze hief haar gezicht op om naar Freek te kijken; hij had zijn wang tegen haar slaap gelegd, maar bewoog toen hij haar voelde bewegen. Hun gezichten raakten elkaar, wang tegen wang, neus tegen neus, en in één vloeiende beweging kuste hij haar lippen.

Hij leek er zelf een beetje van te schrikken.

'Ik heb nogal veel bier gedronken,' zei hij zachtjes en haastig, maar Sylvie trok hem gewoon nog iets dichterbij, haar armen om zijn stevige warme middel, onder zijn jasje.

'Geeft toch niet?' zei ze. 'Je komt helemaal niet dronken over.'

'Maar ik ben het wel,' zei hij, en toen kuste hij haar opnieuw, dapperder deze keer: ze voelde het puntje van zijn tong.

Ze liet hem binnen en verwonderde zich over de tederheid van zijn kus, over hoe hij haar vasthield, met twee armen nu, een om haar middel en een om haar schouders. Zijn vingertoppen op haar achterhoofd. Als iets kostbaars hield hij haar vast; ze droomde helemaal weg in zijn samenspel van kracht, bescherming, warmte en zachtheid. Ze streelde zijn rug en klampte zich aan hem vast, haar hand gleed onder zijn shirt en voelde voorzichtig aan zijn warme, zachte huid; de kus verdiepte zich verder terwijl het opspelende geluid van een volwassen kroeggevecht, dat zich blijkbaar achter zijn brede schouders ontspon, naar de achtergrond verdween.

Freek wist hoe hij moest zoenen.

Absurd, ze wist bijna niet hoe ze het had, zo goed kon hij het.

Hij leek zelf ook ontdaan door de intensiteit; toen de zoen een natuurlijk einde bereikte verborg hij even zijn gezicht tegen haar hals en rilde hij in haar armen.

Zij voelde zich ook bibberig; ze kon zich de dag niet heugen dat een benevelde, gestolen kus in een café haar zo diep had geraakt. Zelf was ze eigenlijk niet zo beneveld – ze had één glas witbier op – maar ze wist heel zeker dat Freek haar nooit zomaar zou hebben gekust als zijn remmingen niet in slaap waren gesust door een middag vol felicitaties en glazen koel gerstenat.

Ze keek even snel om zich heen en zag het bordje van de achteruitgang groen oplichten, precies op het moment dat een groepje cafébezoekers min of meer het gangetje in viel en de geluiden van brekend meubilair haar bereikten.

'Freek,' zei ze in zijn oor, 'we moeten hier weg,' en ze trok hem aan de revers van zijn jasje mee, twee stappen verder het gangetje in, en door de deur – die gelukkig meteen opengng toen ze tegen de duwstang leunde – naar buiten.

Er was een bescheiden plaatsje achter, met vuilcontainers en opgestapelde kratten langs de muur en bomen aan de rand; je kon langs het café teruglopen naar de straat, via een aan één kant door hoge struiken omzoomd steegje van vier stoeptegels breed.

De koele avondlucht prikte bijna; ze had nauwelijks gemerkt hoe warm het binnen was.

Naast haar strekte Freek zich uit, zoog zijn longen vol lucht en wreef met een hand over zijn gezicht. 'Mijn god,' verzuchtte hij, en hij liep een paar slappe passen over het plaatsje. 'Ik kan bijna niet meer rechtop staan.' Het bleef even stil, en toen kwam er, verwonderd en met een tong die niet helemaal wilde meewerken: 'Ik m-moet werkelijk enórm pizzen.' Hij begon zijn broek open te knopen.

'Freek,' zei Sylvie haastig, 'ho even; je staat nog net niet midden op straat. Kom mee, daar is een boom.' Ze greep hem bij de arm en trok hem mee – zijn arm leek ook wel een soort boom, een jonge eik of zo, dacht ze even; ze had twee handen nodig om hem te omvatten – totdat hij dicht genoeg bij een stam was om de benodigde handelingen te kunnen verrichten. Ze bleef een beetje voor hem staan, rug naar hem toe, om de andere gasten die achter hen aan naar buiten kwamen gedruppeld het zicht te ontnemen, maar ze zag dat niemand enige aandacht aan hen besteedde. Een paar mensen uit de groep waar Freek in had staan praten (gemeenteraadsleden, gokte ze op basis van de keurige kleding) liepen snel door het steegje en bij het café vandaan, blijkbaar blij dat ze buiten waren; een paar jongelui die erachteraan naar buiten rolden renden vrolijk om het gebouw heen, waarschijnlijk om er aan de voorkant weer in te duiken.

Er kwam flink wat geluid uit de nu openstaande achterdeur, waaronder de onmiskenbare bulderstem van hoofdagent Van Breeuwijk. De man was de goedmoedigheid zelve, totdat er iets aan de hand was en hij – zo noemde Anouschka het in ieder geval – de autoriteitsknop omzette. Dan viel er niet meer met hem te lachen.

Freek was intussen klaar met de blijkbaar behoorlijk ingewikkelde operatie van het weer dicht krijgen van zijn gulp. Hij draaide zich naar haar toe en leunde een beetje tegen haar schouder. 'Szorry,' mompelde hij. 'Ik moet naar huis. Ik ga lopen; zo kan ik niet rijden.'

'Nee, dat lijkt me duidelijk,' zei Sylvie, met de lach in haar stem.

Hij stapte bij haar vandaan, bleef toen staan en schudde zijn hoofd stevig, liep nog drie ongelijke stappen, schudde zijn hoofd opnieuw. Zijn haar hing intussen in pieken rond zijn hoofd. Sylvie ging maar gauw achter hem aan.

'Red je het wel?' vroeg ze bezorgd. 'Hoe lang is het lopen? Een uur? Het is pikdonker, heb je een zaklamp bij je?'

'Nee-ee,' zei hij verbaasd, 'ik weet toch de weg; ik ben hier opge –, eh, groeid.'

'Ben je dan vaker met je dronken hoofd een uur naar huis gaan lopen?'

'Dat... niet,' zei hij, met een traagheid die haar het idee gaf dat hij zelf ook begon te twijfelen aan de haalbaarheid van de operatie.

'Ik breng je wel,' besloot ze. 'Mijn auto staat net buiten het dorp, maar met een beetje geluk haal je dat nog wel. Of wil je liever hier even wachten, dat ik hem ga halen?'

'O, nee,' mompelde hij, 'ik blijf liever bij jou.'

'Nou, kom mee dan,' zei ze met een glimlach. Ze legde zijn arm over haar schouder, zodat ze hem om zijn middel kon vasthouden en de goede kant op kon sturen. Hij trok haar meteen dicht tegen zich aan en ze merkte dat ze keurig onder zijn oksel paste. De warmte die hij uitstraalde was heerlijk; de avond was koeler dan ze had gedacht.

Het ging eigenlijk best goed, vond ze: hij leunde een beetje tegen haar aan maar liep wel zelf, en best netjes rechtdoor, de kant uit waar ze hem heen duwde. En gaandeweg – het was misschien tien minuten lopen – leek hij ook wel een klein beetje te ontnuchteren.

'Ik moet me waarschijnlijk zeer verontschuldigen voor mijn gedrag,' zei hij toen ze er bijna waren. Zijn tong leek weer wat beter te functioneren.

'Hoezo?' Sylvie opende de bijrijdersdeur voor hem. 'Hier, ga lekker zitten.'

'Nou-ou,' begon hij, terwijl hij zich in haar Jimny vouwde, maar daarna bleef het stil, dus Sylvie sloot het portier, liep om de auto heen en kroop achter het stuur.

'Nou?' zei ze tegen hem, terwijl ze de motor startte en wegreed.

'Nou, alles,' zei hij berustend. 'Ik wist natuurlijk wel dat het op een ramp zou uitlopen.'

'Wanneer is die dan gebeurd, die ramp?' Ze moest haar aandacht goed op de weg houden; zodra ze het dorp uit was, was de bosweg een stuk spaarzamer verlicht.

Ze voelde hoe Freek naar haar keek. 'Vond je het niet erg, dan,' mompelde hij na enige tijd.

'Wat, dat je me kuste?'

Hij maakte een geluid.

'Ik vond dat echt helemaal niet erg; integendeel. Heb je gemerkt hoe ik je terugkuste? Ik vond juist dat je het zo goed kon.'

'O,' zei Freek. En na weer een tijdje: 'Jij kon het ook heel goed. Maar daarnet, buiten, bij die boom...'

'Geeft toch niks. Je bent gewoon een beetje dronken. Als mensen dronken zijn dan komt hun ware aard naar boven.'

Hij lachte een beetje schamper. 'Ik mag het niet hopen voor mijn omgeving.'

'Hoezo? Je bent toch heel aardig? En je ziet er goed uit als je een beetje je best doet, je komt uitstekend over in het openbaar, je bent een graaf, met een landgoed en al, moet je nagaan; en je bent ook nog eens ontzettend intelligent –' Sylvie haalde even adem en verrassend goed getimed gezien zijn staat van beneveling sprong Freek in het ontstane gat: 'Ik heb geen rooie cent te makken, ik gedraag me onbehouwen in gezelschap, vrouwen weten over het algemeen niet hoe snel ze bij me weg moeten komen als ze zich privé met mij ophouden...'

Sylvie was intussen de oprijlaan van Huis De Toecomst op gereden en sloeg af naar het koetshuis.

Freek probeerde nog iets te zeggen, maar kwam in eerste instantie niet verder dan wat onduidelijke handgebaren. Zijn haar hing half voor zijn gezicht en hij zat een beetje scheefgezakt in zijn stoel. 'Ik zeg de meest onmogelijke dingen tegen je,' mompelde hij uiteindelijk.

'O, doe toch niet zo mal,' zei Sylvie warm, en ze zette de motor stil en klikte haar riem los. 'Heb je niet gemerkt hoe iedereen met je in zijn sas was? En hoeveel sjans je had bij alle dames?'

'Jawel,' mompelde hij, 'maar toen moest ik het natuurlijk verknallen door te veel te drinken.'

Sylvie opende haar deur. 'Kom je er zelf uit of moet ik aan je arm sleuren?'

'On-der géén beding,' zei Freek, iets te langzaam en met iets te veel nadruk, en hij maakte met een ruim gebaar zijn riem los, deed zijn portier open, zwaaide zijn benen naar buiten en klom enigszins wankel uit de Jimny. Hij moest zich even vastgrijpen aan de daklijst van de auto om zijn balans te hervinden.

Sylvie stond naar hem te kijken, over het dak van haar auto heen. 'Ik vind je heel leuk als je dronken bent,' zei ze maar gewoon eerlijk.

'W-waarom in vredesnaam?' Hij liet voorzichtig de auto los om te zien of hij zo kon blijven staan. Het ging zo te zien beter dan hij had verwacht.

Sylvie liep om de neus van haar auto heen. 'Ik weet het ook niet precies. Je hebt zoiets aandoenlijks, maar dat vinden de meeste mannen waarschijnlijk niet zo leuk om over zichzelf te horen. Nou, kom je zelf in je bed of moet ik je brengen?'

'Ik vind het niet erg als je me aandoenlijk vindt; dat is beter dan ondoenlijk. En ik zou het, vermoed ik, fijn vinden als je meekwam naar bed,' zei hij, knipperend met zijn ogen en een beetje heen en weer zwaaiend, 'maar de eerlijkheid gebiedt me te bekennen dat het op een de –, eh, een deceptie zal uitlopen. Ik geloof niet dat ik nog íétsss... klaar kan maken op dit moment, mijzelf inbegrepen.' Hij gaf een soort mal giecheltje en wreef even over zijn gezicht. 'Dus beter van niet. Vooruit, Freek,' mompelde hij toen tegen zichzelf, en hij zette de paar passen naar zijn deur, totdat hij de deurstijl kon omklemmen.

Sylvie wachtte even om te zien of hij zijn sleutel in het slot kreeg. Toen ze zijn deur zag openzwaaien riep ze nog snel: 'Welterusten. Wil je dat ik morgen langsrijd als ik Ties heb opgehaald, en je naar je auto terugbreng?'

'Welnee, ik ga lopen,' zei hij over zijn schouder. 'Goed voor de ontnuchtering. Maar dank. Voor de lift, en de zoen. Het was bijzonder aangenaam. Slaap wel.'

Freek

16

Hij was niet teruggegaan naar de feestweek. De hele week had hij zich niet meer in Hoger- of Lagerweijde vertoond, behalve op de ochtend na zijn beschamende dronkenschap: hij had zijn brakke lijf uit bed gesleept, een heleboel koffie en paracetamol naar binnen gewerkt, Jack met extra aandacht verzorgd – die had zijn avondronde misgelopen – en de wandeling van een dik uur terug naar zijn auto ondernomen. Toen de drank bijna helemaal uit zijn systeem was, kon hij zich niet voorstellen hoe hij ook maar een seconde had kunnen overwegen die wandeling te maken in beschonken toestand; hij was blij toen hij eindelijk zijn auto had bereikt en hem van de vrijwel lege parkeerplaats kon wegrijden. De kermis was nog stil, de kraampjes waren leeg. Het podium stond er verlaten bij; om negen uur 's morgens op zondag was er niets te doen. Iedereen die het tot laat had volgehouden lag nog in bed en iedereen die genoeg plichtsbesef had was bezig zich klaar te maken voor de dienst in het boskapelletje.

Na enig zorgvuldig reconstrueren was hij erop uitgekomen dat hij op z'n laatst ergens om een uur of tien, elf in zijn bed moest zijn gevallen. Een belachelijk vroeg tijdstip voor een feestganger; zelfs daar bracht hij niets van terecht. Hij had voordat hij van huis was vertrokken wel even snel in de politiecommunicatie online gekeken om te zien of de relschoppers ernstige schade hadden toegebracht aan De Paardentram, maar het viel zo te zien mee: er waren wat figuren opgepakt en afgevoerd naar Hilversum, waar meer celruimte beschikbaar was, en er was wat meubilair gesneuveld, maar niemand was gewond geraakt en er hoefden geen ambulances aan te pas te komen.

Hij probeerde heel hard niet terug te denken aan dat adembenemende moment in het gangetje van het café en hoe hij zich daarna als een dronken idioot onsterfelijk belachelijk had gemaakt door midden op het plaatsje achter het café met een dubbele tong te gaan staan wauwelen, en tot overmaat van ramp ook nog te wildplassen. Hij wist nauwelijks wat hij moest voelen: een gloeiende herinnering of ijskoude schaamte, die hem even diep doorboorde als de herinnering hem doortrilde. Die twee uitersten brachten hem vreselijk in de war, en dus besloot hij meteen, de volgende morgen, om de hele situatie zo snel mogelijk te vergeten.

Gelukkig voor hem belde Morris die middag op de versleutelde lijn; het offensieve hackteam zat met smart op zijn resultaten te wachten. Hij had dus alles opzijgezet en was geconcentreerd aan de slag gegaan met zijn robotstofzuiger: het moederbordje was intussen gedemonteerd en aangesloten op een van zijn zelfgebouwde componentenmachines. Het moederbordje dacht dat het via een reguliere wifiverbinding online ging, maar in feite gebeurde dat via een door Zoetermeer gemonitorde, beveiligde verbinding. Zo was de herkomst afgedekt als Hone onraad zou ruiken, én de legaliteit van zijn handelen gewaarborgd binnen de Nederlandse staat.

Nu moest hij nog uitdenken hoe hij ongezien een stukje

code, een achterdeur, in het netwerk van Hone kon plaatsen: de code moest als het ware meeliften op de aanmelding van het moederbordje om zijn fabrieksinstellingen op te halen. Het aanmelden en het ophalen van de fabrieksinstellingen werkte intussen; hij had dat gisteren getest. Zoetermeer bevestigde alles. Als de achterdeur er eenmaal was, en hij ook deze had getest, zou hij het daadwerkelijke informatie vergaren overlaten aan het team; hij was daar niet goed in, het interesseerde hem niet genoeg. Onderzoek en analyse waren geen uitdaging voor zijn creatieve geest; een heel nieuwe oplossing verzinnen voor een heel nieuw probleem was dat wel.

Normaal gesproken zou een probleem als die achterdeur zijn volledige aandacht opslokken totdat hij een oplossing had gevonden, al duurde het weken, maar nu viel het hem iedere dag zwaarder om niet af te dwalen. Er waren tien dagen verstreken, de feestweek was afgelopen, de kraampjes en de kermis waren weg. Tien dagen waarin hij met niemand contact had, behalve met de kassadame bij de supermarkt en Morris, en steeds vaker gingen zijn gedachten met hem op de loop als hij even niet oplette.

Misschien moest hij Eufemia een whatsappje sturen, bedacht hij zich van achter zijn bureau. Misschien dat iets van seksuele activiteit de boel los zou schudden in zijn hoofd, en misschien zou het ook meteen helpen om die hardnekkige herinneringen aan de geur van groene appels en die zachtaardige, humorvolle oogopslag uit zijn systeem te krijgen. Hoe verder de avond in De Paardentram achter hem lag, hoe meer een van de twee sterke emoties die hij bij de herinnering had de overhand begon te krijgen. En het was niet de schaamte.

Bij nader inzien was Eufemia toch geen goed idee. Het was ook maar de vraag of hij het nog voor elkaar zou krijgen met haar. Vreemd; die gedachte had hij nou nog nooit gehad. Zijn verstandhouding met Eufemia was toch op geen enkele manier gerelateerd aan de connectie die er leek te zijn tussen hem en... Hij kneep zijn ogen dicht. Hij vond het af en toe al lastig om aan haar naam te denken.

Sylvie.

Als die connectie al echt bestond; onder invloed van alcohol kon je jezelf tenslotte van alles wijsmaken. Hij wist vrij zeker dat hij haar daadwerkelijk in zijn armen had gehouden, dat hij haar had gekust, en hij dacht te hebben gemerkt dat zij er evenveel plezier aan had beleefd als hij; zoiets had ze in ieder geval later in de auto wel gezegd.

Plezier, ha, dat was wat hem betreft een veel te beperkte omschrijving.

Het had hem geraakt tot in zijn hart, en even had het hem toegeschenen dat alsnog alles mogelijk was. Dat hij de hoopvolle fluisterstem van zijn geest toch mocht geloven. Hij had die stem al zo lang hij zich kon herinneren hardhandig weggeredeneerd omdat er veel te veel bewijs voor het tegendeel was, en inderdaad, direct daarna had hij de term 'selffulfilling prophecy' een nieuwe invulling gegeven door op werkelijk monumentale wijze dat bewijs te leveren. Natuurlijk. Hoe had hij ook kunnen denken dat het deze keer anders zou gaan? De schaamte bleek gesust maar nog niet vergeten. Hij schoot omhoog uit zijn bureaustoel, vol zelfhaat, te onrustig om te kunnen blijven zitten; hij beende op en neer door de woonkamer, zocht zijn bergschoenen, trok die aan, greep zijn sleutels en zijn mobiel en stormde de deur uit. Hij had lichaamsbeweging nodig; zo kon hij niet verder.

Het bos was mooi. De grond was nog vochtig en het dampte een beetje; hij was eerder op de dag zo geconcentreerd bezig geweest dat hij niet had gemerkt dat het regende. Nu was die regen verdreven door zonneschijn, krachtig genoeg om het bos te vullen met grillige nevelslierten en een groen-bruine geur die tegelijk fris en harsachtig was. Het had iets mysterieus; hij voelde vrijwel meteen een opklaring in zijn borstkas terwijl hij met lange passen over de paden liep. Hij hield van zijn bos, de lichte glooiingen en het kleine, natuurlijke meertje, de naaldbomen met hun eigen, stekelige geur. Dat was ook de reden dat hij niet wilde dat het openbaar wandelgebied zou worden: dan zou het mysterie verdwijnen, dan zou iedereen over deze paden struinen alsof het allemaal maar gewoon was, en snoeppapiertjes en zakdoekjes en andere rommel weggooien alsof de grond waarop ze stonden niet meer was dan een toevallige plaats om achter te laten wat ze niet meer nodig hadden.

Hij wilde dat niet.

Niet zo achteloos en harteloos.

Hij merkte dat hij als vanzelf naar de plaats was gelopen waar hij de vorige keer die vervelende ontdekking had gedaan, en hij haalde opgelucht adem toen hij zag dat het bos er weer ongerept en schoon bij lag. Dat was dan wel een nadeel van het feit dat hij zijn landgoed niet openstelde: geen sociale controle. Hij had een sterk vermoeden dat de dumping overdag moest zijn gebeurd: 's nachts was het aardedonker en hoewel hij voor zijn gevoel nog met een blinddoek over de paden kon rijden met zijn jeep, wist hij zeker dat het landgoed groot genoeg was om er de weg kwijt te raken in het donker als je niet heel goed wist wat je deed.

Hij sloeg een ander pad in en stapte even stevig door.

Er stond een gedachte op de drempel van zijn hersenen te

aarzelen. Als hij het terrein nou onder bepaalde omstandigheden zou openstellen voor publiek. Af en toe, alleen op feestdagen, of één keer in de week? Of misschien een paar dagen in de week, maar niet alle. Zodat hij ook nog dagen zou hebben dat hij het bos voor zichzelf had. Dan kon hij in ieder geval ook afspreken dat er regelmatig gepatrouilleerd zou worden, door de politie, en misschien kon– Hij stopte abrupt met lopen, kneep zijn ogen dicht en schudde zijn hoofd. Haalde een keer diep adem. Waarom was het zo ingewikkeld?

Sylvie.

Misschien kon zij dan ook af en toe langskomen, en rondkijken. Het terrein veilig houden. Helpen met het onderhoud. Hij vond dat hij het tot nu toe alleen best had aangekund, maar het idee om met haar te overleggen over simpele dingen die het bos aangingen, een helder omschreven reden te hebben om haar met enige regelmaat te zien...

Hij zuchtte, zette zijn handen in zijn zij en keek naar de takken en het loof boven zijn hoofd. Hij kwam niet vaak op dit pad; hij gebruikte het ook niet vaak met de jeep. Het was eigenlijk iets te smal; de takken sloegen hem nog niet in het gezicht als hij eroverheen reed. Hij had het natuurlijk wel eens gedaan, om een stam weg te halen, maar het ging nergens heen; het beschreef een boog wijd om het meertje heen, helemaal naar wat in zijn beleving de achterkant van het landgoed was, waar een smalle afslag naar de grens van het landgoed leidde. Het pad liep nog een klein stukje verder en eindigde dan abrupt; als hij tot het eind doorreed, moest hij moeilijk achteruitrijden tot hij weer bij het afslagje was, waar hij dan met veel heen en weer steken zijn jeep kon keren. Om te bewandelen was het mooi; áls hij zou besluiten toch mondjesmaat publiek toe te laten, zou hij misschien moeten kijken of hij het pad kon doortrekken, zodat het helemaal om het meertje heen zou lopen.

Hij passeerde de smalle afslag.

Zijn blik dwaalde van de bladeren boven zijn hoofd naar de stammen om hem heen. Het was hier dichtbegroeid, voornamelijk loofbos en een heleboel jonge bomen. Misschien moest er hier en daar wel iets tussenuit worden gehaald; er was nauwelijks ruimte voor de verlenging van het pad. De grond was hier ook bijna altijd vochtig en groeizaam: dat kwam natuurlijk door het meertje.

Hij keek naar zijn voeten en plotseling zag hij wat hij de hele tijd al had gezien zonder het daadwerkelijk te registreren. Het had een zachte alarmbel af doen gaan in zijn hoofd. Nu was hij ineens alert en stond hij met grote ogen te kijken naar het bandenspoor dat zich voor hem uitstrekte, en ook achter hem, doorkruist door zijn voetafdrukken.

Er had hier een auto gereden. Recent nog.

Het was waarschijnlijk geen terreinwagen: de afdrukken van de banden toonden niet genoeg profiel. Het bandenspoor was ook beduidend breder dan dat van zijn jeep. Het was waarschijnlijk zo'n laag gebouwde, snelle personenauto die een flink brede wielbasis nodig had voor een goede wegligging. Hij trok even een gezicht; wat voor auto hier dan ook had gereden, de kans was klein dat die er zonder beschadigingen aan de lak vanaf was gekomen. Hij kon zien hoe de auto was ingedraaid vanaf de afslag. Hij liep terug totdat hij de afslag opnieuw passeerde en zag dat de bandensporen een stukje voorbij dat punt doorgingen. Waarschijnlijk was de auto het pad in gereden, afgeslagen naar het doodlopende stuk, achteruitgereden tot voorbij de afslag en dan vooruit er weer uit. Hij liep even het pad naar de grens van zijn landgoed in – het was echt heel smal hier – en zag hier en daar wat gebroken takken. Ja, lakschade was onvermijdelijk.

Wat zou een personenauto hier te zoeken hebben gehad?

Snel keerde hij op zijn schreden terug en volgde hij het bandenspoor tot aan het eind van het pad. En daar zag hij ze, onmiskenbaar in het vertrouwde palet van groen en bruin, als een schreeuw in de stilte. Drie donkerblauwe jerrycans met elk een inhoud van, schatte hij, zo'n vijfentwintig liter.

Zijn hartslag schoot omhoog en zijn hand ging naar zijn broekzak, waar hij zijn mobiel wist. Hij dacht er maar niet te lang over na en klikte snel op het hoorntje. Hij had de dag na De Paardentram voor de zekerheid twee nummers aan zijn ultrakorte favorietenlijstje toegevoegd. Het algemene nummer van Zoetermeer stond erin, alsmede Morris' mobiele nummer en het mobiele nummer van August Moelleux, en nu stonden het nummer van de lokale politie en het nummer van de lokale boswachter er ook bij.

Hij klikte op SvF; hij had zichzelf er niet toe kunnen brengen om haar volledige naam uit te spellen.

'Hallo, met Sylvie.' Het klonk alsof ze in haar auto reed en de mobiel op speaker had staan. 'Freek? Is alles goed?'

'Er liggen drie blauwe jerrycans in mijn bos,' bracht hij uit, ineens met een droge mond nu hij haar stem hoorde.

'Oké, waar ben je? Heb je de politie al gewaarschuwd?'

'Achter het meertje, vanuit het huis gezien. Ik heb eerst jou gebeld.'

'Kun je me een screenshot van je locatie op Google Maps sturen? Ik bel Anoes wel, en ik rij dan meteen naar je toe. Ik ben ergens ten zuiden van Lagerweijde, dus geef me even een minuut of tien, goed?'

Sylvie

17

Ze had Freek niet meer gezien of gesproken sinds de opening van de feestweek en ze had dus ook geen idee hoe hij zich voelde over dat moment tussen hen in het gangetje van De Paardentram. Zelf had ze er in ieder geval vaker dan verstandig was aan teruggedacht. Potentieel was het ongemakkelijk om hem nu zo abrupt opnieuw te zien, maar ze nam geen tijd om daarover na te denken. Zo hard als ze durfde reed ze over de bospaden naar de plek die Freek haar had gestuurd, en in de tussentijd informeerde ze Anouschka op haar mobiel. Die kon een lelijke vloek niet binnenhouden, maar ze zou meteen aan de slag gaan en de Landelijke Faciliteit Ondersteuning Ontmantelen inschakelen.

'Jij bent er waarschijnlijk eerder. Nergens aan zitten,' waarschuwde Anouschka, 'het kan bijtend zuur zijn of je kunt er brandwonden van oplopen, en als je iets ruikt moet je ook uit de buurt blijven. Je zal niet de eerste zijn die ziek wordt van de dampen die ervanaf kunnen komen.'

Sylvie beloofde voorzichtig te zijn, hing op en trapte het gaspedaal diep in.

Op de grens van het landgoed was genoeg ruimte om haar Jimny tussen twee bomen te zetten – zo wist de politie ook waar ze moesten zijn, en het was waarschijnlijk beter om de boel niet vol te bouwen met auto's als de paden niet zo breed waren.

Ze stapte uit de auto en rende nog net niet het weggetje in, mobiel aan haar oor. Freek nam direct op, maar zei niets.

'Ik ben er bijna,' zei ze, een tikje ademloos, 'en de politie komt eraan.'

'Goed,' klonk zijn stem in haar oor.

Ze kwam op een holletje het pad uit en liep vervolgens recht tegen hem op; hij was haar kant uit gekomen, ook met zijn mobiel tegen zijn oor gedrukt. Ze moest zich aan zijn arm vastgrijpen om niet om te vallen en eindigde in een onhandige, onbedoelde halve omhelzing met hem, waarbij haar mobiel uit haar hand viel.

'Shit, sorry,' zei ze snel, 'je zult wel denken dat ik niet normaal rechtop kan blijven staan, of zo.'

Freek stopte in één beweging zijn eigen mobiel in zijn broekzak en zakte door zijn knieën zodat hij de hare kon oprapen van de bosbodem. Hij hield zijn arm een beetje om haar heen en toen hij weer overeind kwam, stond hij nog steeds zo dichtbij dat ze tegen hem aan kon leunen. De neiging dat ook daadwerkelijk te doen was sterk; het kostte haar behoorlijk wat moeite er niet gewoon aan toe te geven.

Hij veegde de mobiel af aan zijn broekspijp en gaf hem aan haar.

'De grond is vochtig. Door het meertje. Ik hoop dat hij het nog doet,' mompelde hij.

Ze drukte op de homeknop en alles zag er goed uit; ze stopte hem snel weg.

'Ik denk niet dat je niet normaal rechtop kan blijven staan,' zei hij, toen ze daarmee klaar was. 'Mag ik eerst een onbeleefde vraag stellen?'

'Tuurlijk,' zei Sylvie, en ze keek op naar zijn gezicht. 'Je moet trouwens wel even de tondeuse over je baard halen; straks is het weer zo'n enorme bos, als je niet oppast.'

'O,' zei Freek, zichtbaar van zijn stuk gebracht. 'Ik was nogal hard aan het werk, ik heb daar niet aan gedacht.'

'Wat wilde je vragen?' Ze glimlachte naar hem.

Hij aarzelde even, maar vroeg toen: 'Zou ik nog even aan je haar mogen ruiken? De geur heeft de afgelopen dagen volhardend door mijn hoofd gespeeld en ik vraag me nu de hele tijd af of die indruk zo sterk was door mijn dronkenschap of door iets anders.'

Sylvie grinnikte. Zijn bizarre eerlijkheid was zo ontwapenend dat er helemaal geen ruimte was voor een ongemakkelijk gevoel.

'Ga je gang,' zei ze. 'Ik heb ook veel aan jou gedacht.' Als hij eerlijk was, dan kon zij dat misschien ook maar beter zijn.

'Het was voor mij een speciaal moment,' zei hij, terwijl hij voorzichtig zijn neus tegen haar haargrens legde. Ze voelde zijn baardhaar kriebelen toen hij zachtjes verder praatte. 'Ik schaamde me erg voor mijn gedrag, maar dat is enigszins naar de achtergrond verdwenen en nu herinner ik me vooral wat er zo bijzonder aan was. De geur is er nog.' Hij snoof nog een keertje zachtjes.

'Jij ruikt ook lekker, vind ik,' zei ze. 'Lekker schoon. Het is ook heel lekker om zo dicht bij je te staan, maar misschien moeten we wat afstand nemen als zo dadelijk de politie komt.'

'Zonder twijfel,' beaamde hij ernstig, terwijl zijn neus langs haar slaap streelde. 'En het is een hele opluchting dat ik schoon ruik.'

Ze dacht iets in zijn stem te horen, ze wist niet precies wat; zelfspot, maar ook nog iets diepers. Ze hief haar gezicht naar hem op, hij keek haar aan met een onverwacht zachte blik in zijn ogen en ineens was er een vreemde, lieve spanning. Anders dan in het café. Bewuster, minder per ongeluk. Misschien nog wel iets fijner. Ze wreef haar neus glimlachend tegen de zijne en gaf hem toen maar gewoon een kusje.

Op die mooi gevormde lippen van hem.

Hij gaf haar er een terug.

Toen zij weer, en daarna hij weer, en toen deden ze het tegelijk en zaten ze vast. Werd het heel voorzichtig een echte, lange, trage, natte zoen waar geen druppel alcohol aan te pas was gekomen.

'Jij kan echt enorm goed zoenen,' zei Sylvie ademloos, toen het min of meer was afgelopen.

'Jij ook,' zei Freek, en het was absoluut noodzakelijk om er toch nog maar even mee door te gaan, totdat het naderende geluid van een auto maakte dat ze met tegenzin elkaars lippen lieten gaan.

Freek zag er een beetje verward uit, en ook alsof hij op het punt stond om iets te zeggen, maar hij perste alleen zijn lippen op elkaar en ademde hoorbaar door zijn neus uit.

Ze stapte, met de nodige spijt in haar hart, een beetje onhandig bij hem vandaan, precies op het moment dat de politieauto, begeleid door het gekraak van takken, vanaf het pad opdoemde.

Freek liep naar voren en gebaarde dat de politieauto eerst naar rechts in moest draaien, en dan achteruit moest rijden tot voorbij de afslag. Toen hij tevreden was stapten Anouschka en hoofdagent Van Breeuwijk uit.

'Waar ligt het dan, m'neer de graaf?' vroeg Van Breeuwijk.

Freek wees. 'Aan het eind van dit pad; nog geen honderd

meter verderop loopt het dood en daar ligt het. Maar als er nog een voertuig bij moet, voor het opruimen, dan kunnen we de politiewagen maar beter uit de weg zetten, want er is hier bijzonder weinig ruimte om te manoeuvreren.'

'Dat kun je wel zeggen,' zei Anouschka hartgrondig. Zij had achter het stuur gezeten. 'Volgens mij moet onze wagen opnieuw gespoten worden. Ik kan me niet voorstellen dat hier een busje doorheen is gekomen.'

'Het is geen busje geweest,' zei Freek over zijn schouder. Hij liep voorop met Van Breeuwijk; Anouschka en Sylvie volgden. 'Die bandensporen zijn van een personenauto. Ze zijn niet zo duidelijk dat een bandentype te herkennen is, maar ik zie heel vaag de sporen van mijn jeep ertussendoor en die zijn duidelijk smaller. Mijn suggestie is een snelle, sportieve personenauto, met een brede wielbasis. Zo'n auto kan onder de dikkere laaghangende takken door, daar waar een busje er niet voorbij zou komen. Alleen verwacht ik niet dat zo'n auto er ongeschonden vanaf is gekomen; misschien helpt dat bij het traceren van de daders.'

'Is dat alles?' vroeg Van Breeuwijk, nu er blauwe jerrycans zichtbaar werden. 'Drie maar? Dat is niet veel productie; één zo'n tank levert over het algemeen ongeveer één kilo verkoopbaar product op. De meeste drugslabs maken heel wat meer, en daarvan is het merendeel voor de export.'

'Voor lokaal gebruik dan?' vroeg Anouschka.

'Zou kunnen,' zei Van Breeuwijk, 'hoewel ik niets heb gehoord over een plotselinge gebruikstoename, in ieder geval niet hier in de regio.'

'Het hoeft ook niet hier in de buurt geproduceerd of gebruikt te worden, natuurlijk. Het kan prima in een schuur in het zuiden gemaakt worden, dan onderweg hier het afval dumpen en in de studentenscene van Groningen de handel verkopen. Ik noem maar iets. Klein landje; er is van alles mogelijk.' Anouschka pakte haar mobiel en nam een paar foto's van de vaten, en ze stuurde blijkbaar een paar appjes.

'Ik weet hier niet veel vanaf,' zei Freek. 'Kun je aan de samenstelling van het afval zien welke drug er is geproduceerd?'

'Meestal wel,' zei Van Breeuwijk. 'Voor xtc of speed of crystal meth is het vrij overzichtelijk. Vaak zijn het zuren, mierenzuur of zoutzuur of zoiets; ik ben ook geen chemicus. Voor designerdrugs is het ingewikkelder, maar die markt is ook moeilijker. Misschien hebben we dat hier aan de hand. Misschien zit er ergens een professor Knutselgraag een beetje te rommelen in zijn laboratorium, maar we weten pas meer als de analyse terugkomt. Dat duurt natuurlijk wel even; die van dat andere vat hebben we ook nog niet binnen.'

Sylvie was op iets meer afstand blijven staan, en ze keek eens goed om zich heen. Het was op zich ook een ideale plek om te dumpen: het was behoorlijk afgelegen, echt midden in het bos; zelfs Freek kwam hier waarschijnlijk niet iedere week langs. Als het pad ernaartoe ook maar iets breder was geweest, had er waarschijnlijk wel meer afval gelegen; alleen het laatste stukje over het landgoed was wat moeilijker begaanbaar, maar alle paden in de boswachterij die naar deze plaats toe leidden waren uitstekend te berijden. Ook door een busje.

'Freek?' zei ze zachtjes.

Hij keerde zich direct naar haar toe en zette een paar flinke stappen haar kant uit, bijna alsof hij erop had gewacht dat ze zijn naam zou uitspreken.

Ze grinnikte even naar hem op. 'Ik weet niet of je het kan betalen, maar als je bij dit pad een hek met voetgangerstoegang neer laat zetten, weet je wel, zo'n ijzeren hek dat goed op slot kan, met zo'n klein half deurtje waar wandelaars overheen kunnen, dan kan er in ieder geval geen auto meer in. Denk je dat de vorige dump ook via deze weg is gekomen? Ik weet niet precies waar dat lag.'

'O, nee, die vorige lag een klein stukje het bos in bij een pad dat ik vaak gebruik als ik ga paardrijden; dat pad is ook wat harder en ik heb daar geen bandensporen gezien.'

'Hoe zijn ze dan de vorige keer binnengekomen? Via welke ingang in het bos?'

Freek dacht na met een frons en blies zijn adem hoorbaar uit door zijn neus. 'Niet via deze weg, want dat zou erg omrijden zijn, en dan had ik ook bandensporen moeten zien aan het begin van dit pad, toen ik hiernaartoe liep. De meest directe toegang tot de vorige dumpplek vanuit het bos heeft een houten hek, met een ouderwets hangslot erop, maar dat is nog intact. Dat hek heb ik de dagen na de eerste dumping gebruikt als ik met de auto het landgoed verliet, zoals gewoonlijk, daarom weet ik dat alles daar nog is zoals het hoort.' Hij haakte een dikke streng haar, die voor zijn gezicht was gevallen, achter zijn oor, boog zijn hoofd een beetje en zorgde ervoor dat hij nog ietsje dichter bij haar kwam te staan.

Ze voelde meteen vanbinnen iets trekken en wenste even dat ze weer alleen waren. Er was zo'n wonderlijke zachtheid aan hem, die je helemaal niet zou vermoeden als je hem voor het eerst ontmoette. Dan was hij onhandig verlegen, of juist bot, afhankelijk van zijn focus, maar dat was allemaal verdwenen toen hij haar kuste. Hij was niet verlegen en ook niet bot, hij was doortastend en tegelijk vol overgave op een manier die maakte dat ze zich helemaal warm voelde als ze eraan dacht. Ze legde even haar hand op zijn arm, fluisterde:

'Ik kan niet zo goed nadenken als je zo dicht bij me staat,' en hoopte maar dat Anouschka en Van Breeuwijk er niets van meekregen.

'Dat heb ik ook,' mompelde hij terug, en toen gaf hij haar een blik, kneep zijn lippen op elkaar en zette een stap opzij, precies op het moment dat zij dat ook deed.

'Dus,' zei ze snel, 'hoe zijn ze dan binnengekomen? Via de hoofdingang? Hoor jij als je in het koetshuis bent of er auto's over de oprijlaan rijden?'

'In principe wel,' zei Freek, en tegen Anouschka, die erbij kwam staan nu haar baas aan de telefoon overlegde met het team dat moest komen om de vaten op te ruimen, zei hij: 'We proberen te beredeneren welke route het voertuig heeft gereden bij de vorige dumping. Het kan zijn dat de auto gewoon het landgoed op is gereden via de oprijlaan, en ik zou dat moeten kunnen horen als ik thuis ben. Maar als ik werk, ben ik regelmatig zo geconcentreerd dat ik niet zo veel van mijn omgeving meekrijg.'

'Hoor je je huurders rijden, in die Tesla's? Die zijn toch van hen? Dat zijn natuurlijk wel heel stille auto's,' zei Sylvie nadenkend.

'Meestal hoor ik wel iets, voornamelijk wanneer ze bij het huis parkeren, omdat er aan het eind van de oprijlaan nog vrij veel grind ligt. Maar als ze aan de achterkant van het huis de weg direct het bos in zouden nemen...' Freek zuchtte. 'Ik ben me ervan bewust dat er achterstallig onderhoud is; een paar kuub nieuw grind hier en daar zou niet misstaan.'

'We weten wel al van dat eerste vat dat het er niet zo heel lang heeft gelegen,' zei Anouschka, 'dat hebben ze kunnen zien aan het bezinksel. Hoogstens een dag of anderhalf.'

'Dus... het is waarschijnlijk gedumpt op de dag dat je

mijn haar knipte,' zei Freek tegen Sylvie, maar toen riep Van Breeuwijk 'm'neer de graaf', en wenkte hij dat Freek even aan de telefoon moest komen. Freek knikte en liep naar Van Breeuwijk toe, en Anouschka en Sylvie bleven achter.

Anouschka pakte Sylvies arm en trok haar mee naar de politiewagen.

'Wat is er, ga je me arresteren?' vroeg Sylvie half lachend.

'Nee, ik wil gewoon weten wat er tussen jou en Van Lynden speelt. Ik zag jullie wel even smoezen daarnet, en ik heb gehoord dat je stiekem met hem stond te zoenen in een hoekje toen dat gevecht uitbrak in De Paardentram. Ik was je al kwijt toen de boel begon te schuiven!'

'Nou ja, dat gebeurde zo'n beetje per ongeluk; iedereen begon te duwen en te trekken en ik stond toevallig net met hem te praten, dus ik viel zo'n beetje in zijn armen. Hij loodste me mee het gangetje in, en toen zoende hij me ineens. Hij was behoorlijk dronken, hoor. We zijn door de achterdeur naar buiten gegaan en toen heb ik hem naar huis gereden. Hij wilde gaan lopen, maar hij kon geen drie stappen rechtuit meer zetten.'

'En toen?'

'Toen niks; dit is ook voor het eerst dat ik hem weer zie of spreek sinds die avond.'

'Nee, ik bedoel natuurlijk: ben je bij hem gebleven?'

'Hij was dronken, Anoes, en niet zo'n klein beetje ook.'

'Nou, in mijn ervaring kunnen de meeste mannen op het horizontale vlak nog heel wat uitrichten als ze verticaal al niks meer waard zijn.'

Sylvie grinnikte en schudde haar hoofd. 'Ik heb voordat ik Ties kreeg ook wel het nodige meegemaakt in Amsterdam, maar nu doe ik dat niet meer. Daarnaast, het is toch anders in een kleine gemeenschap dan in de grote stad, nietwaar; iedereen begint meteen te praten. En ik heb net een relatie achter de rug die nogal ongezellig is geëindigd; ik ben er volgens mij niet zo geschikt voor.'

Anouschka keek haar even aan. 'Je hoeft er toch niet meteen mee te trouwen,' mompelde ze ondeugend, met een blik op Van Breeuwijk en Freek, die pratend tegen de op speaker gezette mobiel hun kant uit liepen.

'Ze kunnen het niet vinden,' zei Van Breeuwijk toen hij dichtbij genoeg was gekomen. 'Ze rijden rondjes door het bos.'

'Ik ga ze wel halen, waar zitten ze ongeveer?' Sylvie wist ineens dat ze weg moest; ze voelde Freeks nabijheid ongeveer in al haar cellen, en tegelijk voelde ze Anouschka's blik die alles scherp in de gaten hield.

Van Breeuwijk overhandigde haar zijn mobiel zodat ze kon overleggen met het team van de LFO, en terwijl ze luisterde keek ze even snel naar Freek, die nadrukkelijk de andere kant op stond te kijken. 'Oké, ik heb wel een idee waar jullie zitten. Blijf daar, ik kom naar jullie toe, en dan rij ik voor jullie uit, goed?' Sylvie verbrak de verbinding, gaf de mobiel terug aan Van Breeuwijk en raakte even Freeks arm aan. 'Ik breng ze hierheen en dan ga ik daarna naar huis. Het heeft geen zin als we hier met te veel mensen blijven hangen, en ik wil graag thuis zijn als Ties uit school komt. Ik ga even kijken voor zo'n hek voor je, wat dat kost en op welke termijn en zo, goed? Ik heb goeie ervaringen met een leverancier.'

Freek knikte. 'Ik bel je op als dit hier allemaal is afgerond,' zei hij.

Ze wist niet zeker of hij het vervelend vond dat ze ging; ze meende iets in zijn gezicht te zien, maar terwijl ze met grote passen het pad af liep naar de plek waar haar Jimny stond, gaf ze zichzelf een standje. Waar was ze in vredesnaam mee bezig? Deze keer was ze zelf begonnen, maar ze kon toch niet iedere keer dat ze die man tegen het lijf liep en er niemand anders bij was een potje met hem gaan staan tongen, alleen omdat ze toevallig van elkaar wisten dat ze er allebei behoorlijk goed in waren?

Freek

18

Het kostte een godsvermogen, dat opruimen van drugsafval, daar was hij al achter. Als het nog twee keer gebeurde en de gemeente probeerde de rekening bij hem neer te leggen, dan was hij door zijn reserves heen. Hij zou zich moeten verdiepen in zijn rechten en plichten en hopen dat onschuldige particuliere grondeigenaren niet voor dergelijke kosten hoefden op te draaien. Hij nam zich voor om daar liefst vandaag nog diep in te duiken.

Het was vooral vervelend dat dit nu weer tijd wegnam van zijn Hone-klus, want hij was er nog steeds niet uit hoe hij het moederbord van de robotstofzuiger contact kon laten maken met het Hone-netwerk, waar het zijn fabrieksinstellingen zou ophalen en tegelijk een stukje code zou achterlaten dat hem, en na hem Zoetermeer, vervolgens toegang tot dat netwerk kon geven.

Maar voor nu zette hij alles opzij, haalde diep adem, stond op van zijn bureau en liep twee keer op en neer door de woonkamer, want hij ging Sylvie bellen. Eindelijk. Het had veel langer geduurd dan hij wilde voordat de opruimingsdienst was gearriveerd om de jerrycans op de juiste manier te verwijderen. Als de jerrycans hadden gelekt, zo dicht bij het meertje, dan had het grondwater vervuild kunnen raken en had het chemisch afval zich over het hele landgoed kunnen verspreiden. Maar terwijl de politiemensen het afval met de grootste zorg weghaalden en hem vervolgens het goede nieuws meedeelden dat er geen lekkage was geweest, dus geen verdere milieuvervuiling en ook geen stankoverlast, kon hij alleen maar denken aan dit moment, het moment dat nu ging komen, dat nu bijna was aangebroken.

Hij ging Sylvie bellen.

Dat had hij tegen haar gezegd, en dat ging hij ook doen. Als een normaal mens. Gewoon, een vrouw opbellen en een gesprek met haar voeren. Oké, goed, hij vond haar bijzonder aantrekkelijk en hij had eerder op de dag, volkomen onverwachts en terwijl hij broodnuchter was, zomaar nog een keer met haar gezoend – het was goed om te weten dat dat niet alleen maar zo fijn voelde als hij te veel had gedronken – maar dat even daargelaten.

Alsof er niets aan de hand was. Dat was het idee.

Daarmee zou hij voorbijgaan aan het feit dat hij de hele operatie lang, vanaf het moment dat de politiewagen met hoofdagent Van Breeuwijk en agent Anouschka binnen gehoorsafstand verscheen en Sylvie en hij elkaar hadden losgelaten, nauwelijks meer helder had kunnen denken. Hij had zich gevoeld alsof hij per ongeluk een of ander opiaat had binnengekregen, of althans, hij stelde zich voor dat dat ongeveer zo moest voelen. Hij had niet zo veel ervaring met verdovende middelen.

Ja, drank, dat kende hij op zich wel, en hij had in zijn studietijd ook wel eens een joint gerookt, maar dat was hem maar matig bevallen.

Hij schudde zijn hoofd om helder te blijven; hij wist van zichzelf dat zijn gedachten de neiging hadden wild alle kanten uit te springen als hij iets moest doen waar hij tegen opzag. Wat eigenlijk vreemd was, bedacht hij zich direct: hij zag hier tegen op, maar wilde tegelijk ook niets liever.

'Vooruit, Freek!' gromde hij zachtjes tegen zichzelf.

Mobiel, klik, bel. Hij hield het apparaat bij zijn oor en zijn hart bonsde toen het een beltoon produceerde.

'Met Sylvie,' hoorde hij.

'Hallo,' zei hij onhandig.

'Freek?'

'Ja.' Hij kon zich wel voor de kop slaan dat hij geen tekst had.

'Is alles goed gegaan, zijn die vaten opgeruimd en zo?'

'Ja, alles is afgerond. Het heeft nog langer geduurd dan ik verwachtte.'

Het was even stil aan de andere kant en toen hoorde hij: 'Ik heb even zitten zoeken voor zo'n hek voor je. Het is minder duur dan ik me herinnerde; rond de twee-, driehonderd euro en dan heb je al iets heel aardigs. En ze hebben het gewoon op voorraad. Maar dan moet je het wel zelf ophalen en plaatsen.'

'O,' zei hij, en daarna, omdat hij zich realiseerde dat hij het daar niet bij kon laten, 'dank je.'

Nu bleef hij stil; hij had opnieuw geen idee wat hij verder moest zeggen.

'Wil je...' zei Sylvie, haar toon aarzelend, 'ophangen? Ik bedoel, zijn we klaar? Met praten?'

'Nee!' zei Freek, snel en nadrukkelijk. 'Ik, eh, wacht even. Ik ben nog niet klaar, ik wilde nog zeggen dat ik je bank heb afgemaakt. Misschien kan ik die even komen brengen. Ik kom er niet meer aan toe om nog te werken, vandaag, en ik zit ook vast met mijn opdracht, ik zie simpelweg niet hoe ik tegelijk met het inloggen en de fabrieksinstellingen ophalen, ook iets kan achterlaten op het netwerk; die API is gewoon niet toegerust voor, eh... Sorry. Ik moet daar helemaal niet over praten.'

Sylvie lachte zachtjes in zijn oor; hij vond dat een fijn geluid.

'Zei ik toch al toen ik je haar aan het knippen was? Je mag rustig tegen me aan praten over je werk, hoor. Ik begrijp er toch vrijwel niks van. En als je langs wilt komen, ben je van harte welkom, ik ben gewoon thuis. Ties is ook thuis, ze moet een of ander computerwerkstuk maken samen met een jongen uit haar klas, Hans-Willem? Ze staan in de tuin iets te filmen, ik heb geen idee wat.'

'Hij is de zoon van Reindert,' zei Freek. 'Uit zijn tweede huwelijk. Zal ik dan de bank achter in de jeep schuiven en naar je toe rijden?'

'Ja hoor, kom maar, dan kan ik je die hekken laten zien op mijn laptop, en misschien kunnen we het dan ook nog even hebben over de openstelling, van het landgoed? Ik weet wel dat je hebt gezegd dat je het niet wilt, maar als je toch iets van publiek toelaat, dan is het er niet zo stil en verlaten. Dat zou de kans op van die drugsafvaldumpings meteen veel minder groot maken. Plus, dan kan ik je helpen, en kan de politie ook af en toe een rondje over het terrein rijden, mocht dat nodig zijn.'

'Daar heb ik ook al aan gedacht,' gaf Freek eerlijk toe. 'En daarnaast lijkt het me ook prettig als ik met enige regelmaat met jou over het landgoed zou kunnen overleggen, en we wellicht gezamenlijk het onderhoud kun –' Hij viel abrupt stil omdat er na het woordje 'we' een proces plaatsvond in zijn brein dat nog het meest leek op een drukcabine op grote hoogte waar plotseling een fors gat in was geslagen. Alle gedachten werden uit zijn hoofd gezogen en rondom het woord 'we' ontstond een vreemd vacuüm.

'O, dat lijkt me ook hartstikke leuk,' zei Sylvie onbevangen; ze had natuurlijk geen idee van zijn halve breinverlamming. 'Ik help je graag, hoor, en je hoeft het ook niet meteen vierentwintig uur per dag open te gooien. Je kunt het precies zo inrichten als je zelf wilt. Wie weet kun je er zelfs geld voor vragen, als dat je een goed idee lijkt, hoewel je dan ook eigenlijk wel iets te bieden moet hebben, of in ieder geval een of andere koffietent op het landgoed moet openen of zo. Er zijn wel meer landgoederen of buitens die dat zo doen, maar volgens mij zit je daar niet echt op te wachten, als ik jou zo een beetje inschat.'

'O, nee,' zei Freek zachtjes, nu zijn hersenen weer functioneerden. Hij voelde een soort voorzichtige, stille juichstemming in zijn borstkas opgloeien. 'Een koffietent gaat te ver, maar als w-eh, als we het samen doen, dan kan ik er misschien wel achter staan. De opening. Onder voorwaarden.' Hij haalde een keer heel diep adem, hopelijk onhoorbaar voor Sylvie.

'Dat is supertof, weet je dat, want dan hebben we een echte win-win-winsituatie. Jij hebt hulp bij het onderhoud, en meer sociale controle door de bezoekers, eventueel nog aangevuld met politiepatrouilles als dat nodig is, en mijn bazen van Staatsbosbeheer zijn ook nog blij. Heb je een specifieke kaart van het gebied? Ik bedoel, beter dan de gewone topografische kaart?'

Freek dacht even na. 'In het grote huis liggen ergens nog wel de tekeningen van de landschapsarchitect... Op zolder, denk ik.'

'Staat daar het hele landgoed op? Van wanneer is die kaart?'

'Ik gok rond 1680.'

Sylvie proestte het uit. 'Serieus?' vroeg ze, op een toon die hij Ties ook had horen gebruiken.

'Jazeker.' Freek voelde zijn mondhoeken kriebelen door haar vrolijkheid. 'Toen was het huis min of meer gereed en werd begonnen aan de tuinen, in de stijl van het Hollands classicisme. De kaarten omvatten niet alleen het bosperceel maar ook de volledige heerlijkheid zoals die toen bestond: Hogerweijde en Lagerweijde en het omliggende weidegebied behoorden daar ook toe. Mijn voorouder, de eerste graaf Woudenbergh bedoel ik, heeft naar verluidt nogal uitgebreide aanpassingen doorgevoerd, ook in de dorpen zoals die op dat moment waren. Het stratenplan in het centrum van zowel Hoger- als Lagerweijde is gebaseerd op de tekeningen uit de zeventiende eeuw.'

Sylvie lachte nog zachtjes na in zijn oor. 'Ik vergeet dat af en toe,' zei ze warm, 'dat je familie hier al zo lang zit, en zo vergroeid is met het gebied. Maar als je het zo zegt, heb je eigenlijk nog maar een heel klein stukje over van wat het eerst allemaal was. Dat kunnen we samen makkelijk behappen, toch?'

'Ik denk het ook,' zei hij, als vanzelf meelachend, de juichstemming in zijn binnenste nog wat sterker. 'Zal ik op zoek gaan naar die tekeningen?'

'Nee joh, het bos zal er nu toch heel anders bij liggen dan dik vierhonderd jaar geleden, denk je ook niet? Kom maar gewoon deze kant op wanneer je zover bent, en dan hebben we het er hier nog even op ons gemak over. We verzinnen wel een manier waar je je oké bij voelt.'

Er klonk zo'n vertrouwen door in haar stem dat hij zich plotseling nog nauwelijks zorgen maakte over de openstelling. Ze had gelijk, natuurlijk. Er bestond een oplossing die passend was, als ze er maar even rustig over nadachten; het idee dat hij dat voor de verandering eens niet helemaal alleen hoefde te doen gaf een gevoel van opluchting als het spontaan ontrafelen van een strakke knoop in zijn maag.

Het gesprek had zijn natuurlijke einde bereikt, dus hij hing op en rende de trap op. Een razendsnelle douche; ze vond het blijkbaar wel prettig als hij naar zeep rook en hij wilde niets riskeren. Schone kleren konden alleen maar verder bijdragen: hij koos zijn donkerblauwe jeans en een mosgroen T-shirt met een V-hals en korte mouwen dat er niet al te versleten uitzag. Hij kamde zijn nog natte haar strak achterover en herinnerde zich net op tijd dat ze had gezegd dat hij de tondeuse over zijn baard moest halen. Dat was niet zo veel werk, maar het verbaasde hem hoeveel haar er alweer vanaf kwam. Hij nam zich direct voor om deze operatie eens per week uit te voeren, vertrouwend op zijn eigen rechtlijnigheid: als hij dat eenmaal met zichzelf had afgesproken, hield hij zich er ook aan.

De bank zat zo achter in zijn jeep, en opgeruimd reed hij het bos in.

Bij het hek – hij moest het openen, erdoorheen rijden en het weer sluiten – werd hij bedachtzamer.

Waar was hij in hemelsnaam mee bezig?

Ja, hij vond Sylvie aantrekkelijk, en het gebeurde niet vaak dat hij zo'n vrouw tegen het lijf liep. Het was al helemaal een mirakel dat diezelfde vrouw hém dan ook op enigerlei wijze interessant vond, in ieder geval interessant genoeg om voor een tweede keer met hem te willen zoenen. Want hij had het besef tot dan toe weten te verbannen naar de marges van zijn gedachten, maar nu drong het zich toch echt nadrukkelijk naar voren: zij was begonnen. De tweede keer, vandaag; hij had alleen maar gevraagd of hij even aan haar haar mocht ruiken – waar hij zo plotseling de moed vandaan had gehaald was hem trouwens een raadsel – maar daarna had zij hem een kusje gegeven. Het eerste kusje kwam van haar.

Even verloor hij zich in de herinnering; om hen heen de stilte van het bos met al zijn geruis en geritsel; de geur van groen en aarde, het zonlicht gefilterd tot een frisgroene gevlektheid. Haar haar dat naar appels rook, haar verwelkomende blik, haar warme nabijheid. De zalige, trage gladheid van hun kus– Hij trapte abrupt hard op de rem en sloeg met een hand op het stuur. Zijn jeans zat ineens strak; hij wilde met haar naar bed en zijn adem schoot sissend naar binnen. Ja, natuurlijk wilde hij met haar; hij was ook maar een mens. Gelukkig was er niemand in de directe omgeving die hem zo zag zitten, in zijn jeep, midden in het bos, met zijn ogen dichtgeknepen.

Een paar ademteugen later was het een beetje gezakt.

Hij wist maar al te goed wat ervan zou komen als hij het verder zou laten gaan. Hij hoefde niet diep te graven in zijn herinneringen; het was meer dan twaalf jaar geleden, maar de schok, de vernedering, de krampende pijn in zijn borstkas waren in beeldende hiërogliefen uitgebeiteld op de wanden van zijn ziel, opdat hij het nooit zou vergeten. Alsof het gisteren was gebeurd, vers en scherp. Even had hij gehoopt, toen, maar dat had hij natuurlijk nooit moeten doen; dat wist hij heel zeker, nu hij er lang over had kunnen nadenken.

Hij wist precies wat er was gebeurd, en hij begreep ook maar al te goed dat het zo'n pijn juist deed omdat hij zich zo had opengesteld. Omdat hij kwetsbaar was geweest, omdat hij zich had blootgegeven. Misschien wel voor het eerst van zijn leven, verbijsterd door de gevoelens die hem overspoelden, had hij zichzelf zonder oog voor het gevaar in een positie gebracht waarbij een paar zinnen, wat honend gelach en spottende gezichten, hem hadden weten te reduceren tot...

Tot moes. Tot de mislukking die hij was. Het lot dat hij droeg, waaraan hij nooit zou kunnen ontsnappen. Hij had misschien nog maar beter een arm kunnen missen, of een been: een zichtbare handicap, waar mensen niet door verrast of overvallen konden worden. Een handicap die zijn aanwezigheid van de daken schreeuwde, niet eentje die zich prima liet verbergen onder aangeleerde omgangsvormen maar soms plotseling als een kwaadaardig beest de kop opstak om hem steeds opnieuw met de neus op de feiten te drukken. Niet eentje die zich misschien wel liet afspoelen, maar zich nooit helemaal liet wegwassen.

Hij was gewoon niet helemaal goed.

Ja, hij wist van zichzelf dat hij op een bepaalde manier intelligent was, want het werk dat hij voor Zoetermeer deed, konden niet zo heel veel andere mensen. Maar tegelijkertijd, wist hij, was hij ook volkomen onwetend op het gebied van menselijk contact. Hij wist zijn valkuilen exact te benoemen; hij had ze de afgelopen jaren met een niet-aflatend fanatisme bestudeerd – zichzelf genadeloos ontleed – alleen maar om er meer grip op te krijgen. Hij kon soms behoorlijk monomaan zijn (hij had wel eens gelezen dat men dat 'fiepen' noemde, maar dat woord had wat hem betreft niet de goede kleur om te passen bij het gevoel dat hij had als hij zich heel geconcentreerd in een onderwerp verloor), hij kon slecht tegen onverwachte situaties, hij had moeite met het interpreteren van niet-letterlijke zaken, zoals bijvoorbeeld humor, hij drukte zich onhandig uit, sprak in stijve, archaïsche zinnen en had moeite met zijn gevoelens. Hij zette ze het liefst gewoon zo veel mogelijk opzij, zodat hij er ook geen last van had. Hij had al evenzeer moeite met prikkels, en het managen daarvan. Vaak was zijn primaire reactie maken dat hij wegkwam, als hij een dreigende overprikkeling waarnam.

Hij was, en dat voelde hij heel sterk, zo fundamenteel anders dan alle andere mensen, dat het volslagen zinloos zou zijn om te proberen zich te conformeren en gewoon mee te doen aan de maatschappij zoals al die anderen dat deden. Een relatie hoorde daar ook bij; dat was iets voor gewone mensen, niet iets voor hem. Hij was ervan overtuigd dat hij opnieuw met volle kracht een deksel op zijn neus zou krijgen als hij nogmaals zou proberen zich open te stellen, en alweer met genadeloze eerlijkheid gaf hij aan zichzelf toe dat hij bang was voor die pijn.

Het zou misschien niet Sylvie zelf zijn, deze keer. Ze leek hem daar te zachtaardig voor, maar hij wist ook dat hij niet erg goed was in het inschatten van de karakters van de mensen die hij ontmoette. Hij neigde naar de twee uitersten op het spectrum: ofwel volledig vertrouwen, ofwel totaal wantrouwen. Wantrouwen was tot nu toe de veiligste koers gebleken, hoewel er intussen wel een paar mensen waren in zijn omgeving, zoals August Moelleux, en ook wel Piet Pandelaar, en de familie De Boer, de pachters van de hoeve, van wie hij niet dacht dat ze het slechtste met hem voorhadden.

Sylvie was hem ook niet onwelgezind, als hij zich tenminste niet verschrikkelijk in haar vergiste. Maar misschien zouden het andere mensen zijn, die hem zouden ridiculiseren en terugfluiten totdat hij weer zeker wist, zonder enige twijfel, dat hij een buitenbeentje was en dat het minimaliseren van menselijk contact toch echt de verstandigste koers was.

Met zijn handen om het stuur geklemd reed hij over de bospaden, terwijl hij zich zo goed mogelijk probeerde in te prenten dat hij Sylvie niet klakkeloos moest vertrouwen, en dat hij zijn eigen tekortkomingen niet uit het oog mocht verliezen.

Iets te hard reed hij het laantje in, aan het eind waarvan haar huisje zich bevond. Met een geërgerde ademstoot door zijn neus slingerde hij zijn auto op de parkeerplaats naast de hare – hij kon het niet helpen, maar dat voelde voor hem als zíjn parkeerplaats – en zette hij de motor uit.

Even bleef hij zo zitten, diep in- en uitademend door zijn neus, totdat het snuivende geluid dat dat produceerde hemzelf begon te storen.

'Vooruit,' mompelde hij tegen zichzelf, 'Freek, vooruit.'

Hij opende zijn portier, stapte uit de jeep en bleef toen verdwaasd staan omdat Sylvie naar buiten kwam in een vrolijk zomerjurkje tot op de knie, met haar haar los. Het jurkje had korte mouwen en ze liep op teenslippers; ze zag er jong en zorgeloos uit. Haar goudbruine, losse krullen vielen over haar schouders en het zonlicht, gefilterd door het bladerdak boven haar hoofd, maakte dat ze koperachtig oplichtten. Hij wist even niet hoe te ademen.

'Ha, Freek, ben je er al!' riep ze uit, enthousiast en spontaan.

Ze kwam zijn kant uit; ze kon het toch werkelijk niet slecht met hem voorhebben?

Hij sloeg zijn portier dicht. Bam, iets te hard. Zou hij ooit leren maat te houden? Snel liep hij om zijn auto heen naar de achterkant en sjorde de bank eruit. Dat was in alle eerlijkheid vooral om iets omhanden te hebben, om daar niet als een zoutpilaar te hoeven staan.

Hij legde de bank op zijn schouder. Zwaar, maar goed te doen; hij zette twee stappen en draaide zich rustig om. 'Waar moet hij naartoe?' vroeg hij aan Sylvie, die naderbij was gekomen totdat ze midden op het laantje stond, haar hoofd schuin. Ze keek een beetje raar verstild naar hem; hij kon haar blik niet helemaal duiden.

'O, eh,' zei ze, terwijl ze plotseling weer tot leven kwam en wees, 'ik dacht zo'n beetje daar, onder het raam?' Ze liep voor hem uit naar een plek onder het keukenraam, haar jurkje zwierend om haar benen. 'Hier staat 's morgens precies de zon op, en het lijkt me heerlijk om er dan op te zitten en een koffietje te drinken. Ik zie het helemaal voor me.'

Ze gaf hem zo'n blije lach dat hij bijna de bank liet vallen. In plaats daarvan zette hij hem rustig op z'n kant, om hem daarna snel en handig op de juiste plaats te manoeuvreren. 'Zo?' vroeg hij.

'Perfect,' zei ze. 'Even proefzitten, hoor.' Ze liet zich erop zakken en hij kon niet anders dan glimlachend naar haar kijken.

Daar zat ze.

Op zijn bank.

Hij werd helemaal warm vanbinnen.

'Hij zit heerlijk,' zei ze, en ze klopte op het hout.

Hij liet zich voorzichtig naast haar zakken.

'Ik vind het echt zo tof van je dat je hem aan mij hebt gegeven, weet je dat?' Ze bleef maar zo lachen, warm en lief; hij voelde het trillen in zijn borstkas. 'Hij is prachtig, en volgens mij ziet het er echt uit alsof hij hier hoort.'

'Ik vind het fijn dat je er zo blij mee bent,' zei hij, en direct daarna wilde hij dat hij had gezwegen; hij kon het gewoon niet, zo spontaan en natuurlijk overkomen als zij. Alles was bij hem stijf en aarzelend.

Ties kwam de hoek om gelopen, met in haar kielzog een lange, goed uitziende jongen.

'Hééé, Freek!' zei ze blij toen ze hem in het oog kreeg. 'Ik wist niet dat je langskwam!'

'Ik wist dat zelf tot voor kort ook niet,' zei Freek naar waarheid.

Sylvie grinnikte.

'Kan je dan, als je er toch bent, zo dadelijk nog even helpen met mijn app?'

'Jawel,' zei Freek, en hij stond op om zijn hand uit te steken naar de jongen die half achter Ties stond. 'Hallo,' zei hij tegen hem, 'jij bent Reinderts zoon, is het niet? Ik ben Freek van Lynden.'

'Ja, hoi,' zei de jongen, een beetje overvallen, maar hij schudde netjes Freeks hand. 'Hans-Willem den Dekker. Ties en ik moeten samen een werkstuk maken.'

'Heb jij even geluk,' zei Freek droog.

Sylvie achter hem maakte een geluid alsof ze een proest binnenhield. Het deed hem steeds weer goed als hij in haar bijzijn een grapje maakte dat slaagde.

Ties keek vorsend heen en weer tussen hem en Sylvie. 'Kom, Hawé,' zei ze toen tegen Hans-Willem, 'laten we naar binnen gaan. Het zal wel een volwassenendingetje zijn.' En over haar schouder kwam nog: 'Mooie bank, Freek.'

Sylvie

19

Ze kon bijna niet stoppen met lachen. Vanaf het moment dat Freek uit zijn jeep was gestapt en daar zo half verdwaasd naar haar had staan kijken – het was natuurlijk altijd leuk om het gevoel te krijgen dat een man vond dat je er mooi uitzag, maar Freeks blik, de puurheid, de rauwheid ervan, voelde ze tot in haar tenen – tot het moment dat hij zo, bijna achteloos, die bank op zijn schouder had gelegd. Toen hij op haar neerkeek terwijl ze erop ging zitten, lachte ze, en toen hij naast haar was komen zitten, en ook toen hij Hans-Willem, die arme jongen, zonder een spier te vertrekken had medegedeeld dat hij blij moest zijn dat hij mocht samenwerken met Ties... Ach, die Hans-Willem, hij was al zo verlegen. Hij deed wel voorzichtig stoer, maar Sylvie kon zien dat hij een klein hartje had, en dat hij Ties waarschijnlijk écht leuk vond. Ties vond hem zo te zien ook wel leuk, maar was niet speciaal onder de indruk van Hans-Willems status als kind van een van de rijkste gezinnen uit de omtrek, en Sylvie had het idee dat hij haar dochter juist daarom interessant vond.

Wat konden mensen, ook jonge mensen, het zichzelf vaak toch moeilijk maken, dacht ze terwijl ze theezette. Achter haar zat Freek tussen Ties en Hans-Willem in en legde rustig uit hoe Ties iets wat ze wilde in haar bomenapp, voor elkaar moest krijgen. Daarna liet hij het haar zelf doen, en hielp hij haar de foutjes eruit te halen. Freek was eigenlijk verrassend goed met kinderen. Hij kon ook goed vertellen, vond ze, en hij had een aangenaam stemgeluid. Laag, met een klein randje gruis erop, het was heel prettig om ernaar te luisteren.

Ze glimlachte nog steeds terwijl ze, theepot in de hand, zich omdraaide naar de keukentafel. Kopjes, koekjes, ze was lekker aan het rommelen terwijl Freek zo zat met de kinderen, en al drie keer had hij opgekeken precies als zij naar hem keek, met de lach op haar gezicht.

Eerst had hij een beetje verschrikt geleken, bij de tweede keer had hij zijn wenkbrauwen opgetrokken en bij de derde keer had hij voorzichtig teruggeglimlacht. Met één mondhoek.

De kinderen praatten intussen honderduit tegen hem; ook Hans-Willem was helemaal ontdooid. Grappig dat Freek dat effect op ze bleek te hebben, maar ook dat zij blijkbaar dat effect op hem hadden: hij leek zelf zowaar ook te ontspannen.

Dat veranderde wel een beetje toen Hans-Willem na de thee aankondigde dat hij naar huis moest, en Ties vervolgens, na een onhandig, prepuberaal afscheid in het halletje bij de voordeur, schielijk naar haar kamer verdween met haar laptop onder haar arm.

'Die moet het even verwerken, denk ik,' zei Sylvie glimlachend.

'Wat precies?' vroeg Freek, meteen een stuk stijver.

'Dat ze hem leuk vindt, natuurlijk. Ze zal het vast niet willen toegeven. Hij vindt haar ook leuk; weet je wat hij vertelde voordat je kwam? Ties mag niet meedoen met de eindmusical, omdat ze alleen voor de laatste tweeënhalf, drie maanden op school komt en dat te laat is volgens juf Béatrice. Hans-Willem vindt dat dus zo onrechtvaardig dat hij zijn rol heeft teruggegeven. Hij had een van de hoofdrollen, naast dat meisje van Van Bickershoek. Het schijnt een hele toestand te zijn op school.'

'Hm,' zei Freek, 'ik vind dat niet bijster eerlijk voor Ties. Netjes van de jongen dat hij op die manier zijn steun geeft, maar niet zo mooi van Bé Altena. Dat had ik niet van haar gedacht.'

'Nou, weet je wat nog veel erger is, van Bé Altena?' zei Sylvie, met een licht sarcastische nadruk op de naam van het schoolhoofd.

'Ik heb geen idee,' zei Freek.

'Ze staat er min of meer op dat Ties op school Laetitia wordt genoemd. Ties háát dat natuurlijk, ze wil gewoon Ties heten.'

'Ik heb daar begrip voor; ik heb ook een hekel aan mijn volledige naam.'

'O, ze heeft geen hekel aan Laetitia, hoor; ze heeft er een hekel aan dat iemand anders zoiets voor haar probeert te bepalen. Daar wordt ze verschrikkelijk opstandig van.'

'Ook daar heb ik begrip voor. Ik geef het liefst in het geheel geen antwoord als iemand mijn volledige naam gebruikt.'

'Wat is jouw volledige naam dan? Frederik?' Sylvie ging naast Freek zitten en opende haar laptop.

'Frederik, ja,' zei hij, een tikje duister, 'Frederik Alexander Walburgis Quint graaf Woudenbergh van Lynden.'

'Poeh,' zei Sylvie, toch een beetje onder de indruk, 'wat een riedel. Ik heet eigenlijk Sylvania, en verder niks. Maar ik heb ook veel liever Sylvie, hoor, anders klink ik alsof ik uit een van Ties' fantasyepossen kom, of zoiets.' Ze grinnikte met zelfspot, was toen even stil en mompelde vervolgens zachtjes: 'Walburgis?'

Freek kneep zijn ogen even dicht en knikte. 'Quint,' zei hij zachtjes.

'Arme jij,' zei ze grinnikend, 'Alexander is prima, en Quint valt op zich ook nog best mee, maar Walburgis!'

'De naam is al een paar eeuwen in de familie,' zei hij verongelijkt. 'Lach me niet uit.'

'Doe ik toch ook niet,' zei ze, nog steeds vrolijk. 'Hier, kijk, Walburgis, dit zijn die hekken.' Ze draaide haar laptop naar hem toe.

'Ik weiger te reageren als je me zo noemt,' zei Freek. 'Deze ziet er wel goed uit. Die kan ik waarschijnlijk ook wel zelf plaatsen.'

'Ik kan je toch gewoon helpen?'

'Natuurlijk kun je dat,' zei hij, 'het is alleen de vraag of je het ook wilt.'

'Anders zou ik het niet voorstellen.'

'O, je bedoelde het als een voorstel,' zei hij, ineens bedachtzaam, 'mijn excuses, ik heb het te letterlijk geïnterpreteerd. Dat overkomt me wel vaker. Het lijkt een beetje op het probleem dat ik met humor heb.'

Sylvie zweeg even terwijl ze bij zichzelf te rade ging. Zou ze het gewoon vragen? Misschien zou hij dan wel boos worden, of verbaasd zijn. Wie weet sloeg ze de plank er wel vreselijk mee mis. Aan de andere kant: hij leek over te lopen van zelfinzicht.

'Mag ik je een heel persoonlijke vraag stellen?' zei ze uiteindelijk toch maar.

'Jawel,' zei Freek goedmoedig. Het leek alsof hij alweer een beetje ontspande.

'Heb je... Is er misschien bij jou ooit iets op het autistisch spectrum geconstateerd? Misschien toen je nog kind was?'

Hij gaf haar een korte, verschrikte blik en knikte toen. 'Asperger. Maar in de nieuwe DSM bestaat die diagnose eigenlijk niet meer. Mijn functioneren is er sindsdien niet als vanzelf beter op geworden; dat is dan wel weer jammer. Ik hoopte dat ik het beter verborg, ik had niet verwacht dat het zo duidelijk merkbaar zou zijn.' Hij staarde even naar het tafelblad met iets hols in zijn ogen.

Sylvie had het liefst haar armen om hem heen geslagen. 'Het is helemaal niet duidelijk merkbaar,' zei ze snel, 'ik let alleen goed op. En ik vind je interessant, dus dat zal ook wel helpen. Bij het opletten, bedoel ik.' Ze lachte weer, nu een beetje nerveus.

Hij keek snel op en een late straal zonlicht die schuin door het keukenraam naar binnen viel, scheen op zijn gezicht. Hij kreeg er een soort gouden gloed door, met zijn blonde haar en lichte wenkbrauwen.

'Je ogen zijn helemaal niet bruin,' zei ze plotseling, 'ze zijn... een soort groen, en je rechteroog heeft een bruine vlek.'

'Klopt,' zei hij. 'Heterochromie. Hoewel geen echte; dan had ik twee volledig verschillend gekleurde ogen gehad. Ik weet dat bij bepaald licht mijn ogen wel overkomen als verschillend van kleur; nog iets wat niet helemaal goed is gelukt. Jouw ogen zijn lichtgrijs, dat had ik al gezien. Een aparte kleur, zeker in samenspraak met je haar.'

'Wat bedoel je, nog iets wat niet goed is gelukt?'

Hij gebaarde naar zichzelf, maar zei niets.

'Waar heb je het over, je bent toch juist heel goed gelukt? Wie stond er nou daarnet als een soort wandelende spierbundel met die bank op zijn schouder in de tuin? Ik bedoel, wie heeft die bank gemaakt! En je werk, hoe goed moet je daar wel niet in zijn om dat te kunnen, en hoe je net zat met de kinderen, vol geduld en aandacht, en, en, je ziet er toch ook goed uit, en zo? En, eh...' Ze wapperde machteloos met haar handen. 'Nou ja, ik heb je toch al verteld hoe leuk je bent, toen ik je naar huis reed na de, eh, weet je wel? Na De Paardentram.'

Hij sloeg zijn ogen neer. Keek weer naar haar op – hij bloosde, dat was onmiskenbaar – en keek met een diepe zucht weer naar zijn handen. Ze zaten intussen dicht naast elkaar, een beetje naar elkaar toe gedraaid; ze voelde zijn knie tegen de hare.

'Freek, ik vind je echt heel leuk,' zei ze zachtjes. 'En interessant en aantrekkelijk, en je kunt ook enorm lekker zoenen. Al hebben ze je honderd keer een of andere diagnose gegeven. Je bent niet mislukt. Wat is er in godsnaam met je gebeurd dat je dat van jezelf denkt?'

Hij werd nog iets roder en haalde zijn schouders op. Even bleef het stil, en toen zei hij: 'Ik jou ook, trouwens; al diezelfde dingen. Maar ik weet niet wat ik daarmee moet aanvangen, ik weet alleen maar dat het op bijzonder veel problemen uit gaat lopen als jij en ik... als wij...' Hij zuchtte diep.

'Nou, ik weet ook niet wat ik ermee moet,' zei Sylvie zachtjes, ook met haar blik op haar handen gericht. 'Ik heb de afgelopen keer dat ik iets had met een man zo vreselijk mijn neus gestoten dat ik eigenlijk denk dat ik ongeschikt ben voor de liefde. Ik had vroeger nooit partners, dat wilde ik niet, ik wilde ongebonden zijn. Toen kwam Ties, onverwacht, maar ik was vreselijk blij met haar – nog steeds, natuurlijk.' Ze keek hem even aan, hij keek ook op, en ze voelde zijn blik tot in haar hart.

'Dat is evident,' zei hij zachtjes. 'Volgens mij ben je een goede, lieve moeder.'

Nu bloosde zij. Zo'n compliment had ze nog nooit gekregen, en ze voelde dat Freek het meende.

'Nou ja, in ieder geval,' mompelde ze onhandig, 'in Olterloo, waar we eerst woonden, kreeg ik iets met de schoolleider van de basisschool in het dorp. Ik vond hem in eerste instantie niet eens zo aantrekkelijk. Eigenlijk vond ik hem een glibber, en hij had ook de reputatie dat hij het met iedereen deed; er waren een paar huwelijken kapotgegaan in het dorp vanwege hem. Maar hij nam heel rustig de tijd om me in te palmen, en toen kwam toch van het een het ander, snap je? Ik weet niet hoe hij me erin heeft gepraat, maar hij deed het, en ik had op een gegeven moment zelfs de illusie dat we een echt gezinnetje waren, zo met z'n drieën, dat we samen oud konden worden –' Ineens moest ze stoppen met praten omdat er een kartelige snik omhoogkwam waar ze niet op had gerekend. Toen die weer gezakt was, en ze haar ogen had drooggeveegd, ging ze bozig verder: 'Maar ik had natuurlijk naar mijn intuïtie moeten luisteren. Hij was met nog een paar vrouwen tegelijk bezig, terwijl hij met mij was, en ik voelde op een gegeven moment ook wel soort van aankomen dat het eindig was, denk ik. Toen ik erachter kwam, van die andere vrouwen, heb ik het heel abrupt uitgemaakt en meteen op die baan van boswachter hier gesolliciteerd, en voordat ik het wist waren we verhuisd. Het ging echt heel snel. Ik ben nog steeds niet helemaal bekomen van de schrik, denk ik.' Ze snoof nog een keer opstandig. 'En nu weet ik dus wel zeker dat ik niet geschikt ben voor een echte relatie; moet je zien wat voor slechte keuze ik heb gemaakt, die ene keer dat ik het probeerde. En het gaat niet alleen om mij; als dat zo was geweest dan had ik me er misschien minder druk om gemaakt, maar het gaat ook om Ties.'

'Hoe lang is het geleden?'

'Dat het uitging? Maand of vier, vijf.'

'Hoe lang was je met hem?'

'Iets van twee jaar.'

'De man is niet goed bij zijn hoofd,' mompelde hij tegen zichzelf, en dan weer tegen haar: 'Hoe heet hij?'

'Marcus Rietberger,' zei ze, toch nog verdrietig vanbinnen. Ze wist zeker dat het aan haar stem te horen moest zijn.

'Houd je nog van hem?'

Ze schudde haar hoofd nadrukkelijk en zei geërgerd: 'Wat is dit, zit je in geheimagentmodus en ben je me aan het verhoren? Of hoe noemen ze dat altijd in van die televisieseries, eh, "debriefen"?'

'O, zeker niet,' zei Freek zachtjes. 'Ik probeer alleen de situatie in kaart te brengen. En ik ben geen geheim agent, ik ben ethisch hacker.'

Het bleef even stil. Zo stil dat Sylvie haar eigen ademhaling kon horen, en die van Freek ook. Ze gingen gelijk op: in, en uit. In, en uit. Het had iets vreemd rustgevends.

'We ademen tegelijk,' zei ze toen.

'Ik merk het,' mompelde hij.

'Maar goed,' zei ze zachtjes, 'dat ligt allemaal achter ons. Misschien moeten we even focussen. Heb je nog verder nagedacht over de openstelling van het landgoed?'

'Jawel,' zei Freek, 'ik heb er de hele tijd over nagedacht. Ik wil het nog steeds niet, maar wat ik nog minder wil, is drugsafvaldumping op het landgoed. En het idee dat wij dan kunnen samenwerken maakt het ook wel wat minder onaangenaam.'

'O, gelukkig,' zei Sylvie, opgelucht dat het gesprek weer over iets minder broze onderwerpen ging, 'ik ben blij dat ik bij de afdeling minst kwade van twee kwaden hoor.'

Freek keek haar kort aan. 'Zo bedoelde ik het niet,' zei hij.

'Zie je, dat gebeurt me steeds. Dat ik iets zeg wat helemaal verkeerd overkomt.' Hij zuchtte.

Sylvie legde een hand op zijn arm. 'Ik plaag je maar; ik weet wel hoe je het bedoelt, hoor,' zei ze zachtjes. 'Ik vind het ook leuk om met je samen te werken, volgens mij kunnen we het prima met elkaar vinden. Als we tenminste niet de hele tijd gaan staan zoenen.'

'Als we dat zouden doen, dan komt het werk niet af,' zei Freek bloedserieus.

'Nee, dat zat ik ook al te denken. En ik raak er ook een beetje van in de war, moet ik bekennen.' Sylvie verbaasde zich erover hoe makkelijk het was om eerlijk te zijn tegen Freek; ze wist gewoon zeker dat hij precies zei wat hij dacht, en dat zij bij hem hetzelfde kon doen.

'Ik raak er ook van in de war,' zei hij. Hij zat intussen dwars op zijn stoel, met zijn bovenlichaam helemaal naar haar toe gedraaid. Hij liet traag zijn arm over de stoelleuning naar beneden zakken.

Sylvie zat zo dichtbij dat ze zijn geur opnieuw kon ruiken: zeep en schone, frisse man. Geen bier, en ook geen bos, maar gewoon hijzelf. Hij rook lekker, vond ze; ze was het liefst een beetje tegen hem aan gekropen. Ze keek hem aan met een glimlach; het was bijna niet te doen om niet te glimlachen als ze naar hem keek. Ze werd als vanzelf blij van zijn nabijheid.

Zijn arm die over de stoelleuning hing kwam weer omhoog, totdat zijn vingers voorzichtig door haar haar konden kammen.

'Het is precies zo zacht als het eruitziet,' mompelde hij. 'Toen ik hiernaartoe reed en terugdacht aan die kus, eerder vandaag, toen wilde ik zo graag met je naar bed dat ik de auto stil moest zetten.'

'Jeetje,' zei Sylvie, warm vanbinnen. Zijn hand streelde door, het moment was ineens verstild en teder. 'Is dat wel weer een beetje gezakt?'

'Jawel,' zei hij, ernstig en vol aandacht voor waar zijn hand mee bezig was. 'Ik ken dat gevoel helemaal niet; ik werd ooit eens verliefd op een vrouw, aan het eind van mijn studietijd, maar dat was een heel ander gevoel. Het is bijzonder naar geëindigd. Vreemd, ik wil daar normaal gesproken niet eens aan terugdenken, en nu vertel ik het je gewoon.'

Sylvie pakte voorzichtig zijn hand uit haar haar en hield hem vast in haar twee handen. Het was een grote hand, maar toch was er iets verrassend zachts aan. 'Wij kunnen goed eerlijk tegen elkaar zijn, hè?' zei ze zachtjes. 'Dat is een belangrijke basis voor een vriendschap.'

'Ik heb geloof ik helemaal geen vrienden,' zei hij. 'Alleen mensen die ik ken.'

Ze kuste plotseling, heel impulsief, zijn knuist. 'Ik ben een vriend,' zei ze zachtjes, 'en ik wil je helpen met je landgoed. Kom, laten we bedenken hoe we het gaan aanpakken, anders gaan we straks nog een keer zitten zoenen, en volgens mij moeten we dat niet doen, hoe lekker het ook is.'

Freek

20

Uiteindelijk was de oplossing eenvoudig gebleken, bedacht hij zich, terwijl hij om een uur of zes 's avonds op zijn gemak door het bos terugreed naar huis. Het landgoed ging van woensdag tot en met zondag open, van zonsopgang tot zonsondergang, en op maandag en dinsdag was het van hem alleen. Dan kon hij van de stilte genieten, paardrijden, wandelen, alles doen wat hij prettig vond, in totale rust en eenzaamheid.

Sylvie ging hem helpen met het doortrekken van het pad rond het meertje, het plaatsen van de hekken en benodigde borden, en iets van bewegwijzering. Ze had het briljante idee geopperd om wandelroutes uit te zetten over het landgoed; er waren voldoende bestaande paden en dan had hij iets meer grip op waar en hoe de mensen zich op zijn grondgebied zouden bevinden, én het zou een bepaald type mensen trekken – fervente wandelaars waren, in Sylvies ervaring in ieder geval, minder belastend voor een terrein dan mensen die een hele dag op een handdoek gingen zitten recreëren en vervolgens allerlei rommel achterlieten. Dagjesmensen hadden ook meer faciliteiten nodig: prullenbakken, een toilethuisje, plaatsen om hun auto's te parkeren… Allemaal zaken die ook nog eens onderhouden moesten worden, terwijl de bezoekers, zittend op hun handdoek, niet zo veel bijdroegen aan de sociale controle op het landgoed. Nee, Sylvies advies was uitstekend: een zwemverbod voor het meertje, maar wel een mooi wandelpad eromheen, en wandelroutes die het landgoed zo goed mogelijk zouden bestrijken, zodat het eventuele afvaldumpers overdag veel meer moeite zou kosten om een rustig plekje te vinden. Ervan uitgaande dat overdag de favoriete dumptijd was; je moest het bos wel héél erg op je duimpje kennen om zo'n dumping 's nachts te kunnen uitvoeren.

Hij was, naar omstandigheden, heel tevreden.

Misschien kwam dat tevreden gevoel ook wel deels doordat hij nu wist dat hij een vriend had: Sylvie was een vriend, of eigenlijk moest hij natuurlijk zeggen: een vriendin. Hij vond het pijnlijk lastig om te denken dat ze zíjn vriendin was, omdat dat zo veel meer impliceerde. Dat 'zo veel meer' hing dan wel onmiskenbaar in de lucht, maar het verrassend verhelderende gesprek dat ze erover hadden gehad, was ook onmiskenbaar en hing op geen enkele manier in de lucht. Het was gewoon concreet: ze waren allebei om hun eigen redenen niet in staat iets te doen met dat wat er in de lucht hing.

Hij had nog niet precies helder hoe hij zich daarover voelde.

Hij vermoedde dat hij het spijtig vond, alleen al omdat hij dan niet nog eens met haar kon zoenen, maar aan de andere kant: een vriendschap was op zich toch ook al heel goed. Het was ontegenzeglijk een opluchting om iemand te hebben die hem een beetje begreep. Die hem nooit zou ridiculiseren om hoe hij praatte, om de sociale signalen die hij miste, om zijn onhandigheid met mensen. Sylvie leek er helemaal geen last van te hebben dat hij zo was, en van de weeromstuit had hij het idee dat hij bij haar dus ook minder vaak zo'n tenenkrommende faux pas maakte. Hij vond het, in alle eerlijkheid, een bijzonder geruststellende gedachte dat ze over drie dagen hadden afgesproken om samen het landgoed te verkennen en alvast grofweg te benoemen wat er moest gebeuren. Hij wist dus wanneer hij haar weer ging zien. Hij was ervan overtuigd dat hij haar opnieuw wilde zien – liever eerder dan later – en zonder die afspraak had hij niet precies geweten hoe hij dat moest bewerkstelligen zonder het gevoel te krijgen dat hij overkwam als een volslagen idioot.

Hij stopte om het hek naar het landgoed te openen, en het achter zijn jeep weer te sluiten, en toen hij het pad op reed nam hij zich voor om, als hij thuis was, meteen een berichtje naar Eufemia te sturen. Hij had dat sinds de zoen in De Paardentram niet meer gedaan – het idee had hem in eerste instantie tegen de borst gestuit – maar bij nader inzien dacht hij dat het toch misschien wel tijd was om weer eens seks te hebben. Het was alweer even geleden, en dan zouden die warme gedachten aan Sylvie waarschijnlijk ook vanzelf ophouden, of in ieder geval verminderen tot een aanvaardbaar niveau voor een vriendschap.

En ineens, uit het niets, drong tot hem door dat hij helemaal op het verkeerde spoor zat met zijn hack. Hij had zich het hoofd zitten breken over hoe hij zijn robotstofzuiger – of althans, het moederbordje ervan – zo zou kunnen herprogrammeren dat het niet alleen zijn fabrieksinstellingen zou ophalen, maar ook een stukje code zou achterlaten, zodat daarna de mannen in Zoetermeer een directe toegang tot de servers van Hone zouden krijgen en daar op hun gemak konden rondsnuffelen. Maar de online toegangspoort waar de stofzuiger zich meldde voor zijn fabrieksinstellingen was weliswaar niet beveiligd, maar het was ook niet meer dan een uiterst eenvoudige interface die een bestandje teruggaf op het moment dat de robotstofzuiger zich geïdentificeerd had. Meer kon eigenlijk gewoon niet, hoe hard hij ook out of the box probeerde te denken: het was vraag en antwoord, volgens een vast stramien.

Hij kon nog beter, nu hij de robotstofzuiger toch had gedemonteerd, het ding uitrusten met sniffercode en een simkaart en het terugsturen naar Zuid-Korea. Gewoon per post. Het apparaat zou dan uitgepakt worden door de technische dienst, iemand zou het activeren om te onderzoeken wat ermee aan de hand was, en het waarschijnlijk contact laten maken met het netwerk. Dan zou de sniffercode zijn werk kunnen doen, en door middel van het simkaartje hem live mee laten kijken op zijn eigen computer.

Hij was meteen enthousiast over het idee, hoewel hij wist dat het niet een honderd procent uitgemaakte zaak was dat het zou werken. In ieder geval was het wel vrij gemakkelijk te herhalen, mocht het mislukken; de kans dat de poging werd opgemerkt was klein.

De stofzuiger opsturen had ook iets literairs wat hem wel beviel; het was een Trojaans paard.

Zijn brein zoemde en klikte terwijl hij doordacht hoe hij het wilde aanpakken, en voordat hij het wist was hij terug bij het koetshuis.

Hij parkeerde, liep even bij Jack binnen om te zien of alles goed was met hem, gaf hem een appel voor de gezelligheid en nog wat voer voor de honger, en checkte of zijn drinkbak nog schoon was en naar behoren functioneerde. Zijn stal hoefde nog niet uitgemest te worden; morgenochtend weer. Jack hinnikte en bromde een beetje tegen hem, en duwde zijn neus tegen zijn schouder, en plotseling besefte Freek dat Jack ook een vriend was.

'Niet jaloers worden, hoor,' mompelde hij, terwijl hij met zijn arm om Jacks hals tegen hem aan leunde. Bij Jack had hij ook altijd het gevoel dat hij werd begrepen. 'Gelukkig ben jij een echt paard, geen Trojaans paard,' zei hij grinnikend, 'en morgen mag je weer lekker naar buiten.' En met een liefdevolle aai over de neus van Jack nam hij afscheid en liep naar het koetshuis.

Een half uur later had hij Eufemia gebeld, snel iets te eten gemaakt, dat opgegeten en afgewassen, en daarna nog een keertje ultrakort gedoucht. Hij maakte zich bij Eufemia over het algemeen wel wat minder zorgen over zijn lichaamsgeur – hij had de indruk dat hun contactmomenten simpelweg te kort waren om het een probleem te laten zijn – maar hij wilde toch onder geen beding naar paard ruiken als hij seks had. Dus zat hij nu schoon en fris aan zijn bureau om alle stofzuigeronderdelen op volgorde te leggen. Hij zou het ding weer in elkaar moeten zetten, waar hij niet op had gerekend – anders had hij bij het demonteren wel beter gelet op de volgorde waarin hij dingen deed – maar bij nader inzien vond hij het wel een interessante puzzel. Zodra hij wist hoe het ding weer in elkaar moest en waar er eventueel extra ruimte in de behuizing aanwezig was, ging hij bedenken waar hij de simkaartmodule ging verbergen; hij had daar ongeveer twee vierkante centimeter voor nodig, wist hij, en een halve centimeter dikte. Hij had zich een jaar eerder, toen het erg rustig was met het werk voor Zoetermeer, eens verdiept in het gebruik van simkaarten voor het op afstand aansturen van smart-apparaten; hij had bedacht dat hij wel zou willen experimenteren met iets zelfgebouwds. Een via een app programmeerbare ijskast die hem vriendelijk goedemorgen wenste als hij 's morgens de deur opentrok, had hem wel aardig geleken. Daartoe had hij een doos vol van die simkaartmodules uit China laten komen. Maar natuurlijk was het pakketje nog niet binnen of hij had een ingewikkelde opdracht gekregen, dus stond het nog dichtgetapet en wel op een plank in zijn boekenkast stof te vergaren. Het was een geluk dat hij niet zo heel weggooierig was aangelegd: nu kwam het goed van pas.

Veel eerder dan verwacht hoorde hij wat er nog aan grind op het pad lag knerpen: daar zou Eufemia wel al aan komen. Ze had tot zijn verrassing direct ingestemd, ze had zelfs bijna blij geklonken. Hij hoopte maar dat ze zichzelf niet al te veel zou martelen met die idioot hoge hakken waar ze meestal op scheen te willen lopen; hij had dat nooit begrepen. Waarom zouden vrouwen zichzelf toch zoiets oncomfortabels aandoen, in letterlijke en figuurlijke zin? Hij vond het niet eens esthetisch; het zag er voor hem vooral pijnlijk uit.

'Freak?' hoorde hij in het halletje.

Hij trok zijn wenkbrauwen op en moest toch even zuchten terwijl hij uit zijn stoel opstond, en even dacht hij terug aan zijn gesprek met Sylvie. Het minste van twee kwaden, maar wat hier nu precies het grotere kwaad was kon hij niet helemaal invullen. Hij kreeg er ook de tijd niet voor, want zodra hij de hal in stapte, hing Eufemia om zijn nek en begon ze hem woest seksueel te zoenen terwijl ze zich tegen hem aan wreef. Zijn lichaam had niet zo veel aansporing nodig, het herinnerde zich waarschijnlijk nog goed hoe het zich eerder op de dag had gevoeld toen hij de auto even had moeten stilzetten, en nog voordat ze bij de trap waren was zijn T-shirt al uit.

'*Oh, Freak,*' kreunde Eufemia in zijn oor, '*you are so ready! I am ready too, Lodwik ge give me something and now I'm so ready!*'

'*What did he give you?*' vroeg Freek, al half beneveld door haar hand die vaardig zijn kruis masseerde.

'*A sample*,' hijgde ze, en toen hadden ze zijn bed bereikt en was er geen tijd meer om het nog ergens over te hebben.

Om twee uur 's nachts zat hij nog te sleutelen aan zijn stofzuiger. Eufemia was misschien maar een half uur of iets langer bij hem geweest, maar hij was twee keer, verrassend kort achter elkaar, werkelijk keihard klaargekomen, en dat had hem zo opgelucht dat het bijna voelde alsof er iemand met een hogedrukspuit aan de binnenkant van zijn schedel tekeer was gegaan: alles was fris, helder en overzichtelijk en hij zat vol energie. Al zijn gedachteprocessen draaiden soepel en probleemloos op topsnelheid, en de oplossingen voor eerder complex lijkende problemen vielen hem als het ware in de schoot. Hij had uitgezocht naar welk adres hij zijn robotstofzuiger moest sturen, in Zuid-Korea, hij had bedacht hoe hij net kon doen alsof hij een lokale reparatieshop was die een apparaat terugstuurde naar de leverancier en hij had zich voorgenomen om wat er nog meer in de krat met Hone-spullen zat en enige interactieve capaciteiten had, op dezelfde manier te prepareren als de stofzuiger. Hij had toch modules genoeg. Hij zou de apparaten in twee batches opsturen – het leek hem ook een stuk aannemelijker dat een lokale reparatiedienst meerdere problematische reparaties bij elkaar zou opsturen naar de andere kant van de wereld, in plaats van een voor een, en zo was de kans groter dat in ieder geval één apparaat zijn werk zou doen. Een klein legertje van Trojaanse paarden, was het. Hij zou wel tegen Morris moeten zeggen dat het nog iets langer ging duren (die zou daar niet blij mee zijn), maar dat hij hoge verwachtingen had van de resultaten, áls dit ging lukken.

Zijn computer had hij voor een deel ook al ingericht om de gesnifte informatie te kunnen ontvangen én te kunnen opslaan, en het enige wat hij nu nog moest aanschaffen was een stapel simkaartjes en twee kartonnen dozen.

Tegen drieën vond hij het mooi geweest en klom hij, nu toch wel moe, de trap op naar zijn slaapkamer. Hij besteedde nog een paar minuten aan het verschonen van zijn onderlaken – hij voelde weerzin om erop te gaan liggen slapen, wetend wat zich er eerder op had afgespeeld – en toen kon hij zich met een min of meer zuiver geweten overgeven aan de zachte, donkere armen van de slaap.

Hij werd, voor zijn gevoel ongeveer drie minuten daarna, ruw gewekt door het geluid van zijn mobiel. Even zat hij met zijn ogen knipperend rechtop in bed met het verongelijkte gevoel dat hem een hele nachtrust was ontroofd, maar toen zag hij op zijn mobiel – die natuurlijk precies ophield met lawaai maken op het moment dat hij hem ter hand nam – dat het al half tien was, veel later dan hij normaliter uit bed kwam, zelfs al had hij een lange nacht gewerkt. Om negen uur opstaan was voor hem toch wel het maximum dat hij zich aan uitslapen wilde permitteren; om zeven uur uit bed was de norm.

De beller had een onbekend, niet-mobiel nummer. Dat was vervelend. Hij wist nooit wat hij daarvan moest denken: moest hij het negeren omdat het iets vervelends kon zijn, of terugbellen om erachter te komen waar het om ging?

Hij hoefde in dit geval die afweging niet te maken: het apparaat begon opnieuw lawaai te maken in zijn hand, met hetzelfde nummer in beeld. Hij nam op met een kort en nog een beetje rasperig: 'Freek.' Het klonk barser dan hij had verwacht.

'Ja, hallo?' klonk het in zijn oor. 'Meneer de graaf? Béatrice

Altena Lankester hier, van basisschool De Brink.'

'Goedemorgen,' zei Freek, die direct vermoedde waar dit over zou kunnen gaan.

'Ik wil even iets verifiëren, met uw welnemen,' zei Bé Altena. Hoewel ze dezelfde lagere school hadden bezocht – de lagere school waarvan zij nu het hoofd was – en ze elkaar in de afgelopen jaren heel af en toe nog wel eens hadden gesproken, begon Bé altijd vreselijk formeel. Gaandeweg het gesprek vroeg ze dan altijd verbaasd waarom hij haar eigenlijk niet gewoon Bé noemde. Ze kenden elkaar toch? Hij raakte daar iedere keer opnieuw een beetje van in de war.

Deze keer was hij echter van plan haar een slag voor te zijn. 'Wat kan ik voor je doen, Bé?' zei hij. Zijn stem klonk alweer bijna normaal en hij stond inmiddels naast zijn bed. Hij was weliswaar nog bloot, maar hij merkte dat rechtop staan hielp om de laatste slaapflarden uit zijn hoofd te krijgen.

'Ik heb hier drie kinderen uit groep acht: Gemma de Boer, Laetitia van Foreeste en Hans-Willem den Dekker. Ze zijn alle drie op de hoogte van iets waarvan, zo claimt Laetitia, u, eh, jíj, de maker bent.'

'Ja?' zei Freek aanmoedigend. Hij zette zijn mobiel even op speaker, legde hem neer en schoot snel in zijn kleren.

'Een Chrome-app waarmee de digiborden bediend kunnen worden?' zei Bé, op ongeveer dezelfde aanmoedigende toon als hij. 'Freek, je gaat me toch niet vertellen dat je hebt... ingebroken op het schoolsysteem?'

'De beveiliging is niet heel sterk,' zei Freek, toch wel een tikje schuldbewust, 'en ik heb ook direct wat conflicten opgelost, veroorzaakt door verschillende slecht geïnstalleerde softwarepakketten. Toen ik er toch was. Ik ben er nu eenmaal handig mee.'

'Kun je nu langskomen?' zei ze, met haar beste strengejuffenstem. 'Ik denk dat het belangrijk is dat je langskomt. Ik heb in ieder geval Laetitia's moeder ook al gebeld, aangezien Laetitia de aanstichtster is.'

'Ties heeft niets gedaan,' zei hij meteen. 'Ik kom eraan; over een kwartier ben ik er.'

Zonder ontbijt voor zichzelf beende hij snel de stal in om Jack van voedsel te voorzien; het uitmesten zou nog een uurtje moeten wachten. Daarna sprong hij in de auto en reed hij, onkarakteristiek voor hem, haastig over de oprijlaan het landgoed af, om met één oog op zijn snelheidsmeter over de asfaltwegen naar Hogerweijde te scheuren.

Precies twaalf minuten later stond hij op de parkeerplaats bij school, en exact een kwartier nadat hij de verbinding met Bé Altena had verbroken bevond hij zich voor de deur van haar kantoor. Er stonden drie houten stoelen op de gang; op een daarvan zat Sylvie en zijn hart miste prompt een slag toen hij haar zag.

'Hé, Freek,' zei ze zachtjes. 'Ben jij ook gebeld?'

Hij knikte, liet zich naast haar zakken en bedacht zich ineens met enige schrik dat hij zonder te douchen de deur uit was gerend. Zijn kleren waren schoon, dat wel, en hij had de avond ervoor nadat Eufemia was vertrokken nog een keer lang gedoucht. Hij had ook nog op een schoon onderlaken geslapen, dus misschien viel de schade mee; hij kneep heel even zijn ogen stijf dicht en hoopte er het beste van.

'Denk je dat het een heel groot probleem wordt, voor de kinderen?' vroeg Sylvie.

Freek deed zijn ogen weer open; misschien had hij haar wel extra bezorgd gemaakt met zijn privémoment van vertwijfeling. 'O, nee, dat kan ik me niet voorstellen,' zei hij gauw, 'en ik zal sowieso alle schuld op me nemen. Daarnaast heb ik al aan de telefoon tegen Bé gezegd dat ik ook wat conflicten heb opgelost, toen ik toch op het netwerk zat; dat moet ze ook meewegen. Ze zou moeten investeren in een behoorlijke ICT-ondersteuning.'

'Misschien heeft de school er geen geld voor,' mompelde Sylvie. 'Als jij nou eens je diensten aanbiedt?' Ze grijnsde een beetje ondeugend naar hem.

'Ik zou daar eigenlijk weinig problemen mee hebben,' zei Freek, 'maar het is me simpelweg nooit gevraagd.'

'Snap ik,' zei Sylvie. 'Ik had trouwens niet gedacht dat ik je zo snel weer zou zien, weet je dat?'

'Ik ook niet,' gaf hij toe, 'maar ik vind dat niet zo erg.' Hij grijnsde ook even, een tikje wrang; hij voelde dat hij zich onhandig uitdrukte, maar kon er de vinger niet op leggen.

'Ik vind het ook niet erg,' zei ze, met een warme glimlach ten antwoord. 'Maar, eh, ik hoorde daarnet iets van stemverheffing, achter de deur, dus ik vermoed dat de kinderen wel een dikke uitbrander krijgen.'

Freek stond direct weer op. 'Als er iemand hier een uitbrander moet krijgen, dan ben ik dat natuurlijk,' zei hij, met lichte ergernis in zijn toon, en daarna greep hij de deurkruk en opende hij de deur zonder eerst te kloppen. Hij voelde meer dan dat hij zag dat Sylvie ook opstond en achter hem aan kwam, en dat vond hij een prima idee; hij had absoluut geen zin om op de gang te moeten blijven wachten totdat Bé Altena hem eindelijk binnenriep. Hij had nog meer te doen, en daarbij, als hij dan zo nodig te pas en te onpas de graaf moest uithangen voor de mensen uit de buurt, dan ging hij hier ook met een feodaal gestrekt been in.

'Ha, Bé,' zei hij, 'Sylvie is er ook al. Dag Ties, Gemma, Hans-Willem.' Hij knikte de kinderen een voor een toe, pakte een krukje dat langs de wand stond en schoof dat zonder omhaal naast de drie stoelen die netjes op een rij een beklaagdenbankje vormden aan de bezoekerszijde van Bés bureau. Ze zetelde aan dat bureau met een air van natuurlijk overwicht, dat moest hij haar nageven.

Hij zag vanuit zijn ooghoek dat Sylvie aan de kleine vergadertafel was gaan zitten, meer als observator, maar hij liet zich op het krukje zakken naast de kinderen en keek Bé aan met een blik waarvan hij hoopte dat die 'zeg er maar eens iets van' uitstraalde.

'Ik wil graag precies weten uit wiens koker dit idee komt,' zei Bé streng, waarop Ties meteen uitriep: 'Dat zei ik toch al, juf Béatrice; ik heb het bedacht! Ik zei tegen Freek, toen ik hem tegenkwam bij school en hij me naar huis bracht, dat ik wou dat ik de school kon hacken, en toen zei hij dat dat niet zo moeilijk was.'

'Het was beoogd als educatief projectje,' zei Freek. Het viel hem in op het moment dat hij zijn mond opende; hij had een van die zeldzame heldere momenten waarop hij kon improviseren in het volste vertrouwen dat zijn creativiteit alles op tijd kloppend zou krijgen. Terwijl hij dat deed, bezag hij zichzelf als van een afstandje, hoorde hij zijn eigen woorden en doorvoelde hij de waarheid ervan. Zo had hij het daadwerkelijk bedoeld, hij had er alleen de woorden niet eerder voor gevonden. 'Ik kom niet vaak jonge mensen tegen die zo duidelijk een groot talent tentoonspreiden binnen mijn vakgebied,' vervolgde hij. 'Ties is zeer intelligent: ondanks een in mijn ogen aanstootgevend gebrek aan aandacht voor haar specifieke capaciteiten gedurende haar schoolcarrière tot nu toe, zie ik duidelijke aanwijzingen voor hoogbegaafdheid. Als ik iets kan doen om haar vooruit te helpen en te begeleiden in haar ontwikkeling, dan zal ik het niet nalaten.'

'Wat bedoel je hier precies met... vakgebied?' vroeg Bé,

met iets van voorzichtigheid in haar stem, terwijl ze de verwijzing naar hoogbegaafdheid netjes omzeilde.

'Ik ben ethisch hacker,' zei Freek, een tikje onderkoeld. 'Ik zou niet graag zien dat Ties, als ze zo dadelijk vijftien is, blijkt te hebben ingebroken bij een grote bank of verzekeraar om een of ander vitaal proces plat te leggen, puur omdat ze wilde weten of ze het kon.'

'En dus vind je het een goed idee om dan maar bij de school in te breken en een app te ontwikkelen die het digibord kan uitzetten?' Bé had haar strengejuffentoon weer teruggevonden.

'Dat is heel wat onschuldiger, en het gaf me de kans om haar iets mee te geven over de verantwoordelijkheden van een ethisch hacker. Zelfs al ben je in staat om ergens in te breken – zelfs al doe je het ook – dan nog mag je geen schade aanrichten. Macht betekent verantwoordelijkheid, en dat is iets wat je niet jong genoeg duidelijk voor ogen kan krijgen.'

Bé gaf hem een klein glimlachje, het zag eruit alsof het haar tegen wil en dank ontglipte. 'Is dat jouw interpretatie van adel verplicht?' vroeg ze.

Hij dacht daar heel even over na. 'Waarschijnlijk wel,' zei hij toen. 'Zoals ik je al heb verteld: nadat ik mezelf toegang had verschaft tot de schoolserver, heb ik wat bestaande kleine conflicten tussen de verschillende softwarepakketten opgelost. Iedereen is er beter van geworden. Ties heeft van alles geleerd, wat ze weer kan toepassen in het project waar ze thuis aan werkt.'

'En welk project is dat?' vroeg Bé. 'Het is in ieder geval geen schoolproject.'

'Ties heeft een bomenapp gebouwd,' zei Gemma dapper. 'Heel cool, dan kan je een boom adopteren.'

'Hij is nog niet af,' zei Ties bescheiden, 'nog niet alles doet het, maar Freek helpt me af en toe als ik vastzit. Hij is echt een goeie bouwer, en hij kan enorm goed uitleggen.'

'Wat moet die app dan allemaal kunnen?' Bé ontdooide een beetje; haar nieuwsgierigheid leek gewekt. 'Ik ben zelf niet zo digitaal aangelegd, maar als school moeten we natuurlijk zorgen dat we wel genoeg aandacht aan dit soort onderwerpen besteden.'

'Nou,' zei Ties, 'je moet er een boom in adopteren, met een foto, en dan kun je precies de soort instellen. Er zit een soort hulpmenu in, dan moet je vragen beantwoorden en dan kun je daarmee uitzoeken wat voor boom het is. Je kunt hem ook een naam geven, en dan moet je een pin in Google Maps kunnen zetten precies waar hij staat, je boom. Als je wilt kun je allerlei gegevens bijhouden: hoe vaak je hem hebt bezocht, hoe je hem hebt genoemd – want je kunt hem ook een naam geven –, of hij is gegroeid, of er bijzondere dingen met hem zijn gebeurd... En je kunt ook vrienden worden met andere mensen die een boom hebben geadopteerd en met ze chatten, maar dat is dus het deel dat nog niet af is. En je kunt dan op Google Maps zien waar in Nederland er allemaal geadopteerde bomen staan. Dat was het wel zo'n beetje.'

'Denk: een soort Facebook voor bomen,' zei Hans-Willem.

Bé dacht daarover na. 'En jij helpt haar hierbij,' zei ze na een tijdje tegen Freek.

'Jazeker,' zei Freek. 'Ik vind het een erg goed idee. En zeker voor zo'n jong mens.'

'Ja, het komt dus,' zei Ties, 'doordat ik op mijn vorige school een bomenadoptieplan had, en best veel kinderen in mijn klas deden mee. Maar ja, die zie ik niet meer. En hier op school lijken de kinderen me niet van die bomenadopteerders; in Olterloo waren het toch meer boerenkinderen, die met de natuur bezig waren, weet je wel, en niet zo erg met kledingmerken.'

'Wij vinden hier op school natuur en milieu ook erg belangrijk,' zei Bé.

'Ja, als lesmateriaal,' zei Ties. 'Ik bedoel meer, nou ja, dat je er vanuit jezelf mee bezig bent.'

Bé dacht daar even over na, en knikte toen zuinigjes. 'Wat is precies je plan, als de app eenmaal gereed is?' vroeg ze, met een indringende blik.

Freek was tevreden over het feit dat Bé afgeleid leek door de inhoud van de app, en dat het gesprek niet meer ging over het hacken van het schoolsysteem. Hij nam zich voor om er wel nog iets over tegen Bé te zeggen als de kinderen straks de kamer uit waren. Misschien moest hij maar gewoon zelf aanbieden om iets voor de ICT van de school te doen, want het zou zomaar kunnen dat die vraag nooit vanzelf zou komen. Het zou in ieder geval een buitengewoon kleine moeite voor hem zijn en hij vermoedde dat de school er goed mee geholpen zou zijn.

Hij vond het, merkte hij, best moeilijk om geconcentreerd te blijven. Bé ondervroeg Ties over de app en haar bedoelingen ermee, en zij gaf keurig antwoord: bomen in de gaten houden, leren over boomsoorten, de boswachter kunnen waarschuwen als er iets mis was met je geadopteerde boom, contact met adopteerders onder elkaar, bescherming van bomen; maar Freek luisterde met een half oor en bleef misschien maar met een kwart van zijn hersencapaciteit bij het onderwerp. De rest van zijn brein was afgeleid door Sylvie, die schuin achter hem aan Bés bescheiden vergadertafeltje zat. Ze hield zich stil, ze bewoog zelfs nauwelijks, maar toch was hij zich op een bijna absurde manier bewust van haar aanwezigheid in de ruimte.

'Ik weet het goedgemaakt,' zei Bé opeens. 'Ik maak er geen werk van, van jullie inbraak op de schoolserver, als jullie,' ze keek Ties en Freek beurtelings aan, 'de app zo snel mogelijk afronden en er vervolgens een presentatie over houden voor alle achtstegroepers. En jullie,' hierbij keek ze naar Gemma en Hans-Willem, 'moeten een vereenvoudigde versie van die presentatie houden voor groep vijf, zes en zeven. En dan wil ik het zo met jullie afspreken dat we met alle kinderen vanaf groep vijf jonge bomen gaan aanplanten. Onze boswachter weet vast wel waar in het bos dat het hardst nodig is, en dan adopteert ieder kind zijn zelf aangeplante boom. Ik zal me inspannen om sponsoring te vinden bij de ouderraad; dit is zo'n interessant idee dat het waarschijnlijk wel wat media-aandacht zal opleveren. Maar denk nu niet meteen, Laetitia, dat je de volgende Boyan Slat bent, want dat zou schromelijk overdreven zijn.'

'Haar roepnaam is Ties,' zei Freek, die precies op tijd zijn ongehoorzame brein tot de orde had weten te roepen. Zijn stem klonk iets barser dan hij misschien had gewild, maar hij besloot in een milliseconde dat dat in dit geval misschien geen slechte zaak was. 'En voordat ik me committeer aan het houden van een presentatie voor de achtstegroepers van deze basisschool, wil ik graag nog een ander punt bespreken. Ik begrijp dat Ties is uitgesloten van deelname aan de eindmusical, en dat Hans-Willem uit protest hiertegen zijn rol heeft neergelegd.' Hij trok zijn wenkbrauwen op en keek even naar de kinderen.

Hans-Willem kneep zijn lippen op elkaar en Ties zei nonchalant-brommerig: 'Voor mij hoeft het allemaal niet, hoor,' maar Freek hoorde in haar stem dat het meer groothouden was dan iets anders.

'Bijzonder vervelende situatie,' zei Bé Altena, 'hoewel ik niet begrijp wat het te maken heeft met het feit dat je hebt ingebroken op de schoolserver.'

'Helemaal niets,' zei Freek, 'behalve dat ik op dit moment besluit deze twee zaken met elkaar te verbinden.'

Sylvie

21

Sylvie zat aan juf Béatrice Altena's vergadertafel. Ze observeerde het gesprek en liet haar ogen rusten op Freeks brede rug. Op zijn krukje zat hij wat lager dan Ties, Gemma en Hans-Willem, waardoor zijn hoofd ondanks zijn lengte niet eens zo heel veel uitstak boven de hoofden van de kinderen, maar hij werd op geen enkel moment nederig. Hij bleef schijnbaar volledig de controle houden over het gesprek.

Waarom zou hij toch van zichzelf denken dat hij niet goed was in sociale situaties? Hij deed het fantastisch, hij was eerlijk en openhartig, en tegelijk ook doelbewust en behoorlijk onbuigzaam, zonder onredelijk of bot te worden. Hij zat daar eigenlijk als een echte meneer-de-graaf, vond ze, al droeg hij een broek met camouflagevlekken, bruine bergschoenen en een olijfgroen T-shirt.

Ze voelde zich op een vreemde manier trots op hem, omdat hij zich zo kranig weerde, en ook omdat hij het voor haar dochter opnam.

'Het is niet zo dat ik niet bereid ben me te committeren aan het houden van een presentatie over Ties' app,' zei hij nu, 'ik wil er alleen als voorwaarde aan verbinden dat ze kan deelnemen aan de eindmusical. En dan kan Hans-Willem zijn rol ook weer op zich nemen.'

'Maar er zijn helemaal geen rollen meer om te verdelen,' zei Bé, haar stem nu even niet streng en juffig, maar een curieuze mix van verwarring en wanhoop. 'Er is nu al een andere jongen die de afgelopen week heeft geprobeerd om de rol te leren, de uitvoering is over drie-, nee, tweeënhalve week, en –'

'Ewoud kan echt niet zingen,' zei Hans-Willem met netjes onderdrukte, maar toch niet helemaal onmerkbare minachting. 'En het is maar een eindmusical, het is nou niet dat we in theater Gooiland staan.'

'Ties kan wél zingen,' zei Sylvie plotseling. 'En behoorlijk goed ook.' Ze had zich voorgenomen zich zo min mogelijk in het gesprek te mengen, en al helemaal nadat ze had gemerkt dat Freek de boel zo geweldig goed in de hand leek te houden, maar deze opmerking ontglipte haar zomaar. Misschien was het haar trotse moederhart dat zich roerde.

'Ma-ham,' zei Ties ongemakkelijk.

'Nou, het is toch zo? En je doet het nog graag ook. Dan zou het toch leuk zijn als je alsnog mee kon doen?'

Ties keek even heen en weer van haar moeder, naar Freek, naar juf Béatrice.

'Nou, oké,' mompelde ze toen, een beetje bokkig, 'maar ik hoef geen rol.'

Bé Altena zuchtte diep. 'Ik zal er nog een hele kluif aan hebben om de ouderraad te overtuigen van de wijsheid van deze beslissing,' zei ze een tikje zorgelijk.

'Ach, welnee,' zei Freek. 'De ouderraad, die bestaat op dit moment ongetwijfeld voornamelijk uit Francine van Bickershoek van Hooglanden?'

Bé keek even naar Freek en trok vervolgens heel subtiel een gezicht, maar niet subtiel genoeg voor Ties.

Die giechelde zachtjes. 'Je zult wel blij zijn dat Eugenie in groep acht zit, juf Béatrice,' zei ze, met een blik waarvan Sylvie eigenlijk ook wilde giechelen, maar ze hield zich in. Haar bijdehante dochter: bijna twaalf, maar het had net zo goed tweeëntwintig kunnen zijn.

'Eugenie heeft een broertje,' zei Bé Altena duister. 'In groep vijf.'

Nu moest iedereen een beetje lachen, inclusief Bé, en de sfeer leek te veranderen.

Freek was als eerste weer ernstig. 'Maar Bé, nu moet je me uitleggen hoe het kan dat de ouderraad, bij monde van één ouder, kan tegenhouden dat een kind mee mag doen aan de eindmusical.'

'O, het zijn intussen meerdere ouders, hoor. Francine kan erg, eh, overtuigend zijn. Het heeft geloof ik ook iets te maken met het feit dat Ties en Gemma, en ook Marilou, zo'n prominente rol hebben gehad bij de opening van de feestweek; Francine is erg gefocust op een eerlijke verdeling.'

'Maar Marilou en ik zitten gewoon in het koor,' zei Gemma verbaasd, 'moeten wij er dan ook uit?'

'Natuurlijk niet,' zei Bé geruststellend. 'Het argument was dat het zo laat niet meer mogelijk zou zijn om het hele stuk te leren, et cetera.'

'En Ewoud kan dan wel mijn rol leren?' De stem van Hans-Willem zat vol ongeloof.

'Ik geloof niet dat Eugenies moeder erop had gerekend dat jij je rol zou neerleggen, Hans-Willem,' zei Bé, toch wel weer met haar juffenstem op.

'Het is een bizarre situatie,' zei Freek, 'en je zou kunnen stellen dat ik er min of meer verantwoordelijk voor ben, aangezien het mijn beslissing was om de meisjes te betrekken bij de opening. Hoe werkt het instuderen, Bé? Net als in onze kindertijd, in de toneelzaal bij de piano?'

'De hele musical staat online, kinderen kunnen het stuk thuis instuderen, en dan repeteren we in de toneelzaal, ja. Maar niemand in het team speelt goed genoeg piano om die repetities te begeleiden, dus we oefenen met een opname mee.'

Freek veegde met iets van ongeduld zijn naar voren vallende haar uit zijn gezicht en Sylvie zag aan zijn rug dat hij op een bepaalde manier even verstilde. Volgens haar betekende dat dat hij ergens diep over nadacht.

'Ik speel piano,' zei hij toen, zachtjes en een beetje twijfelachtig. 'Als mijn werk het toelaat kan ik misschien wel...'

'O, maar dan wordt het een heel ander verhaal.' Bé klonk meteen enthousiast. 'Als je dat zou willen doen...'

'Ja,' zei Freek, en zijn groeiende overtuiging klonk door in zijn stem. 'Ja, dat wil ik eigenlijk wel doen, en dan kom ik ook kijken naar de uitvoering. Als Ties tenminste meedoet, dus. En als je problemen hebt met je ICT-situatie, Bé, dan kun je me gerust even bellen. Voor mij is het een kleine moeite en waarschijnlijk kan ik het gewoon op afstand regelen.'

Bé knikte en glimlachte breed. 'Dat houd ik in mijn achterhoofd, dank je voor het aanbod. En de presentatie?'

'Gaan we doen, hè, Freek?' zei Ties. Ze stootte hem even aan.

'Jawel,' zei Freek. 'Eerst maken we de app af, en dan zullen we er iets over vertellen. Laten we hopen dat er dan heel veel gebruikers komen; dat is leuk voor jou en goed voor het bos.'

Bé stond op: blijkbaar was het onderhoud afgelopen. 'Nou, kinderen, vooruit, terug naar de klas,' zei ze. 'Ik heb jullie al lang genoeg van de les gehouden.'

Sylvie stond ook op en Ties huppelde uit haar stoel zo haar armen in, zodat ze haar een kus op haar voorhoofd kon geven; Sylvie was altijd blij dat Ties daar helemaal geen gêne over leek te ontwikkelen. De meeste kinderen van haar leeftijd wilden niet dood gevonden worden met een openbaar knuffelende moeder, maar Ties had daar totaal geen last van, en juist omdat zij er zo gewoon over deed, leek het wel alsof haar leeftijdgenoten er ook geen punt van maakten. Gemma en Hans-Willem liepen in ieder geval zonder een spier te vertrekken voorbij.

Sylvie en Ties keken elkaar even van dichtbij aan in woordeloze communicatie: Ties trok een opgelucht gezicht en Sylvie glimlachte zo van 'dat viel gelukkig mee, toch?'.

Langzaam liepen ze achter Hans-Willem en Gemma aan, die intussen de gang al hadden bereikt, maar Sylvie voelde hoe een deel van haar aandacht bij Freek achterbleef, die nu ook was opgestaan van zijn krukje en het netjes terugzette waar hij het vandaan had.

Bé Altena zei: 'Freek, ik wist niet dat je zo veel contact met een van onze leerlingen had.'

Sylvie hoorde Freek antwoorden, zijn stem ernstig: 'Ties en haar moeder zijn vrienden. En ik merk dat ik goed kan communiceren met kinderen; beter dan met volwassenen, over het algemeen.'

'Nou, je aandacht voor onze school is heel welkom, dat begrijp je. We zijn niet armlastig, zeker niet vergeleken met andere basisscholen, maar heel ruim hebben we het nu ook weer niet. En het verleent de school vermoedelijk ook wel een zekere status binnen de onderwijskoepel als ik kan zeggen dat we de bijzondere aandacht van meneer de graaf genieten...'

'Hm,' hoorde Sylvie Freek zeggen, 'bel me nu maar gewoon op als er iets –'

De rest van wat hij zei ging verloren omdat Sylvie de deur

van het kantoortje achter zich dichttrok, maar ze kon haar glimlach niet onderdrukken.

Vrienden.

Het was fijn om iemand te hebben met wie ze bevriend was.

'Ik ga naar de klas, mam,' onderbrak Ties blijmoedig haar gedachten, 'ik zie je straks, hè? Ben je thuis als ik uit school kom?'

'Misschien ben ik ietsje later; ik had eigenlijk nu mijn ronde moeten maken en ik moet nog een stukje. Maar ik kom zo gauw mogelijk, goed? En anders bel je me gewoon als je thuis bent en ik ben er nog niet.'

'Oké, doei!' Ties verdween achter Gemma en Hans-Willem aan de klas in. Sylvie gaf de zich sluitende deur nog een licht weemoedige blik, keerde zich toen om en slenterde naar de uitgang.

'Sylvie,' hoorde ze achter zich, gevolgd door haastige passen. Ze keek om en zag Freek op haar toelopen, een frons op zijn gezicht.

'Wat is er?' zei ze zachtjes, terwijl ze samen de school verlieten.

'Ik heb een idee. Er is een stuk land dat vroeger in pacht was bij de hoeve, waarop maïs werd verbouwd als veevoer. Het ligt wat verder bij de hoeve vandaan, min of meer midden in het bos op het landgoed. Johan de Boer pacht het niet en er gebeurt nu niets mee; we zouden het kunnen schoonmaken en prepareren voor jonge aanplant. Ik ben er al lang niet meer geweest, dus ik zou even moeten zien hoe het eraan toe is, maar het lijkt me geschikt.'

'Je bedoelt geschikt voor dat idee waar Bé het over had? Dat ze wil dat alle kinderen bomen planten, die ze dan in Ties' app kunnen registreren?'

'Vanaf groep vijf,' zei Freek.

'Ja, dat bedoel ik ook, sorry.' Sylvie glimlachte naar hem. 'Ik weet dat je het graag precies goed wilt zeggen.'

Freek stopte met lopen, midden op het schoolplein, gaf Sylvie een korte, licht verschrikte blik en keek daarna naar de stoeptegels. 'Ik wil niet betweterig lijken,' zei hij. 'Ik weet dat ik soms laatdunkend kan overkomen als ik preciseer, maar dat is over het algemeen niet mijn bedoeling. Mijn excuses.'

'Geen zweet, Freek,' zei Sylvie, nog steeds glimlachend.

'Zweet?' Hij keek op, misschien nog wel verschrikter.

'Ik bedoel: maak je niet druk. *No sweat*, weet je wel, wat ze altijd zeggen in Amerikaanse televisieseries. Ik vind het niet erg, hoor, als je dat doet. Preciseren.'

'O. Gelukkig. Zowel wat betreft het preciseren als het, eh, zweet. Het is voor mij inderdaad een noodzakelijkheid, vooral ook in mijn werk, om me zorgvuldig uit te drukken, zowel in de contacten met mijn collega's van het offensieve hackteam als in eventuele code die ik schrijf, begrijp je? Het is belangr –'

Sylvie legde even haar handpalm tegen zijn onderarm en hij hield prompt zijn mond, slikte en knipperde met zijn ogen.

Ze bedacht dat ze te dicht bij hem stond. Het contact van haar hand met de warme huid van zijn onderarm, vol zachte, blonde haartjes, gaf haar een vreemd trekkerig gevoel onder in haar maag; ze liet snel weer los, maar ze bleven elkaar aankijken, zonder iets te zeggen. Er viel een pluk haar in een boogje half voor Freeks gezicht en ze zag in het gefilterde licht onder de bomen van het schoolplein nu heel duidelijk dat zijn ogen niet helemaal dezelfde kleur hadden.

Vreemd, bedacht ze zich terwijl het moment voortduurde;

dat had ze nog nooit met een man gehad. Dat ze zo'n lange blik met hem kon wisselen, dat noch zij, noch hij blijkbaar zin had om de blik te verbreken en dat het toch niet ongemakkelijk werd. Althans, het was wel een klein beetje ongemakkelijk, maar dat woog niet op tegen hoe fijn het was om zo met hem te staan. Gewoon, te staan. Zonder iets te zeggen een beetje naar elkaar kijken.

'Freek? Ben jij dat?' Een stem doorboorde het moment.

Freek kneep zijn ogen even dicht, knikte snel en verontschuldigend naar Sylvie en stapte toen weg om te zien wie hem riep.

Achter Freeks schouder verscheen een niet al te grote, ietwat gedrongen man, met bruin krullend haar en een baardje, en een uiterst vriendelijke uitstraling. Hij droeg een tuinbroek over een blauw, geblokt overhemd en had een bezem in de hand.

'Simon?' zei Freek, zijn stem diep van ongeloof. 'Simon van Bon?'

Ze schudden elkaar de hand en Sylvie zag Freeks gezicht bijna oplichten van blijdschap. 'Simon, wat doe jij hier, jullie waren toch naar Canada verhuisd? Toen we tien waren, als ik het me wel herinner.'

'Je herinnert het je goed, hoor,' zei Simon, met een heel licht randje van een Engels accent. 'Maar ik ben twee jaar geleden teruggekomen naar Nederland. Mijn ouders zijn overleden en toen heb ik de farm verkocht. Ik heb eerst een tijdje in New York gewoond, maar dat was toch minder vrij dan ik had gedacht. Toen Amsterdam, dat ging wel, maar toch kon ik daar ook niet vinden wat ik zocht, en het buitenleven begon toch te trekken. Terug naar het oude honk. Ik vond het als kind helemaal niet leuk toen we moesten verhuizen, ik was veel liever hier gebleven. Ik had zulke goeie herinneringen...

Het was natuurlijk een droom om te denken dat ik terug zou kunnen naar de boerderij waar ik ben opgegroeid, maar ik heb nu een huisje in het dorp, en ik werk sinds een week of drie hier op school als een soort conciërge, een klusjesman. Heb ik toch nog iets van mijn kindertijd terug.'

Freek keerde zich naar Sylvie. 'Simons familie pachtte hoeve De Toecomst toen we allebei nog kinderen waren. Toen zijn familie eenmaal weg was hebben er nog twee andere pachters in gezeten, maar dat heeft beide keren niet lang geduurd; uiteindelijk heb ik de boerderij verkocht, aan Johan de Boer en zijn vrouw. Ik wilde graag dat er prettige mensen kwamen wonen, die er langer zouden blijven, en de inkomsten waren zeer welkom. Het land is nog in pacht; Johan heeft veel minder land in gebruik dan in vroeger tijden bij de hoeve hoorde, maar hij heeft dan ook een heel ander soort boerderij.'

Sylvie knikte, en Freek was even stil, terwijl hij heen en weer keek tussen Simon en haar.

'O,' zei hij toen, 'Simon, dit is Sylvie van Foreeste, de nieuwe boswachter van De Grote Weijde.'

'Hallo,' zei Sylvie, en ze stak haar hand uit, 'ik ben benieuwd hoe lang ik nog "de nieuwe boswachter" blijf; vast nog wel minstens de rest van het jaar, verwacht ik, aangezien de oude boswachter, meneer Ter Haar, hier zo lang heeft gewerkt. Ik ben er nu een krappe twee maanden.'

'Boswachter Ter Haar? Die kan ik me nog wel herinneren. Johan de Boer kan ik me ook nog goed herinneren, die zat toch ook bij ons op school, Freek? Samen met Sam, de zoon van jullie toenmalige tuinman. Ze waren wat jonger dan wij.'

Freek knikte.

'Mooi is het hier, hè?' zei Simon tegen Sylvie. 'Ik heb nog nooit een mooiere plek gevonden dan hier.'

'Ik vind het hier prachtig,' zei ze, 'en ik kan me helemaal voorstellen dat het heerlijk moet zijn geweest om op de boerderij op te groeien.'

'Mijn ouders zijn ook overleden,' zei Freek abrupt.

'Gecondoleerd, man,' zei Simon. 'Woon je nu alleen in het grote huis?'

'Het is al jaren geleden. Mijn vader is verongelukt in Nice en mijn moeder is hier gestorven. Ik heb het grote huis verhuurd; zelf woon ik in het koetshuis. Ik heb het geld nodig, want er waren nogal wat financiële problemen.' Freek veegde zijn haar naar achteren en keek ineens een beetje verwilderd. Sylvie voelde haarfijn aan dat dit nu een sociale situatie was waarmee hij het moeilijk begon te krijgen. Te veel onderstromen, te veel onduidelijkheden, te veel dingen die moesten worden gezegd of uitgelegd.

'Mannen, ik ga jullie verlaten,' zei ze dus snel, 'jullie hebben volgens mij heel wat te bepraten en ik moet mijn ronde nog afmaken. Freek, wij zien elkaar woensdag; zullen we het dan ook over het landje voor die aanplant hebben, waar je daarnet iets over zei? En zal ik je ophalen, zodat we dan meteen een ronde over het landgoed kunnen doen?'

'Ja, uitstekend, om half tien?'

'Ik ben er,' zei ze, en met een opgestoken hand ten groet liep ze het schoolplein af. Ze nam de kortste weg, schuin over de parkeerplaats naar haar Jimny; het kostte haar behoorlijk wat moeite om niet over haar schouder te kijken. Ze rukte het autoportier open en keek toen toch nog even snel. Freek en Simon waren diep in gesprek geraakt en Freek leek volledig geabsorbeerd door de conversatie. Hij was haar waarschijnlijk vergeten op het moment dat ze bij hem wegliep.

Terwijl ze wegreed probeerde ze haar eigen gedrag te analyseren, maar dat viel nog niet mee. Het leek wel alsof ze iedere keer dat ze Freek ontmoette, iets meer van hem onder de indruk raakte. Dat kon toch zo niet doorgaan? Ja, hij was aantrekkelijk, en niet zo'n beetje ook, en zoenen kon hij ook, dus met de rest zou het ook allemaal wel goed zitten. Maar ze had eigenlijk toch niet het idee dat een keer stevige seks zou helpen om de spanning eraf te halen, zoals bij de meeste aantrekkelijke mannen die ze tot nu toe was tegengekomen. Ze vermoedde dat het er alleen maar erger van zou worden, en dat het nog wel eens lastig zou kunnen zijn om het bij één keer te laten. En een relatie was al helemaal geen oplossing: hij vond zichzelf er ongeschikt voor, en zij zichzelf eigenlijk ook.

Bij haar was dat oordeel vooral gebaseerd op het feit dat ze niet in staat leek om verstandige keuzes te maken. Bij hem... tja.

Ze vermoedde dat hij het beter zou kunnen dan hij zelf dacht, als hij maar een partner trof die zich niet al te druk maakte om zijn eigenaardigheden. En zo heel eigenaardig vond ze hem eigenlijk niet, als ze eerlijk was: er waren ontelbaar veel mannen die met regelmaat minstens even sociaal onhandig uit de hoek kwamen en die zich er een stuk minder van bewust waren dan Freek. Maar ja – ze grijnsde toegeeflijk – die waren waarschijnlijk ook bij lange na niet zo slim als hij.

Hij was zich juist pijnlijk bewust van zijn tekortkomingen, en dat bewustzijn had hem onzeker gemaakt. De meeste mannen die zij had ontmoet, hadden toch allemaal wel iets van die ingebouwde gorillamodus: hoe groter de vent, hoe meer gelijk hij zelf vond dat hij had. Als ze er dan ook nog een beetje goed uitzagen en dat van zichzelf wisten, of als ze enige maatschappelijke status hadden, dan was er al helemaal geen houden aan. Gezien Freeks fysieke model en zijn positie in de gemeenschap zou je verwachten dat hij gewoon zijn gang ging, en dat hij, als hij zich al bewust was van het feit dat hij af en toe iemand schoffeerde, ervan uitging dat hij in zijn recht stond. Dat hij zich zo kluizenaarachtig terugtrok in zijn koetshuis lag eigenlijk niet in de lijn der verwachting.

Oké, hij had blijkbaar asperger, dus misschien vond hij het fijn om zich af te zonderen omdat hij anders overprikkeld raakte. Het wonderlijke was alleen, bedacht Sylvie terwijl ze haar Jimny parkeerde in het bos, uitstapte en het pad in sloeg dat ze van plan was te controleren, dat Freek niet alleen zelf gevoelig leek voor prikkels van buitenaf, maar dat hij ook heel opmerkzaam leek op het gebied van sfeer en wat andere mensen voelden. En dat was toch juist meestal wat eraan schortte bij mensen die autistisch waren? Dat ze zich juist níét zo goed, of helemaal niet, konden inleven in anderen?

Misschien was het wel iets uit zijn verleden. Hij had een paar vage hints gegeven, iets met een vriendinnetje wat niet goed was afgelopen, en hij was als kind gepest op school, dat wist ze intussen zeker. Dat soort dingen konden een mens vormen, of op z'n minst lang nawerken in iemands karakter, als je gevoelig was aangelegd.

Sylvie had zich nooit al te veel willen verdiepen in die toch een beetje ongrijpbare diagnostiek die op het kruispunt van gedrag, karakter en capaciteit lag. Ze had altijd het gevoel dat men er vooral naar neigde om, tja, van zich af te categoriseren. Als iemand in een bepaalde sociale setting gedrag vertoonde dat de meeste mensen zagen als onhandig of onwenselijk, moest dat worden gediagnosticeerd en dan was het een aandoening, liefst ook nog een die behandeld moest worden met medicijnen. Een kind dat zich stierlijk verveelde in de klas en dat van ellende maar druk en klierig deed, was al snel een gevalletje ADHD: een duidelijk omschreven, heldere diagnose en niet langer het probleem van een overwerkte leerkracht die zo veel kinderen in de klas had dat het niet haalbaar was om ze allemaal passend onderwijs te geven. Er was een pil voor, en dan werd het kind vanzelf rustig en gehoorzaam. Maar wat als dat kind zelf eigenlijk helemaal niet vond dat er iets aan de hand was, behalve dat de lessen oersaai waren en de omgeving niet aansloot op zijn behoeften? Was een handicap wel een handicap als je er zelf geen last van had?

Sylvie bestudeerde een oude, omgevallen boomstam die langs het pad lag en waarvan een dikke zijtak de doorgang een beetje bemoeilijkte. De tak was al half doorgerot; een ferme trap en hij brak en ze kon hem zo aan de kant slepen, waar hij rustig kon vergaan tot verse bosgrond zonder wandelaars in de weg te liggen.

Ties was ook zo'n geval: in haar kleuterjaren, toen ze nog met haar Batman-masker op liep, was een van de juffen op de basisschool in Olterloo, een wat oudere vrouw die steeds meer moeite kreeg met het in de hand houden van de klas, ervan overtuigd geweest dat ze een autistische stoornis had. Ze had Sylvie dringend geadviseerd haar dochter te laten testen, wat Sylvie had geweigerd. Ze wist zeker dat Ties niet autistisch was, daarvoor was ze veel te scherp, te oplettend, en ook veel te lief en invoelend. Ze dacht eerder aan hoogsensitief, als er dan toch zo nodig een label op moest, maar dat zei ze niet hardop. Daar waar er aan de diagnose autisme iets negatiefs kleefde – het was een aandoening – leek hoogsensitiviteit omgeven door een soort kleverig aura van engelachtigheid: het was een gave. Allebei niet goed, wat Sylvie betrof; allebei overtrokken.

Misschien was het grote probleem wel dat iedereen steeds maar probeerde elkaar terug te redeneren naar de middelmaat, dacht ze; iedereen die met de kop boven het maaiveld uit kwam 'had' iets of 'was' iets.

Wat een onzin. Iedereen was anders dan iedereen. Met Ties was niets aan de hand, ze was oplettend, slim en gevoelig. Met Freek was waarschijnlijk ook niet zo bar veel aan de hand, al vond Sylvie het wel heel vervelend voor hem dat hij zich blijkbaar zo slecht over zichzelf voelde: een beetje meer zelfvertrouwen zou die man vast goeddoen.

Plotseling viel haar weer in hoe hij Ties bij Bé Altena had omschreven als hoogbegaafd. Alweer een label, maar dit was misschien wel een zinnig label. Sylvie had zichzelf die vraag natuurlijk ook wel eens gesteld, als ze zag op wat voor manier Ties bezig kon zijn met zaken. Hoe gefocust ze kon zijn, hoe hard ze kon gaan als haar interesse eenmaal was gewekt, maar ook hoe anders bij haar het hele proces van informatieverwerking leek te verlopen, vergeleken met andere kinderen. Ze kon zich doodvervelen bij de overmatige hoeveelheid herhaling die op school de norm was. Het had weinig zin gehad om erover te beginnen op de school in Olterloo – ze wilde niet als lastige ouder worden weggezet – en zolang Ties zich kon handhaven en haar resultaten niet echt slecht waren, had ze zich er niet al te veel zorgen over gemaakt. Maar nu Freek het blijkbaar ook had gezien, moest ze er misschien toch nog maar eens over nadenken. Zich een beetje inlezen; er was vast veel op internet te vinden over hoogbegaafdheid. Daarnaast moest ze vaart maken om Ties nog op tijd ingeschreven te krijgen op een middelbare school, dus er was sowieso werk aan de winkel op dat vlak.

Ze kwam op een kruispunt van paden en maakte een aantekening op haar telefoon dat iets van bewegwijzering hier geen overbodige luxe zou zijn. En dan moest ze eigenlijk ook meteen zorgen dat het landgoed er als bestemming bij zou komen te staan op de andere wegwijzerpaddenstoelen in het bos, als het eenmaal open was voor wandelaars. Ze haalde diep adem en merkte ineens weer op hoe lekker het bos eigenlijk rook: harsig en groen, vooral op de plek waar ze stond, bij een veldje met halfhoge naaldbomenaanplant. Wat een voorrecht was het toch om in zo'n omgeving haar werk te mogen doen; als het aan haar lag zou ze hier blijven wonen zolang ze kon.

Freek

22

Al neuriënd stond Freek Jacks stal uit te mesten, terwijl Jack zelf dromerig door het vroege ochtendlicht van de achtertuin stapte en af en toe wat onkruid opat. Freek was de afgelopen tijd al drie keer 's middags naar de lagere school gereden om de achtstegroepers bij het oefenen op de piano te begeleiden; de muziek was niet erg gecompliceerd, maar de wijsjes bleven hardnekkig in zijn hoofd hangen. Hij had verrassend veel plezier beleefd aan die middagen, vooral ook omdat Ties zonder problemen binnen een paar dagen het hele stuk uit haar hoofd had geleerd en nu meezong in het koor alsof ze er vanaf de eerste repetitie bij was geweest.

Het optreden zou een succes worden, dat wist hij zeker.

Zijn kruiwagen zat vol en hij reed ermee de stal uit, naar de composthoop. Daar lag de voeding voor de rozentuin voor volgend jaar; de rozenstruiken deden het uitstekend op Jacks mest. Hij gooide de kruiwagen leeg, veegde een paar lieveheersbeestjes van zijn T-shirt en reed neuriënd de kruiwagen weer terug naar de stal. Onderweg stapte Jack op hem toe met een laag, vragend gehinnik.

'Wat is er, jongen?' vroeg Freek liefdevol. Hij zette de kruiwagen even neer om over Jacks neus en oren te wrijven en kreeg als dank een duw tegen zijn schouder.

‘Hij is wel aanhankelijk,’ klonk het slaperig vanuit de opening van de tuindeur. Simon was wakker geworden.

‘Een van mijn beste vrienden,’ zei Freek tegen Simon. ‘Goedemorgen. Heb je goed geslapen?’

‘Prima, die bank van jou is echt niet verkeerd, hoor. Ik heb wel een beetje een houten kop, jij niet?’

‘Jawel,’ zei Freek, ‘daarom ben ik ook aan het werk. Om de kater eruit te krijgen. De vorige keer dat ik dat had, moest ik mijn auto uit het dorp halen en toen ben ik gaan lopen, Dat was ook heel effectief.’

‘Vanaf hier naar Hogerweijde? Dan moet je hem goed hebben geraakt,’ zei Simon lachend.

‘Het was bij de opening van de feestweek,’ zei Freek. ‘Ik was beschamend dronken. Hoe kan het trouwens dat we elkaar toen niet zijn tegengekomen? De gehele Grote Weijde stond in het café.’

‘Ik was in Amsterdam,’ zei Simon. ‘Laatste, wanhopige poging, zal ik maar zeggen. Sindsdien heb ik me niet meer laten zien, en ik heb hem ook niet meer gebeld.’

De vorige avond was Simon, met wie Freek de afgelopen weken voorzichtig contact had gehouden, onverwachts voor zijn deur verschenen met twee pizza’s en twee flessen rode wijn. Freek had hem binnengelaten en ze hadden gegeten en gepraat, over van alles: het leven, teleurstellingen, kansen, wensen en dromen. Simon verontschuldigde zich voor vroeger, omdat hij graag met Freek had gespeeld buiten schooltijd, maar op school niet dapper genoeg was geweest om op te staan tegen de grootste pestkop.

Freek had gezegd dat hij het wel kon begrijpen, zowel toen als nu. Het was moeilijk geweest, de kinderen waren hard en wreed geweest zoals kinderen dat kunnen zijn, aangevoerd en opgestookt door één jongen, Paul de Jong.

Simon kon zich hem ook nog helder voor de geest halen; iedereen was altijd bang geweest voor Paul.

'Het is niet erg goed met hem afgelopen,' wist Freek te vertellen. 'Paul heeft rechten gestudeerd en is strafadvocaat geworden, maar hij heeft een paar zeer zware criminelen verdedigd, die weer zeer zware vijanden hadden, en nu is hij persona non grata in de onderwereld en leeft hij noodgedwongen al jaren op een onderduikadres.'

'*Karma is a bitch*,' had Simon grinnikend gezegd en ze hadden samen gelachen.

Er waren veel herinneringen om op te halen. Hoe ze als jongens in het bos speelden, hoe ze een boomhut bouwden, hoe ze zich in het maïsveld van Simons vader verborgen, ieder met een afgebroken maïskolf in de lucht, omdat ze dachten dat ze dan onzichtbaar zouden zijn. 'Mijn vader kon zo zien waar we zaten,' zei Simon, 'hij zat hoog en droog op zijn trekker en zag twee van die stengels boven het maïsveld uit steken. Ik heb die avond zo ongenadig op mijn sodemieter gekregen!'

'Ik heb je erg gemist toen jullie eenmaal waren verhuisd; ik ben toen een tijdje behoorlijk wanhopig geweest,' had Freek bekend, ineens weer serieus. 'Toen had ik helemaal geen vriend meer. Niemand in de buurt, en op school... nou ja, je weet hoe het was.'

'Tja, mij moesten ze ook niet. Ik wist het zelf nog niet eens helemaal, maar Paul had denk ik al door dat ik anders was.'

'Hoe oud was je toen je dat wel besefte?'

'Jaar of veertien, vijftien, denk ik. Het was in Canada op dat moment gek genoeg wel iets makkelijker dan hier; ik zat daar op een heel grote school waar wel meer jongens openlijk gay waren. Wanneer wist jij dat je asperger had?'

'Mijn moeder heeft het me verteld, vlak voordat ik naar de middelbare school ging. Achteraf denk ik dat ze het goed bedoelde, maar het maakte me boos en in de war. Ze zei: "Weet je nog dat we naar al die dokters zijn geweest?" Ik wist dat natuurlijk nog precies; ik heb van alles moeten doen. Tests, vragenlijsten, op één been staan, er is een eeg gemaakt. Daar was de diagnose gesteld. Ik herinner me nog dat ik vooral boos was omdat ze het jarenlang voor zich had gehouden.'

'Waarom deed ze dat in godsnaam?'

'Ze had het ook voor mijn vader verzwegen; ik denk achteraf dat ze vreesde dat hij zich nog verder uit het gezin zou terugtrekken als hij onder ogen moest zien dat zijn zoon gehandicapt was. Ze had hem verteld dat er met mij niets aan de hand was, dat ik simpelweg koppig en afwijkend was.'

'Ben je ook,' zei Simon, met een blik en een plagerige grinnik.

Freek had een pizzakorst naar hem gegooid.

Nu stapte hij zijn woonkamer weer in, terwijl Simon juist even genoot van de frisse buitenlucht en zich langzaam uitrekte. De woonkamer was een chaos. Pizzadozen met koude, gestolde resten erin, vuile glazen, lege wijnflessen, aangevuld met een lege whiskyfles – uit Freeks kast, gesneuveld toen de wijn op was, maar het gesprek nog niet –, een leeggegeten voordeelzak Shanghai-nootjes (dat verklaarde waarom Freek de smaak van een dooie vogel in zijn mond had) en alle kussens lagen op de grond.

Hij maakte zich even druk en vijf minuten later was het enige wat normaal gesproken niet in zijn woonkamer thuishoorde de slaapzak waarin Simon had gelegen. Die hoorde in de kast, maar nu zou hij een dag buiten moeten hangen om Simon er weer uit te luchten.

'Zo, jij bent netjes,' zei Simon grinnikend, toen hij weer

naar binnen stapte en even verbaasd om zich heen keek. 'Autist.'

'Om tien uur komt Sylvie,' zei Freek, alsof dat alles verklaarde.

'De leuke boswachter,' zei Simon met een brede grijns.

'We zijn vrienden,' zei Freek, zo normaal mogelijk, 'en het is werk. We gebruiken de woensdagochtenden om het landgoed in gereedheid te brengen voor openstelling voor het wandelpubliek, tussen zonsopgang en zonsondergang. Als het goed is heeft ze vandaag de bewegwijzering bij zich; we zijn bijna klaar. De hekken zijn geplaatst en er is vorige week een nieuw pad aangelegd rond het meer.'

Simon knikte, grijnsde en gaf Freek een ondeugende blik. 'Volgens mij heb jij meer succes bij boswachter Sylvie dan ik bij Harman de barman.' Even grimaste hij, dwars door zijn eigen grappigheid heen.

'We zijn vrienden,' herhaalde Freek, maar hij bleef even staan, een kussen van de bank in zijn handen, en observeerde nadenkend Simons gezicht. 'Je probeert je verdriet weg te lachen,' zei hij toen, 'want je vindt Harman écht een leuke man.'

Simon slikte even. 'Dat deed je vroeger ook altijd al. Precies benoemen wat er aan de hand was, ook als dat eigenlijk nogal pijnlijk was. Een heel vervelende gewoonte, Freek.'

'Mijn verontschuldigingen,' zei Freek direct, 'ik wil je geen ongemak bezorgen, ik denk alleen dat je gevoel veel serieuzer is dan je mij, en waarschijnlijk ook jezelf, wilt laten geloven.'

'Ik denk dat het niet eens zozeer die man zelf is,' zei Simon, ineens nadenkend, 'hoe aantrekkelijk ik hem ook vind, maar het gevoel alleen achter te blijven? Ik voel me ontworteld. Geen Canadees, geen Amerikaan, en ook niet meer helemaal een Nederlander, op het moment. Hoor mij even pathetisch uit de hoek komen; laten we het snel over iets anders hebben. Praat maar verder over je boswachter, Freek.'

'Er is niets te zeggen. We zijn vrienden, Sylvie, Ties en ik.'

'Maar je hebt met haar gezoend. Twee keer. Met Sylvie, bedoel ik, niet met Ties natuurlijk.'

'Maar niet vaker, en dat is wel zo verstandig. We werken samen, aan het bos, het landgoed, we –'

'Toen je gisteren een beetje in de olie was praatte je wel anders, vriend,' viel Simon hem plagerig in de rede.

Freek trok een denkrimpel in zijn voorhoofd en bleef stokstijf staan, terwijl hij zijn uiterste best deed het gesprek van de avond ervoor terug te halen, dat naarmate het alcoholniveau toenam steeds meer coherentie had verloren. Hij slaagde daar maar ten dele in; hij kon zich niet herinneren dat hij Simon had verteld hoe hij soms aan Sylvie dacht. Hoe hij zich af en toe, of eigenlijk vrij vaak, misschien wel dagelijks, voorstelde dat hij haar in zijn armen hield, naakt, hij ook naakt, en dat hij dan langzaam en uitgebreid seks met haar zou hebben, of misschien meer de liefde met haar zou bedrijven. Het waren meestal hete, trillende gedachten die hem volkomen van de wijs brachten en waarover hij onder geen beding met een ander mens zou willen spreken. Zelfs niet met Simon als ze allebei dronken waren. 'Wat heb ik dan gezegd?' vroeg hij dan maar, een tikje angstig.

'Niets, geen details, maar hoe je erbij keek sprak boekdelen.'

'We zijn vrienden,' zei Freek, innerlijk bijna zwevend van opluchting, 'en om tien uur komt ze hiernaartoe.'

Simon herschikte ook, voor de vorm, even een kussentje op de bank, liep naar Freek toe en gaf hem een klap op zijn rug. Hij moest ervoor omhoog reiken; Freek was meer dan een kop groter. 'Je kunt dat wel zo nadrukkelijk blijven herhalen, dat jullie vrienden zijn, maar ik zie heus wel aan je dat er vanbinnen iets anders gebeurt. Net zoals jij het aan mij ziet. Zo, nou weet je ook eens hoe het is als iemand gewoon benoemt wat er echt aan de hand is, zonder rekening te houden met het rookgordijn dat je probeert op te trekken om je tedere emoties te beschermen. Valt niet mee, hè? Laten we het over iets anders hebben; ik ga maar eens op huis aan, dan kan ik nog even douchen en me omkleden voordat ik op school moet zijn.'

Freek knipperde met zijn ogen. 'Het valt zeker niet mee. Ik, eh...' zei hij en hij rook even aan zijn T-shirt. 'Ik zal ook opnieuw moeten douchen. Ik heb gezweet, en misschien ruik ik ook nog wel naar paardenmest; het moet onverdraaglijk zijn. Bij voorbaat mijn excuses. Maar voordat je gaat wil ik je nog één ding laten zien. Gisteravond, toen we het over dat maïsveld hadden: kijk eens op deze kaart?' Hij pakte een grote, opgerolde topografische kaart van een boekenplank en rolde die uit over de nu weer netjes lege salontafel. 'Ik dacht dat dat veld zo'n beetje hier lag, maar toen Sylvie en ik daar vorige week langsliepen was het een bosperceel. Weliswaar met jonge bomen, en ik weet dat het veld al jaren niet meer wordt gepacht door de hoeve, dus het zal zeker verwilderd zijn, maar toch.' Hij wees, en stapte achteruit toen Simon naderbij kwam.

'Welnee,' zei Simon, over de kaart gebogen, 'het was hier, kijk, hier! Weet je nog, we speelden altijd op de heuvel van de ijskelder, hier, waar zo'n enorme rododendron op stond. Met van die gangen erin, waardoor het op een levende boshut leek. Dat was onze geheime schuilplaats, en dan rolden we zo van de heuvel af en kwamen we min of meer direct bij het maïsveld. Mijn vader had zo'n hekel aan dat veld omdat het zo'n eind weg lag van de boerderij, en midden in het bos, maar het leverde wel goed voer op voor de beesten. En waarom ga je ineens aan de andere kant van de kamer staan?'

Freek plukte even aan zijn shirt. 'De geur,' zei hij. 'Ik wil je niet schofferen.'

'Stel je niet aan, schat,' zei Simon, zijn stem een parodie, iets te hoog en te schel. 'De dag dat ik geschoffeerd raak door mannenzweet moet nog aanbreken.' En toen prikte hij zijn vinger in de kaart. 'Daar. Honderd procent zeker. En nu moet ik echt wegwezen, want Bé Altena wordt boos als ik niet op tijd kom, en ik heb het aan haar goedertierenheid te danken dat ik nu dit baantje heb. Ik wil het niet verspelen. Het was gezellig, man, we moeten dit vaker doen.'

'Jazeker,' zei Freek. 'Dat was het, gezellig. Ik ben blij dat je bent teruggekomen.'

Simon keek even bedachtzaam, maar knikte toen. 'Ik ook.' Hij stak zijn hand op en verliet het koetshuis via de tuindeur.

Freek wist ineens zeker dat hij, zomaar onverwachts, nóg een vriend had.

Wat een rijkdom.

Het was steeds opnieuw fijn om naast Sylvie door het bos te lopen. Soms praatten ze, maar soms zeiden ze ook gewoon niets, stapten ze alleen maar, naast elkaar, hun voetstappen vreemd synchroon tussen de bosgeluiden. Ze ademden af en toe ook synchroon; Freek had dan bijna het gevoel dat ze één wezen waren, of iets daar dicht bij in de buurt; hij had zich op zulke momenten nog nooit zo nabij iemand gevoeld. Hij had geprobeerd het gevoel te ontleden, het te vergelijken met bijvoorbeeld het gevoel dat je als jong kind bij een moeder hebt, maar hij vond dat het appels en peren vergelijken was: de component 'afhankelijkheid' ontbrak bijvoorbeeld tussen hem en Sylvie. En daarnaast had hij natuurlijk wel geprobeerd zich verbonden te voelen met zijn moeder, als kind – wat had hij ook anders gemoeten – maar zijn moeder had zeker niet in dezelfde mate die behoefte gehad, dus achteraf gezien kon hij niet met zekerheid zeggen hoe goed zijn pogingen hadden uitgepakt.

Met Sylvie was het gevoel zonder twijfel wederkerig, en hij genoot niet alleen van het gevoel zelf, maar minstens even hard van die stilzwijgende vanzelfsprekendheid. Eigenlijk was het vreemd, bedacht hij zich terwijl hij naast haar voortstapte, dat hij zo sterk de noodzaak voelde het te analyseren. Het uit elkaar te rafelen, te begrijpen. Maar aan de andere kant: het was dat, of de hele tijd denken aan Sylvie naakt in zijn armen.

Hij gluurde voorzichtig opzij en merkte, enigszins tot zijn schrik, dat ze hem observeerde.

'Jij kunt zo diep in gedachten zijn,' zei ze. 'Ik vraag me wel eens af waar je dan naartoe gaat, in die gedachten.'

'Laat ik het maar niet hardop zeggen,' mompelde hij.

'Is het zo erg dan?'

'Nee, het is helemaal niet erg,' zei hij, en na een keer diep ademhalen ging hij dan toch maar verder: 'Het is zelfs het tegenovergestelde van erg. Ik was aan het nadenken over hoe fijn ik het vind om me zo verbonden met je te voelen als we zo synchroon stappen, en zelfs ademen. Ik probeer te begrijpen wat dat zo prettig maakt, en als ik daar niet aan denk, dan denk ik over het algemeen aan hoe prettig het zou zijn om met je naar bed te gaan.'

Sylvie proestte het uit. 'O, Freek, jij hebt gewoon af en toe geen filter. Maar dat geeft niks, het is ook heerlijk verfrissend. Ik denk ook wel eens aan met jou naar bed gaan, als ik eerlijk ben; dat is natuurlijk ook niet zo gek, als we elkaar aardig vinden, en van elkaar weten dat we goed met elkaar kunnen zoenen, en als we verder niet echt iets omhanden hebben met andere mensen op dat gebied.'

'Denk je dat dat het is? We vinden elkaar aardig, en aantrekkelijk, en we hebben geen partner?'

'Nou ja, jij hebt Eufemia nog.'

'Zij is geen partner,' zei hij met de nodige nadruk, 'zij is een *convenience*. Bovendien heb ik haar al zeker twee weken niet meer gesproken.' Hij snoof zachtjes. 'Nu ja, spreken... dat is meestal niet wat we doen, en dat is waarschijnlijk maar goed ook, want haar Engels is niet zo goed. Ze heeft een nogal groot, zich voortslepend conflict met de h.'

Sylvie grinnikte. 'Wat moet ik me daar nou weer bij voorstellen?'

'Ze kan de h niet goed uitspreken; dat wordt bij haar een soort g. Ik moet meestal behoorlijk mijn best doen om haar te volgen, als ze iets wil vertellen. Bijvoorbeeld, op de dag dat je langskwam om mijn haar te knippen was ze, een uur of twee daarvoor, onverwachts langsgekomen. Dat verraste me, meestal komt ze pas als ik erom vraag.'

'Dus hoe gaat dat dan, jij geeft haar een *booty call* en dan komt ze?'

Sylvies vraag leek zo ontdaan van emoties dat hij zich niet eens zo erg beschaamd voelde, maar voor hij antwoord kon geven veranderde ze van onderwerp.

'Freek, volgens mijn kaartje moet nummer 43 dus hier zijn.' Freek haalde de drie zwartgespoten aluminium wegwijzers aan kniehoge aluminium paaltjes van zijn schouder, selecteerde nummer 43 en gaf die aan Sylvie.

Toen ze begonnen aan hun wandeling had hij vijftien van die paaltjes: twee schouders vol. Sylvie had ze meegebracht in haar terreinwagentje. Ze waren charmant-ouderwets vormgegeven, alsof ze van gietijzer waren, maar ze wogen bijna niets.

Sylvie tikte de wegwijzer handig de bosgrond in, met een rubber hamer die ze tijdens het lopen aan een lus aan haar broek had hangen.

'Normaal gesproken bel ik, ja,' beantwoordde Freek haar eerdere vraag, 'maar deze keer kwam ze onverwachts, en ze was erg boos.'

'Op jou?' De wegwijzer stond, Sylvie kwam omhoog en liet de hamer achteloos terugglijden in de lus; hij kon zich soms verwonderen over het gemak en de eenvoud waarmee ze dingen deed. Zo natuurlijk, zo vloeiend; ze was heel dicht bij zichzelf, daar waar hij zich altijd wel een klein beetje, en soms ook heel erg, losgezongen voelde van zijn lichaam. Hij vond haar extra aantrekkelijk wanneer ze zo heel onbewust iets deed.

'Zeker niet, ik denk dat ze boos was op haar vriend, dat hij iets onaardigs tegen haar had gezegd, en dat ze haar woede op mij kwam botvieren. In ieder geval: toen sprak ze vrij veel, zelfs tijdens de seks, en ik bedacht me toen nog dat conversatie met haar, zonder seks bedoel ik, geen eenvoudige opgave moet zijn. Later heb ik haar nog één keer gezien, maar de afgelopen dagen niet meer.' Hij legde de overgebleven twee paaltjes terug op zijn schouder.

'Doet ze dat wel vaker, uit zichzelf bij je langsgaan?'

Freek fronste. 'Dit was de tweede keer; de eerste keer was toen ze langskwam om zich voor te stellen. En om voor te stellen dat ik af en toe seks met haar kon hebben.'

'Misschien begint ze je leuker te vinden dan haar vriend,' zei Sylvie, met iets raadselachtigs in haar gezicht. 'Ik heb daar wel begrip voor, want wat ik van die man heb gezien toen ik per ongeluk aanbelde bij het grote huis maakte nou niet dat ik dacht: ja, kom maar hier, lekker ding. Hij deed eigenlijk niks, maar toch gaf hij me de rillingen. Gek is dat, hè, dat je dat met sommige mensen kan hebben?'

'Hm,' zei Freek; het was als een soort instemming bedoeld. Ondertussen waren zijn gedachten opnieuw aan de gang: het was eigenlijk heel vreemd dat Eufemia zomaar bij hem langs was gekomen. En ze was boos omdat die Lodewijk iets onbehoorlijks tegen haar had gezegd; kennelijk had hij haar voor hoer uitgemaakt. Of was dat het niet? Had Lodewijk soms gezegd dat ze móést gaan? Had hij haar naar hem toe gestuurd, en was dat de reden voor haar boosheid? Was het helemaal niet zo dat ze haar woede kwam uitleven op hem, maar kwam ze gewoon omdat ze was gestuurd en deed ze alleen maar – zij het met veel verongelijkte tegenzin – wat haar was opgedragen?

Hij fronste en schudde zijn hoofd; hij vond die gedachte nog veel vervelender dan het idee dat ze hem had gebruikt voor een *grudge fuck*. Bij dat laatste was hij niet meer geweest dan een werktuig waar ze even haar hart aan had kunnen ophalen, maar dan was zij in ieder geval nog haar woede kwijt. Als ze daarentegen gestuurd was om zomaar midden op de dag seks met hem te hebben, dan was zijzelf al evenzeer een werktuig. Dan had helemaal niemand er iets aan gehad. Hoewel: Lodewijk had er misschien iets aan gehad, als die haar de opdracht had gegeven, al kon hij zich niet voorstellen wat.

'Wat is er, Freek?' vroeg Sylvie, terwijl ze een paaltje van hem aannam en dat handig de grond in werkte. 'Zo, nog eentje en dan zit het erop, en dan kunnen we even naar dat maïsveld van jou gaan kijken. Wat kijk je bezorgd?'

Ze liepen alweer, en Freek had nauwelijks verdere aansporing nodig om zijn gedachten met haar te delen.

'Denk je dat Lodewijk haar de deur uit stuurde om even van haar af te zijn? Dat hij heeft gezegd: "Ga jij maar even met de buurman seksen", om zelf even rust te hebben, of zoiets?' vroeg ze toen hij uitgesproken was. 'Misschien zat ze hem heel erg aan de kop te zeuren over iets, of wilde hij gewoon even alleen zijn.'

'Ik heb geen idee,' zei hij, volledig naar waarheid. 'Ik kan het me niet goed voorstellen; het lijkt me een nogal bizarre manier om met je partner om te gaan. Ik vond het eerlijk gezegd al tamelijk verrassend toen het begon, met Eufemia, maar ze bezwoer me dat ze dit zelf zo wilde en dat Lodewijk er geen bezwaar tegen had. Ik heb dat voor waar aangenomen, natuurlijk ook omdat het mijzelf goed uitkwam. Zo had ik iets geregeld voor mijn fysieke behoeften zonder dat ik een relatie hoefde aan te gaan of iemand moest inhuren, en zij leek er ook enig plezier aan te beleven. Het kwam op me over als een misschien wat afwijkende, maar wel voor iedereen comfortabele situatie.'

'Maar nu niet meer? Hier moet volgens mij de laatste wegwijzer, of zullen we hem aan de andere kant van het pad zetten?'

Freek was even verward en bleef staan. Wat vroeg ze hem nou precies? Hij gaf haar maar vast het laatste paaltje; het was in ieder geval duidelijk dat dat de bedoeling was.

Sylvie liep naar een van de hoeken waar twee paden elkaar kruisten. 'Hier?' vroeg ze, en daarna stak ze over naar de andere hoek. 'Of hier?'

Freek kneep even zijn ogen tot spleetjes. 'Waar je nu staat lijkt me het beste,' zei hij, en terwijl zij het paaltje de grond in sloeg, liep hij weer op haar toe.

Ze kwam overeind en hij zag kleine krulletjes in haar haargrens en in haar nek, onder haar paardenstaart. Haar ogen sprankelden. Hij wilde niets liever dan zijn armen om haar heen slaan, maar hij deed het niet; dat zou vast vreemd overkomen. 'Wat vroeg je nu precies?' zei hij toen maar.

Ze hing zonder te kijken haar hamer aan haar broek en fronste; blijkbaar moest ze even terugspoelen in haar hersenen. Hij vond dat om de een of andere vreemde reden heel aantrekkelijk, misschien wel net zo aantrekkelijk als haar krulletjes en haar ogen en hoe ze haar hamer gedachteloos in dat lusje liet glijden, en hij zette nog een klein stapje dichterbij.

Sylvie

23

Als Freek zo dicht bij haar stond, en keek alsof hij wel iets wilde maar niet wist hoe hij het precies aan moest pakken, dan vond ze hem veel te leuk. Hij had zoiets aandoenlijks, en dat, samen met hoe goedgebouwd hij eigenlijk was, en zijn knappe gezicht, en dat lekkere dikke haar... Hij leek geen idee te hebben hoe goed hij eruit kon zien, en al helemaal zo in het bos, met af en toe een beetje gefilterd zonlicht; hij kon zich vast niet goed voorstellen dat zo'n vrouw als Eufemia misschien wel gewoon af en toe seks met hem wilde omdat hij een enorm lekker ding was.

Hij moest natuurlijk helemaal zelf weten of hij dat zo wilde of niet, maar Sylvie had van meet af aan een unheimisch gevoel gekregen bij het idee dat hij, met die vrouw... Het kon dan wel wezen dat het voor hem een mooie oplossing was, en dat die vrouw het best lekker vond, af en toe met Freek, maar tegelijk had het iets kleverigs. Iets viezigs, en naars. Ze kende zichzelf beslist niet als een moraalridder, daar lag het niet aan. Het zat haar gewoon niet helemaal lekker. 'Ik bedoelde,' zei ze nu, 'of je het dan nu, op dit moment, geen goeie oplossing meer vindt, dat wat je met Eufemia hebt? Omdat je zei dat het op je overkwám,' ze legde extra nadruk op de verleden tijd, 'alsof het voor iedereen een comfortabele situatie wás.'

'Oo, zo!' zei Freek, zichtbaar blij dat hij de vraag nu begreep. Wat was hij toch interessant en apart, soms volkomen ondoorzichtig en onbegrijpelijk, soms zo transparant en ongefilterd dat het bijna ongemakkelijk zou zijn als hij niet zo leuk was. Hij stond intussen zo dicht bij haar dat ze het niet meer uithield – ze legde een hand op zijn bovenarm.

Ze hadden het de afgelopen keren dat ze elkaar zagen weten te vermijden; het had haar moeite gekost en ze vermoedde dat dat ook voor hem gold. Elkaar aanraken. Nog een keer zoenen, misschien zelfs wel. Het was wel duidelijk dat ze daar allebei geen bezwaar tegen zouden hebben, maar ze hadden het er tenslotte over gehad: het was niet verstandig.

'Sorry,' zei ze maar snel, en ze liet haar hand van zijn arm afglijden.

'Nee, nee,' mompelde hij, en zijn hand greep de hare. 'Kom, deze kant op, we gaan naar wat vroeger het maïsveld was. Ik heb nu precies voor ogen waar het is: Simon kon het zo aanwijzen op de kaart, en ik begrijp inmiddels waarom ik eerst dacht dat het dat veldje helemaal achterin was, want het voelde voor mij als kind altijd als een flink eind lopen. Maar het is eigenlijk helemaal niet zo ver bij het huis vandaan; het ligt bijna pal achter de ijskelder. En wat betreft Eufemia: ik heb inderdaad wat twijfels of het allemaal wel zo'n goed idee is als het in eerste instantie leek, maar ik ben er voor mezelf nog niet helemaal uit.'

Hij trok zachtjes aan haar hand en ze liep met hem mee. Ze kon zich nauwelijks meer herinneren wanneer ze voor het laatst hand in hand met iemand anders dan Ties had gelopen; Marcus had dat nooit gewild. Freeks grote hand om de hare voelde een beetje onwennig, maar tegelijk ook heel fijn.

Stap, stap, door het bos; het was plotseling moeilijk om

iets te vinden om te zeggen. Alles leek vreemd nu ze zo liepen, over een breed pad, omzoomd met loofbos.

'Geen naaldbomen, hier,' mompelde Sylvie uiteindelijk, om zich heen kijkend.

'Er is hier nu veel meer begroeiing dan toen ik jong was. Ik heb dit gedeelte van het bosgebied volgens mij nauwelijks meer betreden sinds ik ben afgestudeerd. Het is verwilderd; ik ben om eerlijk te zijn verbaasd dat dit pad niet geheel is overwoekerd. Kijk, hier moeten we omhoog, dit smalle paadje; deze heuvel is eigenlijk de ijskelder, maar de toegang ligt aan de andere kant.'

'Waarom eigenlijk?' Sylvie kneep zachtjes in zijn hand.

'Waarom de toegang aan de andere kant ligt? Ik denk omdat dat dichter bij het huis is. De ijskelder was de plaats waar mijn voorouders blokken ijs bewaarden die in de winter uit het bosmeer werden gehaald, en die in stro werden verpakt en onder de grond geconserveerd. Als het warm was werd er steeds een stuk ijs af gehakt en dat werd in de ijskast gelegd, in de keuken, om het eten goed te houden. Uiteraard is de ijskelder in onbruik geraakt toen de elektriciteit haar intrede deed en de elektrische koelkast werd uitgevonden, maar...' Hij stopte even met praten en keek naar Sylvie, die hem een brede, warme glimlach gaf.

'Maar... dat bedoelde je niet?' vroeg hij.

Ze hadden elkaars hand losgelaten bij de beklimming en hadden de top van de kleine, steile heuvel bereikt. Sylvie stopte haar handen dan maar in haar broekzakken; ze wist gek genoeg even niet wat ze er anders mee moest. 'Nee, malle, ik bedoelde natuurlijk waarom je hier niet meer bent geweest sinds je bent afgestudeerd. Het is hier prachtig!'

Aan één kant kon ze tussen de bomen door het grote grasveld zien liggen – te ver uitgegroeid om nog gazon te kunnen heten – dat het grote huis bijna geheel omsloot. Aan de andere kant keek ze het dichte bos in, met in de verte tussen de stammen ook een hint van lichter groen. 'En trouwens, dank voor de geschiedenisles met die ijskelder, zulke dingen zijn leuke feitjes. Misschien moeten we er een bord over maken, voor eventuele wandelaars?'

Freek knikte. 'Dat is best een goed idee. En je hebt gelijk, het is een mooie plaats. Misschien zou ik een bank kunnen maken die hier kan staan, zodat wandelaars van het uitzicht kunnen genieten. Zie je die rododendron?'

Sylvie knikte. 'Hij is niet te missen, wat een joekel, zeg!'

'Als kind speelden Simon en ik daar vaak in. Er zijn allemaal gangen en tunnels in, en we hadden er spullen in gelegd; het was onze schuilplaats. Nu ik hier zo sta weet ik eigenlijk ook niet waarom ik hier niet meer ben geweest. Ik had misschien te veel aan mijn hoofd, of het was de herinnering. Toen ik hier speelde, als kind, stelde ik me voor dat alles nog wel goed zou komen. Ik denk dat de desillusie misschien te sterk was.'

Zo, in een paar bijna achteloze zinnen, kreeg Sylvie een stille wanhoop voorgeschoteld waar ze even van moest slikken.

'Wat is er toch allemaal met je gebeurd, Freek,' zei ze zachtjes, 'dat je je zo ellendig hebt gevoeld?'

Hij haalde zijn schouders op, maar zweeg.

'Wil je er niet over praten?'

'O, nee, dat is het niet. Ik heb juist het gevoel dat jij zo'n beetje de eerste mens bent, of, nu ja, de eerste vrouw, met wie ik over dit soort dingen kan praten. Wellicht kan ik er ook wel over praten met Simon, maar ik wist tot voor kort niet dat hij weer hier woonde. Het is meer dat...' Hij dacht even na. Sylvie keek naar zijn gezicht, naar hoe hij even op zijn onderlip beet. 'Ik denk dat ik niet weet waar ik moet beginnen?'

'Het hoeft ook niet, hoor,' zei ze bemoedigend, 'alleen als je er zin in hebt. Als je denkt dat het zou opluchten of zo? Ik ben er gewoon voor je, maakt me niet uit of je ergens over wilt praten of niet.'

'Volgens Ties zeg jij altijd dat je erover moet praten als er iets is, maar doe je dat zelf niet als je verdrietig bent,' zei hij, met een snelle blik haar kant uit.

'Wanneer zei ze dat?'

'Die keer dat ik haar na school heb thuisgebracht; toen dat meisje van Van Bickershoek niet wilde geloven dat Ties en ik elkaar kenden.'

'Hm,' zei Sylvie, 'laat het maar aan Ties over om zoiets te zeggen, ja. Maar ik kan toch verdorie mijn kind niet opzadelen met mijn verdriet om een mislukte relatie?'

'Mij wel,' zei Freek ernstig. 'Als je nog verdriet hebt, tenminste.'

'Soms wel een beetje, maar als ik eerlijk ben gaat dat denk ik meer over het idee dan over dat ik Marcus zo mis. In het begin miste ik hem wel, hoor, en ik was ook boos op mezelf dat ik zo stom was om te denken dat het met mij anders zou zijn, terwijl die man zo'n schuinsmarcheerder was. Maar nu vind ik het vooral jammer. Ik had toch wel graag een soort vaderfiguur gehad voor Ties, en een man om oud mee te worden. Iemand om echt je leven mee te delen. Ik heb dat altijd heel nadrukkelijk niet gewild, en nu krijg ik dus wat ik gevraagd heb. Intussen ben ik geloof ik wel, eh, laten we maar zeggen, weer teruggeschakeld, maar dat kostte me wel wat tranen, ja.'

'Ik ben er ook voor jou,' zei Freek, abrupt en intens, 'als je nog een keer van die tranen voelt, dan moet je me ogenblikkelijk opbellen. Beloof je dat?'

Hij stapte naar haar toe en bleef, aarzelend, weer net iets te dichtbij staan.

'Dat is goed, Freek,' zei ze, een beetje ontroerd door zijn intensiteit, zijn warme blik. Ze reikte omhoog en streek een naar voren vallende pluk haar achter zijn oor. 'Ik begrijp niet hoe het komt dat je je zo naar en alleen hebt gevoeld als je eigenlijk zo'n lieverd bent, en ook nog zo'n leuke man om te zien. Je zou toch verwachten dat je een heleboel vrienden zou hebben en dat je alle vrouwen kon krijgen die je wilde.'

'Maar ik ben te vreemd,' zei hij zachtjes, berustend, 'en er is ook iets mis met mijn lichaamsgeur. Ik denk dat ik dat wel enigszins onder controle kan houden als ik vaak genoeg douch en schone kleren aantrek, maar...'

'Wat dan?' zei Sylvie, en ze stapte nog iets dichterbij om aan hem te ruiken. 'Je ruikt naar zeep. En je shirt ruikt naar wasmiddel.' Ze voelde wel hoe hij ook even snel aan haar rook, aan haar haar, en gedurende een paar tellen stond ze zichzelf toe om tegen zijn schouder te leunen. Dat moest toch wel kunnen? 'En zo heel vreemd ben je nou ook weer niet, hoor,' mompelde ze. 'Een beetje een einzelgänger misschien, maar je bent ook lief, en geduldig, en creatief, en bizar intelligent, en je hebt gevoel voor humor. En je ruikt gewoon lekker trouwens; ik weet niet waar je het over hebt.' Ze stak even haar neus in zijn nek en snuffelde, en toen kon ze zich toch niet beheersen en gaf ze hem een kusje op zijn huid.

Hij rilde ervan. 'Ik vind jou ook lief,' mompelde hij, zijn lippen tegen haar voorhoofd. 'En ik wil je heel graag nog een keer kussen, ook al hadden we afgesproken dat we dat niet meer moesten doen.'

'Nou, kom dan,' zei Sylvie, haar hart warm in haar borstkas.

Haar wang streek langs de zijne, langs zijn zachte, korte baardhaartjes, hun neuzen raakten elkaar, en toen hun lippen. Het was nog even lekker als de vorige twee keer, bedacht ze zich, haar armen om zijn hals, zijn armen om haar middel. Ze hielden elkaar stevig vast, het was bijna meer een knuffel, iets heel kleins en liefs en innigs, dan een seksuele, hete zoen, maar ze genoot er misschien nog wel meer van.

'Je bent ook heel lekker om vast te houden,' zei ze zachtjes in zijn oor.

'Jij ook.' Hij tilde haar een klein stukje op en bromde tevreden, zijn gezicht in haar hals.

'Hé, zet me neer,' zei ze lachend, 'straks bezeer je je nog.'

'Nee hoor, ik kan je gemakkelijk optillen,' zei hij, de lach in zijn stem, maar hij zette haar weer op haar voeten en liet haar een klein beetje los om haar aan te kunnen kijken. 'Het is heel fijn om bij je te zijn, Sylvie, ik zou willen dat we vaker dan eens per week konden samenwerken. Ik zie er steeds erg naar uit.'

Ze grinnikte naar hem op; de blik in zijn ogen raakte haar dieper dan ze wilde toegeven. 'Ik ben ook altijd heel blij om je te zien. En ik vind het ook superfijn voor je dat je Simon opnieuw hebt gevonden, dat is toch heel bijzonder?'

'Ja,' zei hij, met een warme glimlach, 'plotseling heb ik drie vrienden. Simon, Ties en jou. Ik ben een rijk mens.'

'Lieverd,' zei ze, en ze voelde hoe ze dat meende vanuit de grond van haar hart. 'Ties is ook heel dol op je; en ze vindt het geweldig dat je bij haar op school komt pianospelen om te oefenen voor de eindmusical. Ze zegt dat je echt heel goed speelt.'

'Och,' zei hij achteloos, 'ik heb als klein kind jarenlang bijzonder vervelende pianolessen moeten doorstaan, dus het zou wel heel erg zijn als ik het nu nog niet kon. Ik ben blij dat ik het nu voor iets aardigs kan gebruiken. Kom, laten we naar het veldje lopen, dan kunnen we beoordelen of het geschikt is voor het plan van Bé Altena om jonge bomen aan te planten.' Hij pakte opnieuw haar hand, alsof dat de gewoonste zaak van de wereld was. 'Ik heb zelf ook plezier in het pianospelen, meer dan ik had verwacht. En het is eigenlijk ook wel mooi om meer betrokken te zijn bij de school. Ik merk dat ik beter met kinderen kan omgaan dan met de meeste volwassenen, en zij lijken het ook wel aardig te vinden als ik er ben. "Meneer de graaf",' zei hij, half lachend, half schamper, met hoorbare aanhalingstekens.

'Je zegt het alsof je een soort Sinterklaas bent,' zei Sylvie vrolijk, terwijl ze achter hem aan het steile paadje af liep. Ze lieten elkaar niet los, al hingen ze soms met alleen nog een vinger aan elkaar. 'Maar ik kan me wel voorstellen dat zulke dingen veel indruk maken op kinderen, hoor; en laten we wel wezen: je bent toch ook een belangrijke figuur in De Grote Weijde? Je kunt je wel zo veel mogelijk terugtrekken in het koetshuis, maar dat neemt niet weg dat je dat bent.'

'Dat is waar,' zei hij, 'al heb ik de afgelopen jaren wel geprobeerd me ervoor af te sluiten. Het deed me te veel denken aan mijn vader – hij was meneer de graaf, ook voor mij – en dan zag ik voornamelijk op welke punten ik allemaal tekortschoot.'

Sylvie kwam onder aan de heuvel weer naast hem lopen en keek even naar zijn gezicht, naar de pijnlijke trek om zijn mond. 'Maar je mag het toch wel op je eigen manier doen?' zei ze, een beetje verontwaardigd. 'Jij bent ongetwijfeld een heel ander soort mens dan je vader, en dat maakt je natuurlijk ook tot een heel ander soort meneer-de-graaf. Dat wil toch niet zeggen dat je niet waardevol kunt zijn voor de gemeenschap hier!'

Freek stopte abrupt met lopen en snoof.

'Wat is er? Ruik je iets raars?' Sylvie dacht meteen aan nog meer gedumpt chemisch afval, maar toen ze zelf de geur van het bos opsnoof was er niets vreemds of onnatuurlijks aan. Alles rook groen. Hoewel het niet helemaal naar bomen en bosgrond rook; er was een vleug van iets anders in de lucht.

'Of je hebt hier ergens een enorm nest met spitsmuizen zitten, of ik ruik... wietplanten,' zei ze, terwijl ze plotseling de geur herkende.

'Daar dacht ik dus ook aan.' Freek trok haar plotseling mee aan haar hand, van het pad af, dwars tussen de bomen en varens en struiken door. Op een holletje door een diepe brandgang, die onderin modderig was, en waarbij hij haar het laatste stukje omhoog hielp, en toen stonden ze ineens midden in de overweldigende, zware, een beetje hangerige geur van bloeiende cannabis, aan de rand van een fors perceel met manshoge wietplanten.

'Wel-ver-domme!' zei Freek doorvoeld, en hij kneep in haar hand. 'Waar komt dit nu ineens vandaan?'

'Ze moeten helemaal aan het begin van het seizoen zijn ingezaaid, of als het zaailingen waren ergens in maart zijn ingeplant, als ze nu zo groot zijn,' zei Sylvie nadenkend. 'Maar ze staan niet zo heel netjes in rijen, dus ik denk dat het veldje gewoon is ingezaaid, op hoop van zegen. Er staat ook nog wat jong hout tussen, zie je dat? Was dit het maïsveldje?'

Freek trilde intussen. Sylvie wist niet zeker of het van woede was of van een andere emotie, maar ze voelde het aan zijn hand, die de hare nog steeds omkneld hield.

'Dit was het maïsveldje. Wie is hier verdomme geweest?' mompelde hij. 'Dit is mijn land!'

'Iemand die heel goed wist dat je hier niet of nauwelijks komt,' zei Sylvie. 'Iemand die je goed in de gaten heeft kunnen houden, of iemand die je gewoonten door en door kent.'

'Die mensen bestaan niet,' zei Freek, zijn stem bijna een grom.

Sylvie keek scherp speurend om zich heen. 'Er moet toch íéts...' En ineens zag ze het. 'Freek! Kijk daar, is dat waar je normaal gesproken het landje op zou komen? Daar in het hoekje?'

'Ja, daar loopt het pad langs, ja. En schuin aan de overkant,' hij wees, 'daar loopt ook een pad in de buurt, en ook een smal weggetje. Simons vader gebruikte altijd deze ingang hier, omdat hij daar met zijn kleine trekker op kon.'

Sylvie leunde gedachteloos een beetje tegen Freek aan; hij liet haar hand los en legde zijn hand al even gedachteloos op haar zij, zodat ze in het holletje van zijn arm stond.

'Oké, kijk nou eens langs die eik naar boven, langs de stam omhoog. Dan krijg je eerst twee dikke zijtakken, en bij de derde, die zo'n beetje boven de ingang hangt... Zie je het?' Ze wees, en hij keek langs haar arm en vinger naar wat ze aanwees.

'Wat is dat?' vroeg Freek. Hij fronste en tuurde en trok haar nog iets steviger tegen zich aan.

Sylvie glimlachte en sloeg maar gewoon haar arm ook om hem heen; het was zo fijn om hem aan te raken en dichtbij te hebben dat ze helemaal geen zin had om zich ertegen te verzetten.

'Volgens mij is het gewoon een mobiel,' zei ze zachtjes. 'Zo om die tak getapet, met de camera naar buiten gericht. En het zou me niet verbazen als er hoger in die boom een zonnecel hangt om hem opgeladen te houden. Volgens mij staan we hier precies buiten het kader, maar als we de reguliere weg hadden genomen in plaats van dwars door het bos te gaan, dan had nu vast iemand ergens geweten dat het veldje was gespot. En zo is ook meteen duidelijk hoe die persoon kan weten dat je hier nooit komt.'

'Waarschijnlijk hangt er aan de andere kant nog een,' zei Freek zachtjes, 'en ze zullen wel een beetje verbouwd zijn; er zijn meerdere publieksapps waarmee je een mobiel kunt inzetten als beveiligingscamera via wifi. De stap om daarvoor 4G te gebruiken is vervolgens niet zo groot. De ontvanger van het beeldmateriaal kan dan werkelijk overal zitten.'

'Dat jij publieksapp zegt betekent dat er voor jou ook een ander soort apps zijn,' zei Sylvie, grinnikend. 'Dus je hebt zeg maar burgerapps en geheimagentenapps?'

'Jazeker,' zei Freek, nu met iets dreigends in zijn stem, zijn blik nog steeds gericht op de eik met de camera erin. 'Ik krijg wel helder wat voor signaal daarvandaan komt,' hij knikte richting de eik, 'en waarschijnlijk ook wel waar het naartoe gaat. En de apps die me daarbij gaan helpen staan niet in de appstore.'

'Ik denk dat de mensen die dit hier hebben aangeplant niet weten wat jij voor werk doet,' zei Sylvie, en ze keek naar zijn gezicht. Hij had ineens zoiets stoers en zelfverzekerds, nu hij wist dat hij iets kon doen op een terrein waarin hij uitblonk zelfs; het maakte hem zo mogelijk alleen maar aantrekkelijker.

Hij draaide zijn hoofd naar haar toe.

Haar hoofd lag zo'n beetje tegen zijn schouder, waardoor hun neuzen elkaar nu bijna meteen raakten, en ze voelde zijn vrije hand tegen haar wang en zijn lippen op de hare. Deze keer was het niet een lieve, knuffelige kus, deze keer was het een hete, daadkrachtige zoen van een man die wist waar hij mee bezig was, en ze kon niet anders dan zich aan hem vastklampen en zacht kreunen toen zijn hand naar beneden gleed, haar borst omvatte en voorzichtig wreef en kneedde.

'Freek,' mompelde ze vochtig tegen zijn wang, verbaasd over hoe het zo onverwachts kon exploderen tussen hen, 'straks ziet die camera ons nog, we kunnen beter...'

'Je hebt gelijk,' zei hij in haar haar, zijn hand nog steeds rond haar borst, 'maar ik vergat gewoon ineens alles, ik zag je gezicht zo dichtbij en dacht even alleen nog maar aan hoe graag ik met je wil vrijen. Als we niet oppassen dan doen we het nog hier in het bos, tegen een boom.'

Ze lieten elkaar los, toch ook wel met de nodige spijt.

'Ik kan je uit ervaring vertellen dat dat vrij oncomfortabel is,' zei Sylvie, een beetje schamper. 'Ik heb het vroeger heel vaak rechtop gedaan, tegen van alles en nog wat aan, maar bomen zijn ruw en knoestig; voordat je het weet zit je onder de blauwe plekken. Als vrouw, bedoel ik. Je wordt dan over het algemeen toch ergens tegenaan ge– nou ja, gedúwd, snap je?' Ze maakte een paar duwbewegingen met haar hand en gaf hem een humorvolle blik. 'Ik denk dat ik er op het moment zelf nog niet eens zo veel van meekreeg, maar de volgende dag... Misschien is dat nog wel een onderbelicht deel van wat ik van mijn tijd met Marcus heb geleerd: hoe fijn het eigenlijk is om gewoon steeds met dezelfde man seks te hebben, in een lekker zacht bed. Liggend. Comfortabel.'

'Ik wil met jou ook in een bed,' zei Freek. 'Maar als het tegen een boom zou gebeuren, zou ik voorzichtig met je zijn. Dat beloof ik nu vast, al ga ik er niet vanuit dát het ooit gebeurt.'

'Nou,' zei Sylvie, terwijl ze opnieuw door de diepe brandgang naar beneden en weer naar boven klauterden, 'als je me zo blijft zoenen...'

Freek stak zijn hand uit om haar het laatste stukje omhoog te trekken.

'... dan weet ik het zo net nog niet. Straks vergeten we nog helemaal wat we hebben afgesproken, omdat het zo lekker is.' Ze keek hem aan; hij hield haar hand nog steeds vast. 'En wie weet moeten we het ook gewoon een keer doen, om het maar gedaan te hebben. Denk je niet? Dan zijn we ervan af. We hebben precies helder hoe we er allebei in staan, we weten wat we van elkaar moeten verwachten... Ik dacht zelf eigenlijk eerst van niet, maar wie weet is dat toch wel de beste oplossing?'

Freek liet haar hand los en schudde zijn hoofd, terwijl ze verder liepen, dwars door het bos.

'Wil je dat niet?'

'Ik weet niet precies wat ik wil, ik raak ervan in de war.'

'Ik ook,' zei Sylvie zachtjes. 'Nou, laten we het gewoon maar even parkeren dan, en focussen op wat er hier aan de hand is. Zal ik de politie waarschuwen of doe jij het?'

'Ik zie een dilemma,' zei hij nadenkend, ineens weer helemaal geconcentreerd op het onderwerp wietplantage. 'Als we nu de politie inlichten, dan kunnen die niet anders dan de cannabis direct laten opruimen. Maar als we het nog even onder de pet houden, dan heb ik de kans om te onderzoeken wat voor signaal die mobielen uitzenden, en kom ik er wellicht achter wie de ontvanger is.'

'Kunnen we die strategie niet gewoon voorleggen aan de politie?'

Hij grijnsde een beetje ondeugend. 'Maar dan moet ik uit de kast komen. Als geheim agent slash ethisch hacker, bedoel ik. Want als burger heb ik natuurlijk geen enkel recht om de politie te vragen hun procedures op te schorten, alleen omdat ik zelf in staat zou zijn tot iets van detectie aangaande de zaak. Ik zal moeten...' Hij stopte met praten, en met lopen, een diepe frons op zijn voorhoofd.

Sylvie stopte ook met lopen. Het was wel duidelijk dat

Freek nadacht, en het was haar ook volkomen duidelijk dat hij dat met zo veel aandacht deed dat hij al het andere even had uitgeschakeld. Praten, lopen, het was alsof hij al zijn focus, zijn hele bewustzijn, naar binnen had getrokken en had omgeleid om bij te dragen aan zijn denkproces. Het duurde een minuut of twee, drie; Sylvie wachtte geduldig af en observeerde hem tersluiks. Zijn gezicht was uitdrukkingsloos en hij bewoog nauwelijks, maar ineens kwam hij uit zijn concentratie en zei: 'Ik zal met Morris moeten overleggen. En waarschijnlijk zal er hoger in de hiërarchie over moeten worden gesproken voordat ik iets kan of mag doen. Maar het lijkt me de beste weg.'

'Morris?' zei Sylvie zachtjes.

'Leider van het offensieve hackteam. Hij coördineert de targets, deelt in wie wat aanpakt, zorgt dat resultaten geïnterpreteerd worden, et cetera. Ik werk bijna altijd alleen, dan lever ik het beste resultaat; Morris weet dat. Ik heb momenteel niet heel vaak contact met hem, of met andere leden van het team, maar in het verleden hebben we wel eens vaker contact moeten onderhouden, bijvoorbeeld als we aanvallen qua tijd moesten coördineren, of als we een hack hadden lopen die live gevolgd moest worden. Ik zal hem ook moeten mededelen dat ik nogal ernstig het protocol heb geschonden door met jou zo uitgebreid over mijn werk te spreken, en dat zonder vooroverleg... Hij zal wel niet blij met me zijn.'

'Nou ja,' zei Sylvie, een beetje knorrig, 'ik ben dan wel geen geheim agent slash boswachter, maar ik ben in ieder geval wel aanhoudingsbevoegd; Anoes van het politiebureau noemt ons "team boswachter/veldwachter". Dus helemaal een onofficiële, niksige burger ben ik nou ook weer niet, hè?'

'Jij bent absoluut geen niksige burger!' Freek trok zijn wenkbrauwen omhoog, alsof het idee alleen al te idioot voor woorden was. 'Je bent erg belangrijk, voor De Grote Weijde, en ook voor mij. Als landeigenaar, bedoel ik; omdat we het landgoed samen openstellen voor publiek.' Hij keek haar even kort aan. 'En natuurlijk ook voor mij als persoon, omdat we vrienden zijn. Hoewel ik dat misschien juist beter niet als argument aan Morris kan voorleggen.' Hij kneep zijn ogen even dicht en wreef met zijn hand over zijn voorhoofd. 'Er verandert erg veel, en het gaat soms bijzonder snel,' zei hij van achter zijn hand.

'Moet je er even van bijkomen?'

'Misschien wel.'

'Zullen we er dan een eind aan breien, voor vandaag? Dan kun je even rustig je ding doen, en contact opnemen met je werk, en dan zeggen we nog even niets tegen Van Breeuwijk. Als ik Anoes spreek hou ik het ook allemaal nog even voor me, totdat jij hebt uitgevogeld hoe het zit aan jouw kant. Goed?'

Hij knikte. 'Goed. Hoewel ik niet per se het gevoel heb dat jouw gezelschap me deze overprikkeling bezorgt. Het is meer het geheel. Ik ben eigenlijk juist blij dat we samen waren toen we de beplanting van het veld ontdekten; als ik alleen was geweest, was ik vast zo het blikveld van die camera in gelopen.'

'Misschien hangt die mobiel al ik-weet-niet-hoe-lang in die boom. Vorig jaar al, gewoon om te kijken of het er rustig genoeg was.'

'Dat is niet onmogelijk,' zei Freek, 'hoewel ik opnieuw boos word als ik eraan denk dat wie het dan ook op zijn geweten heeft, zo mijn land op is gelopen en een camera heeft opgehangen in mijn bos.'

'Nou ja, Freek, het is nou niet dat je om het hele gebied een twee meter hoog menswerend hek hebt staan, en mijn illustere voorganger heeft volgens mij de afgelopen jaren de ronden niet met evenveel inzet gemaakt als ik nu doe. Ik ben ondertussen toch wel flink wat gaten in de administratie aan het wegwerken, met name op het gebied van de fauna en de kap. Ik heb al zeker twintig bomen weg laten halen die op sterven na dood waren, en die bij de eerste de beste windvlaag zo over het pad zouden vallen waar ze naast staan. Of op het hoofd van een nietsvermoedende wandelaar of fietser. En er zit een gigantische vossenpopulatie in het bos, misschien wel iets te groot voor het gebied. Ik bedoel maar. Als een of andere crimineel vorig jaar op zijn dooie gemak over je landgoed wilde wandelen om de boel in kaart te brengen, dan kon hij dat doen zonder dat er een haan naar kraaide, zeker als jij met een koptelefoon op je hoofd zat te hacken. Wie had het kunnen merken? Niemand toch?'

Freek haalde diep adem en blies heel langzaam uit. 'Je hebt helemaal gelijk,' zei hij. 'Ik zal moeten investeren. Het wordt tijd voor een offerte van de firma menswerende hekwerken punt nl.'

Sylvie proestte. 'Wat ben je toch een droge. Kom, we gaan terug. Denk je dat ik bij jou nog een kop koffie kan krijgen voordat ik weer aan de slag ga in mijn eigen bos?'

'Uiteraard.'

'Ik ga wel even bellen met Staatsbosbeheer, wie weet kunnen we een deel van de kosten uit de pot doen als je het echt serieus meent met dat hek.'

Freek

24

Soms scheen het hem toe dat zijn leven in de afgelopen jaren, en zeker sinds de dood van zijn moeder, was gestold. Bijna tot stilstand was gekomen. Hij had wel hard gewerkt, op zijn eigen bescheiden gebied, en zijn best gedaan om de schuldengolf de baas te worden die over hem heen was gespoeld op het moment dat hij wees was geworden. Hij was daar nog aardig in geslaagd ook, maar verder? Hij had nauwelijks mensen gezien of gesproken, en de weinige mensen met wie hij contact had waren steeds dezelfde.

Het was in zekere zin alsof zijn emotionele leven, zijn ontwikkeling als persoon, een aantal jaren in de diepvries had gelegen.

Hoe anders was het nu.

Hij stond, gekleed in zijn spijkerbroek, een wit overhemd met de kraag open en goddank zonder das, zijn zwarte jasje en een paar nieuwe zwarte All Stars met witte neuzen – gekocht op aanraden van Ties – op het podium van de toneelzaal van zijn oude basisschool en bediende zijn laptop, die de presentatie naar de beamer stuurde, terwijl Ties aan haar klasgenoten en de kinderen uit de parallelklas uitlegde hoe haar app werkte.

Hij had ook een paar dingen verteld, bijvoorbeeld over

hoe de app hem zou kunnen helpen het bos op het landgoed beter te beheren, en over hoe belangrijk het was om goed voor de bomenpopulatie te zorgen. Het milieu had hem als onderwerp nooit erg beziggehouden, maar toen Ties haar presentatie maakte en met hem afsprak dat hij iets zou zeggen over het belang van bomen bij het terugdringen van CO_2 in de atmosfeer, had hij zich even verdiept in het onderwerp, en zich er vervolgens een volle dag in verloren. Hij wist nu dat er een aanplant van ongeveer een biljoen bomen nodig zou zijn om de CO_2-waarden terug te dringen en de opwarming van de aarde een halt toe te roepen. Een één met twaalf nullen, had hij gezegd, en de kinderen knikten ernstig. Zo veel bomen pasten natuurlijk niet op zijn landgoed; ze pasten niet eens in Nederland. Op dit moment zouden er in Nederland zo'n honderdzeventig miljoen bomen staan: ongeveer tien procent van het land was bebost, volgens de laatste meting. Hij had, met een door Ties met de hand getekende slide als ondersteuning, voorgerekend dat je met een beetje proppen misschien tot twee miljard bomen zou komen als je heel Nederland ermee vol zou zetten, maar dan zou er geen plaats meer zijn voor die ruim zeventien miljoen mensen die er ook nog bij moesten.

De kinderen hadden gegrinnikt en Hans-Willem had voorgesteld dat ze dan maar in boomhutten moesten gaan leven, maar Eugenie had gegriezeld bij de gedachte dat ze dan allemaal insecten in haar huis zou krijgen.

'Dikke spin in je bed,' had Hans-Willem zichtbaar genietend opgemerkt, '*what's new*,' en een paar kinderen in de groep, onder wie Ties, hadden gelachen. Freek had ook moeten lachen om de vileine droge humor van de jongen, maar toen de kinderen uitgelachen waren en een beetje onrustig werden, had hij zijn vinger omhooggehouden en zijn wenkbrauwen opgetrokken. Tot zijn verrassing was het meteen weer stil geworden en had Ties haar verhaal kunnen vervolgen.

Het verbaasde hem dat hij zo'n natuurlijk overwicht leek te hebben.

Toen de presentatie afgelopen was, kreeg Ties een groot applaus, zelfs van Bé Altena, die achter in de zaal stond om de presentatie te filmen met een GoPro op een slanke driepoot. Ties stapte zichtbaar gloeiend van trots van het podium af om waar nodig haar klasgenoten te helpen de app te installeren op hun mobieltjes.

Freek was zo lief geweest om naast de Android-versie, die Ties voor ongeveer zeventig procent zelf had gemaakt, ook een iOS-versie te maken, en hij had haar geholpen om de apps netjes in de verschillende appstores te krijgen.

'Dat was een groot succes,' zei Bé tegen hem vanaf de vloer van de zaal, met voor haar doen behoorlijk ongeremd enthousiasme. 'Ik ga dit filmpje denk ik insturen naar de redactie van het *Jeugdjournaal*. Het zou erg leuk zijn voor zowel Ties als de app als de school, als het een item zou worden. En wat jou betreft: je hebt je roeping gemist, je had leraar moeten worden!'

'O, nee,' zei hij direct hoofdschuddend, 'met de kinderen zou het misschien nog wel gaan, maar van het contact met de ouders zou ik niets terechtbrengen. Ik ben niet erg goed in sociale situaties of relaties, dat moet je toch weten.' Hij zette de beamer uit met de afstandsbediening, ontkoppelde de HDMI-kabel en klapte zijn laptop dicht, waarna hij die in zijn zwarte laptoptas stopte. Toen stapte hij van het podium af, de tas schuin over zijn schouder.

'Het valt denk ik wel mee,' zei Bé glimlachend. 'Ik begrijp dat je Ties' moeder ziet?' Dat laatste woord zei ze met een lichte nadruk, waardoor Freek begreep dat ze meer impliceerde dan alleen het feit dat hij Sylvie met zijn ogen waarnam, maar hij moest even nadenken om zeker te weten wat hij vreesde dat ze ermee bedoelde.

'Ties' moeder en ik werken op het moment vrij nauw samen om te zorgen dat volgende week het landgoed opengesteld kan worden voor wandelaars; we willen dat laten samenvallen met het begin van de zomervakantie.' Hij hoorde hoe stijf hij klonk en hoopte dat dit gesprekje snel voorbij zou zijn.

Bé trok haar wenkbrauwen op. 'Ik begreep van Francine dat...' zei ze aarzelend.

'Francine van Bickershoek wil graag dat ik bij haar kom dineren,' viel Freek haar in de rede op onderkoelde toon, zijn ergernis plotseling gewekt, 'waarschijnlijk omdat ze ermee wil pronken dat ze meneer de graaf mag ontvangen. Ikzelf, als mens, los van de titel, heb daar geen behoefte aan. Ik vermoed dat Francine haar teleurstelling heeft omgezet in rancune, omdat ik wel bij Sylvie en Ties thuis kom. Maar zij zijn dan ook in de afgelopen weken vrienden geworden. Vrienden, meer niet, maar dat is voor Francine waarschijnlijk al onbegrijpelijk veel.'

'O,' zei Bé, en ze slikte even.

Freek wist bijna zeker dat ze enigszins ontdaan was door zijn monoloog, maar voordat hij daar onzeker over kon worden omdat hij misschien wel te onvriendelijk had gereageerd, sprong Ties enthousiast op hem af.

'Kijk, Freek, bijna iedereen heeft hem geïnstalleerd! Meteen eenenveertig gebruikers!'

Freek keek naar het schermpje van Ties' mobiel en glimlachte. 'Een heel mooie score,' zei hij tegen haar. 'Het zal vast nog meer worden als Hans-Willem en Gemma ook hun presentaties voor de andere groepen hebben gehouden. En juf Bé heeft je presentatie gefilmd en wil die naar het *Jeugdjournaal* sturen.'

'Juf Bé,' zei Ties grinnikend. 'Freek, we moeten juf Béatrice zeggen, hoor.'

'O, pardon,' zei Freek, met een uitgestreken gezicht en een snelle blik naar Bés gezicht, die zo te zien haar lachen inhield. Gelukkig; het ongemakkelijke moment was voorbij.

'Maar serieus, juf,' zei Ties daarna, 'ga je het echt naar het *Jeugdjournaal* sturen?'

'Als jij het goedvindt,' zei Bé, 'en je moeder ook. En ik zal toestemming moeten vragen aan alle ouders van de kinderen hier in de groep, want als ze het filmpje gebruiken, kunnen de kinderen in beeld komen. Het is allemaal een stuk complexer geworden dan vroeger.' Ze zuchtte.

'Nou, ik vind het sowieso goed, en ik denk mijn moeder ook wel, hoor,' zei Ties zorgeloos, maar toen maakte haar mobiel geluid. Ze keek op haar scherm en fronste. 'O, kak,' zei ze hartgrondig.

'Laetitia, dat zeggen we hier niet,' zei Bé, direct weer in volledige juffenmodus.

'Wat is er?' zei Freek, die vooral oog had voor Ties' gezicht. Ze keek een beetje angstig, maar ook teleurgesteld. Freek voelde iets kouds om zijn hart.

'Ik was met mijn moeder middelbare scholen wezen kijken; alle kijkdagen waren eigenlijk al geweest, maar mijn moeder had opgebeld en uitgelegd dat we hier nog maar net wonen en zo, en toen konden we bij drie scholen toch komen kijken. Eentje was helemaal in Zeist, dat vind ik te ver, en mijn moeder ook, en eentje vond ik niks. Er was er maar een die ik leuk vond, en nou appt mijn moeder dat juist die ene school heeft gezegd dat ik er niet op mag.'

'Welke middelbare school is dat?' vroeg Freek.

'Het Goyers Lyceum,' zei Ties, met zo'n sip stemmetje dat Freek zich genoodzaakt voelde even een arm om haar heen te slaan. Tot zijn verrassing kroop ze tegen hem aan; blijkbaar had ze er behoefte aan om even geknuffeld te worden. Al even verrassend was dat hij er geen enkel bezwaar tegen had om haar die knuffel te geven.

'Ik heb ook op het Goyers gezeten,' zei hij zachtjes tegen haar kruin. 'En hoewel ik er niet echt een heel leuke tijd heb gehad, weet ik ook dat dat vooral lag aan de kinderen bij mij in de klas, niet aan de school.'

'Ik vond het daar cool,' mompelde Ties in zijn shirt. 'Ze hadden een computerlab, en een filmzaal, en een wedstrijd gamebouwen.' Ze keek op. 'Ging je daar met kinderen van hier naartoe, dan? Mijn moeder zei dat je werd gepest op school, dat heeft ze van Gemma's vader gehoord. Gingen de pestkoppen mee naar de middelbare school?'

'Helaas wel,' zei hij met een diepe zucht.

'In onze jeugd waren er ook nog niet van die netjes uitgewerkte protocollen tegen pesten,' zei Bé. 'Ik ga ervan uit dat dergelijk gedrag nu niet langer zou worden getolereerd.'

'Hm,' zei Freek, terwijl hij even over Ties' haar streek. 'Misschien moet ik ze eens bellen.'

'Die school? En dan?' zei Ties.

'Dan hoop ik dat ik ze op andere gedachten kan brengen,' zei Freek. 'Bé, wees zo goed om me de opname van deze presentatie te sturen. Die zou nog wel eens van pas kunnen komen.'

'Natuurlijk,' zei Bé glimlachend, en terwijl Ties zich van Freek losmaakte om naar Gemma en Marilou te lopen, en Hans-Willem zo onopvallend mogelijk naast Ties ging staan, mompelde ze tegen Freek: 'Laetitia heeft waarschijnlijk wel behoefte aan een vaderfiguur in haar leven. Het is mooi dat je die rol een beetje op je neemt, Freek, ook al is er verder niets tussen jou en haar moeder.'

'O, maar er is wel degelijk iets,' zei Freek met een frons, 'we zijn vrienden. Het valt me op dat veel mensen moeite hebben zich voor te stellen dat vriendschappen kunnen ontstaan tussen mannen en vrouwen, zonder dat daar direct andere relatievormen uit voortvloeien. Noch voor mij, noch voor Sylvie is een ander soort relatie dan vriendschap een optie; we hebben daar ieder onze redenen voor. Tussen Ties en mij is er ook vriendschap: ik herken veel van mezelf in haar. Gelukkig heeft ze meer haar tijd mee dan ik had, en is ze veel zelfverzekerder. Ik wil haar graag de ondersteuning geven die ik zelf misschien wel had willen ontvangen toen ik zo oud was als zij nu is.'

'Je hoeft je niet te verdedigen, hoor,' zei Bé. 'Ik vind het al erg mooi dat je je wat meer laat zien in de gemeenschap. Als dat het gevolg is van je vriendschap met Ties en Sylvie, dan is dat winst voor iedereen.'

'Ik wil graag dat je het goed begrijpt, en geen verkeerde conclusies trekt,' zei Freek, een tikje bokkig. 'Ondanks Francine van Bickershoeks verhalen. En Simon van Bon is ook een vriend; een oude vriend. Ik ben bijzonder verheugd dat hij is teruggekomen, we hebben de draad opgepakt alsof er nauwelijks tijd is verstreken. Er is voor mij onverwachts veel aan het veranderen op het moment, en ik denk wel ten goede. Na de dood van mijn moeder heeft mijn leven een tijd stilgestaan, schijnt het me nu toe, al had ik dat zelf op dat moment niet zo in de gaten.'

'Dat kan soms zo gaan,' zei Bé begrijpend. 'Ik ben blij voor je, Freek. En het is bijzonder fijn dat je zo veel betrokkenheid bij de school toont op het moment; ik hoop dat wij ook vrienden kunnen zijn, en dat de connectie kan blijven bestaan, ook wanneer Laetitia hier niet meer naar school gaat.'

Freek keek, met een plotseling opkomende vlaag van verlegenheid, even naar zijn tenen, maar glimlachte toen. 'Ik denk dat we dat wel moeten kunnen realiseren,' zei hij, en toen voelde hij zijn mobiel trillen in zijn binnenzak. Aan de soort trilling wist hij dat het een bericht van Morris moest zijn, dus hij haalde het apparaat tevoorschijn en bekeek enigszins verstolen het bericht.

samenwerking politiekorps is een go, neem contact op met lokale functionarissen.

Hij grijnsde even; hij voelde dat het een ietwat woeste grijns moest zijn, maar hij was blij dat hij nu iets kon gaan doen aan de camera's in zijn bos. Hij was niet al te ongeduldig van aard, maar het wachten had hem dwarsgezeten. 'Bé,' zei hij dus, 'ik heb iets te bespreken met hoofdagent Van Breeuwijk. Als alles gaat zoals ik het me nu voorstel, hebben de politie en ik samen iets af te ronden, maar zodra dat gereed is, is er een veldje beschikbaar op mijn landgoed voor jouw plan om jonge bomen aan te planten. Ik denk niet dat we de CO_2-uitstoot heel drastisch gaan terugdringen met ons initiatief – we kunnen er misschien driehonderd of vierhonderd stuks jonge aanplant op kwijt – maar aan de andere kant: alle kleine beetjes helpen. Ik ga me vervoegen bij het politiebureau; ik zie het bestand van de opname van vandaag graag tegemoet.' Hij hief zijn hand ten groet en keerde zich om voordat Bé iets kon zeggen, en in het voorbijgaan raakte hij met twee vingers Ties' schouder even aan.

'Doei, Freek,' zei ze vrolijk, en toen richtte ze haar aandacht weer op haar vrienden.

Een dikke week later bevond hij zich weer op het podium in de toneelzaal van de school. Deze keer had hij zijn zwarte pak aan, maar met het witte T-shirt onder het jasje in plaats van het standaard witte overhemd-met-das. Zijn voeten waren in zijn zwarte All Stars met witte neuzen gestoken; het had iets opstandigs, vond hij zelf, maar tegelijk ook iets van balans. Zwart-wit was hij, netjes maar niet stijf, en in gelijke mate conformistisch en opstandig.

Hij zat achter de piano, aan de zijkant van het podium, achter het gesloten gordijn. Zo dadelijk zou de eindmusical beginnen; de échte opvoering, zoals de kinderen het noemden. Ze hadden het hele stuk de vorige dag al twee keer gedaan: in de morgen voor de kleuters en groep drie en vier, en daarna 's middags nog een keer voor groep vijf, zes en zeven.

Nu was het avond, en was de échte opvoering voor de ouders, waarna er een eindfeest voor de kinderen zou volgen in de zaal, en een borrel voor de ouders in de hal.

Het was in eerste instantie helemaal niet de bedoeling geweest dat hij ook nog mee zou doen aan de opvoering zelf, maar gaandeweg het repeteren had hij het spelen van het openingsstuk zo uitgewerkt dat de kinderen allemaal vonden dat hij het mooier speelde dan de orkestopname die bij het stuk hoorde. Dus moest hij meedoen. Live, op de piano. Daarna zou hij de piano de coulissen in duwen en van daaruit met zijn laptop de orkestband instarten op de momenten dat dat nodig was. En als het stuk was afgelopen, moest hij weer tevoorschijn komen om samen met de kinderen te buigen.

Hij had er geen problemen mee; hij vond het allemaal wel aardig. Wat hem vooral veel plezier deed was – naast het muziek maken zelf – het feit dat de kinderen hem er zo graag bij wilden hebben. Ze hadden hem bijna als een mascotte geadopteerd, en hij vond de ongeremdheid waarmee dat gebeurde bijzonder fijn. Bijna alsof het iets goedmaakte van de nare tijd die hij als kind op deze school had meegemaakt. Het een kon het ander natuurlijk niet uitvlakken, maar hij vond het absoluut waardevol om een aantal nieuwe herinneringen aan zijn basisschool te creëren die hem niet vervulden met ongemak.

Hij zag wel een beetje op tegen de borrel-met-ouders; hij had van Bé begrepen dat van hem werd verwacht dat hij op zijn minst heel even zou blijven hangen. Het liefst zou hij direct na het buigen de school verlaten. Of misschien nadat hij nog even met Sylvie had gesproken, want die zat intussen natuurlijk in de zaal. Hij wist precies waar ze was gaan zitten: naast de eerste pilaar aan de linkerkant. Ties had hem dat verteld voordat hij op de pianokruk had plaatsgenomen, en hij had het vreemde idee dat hij haar aanwezigheid bijna kon voelen.

Het was zo'n raar verstild moment vlak voordat er iets groots zou losbarsten. Alle kinderen stonden op de aangegeven plaatsen in het decor, iedereen was keurig stil zoals afgesproken. Hij rook de grijze, warm-stoffige geur van de lampen, de iets vochtige geur van het nu gesloten dikke zwarte doek, dat normaal gesproken samen met de coulissen opgerold onder de podiumdelen lag. De enigszins houtige geur van de piano, die niet zo goed was als zijn vleugel in het grote huis, maar waar hij intussen toch vertrouwd genoeg mee was om hem te kunnen laten doen wat hij wilde.

Stilte voor de storm.

Hij keek even op van de toetsen, ving de blikken van verschillende leerlingen, glimlachte bemoedigend, en toen begon het gordijn te bewegen. Bé zelf bediende het en gaf hem vanaf haar plaats in de coulissen een knikje. Hij spreidde zijn vingers en begon te spelen, en acht maten later zette het koor van zenuwachtige maar enthousiaste achtstegroepers in met het openingsnummer.

Zoals dat gaat met het toneel, of het nu een amateuraangelegenheid is of een professionele voorstelling: vanaf het moment dat je begint tot aan het moment dat de uitvoering is afgelopen, is het een voortrazende trein waar je niet uit kunt, en voordat je het weet is het alweer voorbij. Terwijl Freek Ties' hand in de zijne voelde en hij netjes meeboog met de lange rij kinderen, bekroop hem een weemoedig gevoel.

Hij liep terug de coulissen in, ontkoppelde zijn laptop en klapte hem dicht. Daarna liet hij hem in zijn zwarte tas glijden, die klaarstond tegen de tafelpoot. Hij had ook nog een heel grote rugzak van vrachtwagenzeil, maar die was veel te ruim; die gebruikte hij alleen als hij te paard boodschappen deed. Hij was in de afgelopen jaren een paar keer – met levensgrote tegenzin – naar Zoetermeer afgereisd; daar had hij de laptoptas voor aangeschaft. De afgelopen weken had hij de tas bijna nog vaker gebruikt dan in de drie, vier jaar daarvoor. Hij was ermee naar school gekomen voor de presentatie, hij had een paar keer zijn laptop meegenomen naar Ties en Sylvies huis om Ties te helpen met de laatste loodjes van haar app, hij had het ding de afgelopen tijd steeds meegenomen als hij kwam helpen met oefenen voor de eindmusical... Ineens realiseerde hij zich met verbazing hoe vaak hij de afgelopen weken het koetshuis uit was gekomen om iets te doen. Met andere mensen.

Hij sprong in gedachten verzonken van de zijkant van het podium af, hoewel het best hoog was, en liep voorlangs naar waar hij Ties zag, die naar Sylvie toe was gelopen. Ties kreeg een innige knuffel van haar moeder; hij vond het steeds opnieuw intrigerend om te zien hoe ze met elkaar omgingen. Liefdevol, en vol vertrouwen. Zo volkomen anders dan hoe het in zijn eigen kindertijd was gegaan. Het deed hem op een bepaalde manier verdriet, om wat hij tekort was gekomen, maar tegelijk was het goed om bewijs voorgeschoteld te krijgen dat de manier waarop hij zijn jeugd had ervaren absoluut geen maatstaf was voor de rest van de wereld.

'Goed gespeeld, Freek,' zei Reindert den Dekker, te luid en met te veel nouveau-deftigheid in zijn stem. Hij wilde blijkbaar graag dat iedereen die nog in de zaal aanwezig was meekreeg dat hij en Freek elkaar tutoyeerden.

'Dank, Rein,' zei Freek, duidelijk hoorbaar, met een brede glimlach voor Den Dekker. Hij was zo goedgehumeurd dat hij de man zijn plezier niet wilde ontnemen.

'Jaaaa, Freek, onze held!' riep Ties enthousiast, nu hij haar en Sylvie had bereikt. 'Ik zei toch, mam, dat hij die muziek veel mooier speelt dan die stomme orkestband!'

'Ach, dat valt ook wel weer mee,' bromde hij een beetje, maar Sylvie legde even haar hand op zijn arm.

'Nou, ik vond het mooi, en je zag er echt hartstikke goed uit op het podium,' zei ze warm tegen hem. 'In het sprankelende licht van die lampen, met je blonde haar en je gympies aan.'

Even keek hij naar haar: maakte ze nou een grapje? Maar haar ogen straalden warm en haar mond glimlachte, en hij stelde zich voor dat hij die heerlijke frisse appelgeur van haar haar kon ruiken. Ze meende het serieus.

Sylvie

25

De hele voorstelling lang had ze haar ogen niet van haar dochter af kunnen houden. Af en toe was Ties niet op het podium, en dan merkte ze dat ze er met een bijna fysieke pijn naar verlangde om haar weer terug te zien, zodat haar moederhart kon opzwellen van trots en de tranen achter in haar keel konden prikken. Iedere keer bijna in huilen uitbarsten als haar kind over het podium dartelde of uit volle borst stond te zingen was een vreemd, ongemakkelijk en tegelijk heerlijk gevoel.

Alleen helemaal aan het begin had ze nog een klein beetje oog gehad voor iets anders, of liever gezegd iemand anders: Freek, die achter de piano zat, spelend alsof het zijn dagelijks werk was, met een ingetogen maar volkomen natuurlijke flair en charme. Als ze hem zo zag zitten kon ze zich nauwelijks voorstellen dat hij ook horkerig kon zijn, of verlegen en onzeker.

Ze had gezien dat Freek na het intro de piano de coulissen in had geduwd en dat hij daar vervolgens achter een soort tafeltje was blijven staan om iets voor het stuk te doen met zijn laptop. Als ze goed schuin de coulissen in keek, kon ze hem precies zien. Af en toe, en voornamelijk wanneer Ties niet op het podium was, had ze naar hem gegluurd.

Van hem zwol haar hart ook een klein beetje op, al was het dan van iets anders dan moedertrots; het was nog steeds zo dat ze als ze hem zag de onbedwingbare neiging kreeg te lachen. Alsof alles overkomelijk was, omdat de wereld licht was, en mooi.

Het was bloedheet in de toneelzaal – het was de afgelopen dagen al echt zomer geworden en 's avonds werd het niet koeler dan een graad of achttien, negentien – en ze zat tegen het eind van de voorstelling in haar luchtige zomerjurkje een klein beetje aan haar stoel geplakt. Het was fijn om aan het eind op te kunnen staan om woest te applaudisseren, en het was nog fijner om na het buigen en de onvermijdelijke doekjes haar dochter het podiumtrapje af te zien stuiteren om haar in de armen te vliegen.

Het was ook heel fijn om vanuit haar ooghoek Freek van het podium af te zien springen, zijn laptoptas op zijn rug, zijn haar een beetje in de war, en te merken dat hij haar kant uit kwam.

Toen hij haar eenmaal had bereikt, moest ze zich beheersen om hem niet net zo hard te knuffelen als Ties. Hij zag er zo leuk en lief uit in zijn pak met die gympen eronder; voordat ze het wist had ze haar hand op zijn arm gelegd en een of andere stomme opmerking gemaakt. Ze stond te lachen als een idioot, ze voelde het, maar ze kon er niets tegen doen; ze was zo blij om hem te zien. Alsof ze hem al heel lang had moeten missen, zo'n soort blijdschap. En dat terwijl ze Freek de afgelopen twee weken veel vaker had gezien dan alleen op woensdag; er was nog best veel te doen geweest op het landgoed, zo vlak voor de officiële geplande openstelling, en hij was ook nog bij haar thuis langsgekomen om Ties te helpen met haar app. Van alle dagen in de week hadden ze elkaar maar twee dagen niet live gezien, maar toen hadden ze in ieder geval wel geappt.

Gezoend hadden ze niet meer, na die ene keer bij het veldje vol wietplanten. Nadat de vlam zo in de pan was geschoten, waren ze allebei blijkbaar een beetje geschrokken. Het was natuurlijk gewoon beter om het niet nog ingewikkelder te maken, maar nu hij hier zo stond en ze haar hand op zijn arm had gelegd, zou ze toch eigenlijk, in een klein, donker hoekje van haar hart, daar waar het verstand over het algemeen niet kwam, niets liever willen dan dat het helemaal niet ingewikkeld was.

'Zullen we de zaal verlaten?' vroeg Freek. 'Ik denk dat er het nodige aan de kant moet worden geschoven voor het eindfeestje van de kinderen, en dan kunnen wij misschien even spreken over mijn bevindingen op het gebied van, eh...' Hij keek naar Sylvie, en toen schuin naar boven, naar de pilaar.

Ze begreep hem direct. 'Prima,' zei ze, 'en ik kan ook wel een drankje gebruiken, het is hier behoorlijk warm. Heb jij het niet warm in dat jasje, Freek?'

'Nee hoor,' zei Freek. En toen leek hem iets te binnen te schieten. 'Ties,' zei hij, zich half omdraaiend. 'Ik wilde het je niet eerder vertellen om je concentratie voor de voorstelling niet te verstoren, maar ik heb vanmorgen met de directeur van het Goyers gesproken.'

'O?' zei ze, niet erg hoopvol.

'Je bent ingeschreven.'

'Wát?' Ties deed twee snelle stappen zijn kant op. 'Mam, wist jij dat?'

'Ik had geen idee,' zei Sylvie verbaasd. 'Ik wist niet eens dat Freek wist dat je er niet naartoe kon!'

'Mam, hij stond ernaast toen je me appte!' riep Ties ongeduldig uit. 'Dat heb ik je toch verteld?'

'Ik heb zeker niet goed geluisterd,' zei Sylvie schuldbewust, 'maar wat lief van je, Freek, heb je ze gebeld?' Ze zag dat hij een beetje bloosde en even naar zijn voeten keek. Dat deed hij meestal als ze hem een direct compliment gaf; ze vond dat heel aandoenlijk.

'Ik heb al eerder gebeld, en vandaag ben ik erheen gereden voor een gesprek met de schooldirecteur. Die werkte daar natuurlijk nog niet toen ik er op school zat; ik heb mijn eigen onaangename ervaringen achterwege gelaten in het gesprek en benadrukt dat het voor zowel de school als Ties goed zou zijn, en dat ze mijn bescherming geniet. De man was blijkbaar gevoelig voor mijn titel; ik heb dat gegeven nogal schaamteloos uitgebuit.'

Sylvie moest lachen om zijn tevreden grijns. 'Zie je wel dat het ergens goed voor is om een graaf te zijn,' zei ze vrolijk. 'O, Ties, wat een mazzelaar ben jij!'

Ties sprong een paar keer op en neer, keek even om zich heen op zoek naar een manier om haar enthousiaste energie kwijt te raken, en besloot toen dat Freek om de nek vliegen de beste optie was.

Freek grinnikte en tilde haar van de grond alsof ze niets woog – iets wat Sylvie allang niet meer voor elkaar kreeg – en even zat ze in zijn armen, in hem geklommen als een aapje, haar benen om zijn lijf heen geslagen, haar armen om zijn hals. Toen zette Freek haar weer op haar voeten, aaide even haar wang met twee vingers en mompelde: 'Graag gedaan, Ties.'

Sylvie vroeg zich af of het nou alleen maar zo leek, of dat hij een beetje aangedaan was door de ongeremde liefde die haar dochter zomaar spontaan over hem had uitgestort. Zij voelde het in ieder geval in haar keel prikken, en met een warm hart keek ze Ties na, die het podium op rende en over haar schouder riep: 'Ik moet het Gem en Marilou en Hawé gaan vertellen; die gaan allemaal ook!'

'Dan kunnen ze samen fietsen,' zei Sylvie terwijl zij en Freek naast elkaar langzaam de toneelzaal uit liepen. 'Echt, wat ontzettend lief van je om zo veel moeite te doen. En helemaal erheen ook nog, dat was vast niet zo leuk voor je als je er zulke vervelende herinneringen aan hebt.'

'Het was minder onprettig dan ik had gedacht,' zei Freek bedachtzaam, 'en ik deed het graag, voor Ties.'

In de hal was het flink druk, maar Sylvie zag een klein hoog tafeltje in de hoek niet ver van de voordeur, die wagenwijd openstond om wat frisse lucht binnen te laten. Ze liep er snel naartoe; Freek volgde haar zonder iets te zeggen.

'Poeh, hier is het ook al zo warm,' zei ze terwijl ze haar handtas op het tafeltje legde.

'Zal ik iets te drinken halen?' vroeg Freek.

Sylvie grinnikte naar hem op. 'Wat ben je toch netjes opgevoed.'

'Dat heb ik gratis bij de titel gekregen.' Hij haakte een streng haar achter zijn oor, trok even een wenkbrauw op en draaide zich om op de bal van zijn voet.

'O, wacht,' zei Sylvie, 'laat je tas anders hier; ik bewaak hem wel voor je,' maar hij was al weggelopen. Vanuit haar positie kon ze zijn achterkant even rustig bewonderen: hij liep soepel en zelfverzekerd, alsof hij goed in zijn vel zat. Hij was enorm opgeknapt van zijn nieuwe kapsel, de nieuwe kleren die hij had aangeschaft, en ook van het feit dat hij wat vaker buitenshuis kwam. Zonder bril. Het leek alsof zijn zelfvertrouwen met immense sprongen was toegenomen; hij kwam volkomen anders over dan de licht verwilderde, mensenschuwe man die haar en Ties bijna omver had gelopen in de Hema toen ze net waren verhuisd.

'Zo, schone hoedster van het woud,' hoorde ze, en toen ze

opkeek vanuit haar gedachten zag ze Reindert den Dekker, die het glas wijn in zijn hand met een ietwat olieachtige glimlach om zijn lippen op het hoge tafeltje parkeerde. Naast haar handtas. Met een air alsof hij zijn territorium afbakende.

'Dag, meneer Den Dekker,' zei Sylvie. 'Hans-Willem was echt goed, hè?'

'Reindert, noem me toch vooral Reindert,' zei de man, en even keek hij wat verdwaasd. 'O, je bedoelt dat eindgedoe daarnet. Ja, nou ja, je moet daar dan heen, hè, als ouder, maar ik hoef je natuurlijk niet te vertellen dat ik liever mijn avond aangenamer doorbreng dan naar een stelletje vals zingende twaalfjarigen te kijken.'

Sylvie voelde hoe haar ruggengraat verstrakte. Meende die man dit nou serieus? Ze keek voorzichtig opzij.

Hij was haar aan het opnemen met een blik die ze ogenblikkelijk herkende uit de tijd dat ze nog een vrije vrouw was, in de stad. Die blik had meestal in de ogen gelegen van wat oudere directietypes, die dan dachten dat zij de tijger waren en Sylvie een sappig, hulpeloos hertje dat niet meer kon ontsnappen. Ze had altijd een beetje meewarig moeten lachen om de zelfoverschatting die aan zulk gedrag ten grondslag lag, maar het was haar ook een paar keer overkomen dat ze van een bepaald bedrijf ineens geen opdrachten meer kreeg nadat ze niet op de avances van zo'n type was ingegaan.

'Ik vond het heel leuk om naar mijn dochter te kijken, ik voelde me trots,' zei ze met iets meer nadruk dan strikt noodzakelijk was.

'Hm,' zei Reindert, waarna hij een slok wijn nam op een manier die hijzelf vast sexy vond overkomen, vermoedde Sylvie.

'Mijn zoon en jouw dochter zijn iets van een vriendschap aan het ontwikkelen,' zei hij toen.

'Ik geloof het ook,' zei Sylvie voorzichtig; ze was niet bereid hem meer aanknopingspunten te geven dan strikt noodzakelijk.

'Ik dacht dus: dit is een uitgelezen moment voor jou en mij om elkaar ook eens wat beter te leren kennen,' ging Reindert onverdroten verder, 'en ik dacht: laten we samen binnenkort even een hapje e –'

'Waar is mevrouw Den Dekker eigenlijk? Wilde zij niet zien hoe goed haar zoon het deed? Hij kan echt goed zingen, hoor!' zei Sylvie haastig. Ze had in het verleden gemerkt dat het wel eens hielp om bij dit soort types over hun thuissituatie te beginnen als je ze uit die tenenkrommende versiermodus wilde krijgen.

Reindert fronste even. 'Mariëtte en ik gaan op dit moment door een wat lastiger fase. Ze is bij haar zuster in Marbella; Hans-Willem gaat daar voor de zomer ook naartoe. Dan kunnen we allemaal even rustig nadenken over hoe we verder willen, en heb ik een paar weken mijn handen vrij. Vandaar dat ik dacht: een hapje eten is wel een goed idee, en dan kunnen we er misschien meteen een leuke avond van maken, naar het theater, of misschien,' hij lachte even toegeeflijk, 'heel burgerlijk een bioscoopje pak –'

'Dag, Reindert,' zei Freek stijfjes. Hij had twee flesjes bier vast bij de hals en gaf er een aan Sylvie, vergezeld van een klein knikje, waarna hij zich met opgetrokken wenkbrauwen naar Reindert wendde.

'Ik was bezig Sylvie uit te nodigen voor een avondje uit,' zei Reindert, enigszins stekelig, 'en ik heb nog geen antwoord gekregen.'

'Ik heb iets te bespreken met de boswachter met betrekking tot mijn landgoed,' zei Freek.

Sylvie keek met ingehouden verwondering naar wat er

voor haar ogen gebeurde. Freek leek langer te worden, en breder, en zijn toon werd niet per se deftiger – hij sprak altijd al heel netjes, op zo'n nonchalante manier die verried dat hij nooit anders had gedaan – maar wel ijzig. Afwijzend. Sylvie voelde gewoon hoe hij, zonder iets te zeggen, Reindert afserveerde als een te oude, te zweterige *social climber* die zich iets aanmatigde waar hij geen recht op had.

Reindert verstrakte, greep zijn wijnglas en dronk het in twee grote teugen leeg.

'Ik stel voor dat we ons even buiten vertreden,' zei Freek tegen Sylvie, 'het is hier onaangenaam warm.'

'Prima,' zei ze. 'Dag, Reindert, ik hoop voor je dat je eruit komt met je vrouw.' Ze pakte haar bier, hing haar handtasje aan haar schouder en wandelde voor Freek uit – hij strekte zijn arm uitnodigend in de richting van de deur – naar buiten.

Even bleef het stil, en toen zei ze zachtjes: 'Pfff. Ik weet even niet wat daar gebeurde, zeg.'

'Ik wel,' zei Freek.

Ze keek even opzij naar zijn profiel; hij keek strak voor zich uit terwijl ze langzaam over het schoolplein wandelden. Het schemerde al en ze waren niet de enigen die een luchtje schepten; er stonden meerdere groepjes volwassenen buiten te praten, een drankje in de hand. De muziek van het eindfeest van de kinderen was duidelijk hoorbaar, maar niet hinderlijk.

'Reindert heeft nog een dochter, van vierentwintig, vijfentwintig jaar oud, zoiets. Uit zijn eerste huwelijk,' zei Freek, op een toon alsof dat alles verklaarde.

'Neem me even mee,' zei Sylvie glimlachend, 'want je zet volgens mij een paar denkstappen die ik niet meteen kan volgen.'

Freek grinnikte zacht en ze voelde hoe hij ook even naar haar keek. 'Het spijt me. Ik bedoel: toen zijn dochter ongeveer even oud was als Hans-Willem nu, kreeg hij een relatie naast zijn huwelijk. Met de toenmalige lerares van zijn dochter. Ze was al zwanger van hem op het moment dat zijn dochter de basisschool verliet; niet lang daarna scheidde hij van zijn eerste vrouw en trouwde hij met de tweede. Hans-Willem is het product van die verbintenis.'

Sylvie proestte zachtjes. 'Product! Gekke Freek, alsof ze een soort mensenfabriekje is, die tweede vrouw.'

Hij grinnikte weer. 'Je hebt een beeldend voorstellingsvermogen. Dat is natuurlijk niet hoe ik het bedoel, maar het is wel een vermakelijk idee. Misschien is het maar gelukkig dat het bij slechts één product uit de fabriek is gebleven, want blijkbaar heeft een huwelijk met Reindert den Dekker een houdbaarheid van ongeveer twaalf jaar. Ik vermoed dat hij nu heeft bedacht dat jij een mooi volgend slachtoffer bent; hij denkt wellicht dat je als alleenstaande moeder wanhopig op de attenties van een man als hij zit te wachten.'

Sylvie lachte nu hardop. 'Serieus? Ik vond hem wel glijerig, maar denk je nou echt dat hij...'

Freek knikte. 'Zeker. Koude kermis?' vroeg hij, zijn wenkbrauwen geheven.

'Voor hem? Absoluut!' zei Sylvie.

Ze sloegen de hoek van het schoolgebouw om. Hier stonden geen ouders meer, maar de muziek van het eindfeest klonk des te luider, en het werd ook direct duidelijk waar dat door kwam. De zware gordijnen van de toneelzaal waren opengeschoven en de dubbele deuren die uitkwamen op het schoolplein stonden wijd open. Eén speaker was naar buiten gesleept en een hele groep kinderen stond woest te dansen op de muziek die eruit kwam. Overal stonden led-kaarsjes:

op de vensterbanken, op de grond, op de box.

'Hé!' riep Ties, die zich losmaakte uit een groepje en op hen toeliep. 'De muziek is mwah, maar het is wel gezellig. Vonden jullie het binnen ook zo heet?'

'Niet te harden,' zei Sylvie. 'We moesten echt even luchten. En Freek wilde ook nog iets zeggen over het landgoed, of over zijn werk, of allebei, en dat kunnen we misschien beter niet midden tussen de mensen doen.'

Ties knikte, kneep haar lippen op elkaar en maakte met haar duim en wijsvinger een ritsgebaar langs haar mond, en daarna danste ze weer terug de groep in, terwijl de muziek nog een tandje harder ging.

Freek gaf Sylvie een klein duwtje, zijn schouder tegen de hare, en hij knikte in de richting van het andere eind van het schoolplein. Daar was het een stuk donkerder, en helemaal leeg.

'Wat wilde je nou zeggen,' zei Sylvie, 'over die, eh, dingen in de boom, zeg maar? O, en dank je wel nog voor die reddingsactie van daarnet. Je deed dat heel cool, je zette hem echt op zijn nummer zonder dat er een onvertogen woord viel.'

'Reindert is ook erg gevoelig voor de titel,' zei Freek, een beetje peinzend, 'net als de directeur van het Goyers Lyceum. Ik voel me er wel een beetje ongemakkelijk bij om dat dan zo, nou ja, toch wel te misbruiken, maar aan de andere kant: ik heb er nooit om gevraagd.'

'Je mag er heus wel een beetje lol aan beleven,' zei Sylvie met een ondeugende grijns. 'Dat hele noblesse obligegedoe moet wel een beetje twee kanten op werken, hoor, anders is het niet eerlijk.'

'Dat vind ik zelf ook, geloof ik,' zei Freek, met een al even ondeugende glimlach.

Freek

26

In de afgelopen tijd was het ongemerkt zo gegroeid dat als hij iets zei, Sylvie bijna altijd meteen wist wat hij bedoelde. En als ze het niet wist, vroeg ze ernaar op een manier die hem – en iedere keer opnieuw verraste hem dat – helemaal niet het gevoel gaf dat hij een onvergeeflijke faux pas had gemaakt. Ze vroeg het, en hij legde het dan uit, en dan gingen ze gewoon weer verder waar ze waren gebleven. Hij voelde zich af en toe bijna normaal in haar gezelschap.

'Maar vertel nou,' zei ze nu, terwijl ze uit de lichtkring van de school wegliepen, ver genoeg weg van het feestgedruis van de kinderen om de muziek nog wel te kunnen horen, evenals hun gepraat en gelach, maar toch ook op een normale toon te kunnen converseren.

'Vandaag is het cannabisveldje geruimd,' zei Freek, 'dat weet je; langer konden we het echt niet uitstellen. Hoewel ik nog steeds geen signaal had kunnen vinden van die apparaatjes die in de bomen zitten. Welnu.' Hij haalde even diep adem. 'Ik heb vanmiddag ontdekt dat er een mesh-netwerk van *motes* in het bos ligt. Ik heb nog niet helemaal helder hoeveel gebied het bestrijkt. Het lijkt erop dat de camera's hun signalen via wifi het netwerk in sturen, en de motes brengen het naar een of ander verzamelpunt.' Hij haalde iets groens ter grootte van een klein luciferdoosje uit zijn jaszak. 'Ik heb er een meegenomen, en de batterij eruit gehaald. Er zit een knoopcelletje in, daar werken deze dingen meestal een jaar of twee op.'

'Jeetje,' zei Sylvie. Ze nam het doosje in haar hand, voelde het gewicht en hield het een beetje omhoog om het zo goed mogelijk te bekijken in het halfduister. 'Wat een klein dingetje, zeg. Dus, even checken of ik het als niet-nerd goed begrijp: als je een heleboel van deze dingen over een terrein uitstrooit, dan praten die allemaal met elkaar en krijg je een soort wifinetwerk, dat het ongeveer twee jaar doet?'

'Inderdaad,' zei Freek.

'Hoe noemde je die dingen?'

'Motes. Als in *dust-motes*, omdat ze zo klein zijn, maar ook remote, omdat ze op afstand werken. Ze hebben een klein bereik, van maximaal een meter of drie, maar als je er genoeg neerlegt kun je een enorm gebied bestrijken. En je kunt je natuurlijk wel voorstellen dat ze moeilijk te ontdekken zijn.'

'Nou, inderdaad,' zei Sylvie peinzend. 'Hoe heb je deze gevonden?'

'Met een piepstok,' zei Freek besmuikt. 'Ik kon het werkelijk niet uitstaan dat ik niets van dat mobiele signaal kon vinden. Ik heb een stuk of dertig motes ontdekt tijdens een wandeling van een kwartiertje, en daarna heb ik Morris gebeld om te vragen of ik een EMP-zapper kan lenen om die dingen uit te schakelen als ik eenmaal zover ben.'

'Wat is dat?' zei Sylvie. Het was intussen buiten frisser aan het worden. Hij zag dat ze over haar blote armen wreef, dus deed hij zijn tas af, zette die op de grond, trok zijn jasje uit en hield het voor haar open.

'Maar dan heb jij het koud,' zei ze verbaasd.

‘Welnee,’ zei hij, terwijl hij haar erin hielp en daarna zijn tas weer schuin over zijn schouder hing. ‘Een EMP-zapper is een apparaat waarmee vijandige drones uit de lucht gehaald kunnen worden, met een elektromagnetische puls, maar het werkt natuurlijk ook op andere elektronische apparatuur.’

‘Oké,’ zei Sylvie. Hij zag aan haar dat ze hem misschien maar half begreep, maar dat ze te zeer genoot van de warmte van zijn jasje om er te lang bij stil te staan.

Even keek hij om zich heen. Voor hen de school, met daaromheen het ruim bemeten schoolplein; achter hen de fietsenstalling en de strook bosgrond die onbebouwd was gebleven. Hij kende die strook nog goed. In zijn schooljaren hier had hij hem vaak, en onvrijwillig, bezocht: onder aanvoering van Paul de Jong werd hij dan meegesleept door een groep jongens van wie hij het niet kon winnen, waarna zijn lunch werd afgepakt en in de modder gegooid, of hij bladeren moest eten, of wormen. Ze hadden ook een keer geprobeerd hem levend te begraven, maar het buitenspelen had daarvoor niet lang genoeg geduurd. Verklaren aan zijn lerares, en later nog een keer aan zijn moeder, hoe hij zo onder de modder was gekomen, was minstens even ellendig geweest als de poging tot begraven zelf. Maar dat was allemaal nog niets geweest vergeleken met wat er was gebeurd tijdens zijn eigen eindfeest, toen hij in groep acht had gezeten – toen heette het nog de zesde klas. Hij had nadien met angst en beven gewacht tot de zomervakantie voorbij zou zijn en hij naar het Goyers zou gaan – de enige mogelijke keuze voor de aanstaande graaf Woudenbergh –, in de wetenschap dat Paul en minstens vier van diens vrienden ook die school zouden bezoeken. Nog zes jaar hel, had hij toen gedacht, nog niet wetend dat Paul hem ook na de middelbare school nog zou achtervolgen, zo zijn studietijd in.

'Freek, wat is er?' vroeg Sylvie bezorgd. Hij voelde haar hand op de mouw van zijn overhemd, een warme plek die hem aangename rillingen zou bezorgen als hij niet zo diep in zijn nare herinneringen zou zitten.

'O,' zei hij, 'ik dacht terug aan vroeger. Toen ik eerder vanavond op het podium zat, vlak voordat het doek opging, dacht ik dat het wel mooi was om nieuwe herinneringen aan deze school te maken. Betere herinneringen dan die ik nu heb. Het is misschien wat laat, maar...' Hij haalde zijn schouders op.

'Beter laat dan nooit?' zei Sylvie zachtjes. 'Arme jij. Als ik bij je op school had gezeten, had ik je pestkoppen ongenadig op hun sodemieter gegeven.'

'Dat weet ik,' zei hij, al even zacht, en hij zette een stapje dichterbij, zodat hij een hand in haar zij kon leggen.

Uit de speaker bij de toneelzaal klonk 'Nothing's Gonna Change My Love for You' van Glenn Medeiros, en er waren wat onhandige stelletjes die de armen om elkaar heen sloegen om erop te dansen, sommigen met genoeg ruimte ertussen om er een paard tussendoor te kunnen jagen.

Sylvie leunde een beetje tegen zijn schouder, wat heerlijk aanvoelde – hij rook haar haar – en zei dromerig: 'Och, kijk nou, Ties is aan het dansen met Hans-Willem. Wat lief.'

Freek keek waar zij keek en voelde hoe hij zijn glimlach niet kon onderdrukken, maar tegelijk was er die herinnering. 'Wil je ook met mij dansen?' mompelde hij tegen haar kruin.

'Tuurlijk,' zei ze, nog iets dichter tegen hem aan kruipend.

'Niet hier. Iedereen kan ons zien, en daarnaast... hierachter is het fietsenhok. Kunnen we achter het fietsenhok dansen?'

Ze keek op, in zijn gezicht. 'Waarom specifiek daar?'

Hij glimlachte voorzichtig. 'Om een nieuwe herinnering te maken.'

Ze glimlachte terug en pakte zijn hand. 'Oké, ga maar voor.'

Hij liep voor haar uit, boog wat takken van een struik opzij en stond toen ineens op de plek waar het was gebeurd, waar het was begonnen; hij zag nu pas goed hoe het in zijn leven had doorgewerkt, ook al had hij de herinnering eraan bijna geheel weten te verdringen. Hij was daar goed in, dat wist hij: zaken die hem ongelukkig of verward maakten, kon hij met een ongekende kracht wegduwen. Dan had hij er vrijwel geen last meer van, in ieder geval aan de oppervlakte van zijn gevoelsleven. Hij wist evenzeer dat, onder de juiste omstandigheden, die herinneringen zichzelf weer even hard kenbaar konden maken, en hem dan genadeloos konden overvallen met precies die emoties die hij had geprobeerd onder het kleed te vegen, en die hij dus nooit had verwerkt of overwonnen.

Dat was wat er nu gebeurde.

Hij verstarde.

Begon te trillen.

Hij kneep zijn ogen stijf dicht en wist bijna niet hoe hij zich moest bewegen; hij kon alleen maar wachten op wat hij wist dat zou komen. De koude viezigheid, de stank, de vernedering; de schaamte en het gevoel dat hij zo ontzettend stom was geweest om ook maar een seconde te geloven wat hem was wijsgemaakt. Hij had natuurlijk moeten weten dat het niet waar kon zijn, dat er iets achter moest schuilen; met al zijn intelligentie was hij zo stom, zo stom, zo zinloos en waardeloos en stom...

'Freek,' hoorde hij, een zachte stem, een lieve stem; Sylvies stem. 'Freek, wat is er, je bent helemaal verstijfd.' Hij voelde hoe ze het bierflesje uit zijn hand pakte, en daarna haar twee warme handen door de stof van zijn overhemd, op zijn bovenarmen, ze wreven zachtjes. Dan een zachte aanraking van zijn gezicht. Ze streelde zijn huid, zijn wang, zijn haar achter zijn oor, een lichte vinger over zijn wenkbrauw, over zijn frons. Hij voelde aan de warmte van de lucht dat ze vlak bij hem moest staan, en toen een vleug van haar appelgeur zijn neus bereikte kwam hij plotseling uit zijn bevriezing en reikte hij naar haar. Ze stapte in zijn armen, legde die van haar om zijn hals en leunde voorzichtig tegen hem aan. Ze was heerlijk warm en zacht en er ging zoiets troostends van uit, een ander mens zo dichtbij, een ander mens dat hem welgezind was, een vriend, iemand die hij kon vertrouwen; hij haalde plotseling diep en rasperig adem en verborg zijn gezicht in haar hals.

Ze streelde zijn hoofd, zijn haar, en wiegde hem zachtjes op de verre klanken van Glenn Medeiros. Hij liet zich wiegen, liet de warmte van haar lieve nabijheid hem voorzichtig doorstromen tot hij zich verder durfde te ontspannen en haar dichter tegen zich aan durfde te trekken.

De muziek veranderde. Het nummer was afgelopen en er begon een druk, onverstaanbaar nummer waarbij de kinderstemmen af en toe iets meeriepen en juichten. Sylvie stopte niet met hem wiegen, en zijn haar strelen. Hij haalde zijn gezicht een klein stukje uit haar hals zodat hij zijn wang tegen de hare kon wrijven; als het mogelijk zou zijn, zou hij nog dichter naar haar toe willen.

'Is er hier iets heel naars gebeurd?' vroeg ze zachtjes. 'Toen je hier nog op school zat?'

'Ja,' wist hij te zeggen, tussen zijn tanden door. 'Op zo'n avond als deze. Het eindfeest. Van mijn jaar.'

Ze legde een zachte hand tegen zijn wang en maakte

voldoende ruimte tussen hen beiden om zijn gezicht te kunnen bekijken.

Freek vond het zo naar om die ruimte te voelen ontstaan dat er een zacht, onvrijwillig gekreun uit hem ontsnapte, en hij haar weer dichterbij trok.

'Rustig maar,' zei ze, 'ik ben hier, ik ga nergens heen. Doe je ogen maar open. Kijk me maar aan, Freek, je bent veilig. Je bent veilig, en je bent niet alleen.'

Hij haalde heel diep adem en besloot toen maar gewoon te doen wat ze voorstelde.

Hij opende zijn ogen.

Tot zijn afschuw en schaamte rolden er meteen een paar tranen uit, maar Sylvie leek dat niet erg te vinden; ze veegde ze van zijn wang met haar zachte hand.

'Wil je het vertellen?' vroeg ze zachtjes.

'W-wat,' zei hij bibberig, maar hij wist natuurlijk wat ze bedoelde. 'Ik weet niet of ik het kan,' zei hij er dus maar achteraan.

'Het lucht waarschijnlijk enorm op,' zei ze, terwijl haar hand om zijn wang lag en haar duim zachtjes heen en weer bewoog over zijn huid. Het was een heel fijn, troostend gevoel; hij voelde zich bijna een kind, een belachelijk groot kind.

Hij haalde diep adem. Blies voorzichtig en bibberig uit, en haalde opnieuw diep adem, en plotseling bemerkte hij de geur van de bomen.

In zijn herinnering had het hier gestonken, voor eeuwig gestonken, en zelfs de bomen hadden hier vies geroken, rottend en donker en dreigend, maar nu merkte hij dat dat helemaal niet waar was. De bomen roken exact hetzelfde als in zijn eigen bos: groen, harsig, plantaardig. De grond, de struiken, het fietsenhok zelf: er was hier niets dreigends, niets gevaarlijks. En Sylvie was er nog steeds, in zijn armen, vol tedere zorgzaamheid.

'Niemand wilde met me dansen,' zei hij toen zachtjes. 'Ik dacht dat ik maar beter naar huis kon fietsen. Mijn moeder was niet komen kijken naar de voorstelling en mijn vader was niet in Nederland op dat moment. Ik had geen eigen rol in de voorstelling; ik was maar heel af en toe op het podium en verder moest ik dingen in de coulissen doen, maar toch. Toen kwam er iemand die ik niet zo goed kende, een jongen, hij was geen onderdeel van mijn vaste groep belagers. Hij gaf me een briefje.' Hij moest even pauzeren om nog een paar keer diep adem te halen.

Sylvie gaf hem een klein kusje op zijn wang en mompelde aanmoedigend: 'Goed zo.'

Hij beet even op zijn lip, maar ging toen toch verder: 'Het briefje bevatte een boodschap: Bianca wilde met me afspreken achter het fietsenhok. Hier dus. Bianca was een heel mooi meisje, van wie bekend was dat ze graag wilde zoenen achter het fietsenhok. Ze was niet zo heel kieskeurig; ze hield blijkbaar erg van zoenen. Naar mij had ze nooit omgekeken en ik had niet gedacht dat ik ooit enige kans zou maken, maar op dat moment dacht ik iets in de trant van: misschien heb ik geluk, misschien wil ze met een toekomstige graaf zoenen, misschien heeft ze dat altijd wel gewild maar het nooit laten merken, misschien nu we weten dat dit de laatste avond is, is alles heel even anders...' Hij moest zijn ogen weer dichtknijpen; erover praten, tot in detail in woorden vatten hoe zijn gedachteprocessen toen waren gelopen, haalde het allemaal veel te dichtbij en de aandrang om alles weer opnieuw weg te duwen was overweldigend. Hij zat nog dicht tegen het totale paniekgevoel aan dat hem een paar minuten eerder zo had overvallen; hij wilde absoluut voorkomen dat hij nog een keer op dat punt terecht zou komen en hij opnieuw zou moeten huilen. Hij had staan huilen! Bij Sylvie! De absurditeit daarvan overviel hem even, hij rilde ervan, zo erg vond hij het, maar toen realiseerde hij zich opnieuw dat zij het blijkbaar niét erg vond. Ze was er nog steeds, ze stond geduldig in zijn armen lief tegen hem te zijn, ze leek nergens naartoe te gaan en helemaal geen andere mening over hem te hebben gekregen.

'Bianca was er natuurlijk niet,' ging hij dus maar verder, zich uit alle macht schrap zettend om het verhaal af te kunnen maken, 'maar Paul was er wel, met nog een stuk of drie van zijn vrienden. Ze stonden hier op me te wachten, en ze hadden een emmer, een emmer –' Hij kreeg het er niet uit. Het ging hem niet lukken, hij kon de penetrante stank bijna proeven nu hij probeerde het hardop te zeggen.

Sylvie gaf hem nog een kusje op zijn wang, een lief kusje waarvoor ze met haar hele lichaam tegen hem aan leunde. Hij voelde de druk van haar zachte borsten tegen zijn borstkas, een warm en behoorlijk sexy gevoel, en het gaf hem net genoeg moed om eruit te werken: 'Een emmer vloeibare kippenstront. Het stonk verschrikkelijk. Ze gooiden het over mijn hoofd, en daarna schudden ze de binnenkant van een verenkussen over me uit, en ze maakten kippengeluiden. En toen renden ze lachend weg. Ik heb urenlang hier gezeten omdat ik niet naar huis durfde. Iedere keer kwamen er kinderen hun fietsen uit de stalling halen en dan hoorde ik ze opmerkingen maken over de stank; ik wist niet wat ik moest doen, behalve wachten. Mijn tas en al mijn spullen lagen nog binnen. Mijn fietssleuteltje ook. Uiteindelijk ben ik gaan lopen, ik denk dat het toen wel al midden in de nacht moet zijn geweest. Ik liep en liep en kwam niemand tegen; ik wist niet of ik het griezelig moest vinden of dat ik blij moest zijn.

Onderweg kon ik de ergste viezigheid afvegen met bladeren van struiken, en ik had mijn shirt uitgetrokken en weggegooid, toen was ik het meeste wel kwijt, maar er zaten overal veertjes, en die lucht, die lucht; die zat in mijn neus en die ging er niet meer uit.' Nu hij het ergste eenmaal had gezegd, leken de woorden te stromen, stromen, hij bleef voor zijn gevoel maar praten. Hij kon nog een week praten, een jaar; de stop was eruit en zijn woorden kwamen snel en onstuitbaar naar buiten rollen, op precies zo'n manier als wanneer hij over een voor hem boeiend onderwerp doorwauwelde tegen iemand die het geen bal interesseerde. Hij zag het wel wanneer dat gebeurde, maar kon zichzelf dan niet meer stoppen. Zo praatte hij nu ook, door en door, als een oneindig snoer volgden de woorden elkaar op. 'Het lopen duurde voor mijn gevoel nog langer dan het wachten hier achter het fietsenhok. Ik kreeg het koud zonder shirt, ik kreeg blaren in mijn nette schoenen, die natuurlijk geruïneerd waren, en ik denk dat ik er anderhalf uur over moet hebben gedaan, maar toen kwam ik eindelijk thuis. Ik had geen huissleutel bij me, alles lag nog op school. Alle lichten waren uit, mijn moeder was al naar bed gegaan. Ik liep om het grote huis heen, maar ik kon er niet in, dus toen ging ik naar het koetshuis, daar kon ik wel in. Ik heb alles uitgetrokken en mezelf schoongespoeld met een tuinslang, en ik vond een oude groene overall van onze tuinman. Die was veel te groot, maar in ieder geval was ik betrekkelijk schoon en niet langer naakt, en in het koetshuis, dat toen als een soort schuur in gebruik was, lagen vilten dekens en lege jutezakken. Ik heb daar een soort bed van gemaakt en daar heb ik toen geslapen, en zodra het weer licht genoeg was heb ik de rest van mijn kleren verbrand in een zinken kuip. Mijn moeder stond om een uur of tien op, ik zag haar bewegen achter de ramen, en toen heb ik aangebeld. Ze reageerde nauwelijks verbaasd. Ik zei dat ik mijn sleutels binnen had laten liggen; ze had denk ik niet eens gemerkt dat ik de nacht niet thuis had doorgebracht.'

Hij ademde nog een keer heel diep in, helemaal tot aan de bodem van zijn longen, en liet toen die ademteug heel langzaam ontsnappen. Hij voelde zich leeg.

'Wow, Freek,' zei Sylvie zachtjes en vol medeleven. 'Wat een verhaal. Wat kunnen kinderen, of eigenlijk mensen in het algemeen, toch ontzettend wreed tegen elkaar zijn. Ik snap wel dat het je moeite kost om het te vertellen, om het allemaal weer terug te halen, en ik snap zeker dat je er behoefte aan hebt om nieuwe herinneringen te maken op deze plaats.'

'Het is eigenlijk volslagen onzin,' zei hij, plotseling overvallen door de absurditeit van de situatie, 'ik ben al achtendertig.'

'Nee,' zei Sylvie ernstig, 'het is geen onzin. Het is belangrijk, juist omdat je al achtendertig bent. Het is belangrijk dat je je herinneringen achter je kunt laten, dat je verder kunt groeien, anders worden die herinneringen in zekere zin je gevangenis. Je beperking. En dat kan toch niet de bedoeling zijn? Dat je voor de rest van je leven gedefinieerd wordt door je naarste herinneringen?'

'Ik denk dat je gelijk hebt,' zei Freek, bijna fluisterend, 'ik denk dat je heel erg gelijk hebt. Dit heeft nog heel veel verder doorgewerkt in mijn leven, dat weet ik, maar die gebeurtenis achter het fietsenhok was het begin. O, daarvoor werd ik ook ongenadig getreiterd, maar dit was het begin van een nieuwe fase. Ik ben altijd weggelopen voor de herinneringen, maar daarmee heb ik ze in zekere zin ook in stand gehouden.'

'Precies,' zei Sylvie zachtjes. 'Hé, luister, ze hebben weer een nieuw schuifelnummer opgezet, dat nummer uit *The Lion King*. Zullen we nog even?'

De klanken van 'Can You Feel the Love Tonight' dreven over het schoolplein, helemaal tot achter het fietsenhok, en Freek trok Sylvie nog wat steviger in zijn armen. Ze vormde zich naar zijn lichaam, ze wiegden zachtjes heen en weer op de muziek en even, met een bizarre distantie, viel het hem in hoe vreemd het was dat deze hele scène zich had afgespeeld terwijl hij zijn tas nog omhad. Hij stond te schuifelen met de liefste vrouw die het universum ooit moest hebben voortgebracht, zij met zijn veel te grote jasje over haar jurk en hij met zijn laptoptas op zijn rug, en ze leek het helemaal niet erg te vinden. Hij besloot dat hij het dan ook niet erg hoefde te vinden, en hij wreef weer zachtjes zijn wang tegen de hare.

Ze wreef terug, hij voelde haar glimlachen, en haar vingers verstrengelden zich in zijn haar. Hun neuzen raakten elkaar, en daarna was het volkomen natuurlijk om te kussen, om zacht en teder en liefdevol en geduldig, traag en genietend te kussen, lippen en tongen, proeven en ruiken; het was heerlijk. Zijn handen gleden langzaam over haar rug, onder zijn jas, haar handen kamden door zijn haar en masseerden zijn hoofdhuid.

Hij kon het niet helpen, hij maakte een geluid. Een laag, genietend, bijna kreunend geluid. Zij maakte ook geluidjes, lieve, kleine, aanmoedigende geluidjes, en ineens voelde hij weer hoe graag hij met haar naar bed zou gaan. Zij voelde het ook; ze verbrak de zoen en grinnikte tegen zijn lippen, ondeugend en onbeschaamd.

'Krijg je er zin van, lieve Freek?' vroeg ze, zonder een spoor van afkeuring. 'Ik voel het ook, hoor. We kunnen het samen écht heel goed, hè?'

Hij glimlachte, een beetje teleurgesteld dat de kus was

afgelopen, maar tegelijk met een licht hart dat ze het niet raar of vervelend bleek te vinden dat hij hier ineens met een onmiskenbare erectie tegen haar aan geleund stond.

'Wij kunnen het zeer goed samen,' zei hij, 'en ik vind jou ook lief. En je hebt helemaal gelijk: het is een ongekende opluchting om erover te praten. Het is natuurlijk niet meteen allemaal weg, maar het voelt alsof er iets zwaars en ellendigs is verdwenen.'

Ze streek nog even over zijn wang. 'Heb je nu een goeie nieuwe herinnering gemaakt?'

'Jazeker. Eentje die ik nooit zal vergeten.'

'Misschien is hier wel opnieuw een nieuwe fase begonnen, in je leven,' zei Sylvie glimlachend.

'Misschien,' gaf hij toe, zijn handen op haar heupen. 'Maar misschien was die ongemerkt ook al aan de gang.'

'De muziek is gestopt,' zei Sylvie, ineens met een oplettende blik in haar ogen. Ze stapte een stukje bij hem vandaan. 'Misschien moeten we maar terug naar binnen; als het feest zo'n beetje is afgelopen, zal Ties zich op een gegeven moment wel afvragen waar we zijn.'

Met enige spijt liet Freek haar los, maar toen ze voor hem uit door de bosjes terug begon te lopen, pakte hij toch snel haar hand.

Ze keek over haar schouder en gaf hem zo'n snelle, ondeugende grijns die hij zo leuk van haar vond.

Alles was anders.

Vanavond was alles anders geworden.